KB115178

新朝鮮

개혁의 파도

신조선: 개혁의 파도 1
백혁준 장편소설

초판 1쇄 찍은 날 § 2016년 12월 20일
초판 1쇄 펴낸 날 § 2016년 12월 30일

지은이 § 백혁준
펴낸이 § 서경석

편집책임 § 이지연
편집 § 김경민, 김슬기, 김현미, 이창진

펴낸곳 § 도서출판 청어람
등록번호 § 제387-1999-000006호
등록일자 § 1999. 5. 31
어람번호 § 제8-0083호

주소 § 경기도 부천시 부일로 483번길 40 서경B/D 3F (우) 14640
전화 § 032-656-4452 팩스 § 032-656-4453
http://www.chungeoram.com
E-mail § chungeorambook@daum.net

ISBN 979-11-04-91077-7 04810
ISBN 979-11-04-91076-0 (세트)

新朝鮮 신조선

1

백혁준 장편소설

개혁의 파도

도서출판 청어람

新朝鮮
개혁의 파도

목차

머리말

이 글은 현대에 살던 한 지식인이 어느 날 갑자기 광해군 대의 조선 중기로 떨어진 데서 시작하는 대체 역사 소설이다.

흔히들 역사에는 가정이 없다, 라는 말을 한다. 하지만 우리는 '만약 신라가 아닌 고구려가 삼국을 통일했다면……' 또는 '20년 전 그날로 되돌아갈 수 있다면……' 하는 상상을 누구나 종종 한다.

이것이 바로 대체 역사이며, 이를 통해 가려졌던 면을 볼 수 있을 뿐만 아니라 한 걸음 더 나아간 교훈을 얻기도 한다.

우리가 알고 있는 얕은 역사의 뒷면에는 전혀 다른 사실이 병존하고 있다.

「사미인곡」, 「관동별곡」 등으로 조선 시대 최고의 문장가로 알려진 송강 정철이 천 명이 넘는 사람을 쳐 죽인 희대의 살인마라는 사실을 알고 있는 사람이 몇이나 될까?

TV만 틀면 나오는 임금과 양반들 말고도 조선에는 수많은 민초가 살았는데 그들도 과연 인간다운 삶을 살았을까?

역사를 그냥 '그날 그런 일이 있었다' 라고만 한다면 그것은 누렇게 변색된 종이에 적힌 몇 개의 글자에 불과하다.

이 글의 주인공은 현대를 살다 간 '혁' 이라는 인물이다. 하지만 또 한 명의 주인공이 있다.

바로 비극적으로 일생을 마친 광해군이다.

반정을 일으켜 광해군을 몰아내고 인조를 세운 서인들 입장에서는 어떻게 해서든 광해군을 '암군'으로 몰아야만 자신들의 행위가 정당성을 지닐 수 있었다. 따라서 이들에 의한 이른바 '광해군 죽이기'는 필연적으로 행해질 수밖에 없는 일이었다.

『조선왕조실록』 가운데 유일하게 '중초본'이 남아 있는 것이 『광해군일기』다. 이 중초본과 정서본을 비교해 봄으로써 반정 주체 세력들이 기를 쓰고 만들고자 했던 '폐주'나 '혼군'이 아닌 뛰어난 전략가로서의 광해군의 진면목을 발견할 수 있다.

만약 이런 광해군이 반정으로 쫓겨나지 않고 계속 조선을 다스렸다면 어떻게 되었을까? 거기에 현대의 지식을 가진 이방인이 가세한다면 과연 조선의 역사가 변할 수 있을까?

이러한 상상도 흥미롭지 않은가.

역사란 딱딱하고, 고리타분하고, 지루한 것이란 생각이, 걸어가면서도 휴대폰 화면에서 눈을 떼지 못하는 오늘날의 젊은 세대들의 공통된 마음이 아닌가 싶다. 이 글이 그런 생각에 작은 파문을 일으키는 역할을 한다면 더 바랄 게 없겠다.

아울러 여기에 나오는 역사적인 사실은 수많은 학자의 연구를 바탕으로 하였는바 그분들의 노고에 먼저 감사드린다.

2016년 겨울의 한가운데에서

1.
광해를 만나다

칠흑 같은 어둠 속에 보이는 것이라고는 조금 앞서 건들거리며 희뿌옇게나마 사위를 밝히고 있는 등롱뿐이다. 낮부터 구름이 잔뜩 끼었더니 한 조각 달빛조차 찾아볼 수가 없었다.

이 어둠 속을 한참을 걷고 있는 혁이다. 아니, 걷는다기보다는 등롱 빛을 놓치지 않으려고 허겁지겁 좇아가고 있다는 표현이 맞을 것이다.

볼에 부딪는 밤바람은 제법 매운데도 등에는 땀이 나기 시작한 지 오래다. 그러다 어느 모퉁이를 돈 순간 그리 멀지 않은 곳에 여기저기 타오르고 있는 불빛들이 보였다.

"다 왔네."

가볍게 숨을 고른 허균이 혁을 돌아보며 말했다.

등롱을 든 종자를 앞세우고 혹여 보는 눈이 있을까 봐 남여(앞뒤를 각각 두 사람이 어깨에 메게 되어 있는 뚜껑이 없는 작은 가마)도 타지 않고 혁을 데리고 집을 나선 게 술시 말(밤 9시경), 30분 넘게 재게 걸어 왕이 있는 이곳 정릉동(현 덕수궁 터)에 도착하였다.

임진왜란을 맞아 온 나라가 초토화된 조선에서 궁궐 역시 성할 리가 없었다. 왜군들의 방화로 모조리 불에 타버려 임금이 머물 만한 곳을 찾기가 어려웠다.

하는 수 없이 광화문과 남대문 사이에 있는 정릉동의 왕족 저택을 임금의 거처로 삼았으니 이를 임시 궁궐인 행궁(行宮)이라 부른다. 정릉동에는 월산대군이나 계림군 같은 왕족의 저택들이 있었고 다행히 이 집들은 임란 중에도 큰 피해를 보지 않았다.

가까이 다가가 보니 일렁이던 불빛은 수직하는 군사들이 피운 화톳불들이었다.

애초에 궁궐이 아니다 보니 제대로 된 궐문도, 궁궐 담도 없어 그 수비를 오로지 수직 군사에 의존하고 있었다.

허균을 따라 팔뚝만 한 황초가 서너 개나 켜져 있어 제법 훤한 방으로 들어선 혁은 허균이 일리준 대로 네 번 절을 올렸다. 하지만 왕의 정면이 아니고 좌우로 자리를 잡기 때문에 혁과 허균이 서로 맞절하는 모양새가 되었다.

절을 하고 나서도 광해는 한참 동안 말이 없었다.

부복하고 있는 혁은 입안이 바짝바짝 말라와 시원한 물 한

잔 생각이 간절했다.

"고개를 들라."

이윽고 떨어진 묵직한 목소리에 혁은 힘을 주어 뻣뻣해진 목을 조금씩 들어 올렸다.

'아, 이분이 광해군이구나!'

옆 눈길에 비치는 한 사내의 모습은 흰 상복 차림이었지만 당당했다.

큰 체구에 짙은 눈썹, 부리부리한 눈매, 오뚝한 코하며 약간 각진 얼굴은 인자한 왕으로서의 인상보다는 전장의 장수를 연상케 했다. 꽉 다문 입술에서는 위엄이 흘렀다.

광해군, 그는 선조의 둘째 아들로 태어나 임진왜란을 맞아 준비도 없이 세자에 책봉되었지만 전란 중 눈부신 활약을 펼쳐 만백성으로부터 우러름을 받았다.

그러나 이를 질시한 부친 선조에 의해 세자의 지위마저 위태로워지는 등 천신만고 끝에 조선의 15대 왕으로 등극, 망해가는 명나라와 떠오르는 청나라 사이에서 절묘한 실리 외교를 펼친, 뛰어난 국제 감각을 가졌던 군주. 하지만 인조반정에 의해 폐위되어 유배지에서 쓸쓸히 생을 마친 불우한 임금.

이것이 혁이 알고 있는 광해군의 대략이었다.

"생김새는 별다를 바가 없구나."

굵게 깔리는 목소리가 잠깐 동안의 상념으로부터 혁을 끌어내었다.

사실 광해는 도승지인 허균으로부터 미래의 조선에서 온 자가 있으니 한번 만나보라는 말을 들었을 때 '지금 제정신이

오?' 라는 말이 목구멍까지 올라오는 걸 삼켰다.

허균이 누구인가. 세자 시절부터 뜻이 맞아 정책 토론으로 밤을 지새웠고, 선왕의 냉대에 그 괴로움을 하소연하고 위로받은 적이 몇 번이었나.

친형처럼 따랐던 허균인지라 즉위와 함께 최측근이라 할 수 있는 도승지에 임명한 광해였다.

그런 허균의 제안이었기에 받아들이기는 하였지만 무슨 도사나 신선 타령하는 사기꾼일지 모른다는 의심을 떨쳐 버릴 수가 없었다.

그래서 만나는 시간도 사관(史官: 왕의 언행을 기록하는 관리)들이 퇴궐한 이 늦은 때로 잡은 것이다.

"도대체 도승지는 왜 이자를 데려온 것이오?"

혁의 모습에서 무언가 특이한 점을 찾지 못한 광해의 짜증 섞인 물음이었다.

복색도 허균의 집에서 사대부들의 일상복으로 갈아입었으므로 머리와 수염이 짧다는 것 외에는 보통 사람들과 전혀 달라 보이지 않았다.

"그… 그게 이자의 말이 하도 엄청나서……."

왕의 기분이 비 오기 직전, 낮게 깔린 먹구름 같은지라 허균의 목소리가 떨려 나왔다.

"그래요? 그래, 무어라고 했길래 도승지가 그리 놀랐단 말이오?"

"그게 하도 황송하고 망령된 말인지라, 차마 입에 담기가……."

불쑥 물은 광해의 말에 허균의 눈동자가 흔들렸고, 평소와 달리 자꾸 말끝을 흐리는 허균의 태도에 광해도 드디어 호기심이 생겼다.

"허어, 무에 그리 심각하길래 말씀을 못 하시오. 누가 역모라도 꾸민다고 합디까?"

쩔쩔매는 허균의 모습에 농을 섞어 건넨 광해의 말이었다.

"마… 맞습니다. 전하, 반정이라 하옵니다."

함부로 내뱉을 수 없는 말을 광해가 먼저 해주자 허균은 물꼬가 트인 듯 반정이란 말을 쏟아놓았다.

반정이란 『춘추공양전』에 나오는 '발란반정'의 준말로 '난세를 평정하여 정상을 회복한다'라는 좋은 뜻이지만 임금의 입장에서는 자신을 쫓아내고, 다른 이를 왕위에 앉힌다는 말이니 듣기에 가장 끔찍한 소리일 것이다.

"지금 반정이라 하였소?"

눈을 치켜뜬 광해의 날카로운 음성이 야심한 시각의 즉조당(卽阼堂) 공기를 갈랐다.

이제는 내친걸음이다. 계속 주저한다면 오늘 이 자리를 만든 보람이 없었다.

허균이 더 이상 떨지 않고 차분한 어조로 입을 열었다.

"그렇습니다. 아뢰옵기 황공하오나 미래에서 왔다는 이자의 말에 의하면 장래에 반란이 일어나며 저들의 세상에서는 '인조반정'이라 일컫는다 하옵니다, 전하."

광해는 어이가 없었다. '미래의 조선에서 온 자'라는 말도 허무맹랑하기 짝이 없는데 아닌 밤중에 홍두깨라고 이번에는 반정이라니!

먼저 실소가 나오려고 했지만 사안이 사안이니만큼 좀 더 신중할 필요가 있었다.

천신만고 끝에 왕위에 오른 지 불과 여섯 달, 아직 왕권이 안정되지 않은 상황이었다.

광해는 혀로 입술을 한 번 축였다.

"네 이름이 무엇이냐?"

한마디 말도 못 하고 광해와 허균 사이에 오가는 대화만 초조하게 듣고 있던 혁에게 드디어 광해의 물음이 떨어졌다.

"유혁이라 합니다."

"유혁이라……. 네가 미래에서 왔다는 허황된 말을 과인은 믿을 수가 없다. 어찌 사람이 미래나 과거를 왔다 갔다 할 수 있단 말이냐?"

혁은 할 말이 없었다. 혁 자신도 왜 자기가 이곳, 조선이라는 곳에 있어야 하는지 모르는 판국에 어떻게 그것을 설명할 수가 있겠는가.

겨드랑이에서 식은땀이 흘러내리는 것이 선뜻하게 느껴졌다.

"그리고 반정? 인조반정이라고? 그렇다면 반란 후 왕이 된 자의 묘호가 인조라는 말인데 그 인조가 누구냐? 또 언제 반란이 일어난다는 말이냐?"

이 질문 역시 혁은 대답할 수가 없었다. 안 하는 게 아니라 못 하는 것이다.

국사를 전문적으로 공부하지 않은 대한민국 국민 중에서 인조가 누구였고, 언제 인조반정이 일어났는지를 아는 사람이 과연 몇이나 될까.

"모릅니다. 하지만 반란이 일어나는 것은 틀림없는 사실입니다."

혁은 이렇게밖에 대답할 수 없는 자신이 원망스러웠다.

이럴 줄 알았으면 이 당시를 배경으로 한 사극이라도 열심히 볼 걸 하는 뒤늦은 후회가 밀려왔지만 부질없는 생각이었다.

"도무지 아는 게 없구나. 그러면서 어찌 너의 말을 믿으라는 것이냐?"

광해의 말에 노기가 실리기 시작했다. 당장에라도 임금을 기만한 죄로 끌고 나가 목을 베라는 불호령이 떨어질지도 모르는 판이다.

혁은 입술을 깨물었다. 일을 너무 쉽게 생각했다.

『홍길동전』을 이용해 어렵지 않게 허균을 설득시킬 수가 있었지만 막상 닥치고 보니 왕인 광해를 납득시킬 방법이 자신에게 전혀 없었다.

허균의 보고를 통해 자신이 미래에서 왔다는 것을 왕도 믿고 있을 줄 알았다.

원망 섞인 눈초리로 앞에 엎드려 있는 허균을 쳐다봤지만 그는 고개만 처박고 미동도 없었다.

허균 역시 반정이란 말에 놀라 부랴부랴 입궐을 서둘렀던 것을 혁은 알지 못했다.

망원경이나 현미경같이 미래에서 왔다는 사실을 증명해 줄 물건이라도 있으면 좋으련만 혁에게는 마땅한 게 없었다. 가지고 있는 것이라고는 항상 몸에 지니고 다니던 볼펜 한 자루,

조그만 수첩, 그리고 배터리가 나가 아무짝에도 쓸모없게 된 휴대폰뿐이었다.

뒷주머니에 있던 지갑은 어디로 갔는지 사라져 버렸다.

이것들을 늘어놓는다 해도 도무지 믿어줄 것 같지가 않다. 뭔가 방법을 찾아야만 했다.

혁은 필사적으로 기억을 더듬었다. 비록 대학에서 경영학을 전공했지만 교양과목으로는 많은 역사 강의를 듣지 않았던가.

"일본… 아니, 왜국에서 평화… 그러니까 화의를 청하는 사신을 보내올 것입니다."

기억 저 끝에서 일본을 통일한 도쿠가와 막부가 임진왜란 이후 끊어진 조선과의 국교를 회복하자고 사신을 보냈고, 조선은 이것을 받아들여 다시 외교 관계가 성립되었다는 사실이 떠올랐다.

정확한 연도는 물론 모르지만 광해군 대 초였던 것 같다.

혁이 더듬거리며 어렵게 말했을 때 광해의 눈이 놀라움으로 커졌고, 계속 머리를 처박고 있던 허균이 고개를 번쩍 들었다.

불과 이틀 전에 왜국의 사신이 부산에 도착했다는 소식을 파발이 전하였다.

먼지를 잔뜩 뒤집어쓴 파발의 말에 따르면 그들은 도쿠가와 이에야스의 친서를 휴대했다고 하지 않았던가.

임진왜란 이후 처음으로 왜국에서 사신이 왔다는 사실을 알고 있는 사람은 조선 천지에 왕과 도승지를 비롯한 몇몇에 불과했다. 게다가 사신이 온 목적은 아직 아무도 만나본 사람이 없으니 임금도 모른다.

그런데 사신의 입국 사실을 절대 알 수 없는 자의 입에서 '화의를 청하는 사신' 이란 말이 나온 것이다.

"화의라고 하였느냐?"

"그렇습니다. 국교 정상화를 요청하는 사신입니다."

현재 조선의 입장에서 일본은 결코 함께 살 수 없는 원수다. 그런데 전쟁이 끝난 지 불과 십 년밖에 되지 않은 지금 왜국이 국교 정상화를 청하는 사신을 보내리라고는 상상하기 어려웠다.

그렇지만…….

"으음."

광해의 입에서 신음 소리가 새어 나왔다.

친서를 아직 못 보았지만 만약 그 내용이 이자가 말한 대로 화의를 청하는 것이라면 지금 눈앞에 고개를 숙이고 있는 짧은 머리의 이 정체불명의 인물이 '미래의 조선에서 왔다는 것' 을 꼼짝없이 믿어야 했다.

그 이야기는 듣기만 해도 소름 끼치는 '반정' 이 정말로 일어난다는 말이다.

보름 후, 한양에 도착한 왜국 사신이 건넨 친서에는 어김없이 혁이 말한 대로 '국교 정상화 요청' 이 적혀 있어 광해를 경악하게 했다.

이제는 광해로서도 혁의 말을 무시할 수만은 없게 되었다.

"도승지에게서 듣기로는 네가 과인에게 꼭 해야 할 말이 있다면서?"

혁의 말을 아직 완전히 믿는 것은 아니지만 결코 귓등으로 흘려버릴 수는 없게 된 광해가 다시 혁을 부른 것은 왜국 사신을 접견하고 보름이나 지난 후였다. 오랜 시간 심사숙고한 것이다.

지금부터가 중요하다. 정신을 집중한 혁이 대답했다.

"명나라가 곧 망합니다."

말이 떨어진 순간 시간은 멈춘 듯했고, 방 안의 공기는 얼어붙어 버렸다.

두 사람마저도 꽁꽁 얼어 숨 쉬는 것조차 잊어버린 것처럼 보였다. 아마 내일 천지개벽이 일어난다라는 말을 들은 것과 진배없을 것이다.

명나라가 어떤 나라인가. 조선이 개국한 이래 상국으로 섬겨온 나라가 아닌가.

새 왕이 등극할 때나, 왕비를 맞을 때나, 세자를 책봉할 때나, 나라에 큰일이 있을 때마다 보고하고 승인을 받아야만 되는 조선의 종주국인 명나라. 임진왜란 때는 원병을 보내서 도움을 주었지만 그 은혜를 갚으라고 계속 압력을 가하고 있는 나라. 그런 명이 곧 망한다니!

혁도 사실은 정확히 언제 명이 망할지는 모른다.

분명한 것은 광해군 다음 왕인 인조 때 일어난 병자호란이 명 다음 왕조인 청나라가 쳐들어온 것이니만큼 머지않아 명이 망하는 것은 확실했다.

"여진… 여진족인가?"

어느 정도 충격이 가라앉았는지 광해가 입술만 달싹이며

물었다.

언뜻 북로남왜(北虜南倭)라 일컬어지며 끊임없이 명나라를 괴롭혔던 왜구와 달단족(韃靼族: 타타르족)이 떠올랐지만 이미 이들의 힘은 약해진 상태였다. 그렇다면…….

광해의 뇌리에 남는 단 하나의 세력은 현재 점점 힘을 키워가고 있는 여진족(뒤의 청)밖에는 없었다.

언제나 국제 정세의 변화에 예리한 촉을 세우고 있는 광해였다.

현재 여진족은 해서, 야인, 건주의 세 부족으로 나뉘어 서로 경쟁하고 있으나 누르하치가 다스리는 건주여진이 단연 우위를 점하고 있었다.

"그렇습니다. 언제라고 명확하게 알 수는 없지만 머지않은 장래에 여진족이 중원을 제패하게 됩니다. 조선은 여기에 대비해야 합니다."

국제 정세를 읽지 못하고 망해가는 명나라에 끝까지 충성을 바치다 청나라의 침공을 불러 임진왜란의 상처가 채 아물지도 않은 조선 강토를 또 한 번 초토화시킨 조선 최악의 임금 인조를 떠올리며 혁은 '대비'란 말에 힘을 주었다.

광해도 임진왜란 때 피란 가 있던 의주에서 원군으로 온 명나라 장수들을 통해 강성해지고 있는 여진족의 실상에 대해 들어 항시 경계심을 지니고 있던 터였다.

그렇지만 조정의 신료들은 달랐다.

한창 기세를 떨치는 여진족을 한낱 변방의 오랑캐로밖에 취급하지 않았고, 심지어는 개선(疥癬: 옴, 무좀)이라 부르며 업신

여겼다.

저들은 입만 열면 재조지은(再造之恩: 임진왜란 때 원병을 보내 조선을 구해준 명나라의 은혜)을 부르짖었다. 이런 마당에 명나라가 곧 망할 것 같으니 명과는 거리를 두고 여진족과 긴밀하게 지내야 된다고 한다면 과연 어떤 반응을 보일까.

이런 생각에 미간을 잔뜩 찌푸린 광해가 혁에게 물었다.

"그럼 어떻게 대비를 해야 한다고 생각하느냐?"

혁은 허균의 집에 머물며 수없이 했던 생각들을 머릿속으로 빠르게 떠올렸다.

"화약을 이용하는 대포나 총병을 강화해야 합니다."

여진족의 전술은 만주 벌판을 달리며 닦은 전통의 기마 전법. 이 기마 전법을 이기려면 화약 무기밖에는 없다는 게 혁의 생각이었다.

일본 전국시대의 풍운아 오다 노부나가(織田信長)가 다케다(武田)의 기마 돌격 전술을 깨부순 방법이 바로 철포(조총)병의 삼단 연속 사격이었다. 또한 임진왜란 초반, 왜군의 압도적 우세는 조총이라는 신무기로 말미암은 바가 컸다.

"화약 무기의 위력이 강하다는 것은 과인도 잘 알고 있다. 그래서 신설한 군대인 삼수병(三手兵)에는 포수라 하여 조총병을 양성하고 있지만 문제는 그 유지비가 창칼을 쓰는 부대나 궁병 부대에 비해 훨씬 많이 든다는 점이다. 과인 역시 부국강병을 이루고 싶은 마음이 어찌 없겠느냐. 하지만 부국(富國)이 없이는 강병(强兵)은 없다."

핵심을 꿰뚫는 말이다. 돈이 없으면 아무것도 못 한다. 광해가 말을 이었다.

“조선은 산이 많고 농토가 좁은데 그나마도 전란으로 황폐화된 상태이고, 특별히 나는 물산이 있어 중국이나 왜국에 팔 형편도 못 된다. 그러니 어찌 부국을 꿈꿀 수 있단 말이냐.”

마음은 있으나 몸이 못 따라가는 아쉬움이 진하게 배어 있는 말투였다.

“방법이 있습니다.”

광해가 숙였던 머리를 번쩍 들었고 허균도 눈을 크게 떴다.

“도자기와 인삼입니다.”

“도자기와 인삼?”

“그렇습니다. 조선은 이 두 가지 상품의 교역을 통해 돈을 벌 수가 있습니다.”

도자기란 도기(陶器)와 자기(瓷器)를 통칭한 말이다. 도기는 1,000도라는 비교적 낮은 온도에서 구울 수 있지만 좀 조잡하고 예술적 가치가 떨어진다. 따라서 혁이 구상하는 수출 대상은 당연히 자기였다.

광해나 허균으로서는 혁의 말을 도저히 이해할 수가 없었다. 도자기라면 음식이나 술을 먹을 때 담는 그릇이고 병인 줄은 알지만 그게 무슨 돈이 되며, 인삼은 원래 조선의 전통 수출품이지만 산에서 채취할 수 있는 수량이 한정된지라 부국으로 이끌 단초로는 역부족이라는 생각이 들었다.

“상세히 설명을 해보라.”

자신도 모르게 혁의 말에 조금씩 빠져들고 있는 광해였다.

“명나라는 지금까지 유럽이라 불리는 지역에 자기를 팔아 막대한 부를 취하고 있습니다. 하지만 머지않아 난리로 인해 주 도자기 산지인 경덕진이 폐허가 됩니다. 즉, 자기 수출이 불가능하게 되는 것입니다. 그렇지만 유럽의 자기 수요는 더욱 증가하게 되는데 이를 조선에서 생산하여 팔면 큰 이익을 얻을 수 있습니다."

17세기에 제해권을 장악한 네덜란드가 중국에서 유럽으로 운반한 자기가 무려 3천만 점에 달했다.

혁은 대학 때 수업을 들었던 사학과 교수의 말이 들려왔다.

"그 엄청난 유럽의 수요를 충당한 데가 어딘지 알아? 바로 일본이야. 조선에서 납치해 간 도공들을 이용하여 자기를 생산해 유럽에 팔아먹은 거지. 조선은 임진왜란으로 사람이 죽고 국토가 황폐하게 된 것뿐만 아니라 이런 절호의 기회도 놓치게 된 거야."

일본 도자기의 유럽 수출이 메이지유신의 성공을 이끌었다는 평가가 있을 정도다.

그 강의를 들으며 안타까워했던 기억이 아직도 새롭다.

이 당시 전 세계에서 자기를 생산할 수 있는 나라는 단 세 나라, 명, 안남(베트남), 그리고 조선이었다.

그중에서도 예술적 가치가 뛰어난 자기는 오직 중국과 우리나라만이 만들 수 있었다.

혁은 부모의 권유에 따라 대학에서 경영학을 전공했지만 어려서부터 좋아했던 역사를 놓을 수가 없었다. 대학 과목에는 교양선택이라는 것이 있어 혁은 역사에 대한 갈증을 어느 정도는 풀 수가 있었다. 교양선택 학점의 대부분을 인문대의 사학과 과목을 들었던 것이다.

혁의 설명을 들은 광해의 얼굴이 상기되었다.

"이보시오, 도승지. 왜국에서 온 사신이 지금 동평관에 머물고 있지요?"

"그렇습니다, 전하."

왜국 사신의 전용 숙소인 동평관에는 국교 회복을 요청하러 온 도쿠가와 이에야스의 사신이 보름째 조선의 회답을 기다리고 있었다.

세키가하라 전투에서 도요토미 히데요시(豊臣秀吉)의 유지를 이은 이시다 미쓰나리(石田三成)의 서군을 격파하고 1603년 에도막부를 열어 쇼군에 취임한 도쿠가와 이에야스는 조선과의 국교 정상화를 요청하는 사신을 보내왔다.

이에 조선 조정에서는 여러 차례 회의를 거듭했으나 '어찌 하늘 아래 머리를 같이 둘 수 없는 원수와 화해를 할 수 있느냐' 는 강경파와 '도쿠가와 이에야스는 전쟁을 일으킨 도요토미 히데요시와는 달리 말이 통하는 인물이니 화해를 해서 서로 국익을 추구하자' 라는 온건파로 나뉘어 설전만 하고 있는 상황이다.

"왜국과 화의를 맺되 끌고 간 사기장들의 전원 쇄환(刷還)을 조건으로 걸면 어떻겠소?"

일본은 주로 도공이라는 표현을 쓰고 조선은 자기장 또는 사기장이라 부른다.

"신의 생각도 같사옵니다, 전하."

대답하는 허균의 목소리도 열기를 띠었으니 두 사람 다 지금 가장 필요한 조치가 무엇인지 깨닫고 있다는 뜻이다.

"자기 무역은 경덕진의 폐쇄라는 기회를 이용한다고 하니 이해가 되나 인삼의 경우는 우리 조선에서만 나는 산물이니 그런 기회를 노릴 수도 없지 않겠느냐?"

이렇게 물으면서도 광해의 얼굴은 무언가 기대하고 있는 표정이었다.

마주 보고 앉은 허균이 헛기침을 하면서 고개를 들었다. 자신도 뭔가 할 말이 있다는 표시다.

"인삼이 조선 최고의 무역 상품이라는 것은 인정하지만 마구잡이로 채취를 해서 이제는 팔포 무역(八包貿易)에 댈 물량도 마땅치 않다고 들었다."

명나라로 사신이 갈 때, 여행 경비를 보조해 준다는 취지로 일 인당 인삼 80근을 가지고 가서 팔고 다른 물건을 사와서 이득을 취하는 방식을 팔포 무역이라 한다.

"인삼을 재배하면 됩니다."

혁의 대답은 간단했다. 현재 조선에서 유통되고 있는 인삼은 모두 산에서 직접 캔 산삼이다.

따라서 이제는 거의 씨가 말라 갈수록 구하기가 어려운 실정이므로 이를 대량 재배하여 수출하면 엄청난 수익을 올릴 수 있다는 이야기다.

"인삼이 재배가 된단 말인가? 도승지는 그런 말을 들어보았소?"

광해의 물음에 허균이 눈을 가늘게 뜨고 허공을 잠시 바라보았다.

"소신이 황해도 도사로 있을 때 송상(松商)들이 비밀리 인삼을 재배한다는 말을 들은 적이 있사옵니다. 또한 몇 해 전에 경상도에서 자연 삼 대신 재배 삼을 공물로 바친 게 들통이 나서 물의를 빚은 일이 있었던 것으로 미루어 여러 곳에서 소규모나마 인삼을 재배하고 있지 않나 사료되옵니다."

"재배가 가능하다면 그보다 좋을 게 없지만 아무래도 저절로 자란 것에 비해 약효가 떨어지지 않겠소? 인삼이란 명색이 약초인데 약효가 기대 이하라면 대량 재배를 한들 무슨 소용이란 말이오."

광해의 예리한 지적이었다. 사실 혁이 가장 고민을 했던 부분이기도 했다.

"자연 삼에 비해서는 분명 약효가 떨어지지만 약재로서의 기능은 충분하므로 너무 걱정하실 필요는 없습니다."

이것이 혁이 고심 끝에 내린 결론이었다.

인삼은 비록 재배했다 하더라도 그 자체로 훌륭한 약재다. 그것을 증명해 주는 게 조선 말까지 재배한 인삼은 조선의 최고 수출 상품이었고, 드라마 〈상도〉에서 보았듯이 이것을 독점함으로써 의주상인 임상옥은 조선 제일의 거부가 되었다. 그리고 무엇보다 오늘날에도 '고려 인삼'은 세계 최고의 영약으로 인정받고 있지 않은가.

흐리던 하늘이 기어이 비라도 뿌리는 듯 바깥에서는 투닥투닥하는 소리가 칠흑 같은 어둠 속을 울리고 있었지만 불 밝혀진 석어당(昔御堂) 안은 열기로 차 있었다.

광해의 얼굴이 그 열기 때문인지 홍조를 띠고 있었다. 인적이 끊긴 캄캄한 산속에서 한 점의 불빛을 발견한 나그네의 심정과 다르지 않으리라.

가난하고도 가난한 나라, 조선. 그리고 굶기를 밥 먹기보다 더 자주 하는 백성들. 어쩌면 이들에게 희망이 생길지도 모른다.

"네 말은 충분히 이해를 하였다. 내 수일 더 생각하고 다시 부르겠다. 도승지는 이자의 거처를 마련해 주도록 하시오."

빗소리를 덮어버리기라도 하듯 힘이 들어간 광해의 음성이었다.

혁으로서는 드디어 이 조선이라는 시대에 작은 교두보 하나를 만들었다.

그만 물러나라는 광해의 손짓에 뒷걸음질하던 혁의 뇌리에 조선 시대로 떨어진 그 황당하고도 절망적인 날이 떠오른 것은 바로 그 순간이었다.

2.
조선 시대로 오다

사방이 어두컴컴했지만 시간이 지나면서 조금씩 사물의 윤곽이 보이기 시작했다.

오른쪽으로 조그만 문이 있고 왼쪽 위로는 통나무 두 개가 가로질러져 있는 것이 어릴 때 시골 큰집에서 보았던 시렁인 듯했다.

혁이 누워 있는 곳은 가구라고는 조그만 궤짝 하나가 전부인, 한 평도 안 되어 보이는 좁은 방 안이었다.

양복 차림에 넥타이까지 매고 있어 답답하기도 하고, 양복이 구겨지는 게 신경이 쓰여 웃옷을 벗으려고 상체를 세우다가 왼쪽 머리에서 선뜻한 통증이 느껴져 혁은 저도 모르게 신음 소리를 냈다. 조심스럽게 손을 대어보니 피딱지가 우둘투둘 만져졌다. 뭐에 맞았든지, 아니면 넘어지면서 머리가 깨진 모양이다.

벗은 윗도리를 옆에 대충 던져놓고 벽에 기대앉으니 좀 나았다.

혁은 자신이 왜 이런 곳에 있는지 생각해 보려 했지만 머릿속이 온통 안개가 낀 듯 흐리멍덩하기만 했다. 우선 집에 연락이라도 해야겠다는 생각에 호주머니를 뒤져 휴대폰을 꺼냈으나 배터리가 나갔는지 켜지질 않았다.

한참을 똬리 튼 뱀처럼 앉아 어두운 방구석을 쳐다보고 있자니 술에 취해 곯아떨어진 다음 날 끊겼던 기억이 조금씩 이어지듯 기억의 편린이 한 조각 한 조각 맞춰지기 시작했다.

증권회사가 직장인 혁이 차를 두고 대중교통을 이용해 출근을 한 까닭은 저녁때 대학 친구들과 모임이 있어서였다.

주 업무인 선물, 옵션 운용으로 바쁘게 하루 일과를 보내고, 당일의 수익 결과를 최종 확인하는 것으로 모든 일을 마친 시각은 오후 6시.

모임 장소인 신촌으로 가기 위해 자리에서 일어선 혁은 지하철역을 향해 발걸음을 서둘렀고 때마침 도착한 열차에 기분 좋게 올라탔다.

거기까지는 아무런 문제가 없었다.

'그리고… 그리고… 열차에서 내릴 때…….'

순간 혁은 예리한 아픔과도 같은 한 줄기 기억이 뇌리를 스쳤다.

맞다. 열차 바깥으로 한 발을 내디딘 순간, 허방에 빠진 느낌!

'전동차와 승강장 사이의 틈에 빠졌나 보다' 하는 끔찍한 전율과 함께 의식을 잃었다.

그럭저럭 기억은 되살아났지만 이곳은 여전히 혁에게 생소한 곳이었다.

무릎걸음으로 문 쪽으로 다가간 혁이 슬며시 문짝을 밀어보았다.

덜컹하고 큰 소리가 나서 도둑이라도 된 양 가슴이 철렁했다.

바깥은 토담으로 둘러쳐진 좁은 흙 마당이었고 어미 닭 뒤로 병아리 몇 마리가 쫄랑거리며 따라가는 모습이 보였다. 토담 아래로 뭔가 푸르스름한 것이 채소라도 가꾸는 모양이다.

해는 서산에 걸려 하늘은 온통 아름다운 저녁노을이 비꼈고, 그리 멀리 떨어지지 않은 곳에 서로 비슷한 초가집 서너 채가 더없이 평화롭게 자리 잡은 모습이 눈에 들어왔다.

집집마다 연기가 올라가는 게 그림에나 나올 법한 옛날 시골 풍경이었다.

"이제 정신이 들었는가?"

갑자기 들려온 목소리에 흠칫한 혁이 소리 난 쪽을 돌아보니 작달막한 노인 한 명이 후줄근한 베잠방이 같은 걸 걸치고 있는 게 보였다.

순간 당황한 혁이 우물쭈물하는 사이 노인이 옆쪽을 보고 소리쳤다.

"할멈, 여기 총각 깼으니 밥 같이 차려."

혁이 자세히 보니 나무로 된 문짝이 보였다. 아마 거기가 부억인 모양이다.

"자, 어서 들어가세."

이제는 두메산골에 가서도 찾아보기 힘든 낡고 허름한 초가집 방으로 들어가기를 재촉하는 노인이지만 그렇다고 무턱대고 따라 들어갈 마음은 생기지 않았다.

"저… 여기가 어딥니까?"

가장 궁금한 부분이다. 지하철역에서 쓰러졌다면 최소한 병원에라도 가 있어야지 이런 시골에서 깨어났다는 건 아무래도 이상하다.

"여기? 여기는 새터말(신촌의 옛 이름)이지."

새터말? 처음 듣는 곳이다. 혁이 아무 말이 없자 못 알아들은 줄 알고 노인이 보충 설명을 했다.

"한양에서 돈의문(서대문)으로 나와서 한나절 거릴세. 그런데 몸은 이제 좀 괜찮은가?"

노인의 대답은 걱정스러운 물음으로 돌아왔지만 그것보다는 앞의 말이 의식의 흐름을 막았다.

'한양? 돈의문? 이 무슨 희한한 소리야.'

한양이라면 고려나 조선 시대 때 서울을 부르던 말이란 것은 물론 안다. 그런데 왜 여기서 한양이라는 말이 난데없이 튀어나오는가.

"그건 그렇고 자네는 짧은 머리에 묘한 복색을 하고 있군그래. 어디서 수도라도 하다가 왔는가?"

신기한 듯 혁의 아래위를 훑어본 노인의 물음이다. 양복을 입은 혁의 모습이 도사나 무슨 신선술을 연마하는 수련가쯤으로 보인 모양이다.

노인의 질문은 귀에 들어왔지만 머릿속이 무언가로 뒤죽박죽이 된 느낌만 강하게 들 뿐, 무슨 대답을 해야 하는지는 얼른 떠오르지 않았다.

이때 찌글찌글한 가난이 맴돌다 그대로 내려앉은 듯한 형상을 한 노파가 역시 남루한 옷을 걸친 채 밥상을 들고 부엌에서 나왔다.

"자, 자, 우선 밥부터 먹고 얘기하세."

얼결에 노인을 따라 좀 전에 누워 있던 방과 별반 차이도 없는 좁은 방에 들어가니 밥상이 놓였다. 거기에는 큰 사발에 수북이 담긴 꽁보리밥과 반찬이라고 된장 바른 깻잎 절임과 희멀건 배추김치가 자리를 차지한 전부였다.

평소 같으면 쳐다도 보지 않았겠지만 위장에 음식이 들어간 지가 한참 되었는지 갑자기 입안에 침이 고이고 왕성한 식욕이 느껴졌다.

한입 넣고 씹어보니 보리만 있는 게 아니라 길쭉하게 채 썬 무가 거의 삼분지 일은 차지하고 퉁퉁 불어터진 면발 같은 맛을 내고 있었다.

'참 독특한 식성이네' 하면서 먹은 이 밥이 가난한 백성들이 양식을 아끼려고 해먹던 무밥이라는 것을 혁이 안 것은 나중의 일이었다.

노파가 밥상을 내가고 나자 반딧불보다 조금 나은 호롱 불빛에 그림자만 귀신처럼 일렁거렸다.

"저기, 제가 얼마 동안이나 정신을 잃고 누워 있었습니까?"

"꼬박 하루를 누워 있었다네. 머리에 피도 나던데 누구한테 맞았는가?"

"글쎄요, 저도 잘 모르겠습니다. 왜 제가 여기에 있고, 또 이 상처는 어떻게 생겼는지……."

자신도 모르게 머리의 상처에 손이 간 혁이 뜨끔한 통증에 다시 인상을 찌푸렸다.

"그런데 제가 어디에 쓰러져 있던가요?"

지금의 이상한 상황을 이해하기 위해서는 자꾸 물어보는 수밖에 도리가 없었다.

"밭일을 마치고 오는데 우리 집 문 앞에 엎어져 있는 자네를 발견했지."

그래서 옷이 온통 흙투성이구나, 하는 생각이 든 혁이 다시 아까의 질문을 되풀이했다.

"이곳이 새터말이라고 하셨는데 그럼 서울로 가려면 어떻게 해야 합니까?"

"뭐? 어디?"

"서울이요, 서울."

"서울, 그게 어딘데?"

순간 말문이 막힌 혁이 아연한 눈빛으로 노인을 바라보았다.

잠시 생각을 모은 혁이 다시 물었다.

"영감님, 그럼 이 근처에 파출소나 차를 탈 수 있는 데는 없나요?"

"……."

무슨 말인지 전혀 못 알아들은 표정으로 물끄러미 혁을 바라보던 노인이 입을 열었다.

"자네는 조선 사람이 아닌가? 말은 분명 조선말을 쓰는데 어째 나는 자네 말을 도무지 알아들을 수가 없으니, 거참."

"……!"

한양에 이어 이번에는 조선이라는 말이 나왔다. 점입가경이다.

막막한 기분이 든 혁이 시원한 바람이라도 쏘이면 나을까 싶어 천천히 몸을 일으켜 방을 나갔고, 그 뒷모습을 노인의 어리둥절한 시선이 좇고 있었다.

싸리문 앞까지 걸어 나온 혁이 눈앞에 펼쳐진 풍경을 살피니 현대에서 항상 보던 모습을 화려한 유화에 비한다면 황혼에 비친 지금의 광경은 분명 한 폭의 은은한 수채화였다.

그런데 그 수채화에는 단 하나의 전봇대도 보이지 않았다.

애써 마음을 진정시킨 혁이 맹수가 살고 있는 동굴로 들어가는 기분으로 다시 컴컴한 방을 향해 발길을 옮긴 것은 마당에서 한참을 서성거린 뒤였다.

서로가 잘 알아듣지 못하는 대화를 한 시진이나 나누며 깨닫게 된 사실은 지금이 조선 중기라는 것이다.

여전히 믿어지지는 않았지만 이미 가슴속에서 기괴한 불안감이 송충이처럼 스멀스멀 기어오르고 있었다.

"선종(광해군 5년에 선조로 개칭)대왕이지. 우리 같은 농투성이가 그런 것을 신경 쓰고 살랴마는 올 초에 돌아가셔서 알고 있지."

선왕의 묘호를 물은 혁의 질문에 대한 노인의 답이다.

선종? 조선 시대에 선종이 있었나?

혁은 속으로 '태정태세문단세……' 하고 외어보았지만 선종은 없었다.

몇 가지를 더 물어본 끝에 십 년 전에 왜적과의 전쟁이 끝났다는 말이 나왔다.

그렇다면 선조가 맞고 올해가 광해군 즉위년이라는 말이다.

노인의 말이 전부 사실이라면 자신은 21세기 대한민국 서울 한복판에서 광해군 시대의 조선으로 왔다는 게 된다. 어이가 없는 일이다.

더 이상의 대화가 엄두가 나지 않는 혁은 비칠대는 걸음으로 누워 있었던 골방으로 돌아갔다.

'정신을 차리자, 정신을…….'

혁은 크게 숨을 내쉬었다. 어깨까지 부풀렸다 내리길 몇 번, 그리고 벽에 천천히 기대앉았다.

다시 한 번 지금까지 겪은 일들을 떠올려 보았다.

민속촌에서나 볼 수 있는 옛날 초가집들, 한양이니, 조선이니 하는 비현실적인 명칭들, 오래전 대한 뉴스에서나 나올 법한 노인의 말투…….

분명히 정상적인 상황은 아니다.

'섣불리 단정 지을 필요는 없다. 내일 날이 밝으면 뭔가 확실히 알 수 있겠지. 일단 자자.'

스스로 마음을 다독여 보지만 별로 도움은 되지 않았다.

수없이 자다 깨다를 반복한 혁은 희미한 여명이 창호지를 바른 방문에 비칠 때 서둘러 일어났고, 넓게 펼쳐진 배추밭에서 이른 새벽부터 일을 하고 있는 몇 명의 흰 무명옷을 입은 사람들을 보며 절망했다.

방문을 나설 때 먹은 마음처럼 다가가 말을 걸기는커녕 쓰러질 듯이 가까스로 다시 방으로 들어온 혁이다.

이제는 머릿속에 보다 명확하고 날카롭게 각인된 단어에 깊이 벤 것처럼 온몸이 떨렸다.

'시간 이동.'

공상 과학 영화나 소설에서 볼 때마다 가슴을 뛰게 했던 말이 아닌가.

하지만 그것은 본인이 원할 때 갈 수 있고, 무엇보다도 언제든지 돌아오고 싶을 때 현재로 올 수 있다는 가정하에 그렇다. 지금의 경우와는 삶과 죽음만큼이나 차이가 있다.

'도대체 뭐가 잘못된 건가? 내가 왜 여기에 있어야 되는 거지?'

마땅한 이유가 생각날 리가 없었다.

'배나 비행기가 잘 사라지는 버뮤다 삼각 지대에는 4차원으로 들어가는 문 같은 게 있을 거라고 추측들을 한다. 내가 헛발을 디딘 곳이 바로 4차원으로 통하는 문이 잠시 열린 것이었나?'

겨우 생각한 것이 이게 다였다.

그러다가 지금쯤이면 아내가 실종 신고를 했을 텐데, 하는 생각이 들자 자기도 모르게 불 꺼진 휴대전화를 꺼내 들었다가 힘없이 손을 내렸다.

노인의 말을 토대로 곰곰이 생각해 보면 지금은 대략 1608년 언저리일 것으로 짐작이 되었다.

임진왜란이 1592년에 일어난 7년 전쟁이라는 것은 확실히 알고 있는 혁이다.

그 발발 연도인 1592년이 1392년의 조선 건국 후 200년, 1492년의 콜럼버스 아메리카 대륙 발견 후 100년이라 쉽게 외운 기억이 있었다. 그렇다면 대략 400년 전 과거로 떨어졌다는 말이다.

"400년이라……."

한숨과 함께 흘러나온 혼잣말이 어두운 방 안을 한 바퀴 돌고는 사라졌다.

'이제 어떻게 해야 하는가? 이곳에서 내가 어떻게 살 수가 있단 말인가?'

온정신을 집중하여 고민해 보는 혁이지만 머릿속은 방 안과 같이 어둡기만 했다.

조선 시대에서 맞은 두 번째 날이 혁이 자신도 모르게 내는 신음 소리와 함께 지나가고 있었다.

언제 잠들었는지 모르겠지만 눈을 떠보니 아직 어둡기는 해도 사방을 분별할 정도는 되었다.

문밖으로 나온 혁의 눈에 희끄무레하게 밝아오는, 구름 한 점 없는 청명한 가을 하늘이 들어왔다.

상쾌한 새벽 기운이 암담한 기분을 조금이나마 가셔주는 듯했다.

노인에게서 들은, 자신이 쓰러져 있었다는 사립문 앞으로 가서 이리저리 왔다 갔다 해보다가 헛웃음을 쳤다. 역시 4차원 문은 쉽게 열리는 게 아닌가 보다.

어느 정도 마음이 안정되었는지 날이 밝아오면서 이제껏 보지 못했던 집의 구조가 눈에 들어왔다.

대청마루를 사이에 두고 양쪽으로 방이 있고, 그 한쪽 방 옆으로 반 간짜리 부엌이 있는 전형적인 조선의 초가삼간이다.

사립문 오른쪽에 농기구를 놓아두는 헛간이 보였고, 그 옆에 판자로 대충 얽혀져 있는 데는 아마도 측간일 것이다.

문득 변의를 느낀 혁이 들어가 보니 역시 예측이 맞았다.

큰집이 아주 시골에 있어 이런 재래식 변소가 낯설지는 않았지만 문제는 휴지가 안 보인다는 점이다.

둘러보니 뒤쪽 구석에 짚 더미가 있는 것으로 보아 그걸로 해결을 하는 모양이다.

손에 묻히지 않으려고 이리저리 애썼지만 깨끗이 닦기는 애초부터 틀린 일이었다.

대단히 찝찝하게 뒤처리를 하고 나오는 혁의 심경은 다시 어두워졌다.

'앞으로 얼마 동안이나 지낼지 모르지만 내가 살아가야 할 이곳이 바로 이 변소 같은 세상이구나!'

휴지도 불편하다고 비데를 쓰는, 온갖 편리와 풍요 속에서 살아온 혁에게 펼쳐진 세상이다.

"총각이 일찍 일어났군. 좀 괜찮은가?"

하루 종일 방구석에 처박힌 채 끙끙거리는 혁을 걱정스러운 눈길로 바라봤던 노인이 측간에서 나오는 혁을 보고 물었다.

역시 농사꾼은 부지런하다. 5시 정도밖에 안 된 것 같은데 벌써 밭에 나갈 채비를 한다. 두어 시간 일하고 나서 아침을 먹는 농부의 일상이다.

"예, 덕분에 잘 잤습니다."

측간에서 받은 절망감을 애써 감추며 서둘러 대답한 혁의 눈에 새벽빛에 비친 노인의 얼굴이 어제와 다르게 뚜렷이 보였다.

햇볕에 탄 얼굴은 검기가 아프리카 토인 못지않았고 깊숙이 팬 주름은 살아온 삶의 고단함을 말해주는 듯했다. 그런데 생각보다 나이가 그리 많아 보이지는 않았다. 고생 속에 겉늙어서 그런가 보다 하다가 문득 이상한 생각이 들었다.

'내 나이가 마흔아홉인데 날 보고 왜 계속 총각이라고 부르지? 내가 비록 약간 동안이기는 해도 총각으로 불릴 정도는 아닌데…….'

이런 의구심은 세수를 할 때 풀렸다. 물에 비친 모습이 젊은 시절의 얼굴이 아닌가!

많이 봐줘도 서른이 될까 말까 한 아름다운 얼굴이 눈을 맞추고 있었다.

시간 이동이 빚어낸 조화 중의 하나인가 보다.

손뼉을 치며 환호해도 시원찮을 일이지만 지금 혁의 마음은 그렇게 한가하지 않았다.

안 젊어져도 좋으니 어서 돌아가게만 해달라고 속으로 중얼거리고 있을 때, 날이 훤하게 밝아왔다.

대학을 나와 사십 대 중반에 증권사 임원이 되기까지 혁에게도 여러 번의 삶의 위기가 있었다.

주식 투자에 실패해 파산 지경에 몰리기도 했었고, 잘못 선

보증으로 집을 날린 적도 있다.

그러나 결국은 그런 난관들을 모두 이겨내지 않았는가.

떠오르는 해를 보며 혁은 조금씩 마음을 다잡아 나가고 있었다.

"이것을 양식으로 좀 바꿔오시지요."

혁이 노인에게 내민 것은 한 냥짜리 금 목걸이였다.

항상 하고 다니면 돈복이 온다며 아내가 해준 것으로 현재 혁이 가진 유일하게 가치 있는 물건이다.

어제 밤중에 오줌이 마려워 나왔다가 들은 노부부의 대화가 생각나서다.

"…아직 몸도 성치 않잖아."

"그걸 누가 모르나요. 그렇지만 내년 봄까지 우리 먹을 양식도 없으니 하는 말이죠. 그리고 저 총각, 얼굴하고 손 하얀 것 보니까 농사라고는 근처에도 안 가본 사람이에요."

또 뭐라고 할멈이 푸념을 하는데 작아서 잘 들리지 않았다.

그래, 이게 현실이다. 가난한 사람들에게 불청객은 돌림병만큼이나 무서운 존재다.

무슨 말이냐며 손사래 치는 노인을 설득해 쌀을 사러 내보내 놓고 혁은 다시 방에 틀어박혔다.

지금 이런 차림으로 바깥에 나돌아 다니다가는 수상한 자로 지목되어 몰매를 맞거나 관가로 끌려갈 위험도 있다.

날이 어두워져서야 돌아온 노인이 배달꾼 한 명과 함께 지게에 지고 온 것은 쌀과 콩이 각 한 가마니에 보리가 두 가마니였다.

이마에 흐르는 땀을 닦는 노인 뒤에서 노파는 이렇게 많은 양식을 집 안에 둔 것은 난생처음이라며 연신 가마니를 쓸다가 옷고름으로 눈두덩을 찍었다.

노인은 올해 60세로 이름은 양춘만. 할아버지의 할아버지 때부터 이곳에서 배추 농사를 지으며 살아왔단다. 하나 있던 아들은 임진왜란 때 의병으로 나섰다 전사했고, 그 후로는 모든 희망을 잃고 그저 죽을 날만 기다리고 있노라는 게 노인의 한숨 섞인 말이었다.

혁이 따로 부탁했던 무명옷 일습은 비록 새 옷은 아니지만 깨끗하게 세탁되어 있어 만족스러웠다.

입고 있던 양복을 보자기에 싸서 궤짝에 조심스레 집어넣으며 과연 이 옷을 다시 입을 날이 올까 하는 생각에 혁은 가슴에 바윗덩어리 하나가 얹히는 것 같았다.

"벼슬은 모르겠지만 허균이라는 양반이 한양에 살고 있는지 좀 알아봐 주십시오."

다음 날, 아침을 먹자마자 혁이 노인에게 부탁한 말이다.

일 년 먹을 양식을 재놓았으니 며칠은 일을 안 해도 괜찮을 것이다.

이왕 이 시대에서 살 수밖에 없다면 이름 없는 농사꾼으로 살다 죽어서는 안 된다. 무엇보다 임진왜란의 상처가 채 아물지 않은 이 땅에 조만간 병자호란이라는 또 하나의 전화(戰禍)가 닥친다는 사실을 혁은 알고 있다. 막아야 한다, 어떻게 해서든.

병자호란은 반정으로 왕이 된 임금 인조가 광해군이 펼치던 실리 외교 노선을 버리고, 이미 회생의 가망이 전혀 없는 명나라에게 충성을 맹세함으로써 자초한 전란이다.

병자호란을 막기 위해서는 인조반정이 일어나지 못하게 해야 한다. 그렇게 하려면 광해군을 만나는 수밖에 없다. 이것이 숙고 끝에 내린 혁의 결론이었다.

그렇지만 일국의 왕을 무슨 재주로 만난단 말인가?

방에 처박혀 고심을 거듭하던 혁이 허균이란 이름이 떠오르자 무릎을 쳤다.

'그래, 허균! 그를 통하면 가능할지도 모른다.'

우리에게 『홍길동전』의 저자로 잘 알려져 있는 허균. 적서와 반상의 차별이 없는 대동 세상을 꿈꾸었던 인물. 그라면 자신의 말을 믿어줄지도 모른다는 게 혁의 기대 섞인 추측이었고, 지금으로서는 거의 유일한 희망이었다.

"이 집일세."

노인은 한양으로 떠난 지 이틀 만에 허균의 집을 알아냈고 그가 현재 도승지를 맡고 있다는 사실까지 알려줬다.

굳게 닫힌 양반집 솟을대문 앞에 절룩거리던 걸음을 멈춰 선 혁은 주저앉고 싶은 생각밖에 들지 않았다. 생전 처음 신은 짚신에 발이 온통 까지고 물집이 잡혀, 온전히 서 있는 것조차 너무나 고통스러웠다.

한숨을 두어 번 몰아쉬었다.

자, 이제 저 문을 어떻게 연다? 사극에서 보면 '이리 오너라' 하고 멋있게 부르지만 그건 갓 쓴 양반들이나 하는 것이고, 패랭이 쓰고 무명옷 나부랭이나 걸친 주제에 그랬다가는 종들한테 두들겨 맞는 수가 생길 것 같았다.

고민 고민하고 섰는데, 마침 삐걱하고 문이 열리며 하인으로 보이는 젊은이가 나왔다.

무거워 보이는 양동이를 들고 있는 것으로 보아 개숫물이라도 버리려고 나온 모양이다.

이 시대는 오물을 집 밖에 마구 버리던 시절이었으니 이상할 것도 없었다.

"어디서 오신 분들인지요?"

문 앞에 서서 얼쩡거리는 혁 일행을 일별한 젊은이의 말투는 의외로 공손했다.

평소에 허균이 사람을 가리지 않아 그의 집에는 관리부터 천시받는 중들까지 드나들었기 때문이었다. 관리 중에는 조선 최고의 명필인 한석봉과 친했고, 서산대사와 사명당이 그 중들 중의 한 사람이었다.

젊은이의 태도에 한시름 놓은 혁이 조심스레 말했다.

"허 대감님께 꼭 드릴 말씀이 있어 찾아왔습니다."

허균의 직책이 도승지라면 정3품이기 때문에 대감이 아니라 영감이란 호칭이 맞지만 이런 걸 혁이 알 리가 없다.

"영감마님은 지금 친구분이 오셔서……. 글쎄, 언제 뵐 수 있을지……."

젊은 하인의 말마따나 허균은 친한 친구가 찾아와 술판을 벌이고 있었고, 한번 판이 벌어지면 밤새 퍼마시는 경우가 다

반사라 언제나 끝날지 모르는 하인이 자신 없이 말했다.

"그럼 이걸 영감마님께 지금 좀 전해주십시오."

혁이 미리 준비해 온 쪽지를 내밀었다. 그것을 받아 든 하인이 안쪽으로 사라진 지 10분도 되지 않아 헐레벌떡 뛰어오는 게 보였다.

"이리로 쇤네를 따라오십시오."

하인을 따라가며 집 안을 둘러보니 담과 맞붙어서 행랑채가 잇달아 늘어서 있었다. 노비들이 기거하는 곳이다. 마당을 가로질러 가니 왼편으로 바깥주인이 거처하는 사랑채가 보였다.

안내된 곳은 가장 조용한 곳, 서재였다.

혁이 방 한편에 잔뜩 쌓여 있는 책들을 찬찬히 보고 있노라니 드르륵, 하는 급한 소리와 함께 방문이 열렸다.

약간 작은 키에 눈빛이 강한 중년의 사내가 긴장한 표정을 한 채 들어왔다.

"이걸 쓴 게 자넨가?"

허균은 쪽지를 든 손을 혁의 얼굴 앞으로 쭉 뻗으며 노려보았다.

기분 좋게 친구와 술잔을 주고받던 허균은 하인이 건네준 쪽지를 보자 벼락 맞은 얼굴이 되었다.

쪽지에는 '홍길동 율도국', 이렇게 여섯 자가 쓰여 있었던 것이다.

허균의 눈은 마치 귀신이라도 본 듯 커졌다. 어떻게 자신의 머릿속에만 들어 있던 단어들이 불쑥 쪽지에 쓰여 나타날 수 있단 말인가.

지금까지 그 누구에게도 일언반구 비친 적이 없었으며, 언젠가 기회가 되면 소설로 쓰리라, 하고 생각만 하고 있던 『홍길동전』이었다.

허균을 만나러 가기 전날, 고심 끝에 혁이 찾아낸 방법이었다.

홍길동은 어렵지 않게 한자로 쓴 혁이 율도국을 어떻게 써야 하나 머뭇거리다 피식하고 웃음을 지었다. 『홍길동전』은 우리나라 최초의 한글 소설이 아닌가. 쓸데없는 고민을 했다.

"예, 제가 쓴 겁니다."

허균의 눈이 다시 커졌고 목소리도 떨려서 나왔다.

"도… 도대체 자네의 정체가 뭔가? 이것을… 이것을 어떻게 안 거지? 아직 아무한테도……."

당황한 마음에 평소와 달리 계속 말을 더듬는 허균이었다.

혁은 깊게 숨을 들이마셨다.

"지금부터 제가 드리는 말씀을 믿어주셔야 합니다. 영감마님을 위해서나 이 나라, 조선을 위해서 꼭 필요한 것입니다."

차근차근 설명하면서 혁은 어떻게 해서든 광해군을 만나야 한다는 생각을 곱씹었다.

3.
탕평을 하다

"이원익에게 영의정을 제수하노라."

"이항복에게 좌의정을, 이덕형에게는 우의정을 각각 제수하노라."

"성은이 망극하옵니다, 전하."

"이조판서에는……."

싸늘한 새벽 기운에 허연 입김을 피어 올리며 신료들이 도열해 있는 이곳은 정릉동 행궁의 즉조당 앞뜰이다. 오늘은 한 달에 두 번, 매월 초하루와 보름에 열리는 정기 조회인 조하(朝賀)다. 모든 관원이 정복을 입고 왕에게 하례를 올렸다.

도승지 허균이 임금을 대신해서 이름과 임명 관직을 읽어나갔다.

발표가 계속되자 늘어선 신료들 사이에서 두런거림이 나오기 시작했다.

"이거 뭔가 이상하지 않은가?"

"그러게 말일세."

광해의 등극에 결정적인 역할을 한 대북파(大北派)들로 조정의 요직이 구성되리라 모두 예상하였으나 뜻밖에도 북인, 서인, 남인 등 당파를 가리지 않고 임명이 되고 있었다.

영의정 오리 이원익과 우의정 한음 이덕형은 남인이요, 오성 이항복은 서인이다.

광해가 왕이 된 지 9개월이 지났다.

보통 새로운 왕이 등극하면 상당수의 고위급 관료를 자신의 입맛에 맞는 이로 교체하는 게 일반적인데, 광해는 아홉 달 동안 역적으로 처형된 영의정 유영경을 제외하고는 전원 유임시켰다가 오늘에서야 앞으로 조정을 이끌어 나갈 고위 관료를 임명하고 있었다.

모두의 예상을 깬 이번 파격 인사가 시사하는 바는 뚜렷했다.

바로 '탕평'이었다.

광해는 왕이 된 직후 다음과 같은 비망록을 내렸다.

하늘이 인재를 낳은 이유는 그들로서 그 세대에 부여된 임무를 완성시키기 위함이다. 한데도 요즈음 사대부들은 서로 뜻이 갈라져 다투는 데만 오로지 정신을 쏟고 있다. 앞으로는 당파를 불문하고 뛰어난 인재만을 거두어 난국을 혁파해 나아가겠다.

즉, 이제부터는 필요한 인재라면 자신을 왕위에 올리는 데 결정적으로 기여한 북인이 아니더라도 전혀 아랑곳하지 않고 중용하겠다는 뜻을 명확하게 밝힌 것이다.

그 결과가 바로 오늘의 인사로 나타났다. 이것은 어느 정도 불만을 가질 수밖에 없는 대북파를 제외한 거의 모든 신료들의 감탄을 자아냈다.

더 이상의 당파 정치는 안 된다.

이것이 임진왜란과 힘겨운 세자 시절을 지내오면서 광해가 뼈에 새긴 각오다.

동인과 서인으로 나뉜 조정은 곧 닥쳐올 국난 앞에서도 자기 당파의 이익만을 앞세웠다.

임진왜란이 일어나기 3년 전 일본의 요청을 받아들여 조선은 일본으로 통신사를 파견하게 된다.

이때 정사(正使)에는 서인인 황윤길이, 부사(副使)에는 동인인 김성일이 임명되었다.

이들이 일본을 다녀와서 선조에게 보고했다.

황윤길: 틀림없이 전쟁이 있을 것입니다.

김성일: 신은 전쟁이 일어날 것 같은 기미를 전혀 찾아볼 수 없었습니다.

상반된 대답에 어리둥절한 선조는 도요토미 히데요시의 관상에 대해 물었다.

황윤길: 그 눈빛이 밝게 빛나는 게 담력과 지혜가 있는 듯이 보였습니다.

김성일: 그 눈이 쥐새끼와 같으니 두려워할 필요가 없습니다.

같은 사실을 보고도 당파 싸움에 눈이 먼 기가 막힌 보고였다.

물론 어리석은 선조는 김성일의 의견을 채택했고, 어육이 된 것은 애꿎은 백성들이었다.

또 세자 시절에는 영창대군에게 줄을 댄 영의정 유영경 일파에 의해 얼마나 고통을 받았는가.

이 모든 게 당파의 해악이란 것을 광해는 절감하고 있었다.

조선에 있어서 당파의 역사는 약 100년 전인 명종 대로 거슬러 올라가는데, 성리학을 신봉하고 도덕을 중요한 덕목으로 여기던 사림(士林)이라는 한 울타리에서 동인과 서인으로 갈라진 것을 그 시초로 볼 수 있다.

이 분당의 핵심에는 벼슬자리 하나가 단초를 제공하였다. 바로 '이조전랑(吏曹銓郞)' 이다.

전랑의 자리가 비록 높은 품계는 아니지만 사헌부나 사간원의 관리를 추천할 수 있는 막강한 권한을 가진 벼슬로 소위 노른자위 중의 노른자위였다.

게다가 자신의 후임을 스스로 정할 수 있는 권리까지 있어 그 자리를 차지한 당파는 계속 자신의 파벌로 자리를 채울 수가 있었다.

사건의 발단은 1565년(명종 20) 33살에 장원급제한 김효원이 선망하던 자리인 이조전랑에 추천되었으나 이를 심의겸이 반대하면서 시작되었다.

김효원은 이황의 제자로 젊은 나이에도 불구하고 뛰어난 학식으로 널리 이름이 나 있었지만 과거에 합격하기 전에 한양으로 올라와 그 당시 외척으로 권세를 휘두르던 윤원형의 집에 잠시 기거하던 것을 우연히 심의겸이 본 것이 문제가 되었다.

심의겸은 명종의 처남으로 항상 검소한 생활을 하였으며 윤원형이 문정왕후를 등에 업고 권세를 휘두르는 것을 늘 못마땅하게 여기고 있었다.

그런 그의 눈에 윤원형의 식객으로 있었던 김효원이 좋게 보일 리 없었고 청요직(淸要職)의 대명사인 전랑의 자리는 어불성설이었다.

"어찌 권문세가에나 출입하는 천박한 자가 전랑이 될 수 있단 말인가."

이러한 심의겸의 반대로 김효원은 6년이나 지나서야 겨우 이조전랑이 될 수 있었다.

이때 심의겸은 그의 상관으로 이조참의 자리에 있었지만 김효원은 그를 내심 얕보았다.

"심의겸은 성정이 거칠고 언행이 난폭해 크게 될 인물이 못된다. 그가 외척이 아니었다면 결코 지금의 자리에 오를 수 없었을 것이다"

기회가 있을 때마다 이렇게 얘기하며 심의겸을 깎아내렸다.

1574년(선조 7)에 심의겸의 동생인 심충겸이 전랑에 추천을 받았으나 이번에는 반대로 김효원이 거부권을 행사했다.

"전랑이 어디 외척 집안의 전유물인가. 어찌하여 심씨 문중에서 독차지하려 하는가."

이렇게 좌절시킴으로써 둘은 돌이킬 수 없는 사이가 되었다. 이 일을 두고 누가 옳은지에 대한 여론이 들끓었다.

"김효원의 의견이 맞구먼."

"무슨 소리야, 심의겸의 말이 맞지."

사대부들이 편을 지어 시비를 따졌다. 두 사람은 모두 촉망을 받을 만한 학문과 성품을 지니고 있었지만 서로 '윤원형에게 빌붙은 소인배가 무슨……', '외척이 발호하면 나라가 망한다고 했느니……' 라고 비난하며 당파를 만들기에 이르렀다.

심의겸이 도성 서쪽인 정릉방에 산다고 해서 그를 편드는 사람을 서인, 김효원이 도성 동쪽인 건천방에 산다고 해서 그를 따르는 사람을 동인이라고 부르게 된 것이 바로 조선 시대 당파의 시작이다.

이후 동인은 정여립의 역모 사건을 다루는 과정에서 남인과 북인으로 갈라지고, 다시 북인은 광해군을 지지하는 대북과 영창대군을 왕으로 밀자는 소북으로 나누어졌다가, 광해군의 등극으로 유영경을 필두로 한 소북은 벼락을 맞게 된다. 따라서 대북이 북인의 주축이 되었다.

개중에는 이런 당파의 형성을 현대의 정당 정치와 비교하며 긍정적인 면을 부각시키려는 자들도 있다. 그러나 속을 들여다보면 이들은 백성들의 삶이나 나라의 경제, 군사적인 문제 같이 중요한 사항은 전연 도외시한 채 오로지 자기 파벌의 이익만을 위해 싸웠다.

'누가 세자가 되는 게 우리 파의 이익에 부합하는가' 라든지, '상복을 몇 년 입는 게 예의에 맞는가' 같은 일을 가지고 목숨을 걸고 싸운 당파 싸움을 과연 여론 정치라고 할 수 있을까.

당파 싸움에서 진다면 자신은 목이 잘릴 것이고, 처자식은 노비 신세가 되는 만큼 자파의 주장이 옳든 그르든 죽기 살기로 싸울 수밖에 없었고 당연히 이런 당파의 형성은 조선의 발전에 암적인 존재로 작용하였다.

광해는 이제 한 파벌이 주요 자리를 독식하는 당파 정치를 벗어나 소위 거국내각을 구성하였다.

임명장을 모두 나눠주고 용상에 앉으며 길게 숨을 내쉬었다.

이 내각을 이끌고 조선을 개혁해 나가야 한다. 세자 시절 '내가 왕이 된다면……' 하며 수없이 상상했던 그런 조선을 만들어 나가야 하는 것이다.

어깨를 들었다 내린 광해의 머릿속에 문득 두 해 전 영창대군이 태어난 날이 떠올라 이마를 찡그렸다.

영창대군, 부친 선조와 광해군보다 아홉 살이나 어린 새 왕비 인목왕후 사이에 태어난 적자(嫡子).

이 영창대군의 탄생은 선조에게는 더없는 기쁨이지만 광해군에게는 지옥으로의 추락을 예고하는 일이었다.

광해군의 어머니인 공빈 김씨는 왕비가 아닌 후궁이다. 따라서 공빈이 낳은 임해군과 광해군은 적자가 아닌 서자(庶子)다.

적자가 없는 상황에서 임진왜란을 맞아 세자의 자리에 오른 지 17년이나 되었지만 이 서자라는 꼬리표는 불로 지진 표식처럼 평생 지울 수가 없었다.

조선 사회에서 적서(嫡庶)의 구별은 대단히 엄격하다. 왕족 역시 그 예외가 아니다.

조선왕조의 왕통 계승은 적장자(嫡長子) 우선 원칙이다. 물론 이 원칙이 반드시 지켜지지는 않았지만 영창대군의 탄생으로 광해군의 앞날이 안개 낀 듯 불투명해진 것은 사실이다.

쉰다섯이라는 당시로서는 고령의 나이에 정비(正妃)에게서 아들을 생산한 선조의 기쁨은 황후가 된 심청이 앞에서 눈을 뜬 심봉사보다 컸다.

조선왕조에서 왕의 직계가 아닌, 왕실의 방계에서 처음 왕위를 계승한 왕이 선조다.

선조는 중종의 서자였던 덕흥군의 셋째 아들이었으니 태몽으로 용꿈을 세 번쯤 꾸지 않았다면 결코 왕위에 오를 수 없는 운명이었다.

이런 사실 때문에 선조는 왕위에 올라서도 항상 서자라는 열등감에 시달려야 했다. 그리고 자신이 서자인 것도 모자라 또 서자에게 왕위를 물려줘야 한다는 현실에 내심 불편한 마음을 가지고 있었는데 보란 듯이 적자를 낳았다.

하루하루가 다르게 커가는 아기가 그렇게 예쁠 수가 없었다. 아기를 바라보며 흐뭇하게 미소 짓던 선조의 머리에 잘생긴 광해군의 얼굴이 떠오르자 이내 오만상이 찌푸려졌다.

"에에에헴, 칵~ 퉤!"

아기가 귀여우면 귀여울수록 광해군을 바라보는 자신의 눈길이 차가워진다는 것을 선조도 느끼고 있었다. 그것은 그동안 쌓였던 질투심의 표출이기도 했다.

임진왜란 때 자신은 싸움 한번 해볼 생각을 안 하고 오로지 북으로, 북으로 도망만 친 데 반해 광해군은 적지나 다름없는 곳까지 내려가 멋지게 임무를 완수하고 만백성의 갈채를 받지 않았는가. 오죽했으면 명나라 황제까지 광해군을 칭찬했으랴.

선조는 명나라 황제의 칙서를 받던 날을 떠올리며 치를 떨었다.

때는 1595년 3월로 전쟁이 소강상태를 보이고 있던 시기였다. 사신으로 북경에 다녀온 윤근수 편에 보내온 칙서를 받기 위해 선조는 광해군과 조정 신료들을 대동하고 모화관으로 향했다.

황제는 광해군 혼에게 칙서를 내리노라 …(중략)… 그대에게 전라도와 경상도 지방의 군대를 책임지도록 명령하노니 권율 등을 거느리고 군량미 비축, 진지 구축, 병사 훈련에 최선을 다하도록 하라. 그대는 마땅히 분발하여 부왕의 실패를 만회해 국가가 영원히 보존되게끔 만전을 기하도록 할지어다.

명의 황제는 선조가 아닌, 세자인 광해군에게 칙서를 내렸다. 선조를 왕으로 취급도 안 해준 것이다.

거기다가 만조백관들 앞에서 '부왕의 실패……' 운운까지 하니 선조로서는 망신도 이런 개망신이 없었다. 칙서를 듣는 선조의 얼굴이 벌게지다 못해 나중에는 시체처럼 푸르죽죽해져 버렸다.

이날을 생각하면 자다가도 벌떡 일어나는 선조였다.

그런데 이렇게 광해군을 칭찬하던 명나라가 전쟁이 끝나자 돌연 태도를 바꾸어 광해군의 왕세자 책봉을 인정하려 들지 않았다.

조선 조정은 광해군을 세자로 결정한 후 다섯 번이나 책봉 주청사를 북경에 보냈으나 명은 그때마다 납득하기 어려운 이유를 대며 거절했다.

물론 명나라 내부의 복잡한 왕위 계승 문제가 있어서 그랬지만 이런 과정에서 평소 광해군을 내켜하지 않았던 선조는 슬그머니 다른 생각을 하게 되었다.

선조의 이런 마음은 1601년 명에 다시 사신을 보내 광해군을 승인받자는 예조의 상소에 다음과 같은 비답을 내린 것으로 미루어 짐작할 수 있다.

그대들은 내가 왕비 없이 혼자된 지가 언제인데, 어찌 새 왕비를 맞자는 말은 없고 왕세자 책봉만 주장한단 말인가.

이러한 선조의 의도를 예리하게 읽은 자가 있었으니 그가 바로 영의정 유영경(柳永慶)이었다.

1597년에 정유재란이 터지자 중추부지사(中樞府知事)라는 현직에 있으면서도 나랏일은 내팽개친 채 자기 가족들만 먼저 피신시켜 처벌받은 전력이 있는 자다.

왕의 의중을 짚어내는 데 탁월한 재능을 지닌 그는 영창대군 출생 직후, 대소 신료들을 이끌고 선조에게 하례를 올렸다. 광해군으로서는 대단히 꺼림칙한 일이 아닐 수 없었다.

하루는 이런 일이 있었다.

선조의 부름을 받고 원로대신들이 입궐을 하였는데 이즈음 56세의 선조는 잦은 병치레로 자리에 눕는 일이 많았다.

"전하, 찾아계시옵니까."

영의정 유영경을 위시하여 이항복, 이덕형, 이홍로 등이 침전으로 들어왔다.

"어서들 오시오."

몸을 일으킨 선조가 피곤한 표정을 지으며 말했다.

"과인이 병중에 우연히 대(竹)를 그렸는데 솜씨가 어떤지 한번 보시오."

하며 묵죽도(墨竹圖)를 내놓는데 바위 위에는 늙은 왕대(王竹)가 볼품없이 꺾이고 마른 모습을 하고 있었고, 그 옆에 악죽(惡竹) 한 줄기가 뻗어 나와 무성한 가지와 잎사귀로 바위를 점거하고 있었다.

그런데 또 하나의 연한 죽순이 왕죽 원줄기에서 나와 아직 모습은 여렸으나 그 기운이 자못 신선하고 운치가 있었다.

물론 말할 것도 없이 왕죽은 스스로 자신에 비하고, 악죽은 광해군을, 어린 죽순은 영창대군을 의미했다.

다른 대신들은 차마 말을 못 하고 머리만 조아렸으나 유영경은 달랐다.

먹이를 발견한 솔개처럼 눈을 반짝이며 속으로 무릎을 쳤다.

'이것이야말로 전하의 마음이 광해군으로부터 멀어졌다는 확실한 증좌가 아니고 무엇이랴!'

이 일로 유영경은 선조의 마음이 완전히 돌아섰다는 것을 깨닫고 더욱 광해군을 압박하게 된다.

선조의 광해군에 대한 냉대는 갈수록 심해져 1608년 새해에 들어서서는 옆에서 보는 신하들이 몸 둘 바를 모를 정도였다.

아침 문안을 드리기 위해 대전에 당도한 광해군은 가슴이 두근거렸다.

'오늘은 또 무슨 말을 들을까.'

어제는 '세자의 문안을 받지 않을 것이다. 부르거든 오렷다!' 라는 선조의 노여움 섞인 질책에 혼쭐이 났었다. 광해군은 배에 힘을 주었다.

"아바마마, 소자 문안 여쭈옵니다."

조금 있더니 선조의 짜증 난 음성이 들렸다.

"내, 너의 문안을 받지 않겠다고 하지 않았느냐?"

"……."

광해군은 절망적인 기분이 들었지만 이대로 물러날 수는 없었다.

"그래도 자식 된 도리로, 세자로서 어찌 문안을 거를 수가 있겠사옵니까? 아바마마."

거의 울음 섞인 광해군의 목소리가 대전 마룻바닥에 떨어져 먼지도 묻기 전에 날 선 선조의 고함이 튀어나왔다.

"책봉 고명도 받지 못한 것이 어찌 세자란 말이냐? 세자도 아닌 주제에 무슨 아침 문안이냐. 당장 물러가지 못할까?"

광해군은 눈앞에 불빛이 번쩍였다. 마치 뒤통수에 쇳덩어리를 정통으로 맞은 느낌이었다.

머릿속이 하얗게 된 광해군은 피를 토하고 혼절하고 말았다.

여기까지 생각이 미친 광해는 씁쓸한 미소를 지었다. 그로부터 열흘 후 선조는 운명했다.

만약 선조가 한두 해만이라도 더 살았다면 광해는 폐세자가 되고 유영경 일파에 의해 모반 누명이 씌워진 채 사약 처리되었을 것이다.

선조의 급사는 광해군으로서는 구사일생이요, 영창대군을 선택한 유영경 등에게는 마른하늘에 날벼락이었다. 광해의 즉위와 동시에 모조리 철퇴를 맞은 건 당연했다.

입맛을 다신 광해는 어제 있었던 왜국 사신 접견을 떠올렸다. 한 달씩이나 미루었던 일본과의 국교 정상화에 대한 답변을 해준 것이다.

앞머리를 훌렁 깎아 뒤로 묶어 올리는 일본식 전통 상투인 촘마게를 한 사신의 반짝반짝하는 이마를 쳐다보며 광해가 입을 열었다.

"임진년의 난리로 조선이 입은 피해와 조선 백성이 겪은 아픔은 이루 다 말로 표현할 수가 없다. 화약(和約)이 아니라 복수를 해야 한다는 조정 내 의견이 다수인 것도 사실이다. 허나 과인은 지나간 일에 얽매여 조선이 계속 왜국을 원수로 여기고 국교를 단절한다면 오히려 그 손해가 더 크다고 판단하여 왜국과의 국교 정상화에 원칙적으로 동의하기로 결정하였다."

왜국 사신은 얼굴이 상기된 채 눈을 크게 떴다. 그때 광해의 말이 이어졌다.

"그대는 돌아가 다음의 조건이 수락된다면 화의 약조를 체결할 것임을 전하라. 첫 번째, 정식으로 국서를 먼저 보내도록 하라. 두 번째는 왜란 중 왕릉을 파헤친 범인을 압송해야 하며, 세 번째로 납치해 간 조선인을 송환할 것. 특히 사기장은 한 명도 빠짐없이 송환하여야 함을 명심하라."

3대 조건을 제시하는 동안 왜국 사신은 흥분된 표정으로 연신 고개를 끄덕였다. 비록 조건부지만 예상을 깨고 조선이 정상화에 동의하였다.

사실 일본은 전쟁이 끝난 지 10년밖에 안 된 상황에서 조선이 국교 정상화에 동의해 주리라고 거의 기대하지 않았다. 그럼에도 사신을 보내 간청을 하는 까닭은 만약 국교가 재개된다면 이제 들어선 지 얼마 되지 않은 도쿠가와 막부의 위상이 확고해지기 때문이다.

전국을 통일하고 에도에 막부를 설치한 도쿠가와의 입장에서는 정국 안정화를 위해 무엇보다 조선의 인정이 필요했다.

"성은이 망극하므니다."

외교 교섭은 물론 통사(通事: 통역관)를 통해서 이루어지지만 오늘날에도 외국에 나가는 사람은 보통 그 나라 말을 한마디쯤은 배워서 말미를 멋있게 장식하듯이 사신도 우리말로 감사를 표했다.

옆에 서 있던 도승지 허균이 통사를 보며 혁이 신신당부한 말을 전했다.

"끌려간 사기장 중에 이삼평이라는 자가 있을 터인데 그의 자식이 나라에 큰 공을 세워 주상 전하께서 반드시 아비를 쇄환(刷還)해 준다고 약조하였는바 이를 잊어서는 아니 될 것이오."

통사에게서 전해 들은 사신이 걱정 말라고, 살아만 있다면 반드시 돌려보내 줄 것을 약속했다.

임진왜란 당시 일본이 조선의 사기장을 대거 납치해 간 이유는 당시 최고의 하이테크 상품인 백자를 생산하기 위해서다. 자기 생산 기술이 없던 일본은 막대한 은을 지불하고 명나라에서 수입하는 처지였다.

왜국 사신은 아직 일본 내 어디에서도 백자 생산에 성공했다는 말을 듣지 못했다.

백자의 원료인 고령토를 찾지 못했기 때문이다.

그러니 그의 입장에서는 10년째 밥만 축내고 있는 그까짓 도공들은 전혀 중요한 게 아니었다.

가능성이 거의 없던 화의 조약 체결이라는 중차대한 임무를 성사시키는 마당에 이삼평이든 이삼십평이든 누군지도 모르는 도공 따위가 문제될 리 없었다.

이삼평(李參平), 정유재란 때 끌려간 사기장으로 자기 생산 기술이 없던 일본에서 1616년, 백자 생산에 필수인 고령토를 발견하고, 일본 최초의 백자를 생산한 일본 도자기의 비조(鼻祖).

그가 없었다면 오늘날 일본이 세계에 자랑하는 아리타(有田) 자기는 태어날 수 없었다.

혁이 강의에서 들은 그 이름을 기억하는 건 그런 뛰어난 장인이 끌려간 게 안타까웠고, 또 이름이 독특해서였다.

'과연 도자기가 돈이 될 수 있을까?'

광해는 눈길을 들어 멀리 허옇게 보이는 산을 바라보았다. 겨울을 날 양식이 부족한 백성들이 소나무 껍질을 모두 벗겨 간 것이다.

가난한 나라 조선, 평생을 배불리 한번 먹어보지 못하고 살아가는 백성들.

어떻게 해서든 잘사는 나라를 만들고 싶다.

주먹을 힘껏 쥐어보는 광해 옆으로 노루 꼬리처럼 짧은 초겨울의 해가 지고 있었다.

4.
대동법과 허균

"군자의 덕은 바람이고, 소인의 덕은 풀이니 풀은 바람이 그 위로 불어오면 반드시 눕게 마련이다."

교관이 군자와 소인에 각별히 힘을 주며 읽어나갔다. 오늘 강의는 맹자의 교화론이다.

혁이 광해의 배려로 내시들과 함께 교육을 받은 지 두 달째로 접어들었다.

왕위에 오른 광해는 다양한 방법으로 주변국들의 정보를 수집하였는바 먼저 누르하치에게 밀려 곤경에 처한 해서여진이나 야인여진에게 면포 등을 공급하여 환심을 산 뒤 정보를 수집했고, 여진어 역관 등을 양성하여 이곳에서 교육받은 내시나 무관들과 함께 첩자로 활용했다.

일본에 대해서도 마찬가지다. 쓰시마는 물론이고, 에도와 교토뿐만 아니라 왜구(倭寇)의 중심지인 사쓰마 번(薩摩藩)에까지 간자를 파견하고 있는 상황이었다.

그래서 내시가 아니면서도 같이 강의를 듣는 혁을 교관이나 다른 내시들도 그냥 그러려니 할 뿐, 이상하게 보지 않았다.

혁은 지난달에 천자문을 떼고 이번 달부터는 사서(四書)를 배우고 있다.

앞으로 조선 사회에서 살아가려면 필수인 유교 경전이요, 한문 공부다. 게다가 여기서는 궁중 예절까지 배우니 혁에게는 안성맞춤이었다.

"에구, 내 머리에 무슨 맹자냐. 될 걸 해야지, 쩝. 앞으로 어떻게 4년을 더 버티지……."

입맛을 다시며 혁에게 다가온 박삼구가 중얼거렸다.

서른한 살 먹은 중궁전(中宮殿) 내시로 붙임성이 좋아 그새 혁과 제법 친해졌다.

머리가 나빠 허구한 날 교관들에게 깨지지만 정작 본인은 별로 개의치 않는 듯 4년만 지나면 지겨운 공부는 끝난다고 팔자 편하게 얘기하는 친구다.

내시들이 대궐에서 일하는 만큼 어느 정도의 학문적 소양이 필요하므로 내시부에서는 두 명의 교관을 두어 『논어』, 『맹자』, 『대학』, 『중용』의 사서와 『소학』, 『삼강행실도』 등의 유교 기본 경전을 가르치고 있으며, 시험에 합격하면 승진 가산점을 주었다.

그렇지만 35세가 되면 시험을 면제시켜 주었으니 이 나이가 되면 더 이상 공부는 힘들다고 판단하였기 때문이다.

"오고(午鼓)도 쳤고, 점심이나 먹으러 가지?"

박삼구가 은근한 미소를 띠운다.

오고는 궁중에서 정오를 알리는 북소리로, 이 북소리가 울리면 궁궐에서 일하는 모든 사람들이 오전 근무를 마치고 점심 먹을 준비를 한다.

정착금으로 광해에게서 적지 않은 하사금을 받아 여유가 있는 혁이 몇 번 점심을 샀더니 이제 당연한 듯이 얻어먹으려 들었다.

궁중에서 일하며, 일반 백성들에 비해서는 비교적 여유 있는 생활을 하는 내시지만 녹봉 자체가 그리 많지 않은 까닭에 매번 점심을 찾아 먹기는 어려웠다.

백성들은 보통 아침저녁으로 하루 두 끼를 먹었고, 낮이 길어 일을 많이 하는 계절에나 세 끼를 먹었다. 물론 왕이나 양반의 경우는 달랐다.

왕은 하루에 다섯 끼를 먹었다. 그렇다고 그 다섯 끼를 모두 진수성찬으로 먹었다는 말은 아니다. 이른 아침에 먹는 초조반은 미음이나 타락죽 같은 것이고 점심은 간식, 즉 국수나 다과로 때웠으며, 늦은 밤에 먹는 야참은 수정과나 식혜 같은 간단한 요깃거리였다. 아침과 저녁상만 12첩 반상으로 거하게 먹는다.

일부 부유한 양반들은 하루에 일곱 끼도 먹었지만 대다수 백성들은 두 끼 먹기도 쉽지 않았다.

"그래, 가지. 오늘은 뭘 먹을까?"

주막이 있는 큰길로 나가며 혁이 물었다. 박삼구가 유난히 식탐이 많은 게 오히려 가까워지는 계기가 되었다.

"오늘은 좀 걸어서 수표교 쪽으로 가지. 얼마 전에 새로 문을 연 국밥집이 있거든."

대궐에서 일하면서도 어느 밥집이 새로 생겼는지 다 아는 박삼구였다.

내시들도 관리들과 마찬가지로 궁궐 밖에서 살면서 출퇴근을 한다. 또 아예 궁궐 밖에서 근무하는 내시들도 있다. 곳곳에 있는 왕실의 묘를 관리하는 시릉내시(侍陵內侍)가 그렇다.

내시부가 있는 북부 준수방 근처(종로구 통의동 부근)가 대표적인 내시들의 거주지다.

지방에도 내시들의 거주지가 있었는데, 안양과 과천 사이에 있는 인덕원이 바로 그곳이다.

"주모, 여기 장국밥 두 그릇 듬뿍 말아주오."

혁에게 물어보지도 않고 시키는 박삼구다. 하기야 음식이라고는 장국밥하고 국수장국이 다였으니 고르고 자시고 할 것도 없었다.

장국밥은 양지머리로 맑은 고깃국을 끓여서 청장(淸醬)으로 간을 맞춘 것이다.

우리가 사극에서 흔히 보던 술과 음식을 파는 주막집은 조선 중기인 이때만 하더라도 별로 발달하지 않았다. 따라서 부녀자들이 가정에서 직접 음식을 만들어 손님을 접대했는데, 그 와중에 장국밥은 한양의 특별한 외식이었다.

"그런데 자네는 어떻게 내시가 되었나?"

밥을 반쯤 먹었을 때 혁이 슬쩍 물어보았다.

지극히 개인적인 문제라 묻기가 껄끄러웠지만 웬만큼 친해진 듯해서 말을 꺼낸 것이다.

"히힛, 따먹힌 거지."

괴상한 웃음을 흘리며 어렵게 물은 혁이 민망할 정도로 쉽게 대답한 박삼구의 말이지만 무슨 뜻인지 알 수가 없었다.

"개가 물어갔단 말일세."

박삼구의 설명은 이랬다.

종이가 귀한 이 시대에 용변 후 뒤처리는 일차로는 돌멩이로 대충하고, 이차는 지푸라기로 마무리하는 게 일반적이다. 그런데 어린애인 경우 그 역할을 개가 할 때가 있는데 이놈이 똥만 핥는 게 아니라 불알을 물어뜯는 사건이 종종 발생한다는 것이다. 어릴 때 이렇게 고자가 된 내시가 제법 있단다.

"나 같은 경우나 태어날 때부터 병신인 경우도 가끔 있지만 궁궐에 있는 내시들 대부분은 인위적으로 만든 거야. 먹고살려고 사내를 포기한 거지."

남은 국물을 쭉 들이켜고 박삼구가 말을 이었다.

"고자를 만드는 방법은 두 가지로, 첫째는 갓 태어난 놈의 알주머니에 명주실을 감아놓는 거야. 그러면 한참 지나서 고놈이 똑 떨어지거든. 이렇게 하면 아프지는 않지만 웬만한 부모는 할 엄두를 못 내지. 둘째로 좀 큰 경우는 그냥 불알을 까는 거야. 들어보니 죽는 것보다 더 아프다더군. 까고 나서 사나흘을 꼼짝 못 하고 누워 있는데, 이때 죽고 살고가 반타작

이래."

얘기를 들은 혁이 질린 얼굴을 하니 박삼구가 낄낄 웃었다.

"그냥 앉아서 굶어 죽으나 까다 죽으나 매일반인데, 뭘."

조선 시대 사람과 현대를 살다가 간 혁이 죽음을 받아들이는 강도가 같을 수가 없었다.

여기는 역병이 한번 돌면 마을 전체가 떼죽음을 당하기도 하는 그런 곳이다.

"그래도 우리는 하나라도 남아 있지만 중국은 그것마저도 없다더라고."

조선은 거세만 하는 데 반해 명나라는 내시를 만들 때 고환뿐만 아니라 성기까지 절제를 한다는 말이다.

이런 식으로 만들어진 내시가 조선이 약 삼백 명인데 반해 환관(내시)의 천국인 명나라는 무려 십만 명에 달한다. 이 많은 환관이 황제의 눈과 귀를 막고, 권력 다툼으로 나라를 갉아먹고 있는 중이다.

이에 반해 일본은 쇼군의 개인 처소에 근무하며 수발을 드는 이가 전부 조선의 궁녀에 해당하는 여관(女官)으로 내시 자체가 없다.

고춧가루를 넣지 않아 허연 배추김치를 쭉 찢어서 입에 넣은 박삼구가 손가락을 빨고 나서 덧붙였다.

"내 소원은 조귀수 영감처럼 되는 것일세."

임진왜란 때 선조의 의주 피란을 모신 공으로 호성공신(扈聖功臣)에 녹훈되었고, 광해 조에 와서는 종2품(현 차관급) 상선(尙膳)으로 내시 중 최고위직에 있으면서 현재 임진왜란 때 불타 버린 창덕궁과 창경궁의 보수 작업을 총지휘하고 있는 인물이다.

본래 상선이란 직책은 임금의 수라상에 올릴 음식을 책임지는 자리인데 조귀수는 워낙 건축 분야에 뛰어나 궁궐 건설이나 보수를 모두 떠맡고 있다.

"지금은 비록 빗자루질이나 하고 있지만 두고보아. 내 반드시 한자리할 테니까. 사람 팔자 모르는 것 아니겠어?"

중궁전에서 뜰이나 쓸고 있는 주제에 배포만큼은 태평양 고래보다 큰 박삼구였다.

혁과 박삼구가 숭늉을 마시며 나른한 포만감을 즐기고 있을 때, 옆 평상에 세 사람이 들어와 앉았다. 혁의 곁눈에 비친 행동이 거칠고 인상이 사납다.

"니미럴, 방구 길들자 보리 양식 떨어진다더니, 이제 뭐 좀 해보려는데 뭔 이따위 법이 생기고 지랄이야, 지랄이."

덩치 크고 제일 인상 더러운 놈이 앉자마자 욕부터 걸쭉하게 뱉어냈다.

"그러게 말이야. 아, 방납(防納)이 어디 어제오늘 있던 일인가? 그걸 하루아침에 없애면 우리 같은 사람은 뭐, 굶어 죽으란 말이야?"

덩치 큰 놈의 맞은편에 자리 잡은, 좀 호리호리하지만 성깔 있어 보이는 녀석이 허공에 삿대질까지 하면서 거품을 물었다.

"이봐, 그렇게 흥분만 한다고 일이 돼? 밥부터 먹으면서 차분히 생각해 보자구. 어이, 주모! 여기 국밥 셋하고, 막걸리 좀 내오쇼. 묵 있으면 그것도 좀 가져오고."

그중 나이 좀 들어 보이는 녀석이 다른 둘을 진정시키려는 듯 대낮부터 술까지 주문했다.

“호성이 형님이야 김 대감이 계시니까 그렇게 여유만만이지, 우리야 처지가 어디 그렇수? 그동안 그렇게 벌어줬는데 형님한테는 객주인 자리 하나 안 주시겠수?”

“어허, 이 사람, 말조심해. 석구 자네는 성질이 급해서 탈이야. 좀 기다려 보라니까. 대감께서 아무 생각 없이 좀 더 두고 보자고 하셨겠어? 자, 자, 잔이나 받어.”

차호성은 장석구의 사발에 철철 넘치도록 막걸리를 따라주더니 자기 잔에도 따랐다.

“형님, 진짜 좀 기다리면 이 대동법(大同法)인지 뭔지가 철회될까요?”

호리호리하게 마른 녀석이 턱을 바싹 들이대며 물었다.

“지미, 아, 언제 철회될지 알아. 그리고 그때까지 손 놓고 있으면 빌린 돈 이자는 어떻게 하구?”

마른 녀석이 차호성에게 물어봤는데 그의 대답도 듣지 않고 장석구가 먼저 퉁을 놓고 나섰다.

올해 서른다섯인 장석구는 장터에서 무뢰배 짓이나 일삼다가 두 해 전에 김자홍 대감의 차인(差人)으로 방납업을 하고 있던 고향 선배인 차호성을 만나 그의 권유로 방납에 뛰어들어 막 돈맛을 보려던 차에 대동법이 공표되어 버렸다.

“이런, 이런, 석구 너라는 녀석은 하여튼……. 아, 방납을 못 하면 손해가 얼만데, 대감마님이 가만히 계시겠어? 그리고 방납업자들이 겉으로야 나 같은 놈을 내세우지만 그 뒤는 전부 한 끗발 하는 위인인 것을 세상이 다 아는데 그네들이 이 좋은 돈줄을 그냥 놓겠냐고?"

그랬다. 방납인 가운데는 이들과 같은 모리배뿐만 아니라 양반들과 왕실의 친인척까지도 가담하고 있었다. 이는 말할 것도 없이 방납이 어마어마한 이익을 남겨주었기 때문이다.

도대체 방납은 무엇이고, 대동법은 무엇인가.

조선 시대 백성들이 국가에 내는 세금은 크게 세 가지로 구분된다.

첫째, 토지에 매기는 전세[租], 둘째, 군 복무를 하고, 길을 닦고, 성을 쌓는 등의 몸으로 때우는 노동력[庸], 마지막으로 그 지역 특산물을 바치는 공물[調]로 나뉜다.

이 중 세 번째인 특산물과 관계된 것으로, 공물은 소정의 규격에 맞아야 했기 때문에 검사에 합격해야지만 수납이 되었다. 이 과정에서 아전이나 상인들이 결탁을 하여 농간을 부릴 여지가 생겼다.

즉, 그 지방에서 생산되지도 않는 물건을 납품하라고 하거나, 어물(魚物)같이 수송이나 저장이 곤란한 물품 등을 할당하면 당연히 공물 확보나 수송에 문제가 생긴다.

이때 상인이나 관리가 해당 공물을 대납하고, 후에 농민에게 그 공물에 상당하는 금액을 받는 행위를 방납이라 한다.

문제는 얼마를 받느냐 하는 것으로 적게는 4~5배, 많게는 10배, 심지어는 100배까지 바가지를 씌웠다. 이렇게 받아 챙겨도 말썽이 없었던 것은 방납인들에게 든든한 뒷배가 있었기 때문이었으니 바로 양반 사대부들이었다.

이들은 관청에 압력을 가함으로써 이익을 배분받거나 아예 차인을 내세워 직접 방납업에 뛰어들기도 했다. 그러니 죽어나는 것은 일반 백성들이요, 떼돈을 버는 것은 권세를 쥔 양반들과 지방의 아전들, 그리고 방납으로 먹고사는 상인 모리배들이었다.

전형적인 정경유착이다. 그런데 광해가 즉위하자마자 특산물을 바치는 공물 제도를 아예 없애 버리고 토지 1결당 쌀 12말만 내면 되는 대동법을 전격 시행했다. 부정이 스며들 여지를 원천 봉쇄해 버린 것이다. 이로써 백성들의 세금이 오 분의 일로 줄어들었다.

우선적으로 경기도에 시행했는데 백성들의 반응은 뜨거웠다. 성미 급한 일부 백성들은 대동법 시행 소식을 듣자 관가 앞으로 달려가 상감마마 천세를 외쳤다고 한다.

백성들을 괴롭히던 가장 큰 문제가 해결되었다.

그러나 지금까지 배 두드리며 막대한 수익을 올리던 부류들은 자다가 뜨거운 물을 뒤집어쓴 꼴이 되었으니 가만히 있을 리가 없었다.

"전하, 신 좌찬성 김자홍 아뢰옵니다. 무릇 제도의 변경은 그 관련자들이 준비할 시간을 어느 정도 주고 시행함이 원칙인데 금번 대동법의 즉각적인 시행은 방납을 호구지책으로 삼던 많은 백성들의 삶을 송두리째 흔들어놓아 그 폐해가 적지 않은 상황입니다. 따라서 이 제도의 시행을 십 년 정도 보류하심이 옳은 줄 아옵니다."

십 년을 보류하자는 말은 아예 하지 말자는 말이다. 십 년 동안이나 지체하다 보면 흐지부지될 게 뻔하다.

"방납업자들에게 십 년을 더 주자? 그러면 방납으로 인해 수십 년 동안 수탈당해 온 백성들의 고통과 손해는 도대체 누가 보상한단 말이오? 경이 하시겠소?"

노기 띤 광해의 말이 이어졌다.

"영상은 들으시오."

"예, 전하."

대동법 초안을 작성한 영의정 이원익이 한 발 앞으로 나왔다.

"영상은 즉시 대동법의 전국적인 시행을 검토하시오."

"예, 분부 받잡겠나이다, 전하."

현재 경기도에만 시험적으로 실행하고 있는 대동법을 나라 전체로 확대하자는 말이다.

이에 김자홍을 비롯한 대동법 반대파들은 입을 딱 벌렸다. 혹을 하나 더 붙인 것이다.

상황이 이렇게 흘러가는 걸 모르고 때늦게 방납에 뛰어든 장석구 등이 한양에서 물주 역할을 하고 있는 차호성을 붙잡고 방법을 찾고 있었다.

옆에 앉아 이들의 얘기를 다 들었지만 대동법이란 말을 국사 시간에 한두 번 접한 기억밖에 없는 혁으로서는 뭔 소리를 하는지 알 수가 없었다.

오후에는 대궐로 일을 하러 가야 되는 박삼구를 보내고 혁은 허균의 집으로 발길을 옮기며 기회가 되면 한번 물어봐야겠다고 생각했다.

허균의 집을 방문했던 다음 날 바로 신촌의 노부부 집에서 허균의 사랑채로 거처를 옮겼다.

도승지를 맡고 있는지라 항상 늦게 퇴궐하지만 가끔 임금이 비빈의 처소에 일찍 침소 들 경우 간만에 이른 퇴궐을 한 허균은 혁과 자주 독대했다.

"음… 결국 안 된단 말이지. 사람의 욕심이란 참……."

혀를 끌끌 차며 안타까워하는 허균이다.

공산주의가 왜 실패할 수밖에 없었는지에 대한 설명을 들은 그의 반응이다.

허균은 평소 이상향으로 꿈꿔왔던 대동(大同) 세상을 여는 제도가 미래에 있다는 사실을 듣자 날카로운 눈을 번쩍이며 흥분했다. 하지만 불과 백여 년 만에 그 한계를 드러내고 도태되었다는 사실에 긴 한숨까지 쉬며 실망하고 말았다.

"어떻게 백성들끼리만 살 수 있단 말인가? 왕이 없는 나라는 있을 수가 없네."

이것은 민주주의를 바탕으로 한 공화제에 대한 혁의 설명을 듣고 한 말이다.

아무리 허균이 시대를 앞서가는 인물로서 만민 평등을 외쳤다 해도 그것은 임금 아래서의 평등에 불과했다.

그가 쓴 책에서도 결국 홍길동은 율도국을 세우고 왕이 되질 않는가.

왕이 없는 나라란 그에게 있어 지붕 없는 집이요, 뿌리 없는 나무일 뿐이다.

왕을 백성들이 투표로 선출한다는 것을 이해시키기에는 시간의 간극이 너무 컸다.

미래 세상의 남녀평등에 대한 얘기를 듣자 뜻밖에 눈시울을 붉히는 허균이었다.

"아~ 누님이 그런 세상에 태어났더라면……."

스물일곱이라는 아까운 나이에 명을 다한 그의 누이를 떠올린 것이다.

초희라는 이름보다는 난설헌(蘭雪軒)이라는 호로 더 잘 알려진 조선 최고의 여류 시인.

15세의 나이에 당시 잘나가던 문벌인 안동 김씨 집안에 시집간 것까지는 괜찮았다. 문제는 남편인 김성립이 형편없는 인물이라는 데서 비극이 시작되었다.

공작 같은 아내에 쥐새끼 같은 남편이었으니 제대로 된 가정이 꾸며질 수가 없었다.

멍청한 데다 성정이 게으르기까지 한 김성립은 공부에는 전혀 뜻이 없었고 주색잡기로만 겉돌았다. 그에게 너무도 뛰어난 아내는 버거운 존재에 불과했다.

거기다 가정이 단란하지 못한 모든 잘못을 초희의 탓으로 돌린 시어미는 매일 그녀를 들볶았다.

남편에게 홀대받고 시어미에게 치인 그녀는 사산(死産)과 우울증으로 괴로워하다 요절하고 말았다.

20년이란 세월이 흘렀지만 허균의 마음속 깊이 가라앉아 있던 애절함은 쉽게 가시질 않았다.

목이 메는지 찻잔을 입에 대는 허균이었다.

너무 큰 격차 때문에 도저히 이해가 어려운 과학 분야보다는 제도나 여러 사회 생활상에 그가 훨씬 관심을 보이는 것은 당연했다.

"그래도 첩이 없어진다고 하니 참으로 반가운 일이야. 첩이 없다는 것은 곧 적서(嫡庶)의 구별이 없다는 것이니 이보다 다행스러운 게 없어."

허균이 평소 조선의 가장 큰 병폐로 여긴 것은 서얼(庶孽) 차별이었다.

서얼이란 양인 첩에게서 난 서자와 노비나 기생 같은 천인의 몸에서 난 얼자를 말한다.

정처의 자식인 적자에 비해 이들이 받는 차별은 현대의 세상을 살아가는 사람은 도저히 알 수 없을 정도로 극심했다.

서얼이라는 이유만으로 뛰어난 인재가 사장되는 것을 볼 때마다 허균은 가슴을 쳤고, 답답한 심정을 술로 달랬다. 오죽하면 서자의 한을 주제로 한 『홍길동전』을 썼겠는가.

그가 이렇게 적서 차별을 심각하게 생각하게 된 데는 스승인 이달(李達)의 영향이 컸다.

허균과 그의 누나 허난설헌의 스승인 손곡 이달, 그는 문장과 시에 능하고 글씨에도 조예가 깊었으나 천한 기생의 자식이라는 신분의 한계 때문에 평생을 방랑과 한 섞인 음풍농월로 보낸 시문(詩文)의 천재였다.

불행했던 스승의 삶에 새삼 가슴이 저려온 허균은 눈꼬리가 치켜 올라갔고, 머리에 쓴 정자관을 떨었다.

"소위 양반이라는 족속들은 입으로는 공맹(孔孟)과 선비를 논하면서 뒤로는 계집종을 겁탈하고, 그것도 모자라 생긴 자식들은 나 몰라라 내팽개쳐 인생을 망치게 하니 그러고 어찌 사대부라 할 수 있겠는가. 참으로 한심한지고."

다시 찻잔을 들어 뜨겁게 끓고 있는 가슴속에다 들이붓듯이 한 허균은 소리 나게 내려놓았다.

이런 그의 뇌리에 한 인물이 떠올라 더욱 인상이 찌푸려졌다.

청천당 심수경(沈守慶), 1546년 과거에 장원급제한 그는 젊어서부터 기생들과의 염문이 끊이지 않을 정도로 상당한 멋쟁이였다.

그를 사모한 평양 기생 동정춘(洞庭春)은 죽으면 자신의 묘에 반드시 '심수경 첩의 묘' 라고 써달라 사정했을 정도였다.

그런 그가 첩을 얻어 75세와 81세 때 아들을 낳았다.

조선 시대 평균 수명을 고려하면 남들은 북망산을 올라도 몇 번은 올랐을 나이에 떡두꺼비 같은 자식을 봤으니 본인이야 손뼉을 치며 기뻐할 일이겠지만 천한 신분으로 태어난 아이들도 과연 기쁘게 인생을 살았을까.

잔칫날 심수경의 절륜한 정력을 침이 마르도록 칭찬하는 사람들의 모습이 보기 싫어 일찌감치 집으로 왔던 기억이 새로웠다.

혁이 비록 미래 세상에는 없어졌다고 말했지만 막장 드라마의 단골 주제로 등장할 만큼 질기게 남아 있는 축첩(蓄妾)과 배다른 자식.

현대가 그러한데 하물며 여기는 압도적인 남성 우위의 사회가 아닌가.

양반이 계집종 올라타기가 누운 소 타기보다 쉽다는 세상에서 첩을 들여 자식을 낳는 것은 오히려 애교로 봐줄 정도다.

고려 때만 하더라도 적서의 차별은 거의 없었다. 그런데 조선에 와서 제도로 굳어진 것은 태종 대이다. 태종이 자신의 이복동생인 방석을 쫓아내기 위해 왕자의 난을 일으킬 때 그가 내세운 명분이 방석의 어머니인 신덕왕후 강씨가 첩이므로 방석은 서자라는 것이었다.

왕위에 오른 태종은 향후 있을지도 모를 왕위 계승 시의 분란을 막기 위하여 계승의 우선순위를 적장자, 적자, 서자의 순으로 확정, 공포해 버렸다. 그러나 그 순간 조선 서자들의 잔혹한 운명이 시작되었다는 사실은 생각지 못했다.

허균이 걱정한 이 적서의 문제는 머지않은 장래에 광해군 대의 정국에 엄청난 파란을 일으키게 된다.

"그런데 대동법은 앞으로 어떻게 되는 겁니까?"

낮에 보았던 일을 떠올리며 혁이 물었다.

"대동법은 계속 시행될 것이야. 항간에는 폐지 운운하는 일부 불측한 무리들이 있는 것으로 알고 있지만 전하의 결심은 확고하시다네. 사실 금상 전하만큼 백성들의 삶을 자세히 알고 계시는 분도 없지. 난중(亂中) 내내 백성들과 함께 먹고, 자고 하시며 몸소 그들의 고통을 체험하셨으니. 앞으로도 전하의 관심사는 오로지 백성들의 안위에 있다는 것을 알게 될 것이네."

허균 자신도 전란 중 뭇 백성들같이 아내와 자식을 잃는 고통을 겪었다.

그의 아내는 피란 가던 중 출산을 하였으나 3일 만에 숨을 거두었고, 어미가 죽고 젖을 물릴 수 없었던 아이 역시 10일

후 속절없이 저세상으로 떠나고 말았다.

그런 단장의 아픔 속에서 광해를 도와 백성들을 위무했던 기억을 떠올리며 마치 스스로에게 다짐하듯이 목소리에 힘을 주는 허균이었다.

"넌 이름이 뭐니?"

저녁 밥상을 놓고 나가려는 계집종에게 혁이 슬며시 물었다. 혁이 거처하는 사랑방을 청소하고, 식사며, 이부자리까지 살펴주는 어린 계집종으로 허균이 혁의 수발을 들라고 붙여주었다.

"……."

나이가 십오륙 세쯤 된 듯하였으나 말라서 더 왜소하게 보이는 아이였다.

혁의 물음에 대답은 않고 얼굴만 빨개진 채 가만히 웅크리고 서 있는 모습이 애처로워 보였다.

"뒷간이에요."

한참을 망설이다 나온 대답은 주의해 듣지 않으면 안 들릴 정도로 작았다.

'뒷간이? 변소라는 말이잖아? 여자 이름을 참…….'

노비 이름으로 흔한 게 어인노미, 껄떡놈이, 방귀, 물똥, 망아지, 덜렁쇠, 조끄만년, 똥개 등이니 뒷간이란 이름이 아주 유별난 것은 아니겠지만 결코 좋은 이름은 아니었다.

혁은 부끄러워할 만도 하다고 생각하다가 문득 엉뚱한 생각이 떠올랐다.

"너 그 이름이 마음에 들지 않는다면 내가 새로 하나 지어 줄까?"

무슨 소린가 하고 혁의 얼굴을 빤히 쳐다보고 있던 뒷간이가 혁이 장난으로 하는 말이 아닌 것을 알고 눈을 반짝였다.

"그렇지만 영감마님한테 허락도 안 받고 어찌 종년이 함부로 이름을 바꾼대요?"

"우리끼리 있을 때만 부르는 걸로 하면 되지."

뒷간이는 들고 들어왔던 밥상의 수저를 괜히 다시 들었다 놓으며 조금 붉어진 얼굴로 말했다.

"그럼 나으리가 예쁜 이름으로 하나 지어주세요."

종이라도 여자인데 어찌 예쁜 이름이 부럽지 않았겠는가. 이번에는 혁이 생각에 잠겼다.

"보자, 음… 꽃분이가 어떨까?"

처음에는 총각 시절 결혼 후 딸을 낳으면 붙일 생각으로 지었던 수정이를 생각했지만 그건 너무 초현대식 이름이라 아무래도 무리인 것 같아 꽃분이로 했다.

현대에서라면 시골 냄새 물씬 풍긴다고 질색을 하겠지만 지금이 조선 중기라는 점을 감안한다면 대단히 우아한 이름이다.

"어머, 정말 정말 예뻐요!"

손뼉까지 친다. 똥 냄새 나는 이름에서 꽃향기 은은한 이름이 되었으니 감격할 만하지 않은가.

"그래. 앞으로 널 부를 땐 꼭 꽃분이로 불러줄게."

작은 소녀가 더없이 맑은 웃음을 웃는 게 정말 꽃 같다는 생각이 든 혁이 입가에 엷은 미소를 지었다.

"그런데 웬 밥을 이렇게 많이 뜨는 거니?"

아이 머리통만 한 유기그릇에 고봉으로 수북이 담긴 밥을 쳐다보며 혁이 물었다.

"나으리만 조금 자시지 다들 그렇게 먹어요."

항상 밥을 반쯤 남기는 혁을 의아해했던 뒷간이, 아니, 꽃분이의 대답이었다.

조석(朝夕)으로 들어오는 밥의 양은 현대의 어른 식사량의 거의 세 배 수준이었다. 이걸 어떻게 다 먹나 하고 잠시 아연해 있던 혁이 어디선가 들은 말을 떠올렸다.

중국 사람은 혀로 먹고, 일본 사람은 눈으로 먹고, 한국 사람은 배로 먹는다.

'우리나라 사람이 옛날부터 많이 먹기는 많이 먹었나 보다.'

사실 그랬다. 조선 시대의 문서를 보면 남자는 한 끼에 7홉을, 여자는 5홉, 아이는 3홉을 먹었다고 되어 있다. 조선 시대의 1홉은 대략 60cc이니 7홉은 420cc나 된다. 오늘날 전기밥솥의 계량컵이 성인 일 인분을 160cc로 잡고 있으니 엄청난 대식이라 할 수 있다.

이런 대식가였던 조선 사람들이 일부 양반들을 제외하고는 거의 모두 굶주렸으니 그 배고픔의 고통은 더욱 컸을 것이다.

연신 '꽃분, 꽃분'을 되뇌며 나가는 꽃분이의 뒷모습을 보면서 혁은 밥 때문이 아닌 다른 어떤 포만감을 느끼며 길게 트림을 했다.

열었던 문 사이로 들어온 군불 때는 연기가 맵싸하게 코를 간질였다.

5.
백자를 굽다

1609년 기유약조(己酉約條)가 체결됐다. 일본과 국교 정상화가 이루어진 것이다.

이에 앞서 일본은 조선이 제시한 조건을 지켜야만 하였다. 먼저 국서를 보내고, 임진왜란 때 임금의 시신과 함께 묻힌 보물을 찾겠다고 왕릉을 파헤친 범인들을 인도했지만 물론 진짜 범인은 아니다.

전쟁이 끝난 지 10년이나 지난 상황에서 진범을 찾을 수도 없고, 진범이냐 아니냐가 중요한 것이 아니었기 때문이다. 요는 그놈들을 처형함으로써 조선이 땅에 떨어졌던 체면을 세우면 되었다.

다음은 임진왜란 때 끌고 간 백성들을 돌려주는 것이었다.

여기에 혁으로 인해 덧붙여진 납치된 사기장 전원의 송환이 중요한 문제였다.

"전하, 지금까지 이루어진 피로인(被虜人: 적에게 사로잡혀 간 사람) 쇄환의 결과, 총 칠천오백 명이 돌아왔으며, 그중 사기장이 오백이라 하옵니다."

도승지 허균의 보고에 광해가 용상에서 벌떡 일어났다.

"겨우 칠천오백이란 말이오? 십만이 끌려갔는데 고작 칠천오백만 돌려보냈더란 말인가!"

허균도 이 기막힌 사실을 보고하면서 고개를 들 수가 없었다. 그나마 다행이라면 납치된 약 천 명의 사기장 중 오백 명이나 돌아왔다는 점이다.

"쇄환 사신의 말에 따르면 이미 상당수의 조선인 포로들이 노예로 팔려갔다고 하옵니다."

"노예로 말이오!"

광해는 어금니를 으스러져라 깨물었다.

일본은 끌고 간 조선인을 전쟁 경비를 뽑기 위해 노예로 팔았는데 그 수가 얼마나 많았는지 당시 국제 노예 가격이 폭락을 했다. 나가사키에 설치된 노예시장에서 주로 포르투갈 상인이 사서 마카오로 실어간 후, 전 세계로 팔려 나갔다.

이탈리아 상인의 기록을 보면 조선인 노예를 불과 쌀 두 가마 반 가격인 2.4스쿠도에 샀다고 되어 있다. 그 당시 노예의 국제 시세가 200~400스쿠도였던 것을 감안했을 때 얼마나 많은 수의 조선인 포로가 노예시장으로 풀려 나왔는지 미루어 짐작할 수 있다.

"그 많은 수가 다 노예로 팔렸단 말이오?"

걸레를 쥐어짜는 듯한 광해의 물음이었다.

"전부는 아니옵고 일부는 그냥 왜국에 남기로 해서 데려올 수가 없었다고 하옵니다."

송환을 거부한 조선인들도 있었으니 이들은 대개 다음과 같은 부류였다.

일본에 정착하여 가정을 꾸미는 등 새로운 생활 터전을 마련한 경우가 가장 많았고, 그다음이 임진왜란 때 왜군 편을 들어 조선에 돌아가면 처벌이 두려운 경우, 마지막으로 기독교 신자가 된 사람들로 이들은 유교 때문에 자신의 신앙을 지킬 수 없는 조선으로 돌아가기를 원치 않았다.

그러나 송환된 인원수가 적었던 가장 큰 이유는 이미 자신들의 재산이 된 조선인 포로를 일본인들이 숨기고 돌려주려 하지 않았던 탓이다.

그나마 송환된 사기장들의 수가 상대적으로 많은 까닭은 그들이 지닌 재주로 인해 노예 취급을 받지 않았고, 도자기 생산을 위해 비교적 좋은 대우를 해주어서다. 그렇지만 십 년이 되도록 고령토 산지를 찾지 못하자 도쿠가와 정부는 이들을 가능한 한 많이 돌려보냄으로써 너무 적은 송환인에 대한 조선의 불만을 무마하려고 했다.

"모든 신료는 들으시오. 나라의 잘못으로 인해 끌려가 고초를 겪다 돌아온 백성들이오. 저들이 다시 삶을 꾸리는 데 지원을 아끼지 말 것이며 설혹 왜란 때 지은 죄가 있더라도 이는 왜적의 핍박에 못 이겨 그런 것이니 그로 인해 어떠한 불이익도 주어서는 아니 될 것이오. 특히 부녀자의 정조를 문제 삼는 자가 있다면 왕명으로 엄히 다스릴 것이오."

낭랑한 광해의 음성이 대전에 울려 퍼졌다.

"성은이 망극하옵니다."

이로써 일단 피로인 송환 문제는 어떻게든 마무리가 되었다. 이제는 돌아온 사기장들을 활용해 혁의 계획을 추진해야 할 일이 남았다.

"주상 전하께서 자네에게 사옹원 낭청을 제수하셨네."

사흘 전에 허균이 전해준 말이다. 사옹원(司饔院)은 왕실의 식사를 담당하는 것이 주 업무이기는 하지만 왕실에서 사용하는 모든 그릇, 나아가 조선의 도자기 제작을 총괄하는 부서이기도 하다.

낭청이란 직접 각 지역 가마에 가서 고령토를 채취하고, 도자기 굽는 것을 감독하는 직위다. 즉, 왕실 진상 자기의 실질적인 제작 업무를 책임진 자리다.

사옹원 내에서 도자기에 문외한인 혁에게 이런 직을 준 것에 대해 의아해하는 사람들이 없지 않았지만 현재 조선의 형편을 감안하면 크게 문제 삼을 일도 아니었다.

사옹원에 소속된 사기장이 380명이었고, 기타 전국의 요지(窯址: 자기 굽는 곳)에 흩어져 있는 사기장들을 합치면 천이삼백 명 되었는데 이 중 천 명이 납치되어 갔으니 임진왜란 이후 조선의 자기 생산은 그 맥이 완전히 끊겨 버렸다. 즉, 낭청이라 하더라도 아무 할 일이 없었다.

"청화백자(靑華白磁)라네. 명나라에 사신으로 다녀온 사람들이 이구동성으로 하는 말이니 틀림없어."

자기 수출을 계획하고 있지만 어떤 것을 만들어야 하는지는 모르는 혁이다. 그래서 허균에게 명나라가 수출하고 있는 자기의 종류를 알아봐 달라고 부탁했었다.

비단과 자기, 이 두 가지는 예로부터 중국이 세계적으로 자랑하는 수출품이다.

비단이야 실크로드가 생길 정도로 서양인들이 환장한 것이니 더 이상 말할 필요도 없지만 자기, 특히 명나라가 개발해 16세기부터 유럽으로 수출된 청화백자는 당시 최첨단의 상품이었다.

윤기 나는 흰 바탕에 그려진 화려한 푸른색 문양은 유럽인들을 미치도록 열광케 했다.

당시 철판 접시나 조잡한 도기 그릇밖에 없던 유럽인들에게 청화백자의 출현은 라디오밖에 모르던 생활에 혜성같이 나타난 텔레비전에 비견될 만했다.

귀족들은 앞다퉈 모든 식기를 청화백자 그릇으로 바꾸는 데 돈을 아끼지 않았고, 왕들은 아예 궁궐의 방 하나를 이 청화백자로 도배하는 것을 가장 큰 자랑으로 여겼다.

천장과 벽면 전체를 청화백자로 장식한 방을 '자기방'이라 불렀는데, 유럽의 왕들 사이에는 궁궐을 지을 때 가장 좋은 위치에 이 자기방을 꾸미는 게 하나의 규칙처럼 되었고, 그 화려함은 왕이 가진 권위와 비례했다.

유럽인들에게 청화백자의 소유는 곧 부와 권력의 상징이 되었다는 말이다.

"저는 안경석이라 합니다. 모시게 되어서 영광입니다."

얼굴도 하얀 게 앳돼 보이는 젊은이다. 사옹원 소속의 정9품 말단으로 앞으로 혁의 보좌역을 맡게 된 친구다.

올해 25세인 안경석은 과거 시험에 합격하고, 6개월 전까지 권지(權知: 견습 관원)로 있다가 첫 발령지가 사옹원으로 나자 눈물을 흘렸다.

워낙 한미한 집안 출신이라 누구나 발령 나길 원하는 소위 노른자위 자리인 사간원이나 사헌부, 홍문관 등의 삼사는 기대하지 않았지만 사기장들이 없어 개점휴업이나 마찬가지인 사옹원의 도자기 담당은 낙심천만이 아닐 수 없었다.

그러다가 왕이 직접 특채했다는 혁의 보좌를 하게 되자 자신이 맡은 업무가 어쩌면 중요한 일인지도 모른다는 생각이 얼핏 들었다. 그래서 '영광'이라 한 것이다.

"반갑습니다. 유혁이라 합니다."

혁이 습관적으로 오른손을 내밀다가 멈칫하고 살짝 고개를 숙였다.

"아니, 저… 말씀 낮추십시오. 저는 직책도 낮고, 나이도 어립니다."

혁의 인사에 안경석이 화들짝 놀란다.

"그건 천천히……. 그런데 이번에 송환되어 온 사기장들이 모두 사옹원 소속의 장인으로 등재되었다고 들었는데 그러면 전부 같이 일하게 되는 것입니까?"

"네. 어명이 내린 만큼 특별한 사정이 없는 한 광주의 분원에서 같이 일하게 될 것입니다."

안 그래도 부족한 사기장 인원인데 전국 각지로 뿔뿔이 흩어지면 그야말로 죽도 밥도 안 된다.

그래서 광해는 전원이 분원에서 일할 수 있도록 전부 사옹원 소속으로 등재시켜 주었다.

사옹원 장인이 되면 봉족(奉足)이라 하여 양인 남자를 장인 일 인당 두 명씩 배정시켜 이들이 살림살이에 필요한 물자를 대주게 하였다.

"그런데 왜 분원을 경기도 광주에 지었나요? 무슨 이유라도 있습니까?"

분원이란 사옹원에서 직영하는 도요지(陶窯址: 도기나 자기를 구워내는 가마터)를 말한다.

"그게 말이죠……."

마침 아는 것을 물어줘서 반갑다는 듯이 안경석이 신나게 설명했다.

"도요지를 만들려면 우선 백자를 만드는 데 필요한 고령토 산지가 근처에 있고, 주변에 숲이 우거져 그릇을 구울 때 들어가는 땔감을 충당할 수 있어야 합니다. 그리고 생산한 자기를 한양으로 나를 때 강을 이용할 수 있으면 쉽지요. 이런 조건에 딱 들어맞는 곳이 바로 광주입니다."

그래도 몇 달 일했다고 제법이다.

"그렇군요."

이런 기본적인 사항도 모르면서 자기 생산을 책임지게 되었으니 자신이 터무니없는 일을 벌이고 있는 게 아닌가 하는 기분이 들어 혁은 가볍게 한숨을 쉬었다.

"자, 그럼 갑시다."

그렇다고 어쩌겠는가. 이제 짚신에도 익숙해진 혁이 발을 떼었다. 광주 분원으로 출발이다.

도보라는 이동 수단이 아직 서툴러 중간의 역(驛)에서 밤을 보냈지만 몸이 젊어져서 그런지—혁은 마흔아홉에서 서른 살이 되었다—생각보다 피로감은 적었다.

목적지인 광주 탄벌리 요지에 도착한 때는 다음 날 오후였다.

혁 일행을 맞은 이는 네 명의 사기장으로 사기장들의 우두머리다.

혁 앞으로 한 중년의 사내가 다가왔다.

"소인, 이삼평이라 합니다."

혁이 특별히 당부했던 사기장이다.

작고 마른 체격이 더 나이 들어 보이게 했고, 반백의 머리칼에 주름진 검은 피부가 그간의 고생을 대변하는 듯했다. 혁은 그의 수세미 같은 손을 잡았다.

"돌아오셔서 정말 다행입니다."

이 사람의 손에 조선 자기의 앞날이 달렸다고 생각하니 쓰다듬지 않을 수가 없었다.

"아니··· 저······."

당황한 이삼평이 어쩔 줄을 몰라 몸을 꼬았다.

조선의 관리가 천대받는 도자기 장인에게 깍듯한 존대에 손까지 부여잡는 경우는 없다.

이삼평의 손을 놓은 혁이 웃음 띤 얼굴로 다른 이들을 둘러보니 의외로 그중 한 명은 젊은이요, 또 한 명은 중년의 부인이다.

혁의 눈치를 살피던 이삼평이 젊은이의 어깨를 만지며 말했다.

"이 녀석은 제 아들놈입니다."

"이자성(李瓷誠)이라 합니다."

젊은이가 구십 도로 허리를 굽혔다.

호랑이는 고양이 새끼를 낳지 않는다고 했던가. 조선 최고의 도자기 장인의 아들답게 이자성은 서른의 젊은 나이에 조선에 남아 있는 사기장들로부터 그 실력을 인정받아 우두머리 대우를 받고 있었다.

이삼평이 이름까지 '열심히 자기를 만들라'는 뜻의 자성(瓷誠)으로 짓고 어릴 때부터 가르친 덕분이다. 또 한 명의 이름은 심대봉으로 47세, 일본으로 끌려가기 전에 웅천(창원 지역)에서 도기를 주로 제작했는데 다완(茶碗: 찻잔)과 분청사기(粉靑沙器)가 전문이다.

혁의 눈길이 둥근 얼굴에 몸매도 둥근 부인에게 향했다. 여자가 사기장, 그것도 우두머리라는 사실이 뜻밖이었다.

"쇤네는 백파선(白婆仙)이라 합니다."

전체적으로 둥근 여자가 혁에게 깊숙이 고개를 숙였다. 물론 혁은 이 여인이 누구인지 알지 못했지만, 그녀는 또 한 명의 이삼평이라 할 만했다.

김해의 사기장 김태도의 아내였던 백파선은 사가현 서부 다케오 지역에서 사기장 집단을 이끌고 있다가 남편이 세상을 떠나자 아리타 지역으로 이주 후, 조선으로 송환되어 지금 이 자리에 섰다.

물론 원래는 이삼평과 함께 일본에서 아리타 자기(有田瓷器) 태동의 산파 역할을 했을 인물이다.

삼국지에서 유비가 한 사람만 있어도 천하를 얻을 수 있다는 제갈량과 방통을 모두 얻은 것처럼 혁은 당대 최고의 장인이라는 이삼평과 백파선을 모두 곁에 두게 되었다. 다만 아직 그 사실을 모르고 있을 뿐이다.

"임진왜란 전의 자기 생산량에 도달하려면 얼마나 걸리겠습니까?"

우선 현상 파악이 중요하다. 혁이 누구한테라고 할 것 없이 질문을 하였다.

잠시 침묵이 흐른 다음, 이자성이 입을 열었다. 그래도 그는 조선에서 소량이나마 계속 자기를 구어왔기 때문에 상황을 가장 잘 알고 있었다.

"임란 전에는 봄가을로 두 번 진상을 했는데, 그 양은 대략 천삼백 죽(1죽은 10개) 정도였습니다. 가마를 몇 개 더 만들어야 하나 인원이 많으니 두 달 정도면 가능하리라 봅니다."

이자성이 말을 하는 동안 손가락으로 탁자를 가볍게 두드리며 듣고 있던 혁이 말했다.

"제가 구상하고 있는 것은 왕실에 진상하는 것만이 아닙니다. 대량 생산을 하여 다른 나라에 팔고자 합니다."

혁의 말을 들은 네 사람은 서로 얼굴을 쳐다봤다. 어리둥절한 표정이다.

이들에게 장인의 역할이란 그저 위에서 시키는 대로, 만들라고 하는 양을 만들어 왕실에 납품하는 게 전부였다. 즉, 자신들의 생산품을 '돈을 받고 판다' 라는 상업적 의식은 생소했다. 더구나 타국에 수출이라니…….

"중국은 오래전부터 백자를 대량으로 교역해 막대한 돈을 벌어들이고 있습니다. 그 대상은 여러분들은 잘 모르겠지만 서역 너머 유럽이라는 곳으로 그 수요는 더욱 늘어날 전망입니다. 그래서 저는 우리 조선도 자기 무역을 하자는 것입니다. 여러분의 실력이라면 충분히 가능하다고 생각합니다."

혁의 설명에 이제야 사기장들이 고개를 주억거렸다. 이들도 혁이 도자기에는 문외한이지만 어떤 특별한 이유 때문에 낭청에 임명되었다는 소문은 들었던 것이다.

"그럼 어떤 자기를 대량으로 만든다는 말씀인지요?"

이삼평의 조심스러운 물음이다.

"청화백자입니다."

상세히 알아봤기 때문에 자신 있게 혁이 대답했다.

"청화백자?"

"청화백자라고요?"

네 사람이 다시금 묘한 표정을 지었다. 팥으로 메주를 쑨다는 말을 들은 것처럼 도무지 납득이 가지 않는다는 얼굴이다.

"왜요? 무슨 문제라도……?"

혁의 물음에 다들 주춤거릴 뿐 말이 없었다.

"얘기를 해보세요. 조선에서는 청화백자를 못 만듭니까?"

"못 만드는 건 아니지만, 그게……."

이삼평이 주저주저하자 이자성이 대신 나섰다.

"만들 수는 있습니다. 하지만 청화백자의 푸른색 문양을 그리려면 안료로 회회청(코발트)이 필요하지만 이 회회청이 조선에서 나질 않습니다. 전부 명나라에서 들여와야 하는데 명나라 또한 자체 생산이 되지 않아 서역에서 사옵니다. 헌데 이것이 조선까지 오게 되면 그 가격이 한 돈(3.75g)에 자그마치 은 한 냥(10돈)이나 하게 됩니다. 이렇게 금보다 비싼 회회청을 써서 백자를 만든다면 팔아도 이문을 남기기가 어려울뿐더러 명나라에서 조선에 넘기는 물량도 워낙 적어 왕실용 청화백자 생산에도 부족할 정도입니다."

마치 청화백자의 대량 생산이 불가능한 게 자신의 잘못인 양 말을 마친 이자성이 고개를 숙였다.

순간 혁은 무언가로 뒤통수를 세게 맞은 듯했다.

이게 무슨 청천벽력 같은 소린가. 어떻게 이런 어처구니없는 경우가…….

그런 기본적인 것도 모르고 자신은 광해에게 큰소리를 땅땅 치고 오지 않았는가.

정신이 아득하고 말문이 막혔다.

사기장들을 모두 돌려보낸 혁은 어두운 막사 한 구석만 멍하니 쳐다봤다.

시커멓게 입을 벌리고 있는 천 길 낭떠러지를 만난 느낌이다.

실수를 해도 용납이 되는 경우가 있고, 단 한 번의 실수로 모든 것을 잃어버리는 절체절명의 순간이 있다. 지금은 분명 후자다.

미래에서 왔다는 사실을 이제야 겨우 믿어주는가 했는데, 처음 시작한 일이 이런 식으로 망가진다면 자신이 앞으로 벌이려고 생각했던 모든 계획은 물거품이 될 것이 분명하다. 아니, 그게 문제가 아니라 광해와는 다시는 만날 수 없을뿐더러 허균마저도 등을 돌릴지 모른다.

혁의 머릿속으로 광해와 허균의 낙담한 얼굴이 떠오르고 이어서 더없이 비참해진 자신의 모습도 보였다. 가슴속에서 찬바람이 휘몰아쳤다.

그런데 마지막에 떠오른 것은 지금까지 생각지 않으려고 억지로 참고 있던 아내와 딸아이의 얼굴이었다. 그들은 안타까운 시선으로 혁을 쳐다보고 있었다. 콧날이 시큰해지면서 목이 메어왔다.

'그래, 어떻게든 해내야 한다. 방법을 찾아야만 한다.'

숨도 쉬지 않는 것처럼 허공만 바라보며 혁은 생각에 잠겼다.

산비탈에서는 밤이 더 빨리 오는 듯 밖은 이미 아무것도 보이지 않는 어둠 속이다.

시간이 얼마나 흘러갔는지 모른다. 불현듯 어떤 기억이 떠오른 혁의 눈이 어둠 속에서 빛났다.

혁은 잠시 그 기억을 곱씹더니 고개를 끄덕였다.

멀지 않은 곳에서 이름 모를 밤새 소리가 들려왔다.

눈도 붙이지 않은 혁이 이삼평을 부른 것은 이른 아침이었다.

다시는 떨어지지 않으려고 마음먹었는지 이자성이 아비의 뒤를 따라 들어왔다.

부자가 자리에 앉기 무섭게 혁이 말문을 열었다.

"검붉은색으로 문양을 그린 백자가 뭐지요?"

"검붉은색이라면 철화백자(鐵華白瓷)를 말씀하시는 것 같은데요."

갑작스러운 질문에 약간 얼떨떨한 표정을 지었던 이삼평이 잠시 생각해 보더니 이자성을 돌아보며 대답했다.

"제가 가지고 오겠습니다."

이자성이 벌떡 일어서더니 나갔다. 십 분도 안 되어 돌아온 이자성의 손에는 두 개의 자기가 들려 있었다. 하나는 탐스러운 포도송이가 그려진 편병(扁甁)이고, 다른 하나는 당초문이 검붉은색으로 대담하게 그려져 있는 접시였다.

"맞습니다. 이 색깔입니다."

자세히 들여다본 혁이 자기를 건네며 말했다.

"이것은 제 아비의 말대로 철화백자입니다. 이 두 점은 요번에 번조(燔造: 자기를 굽는 것)한 것으로 오는 유월에 진상할 자기입니다."

이자성은 혁이 돌려주는 자기를 조심스럽게 받으며 대답했다.

"그러면 이 철화백자는 어떻습니까? 그러니까 제 말은 이것도 청화백자처럼 안료가 비싸다든지 해서 대량 생산을 하는데 무슨 문제가 있냐는 겁니다."

잠을 못 자서 그런지 혁은 목소리가 갈라져 나와서 침을 삼켰다.

"철화백자의 안료는 석간주(산화철)로서 이것은 조선 천지에 안 나는 데가 없이 흔한 것입니다. 다만 철화 안료는 청화 안료보다 농담의 조절이나 선을 긋는 데 어려움이 있습니다. 하지만 뭐, 그 정도는 충분히 해낼 수 있습니다."

자신 있게 대답하는 이삼평이었다.

도자기의 원조를 자처하는 중국도 부러워한 비색(翡色)의 고려청자를 만들어낸 이 땅의 장인들이 아닌가. 세계 최초로 상감청자를 만든 고려 장인의 맥은 유유히 조선백자로 이어지고 있었다.

재료가 없다면 모를까 기술이 부족해서 못 만드는 일은 있을 수 없다.

"됐습니다. 그러면 철화백자를 백 죽만 먼저 만들어주십시오."

이어서 혁은 안경석을 불렀다.

"자네는 지금 한양으로 가서 내상(萊商: 동래상인)을 수소문해서 데려오게."

"내상 말입니까?"

"그래, 한양에 가면 분명 상단의 연락 사무소가 있을 것일세."

지체 없이 출발하는 안경석이었다. 자신에게도 뭔가 일이 맡겨진 게 뿌듯한 얼굴이다.

조선의 상단은 크게 대중국 무역을 하는 의주의 만상(灣商), 대일본 무역을 독점하다시피 하고 있는 동래의 내상(萊商), 그리고 한양을 주 무대로 하고 있는 경상(京商)과 전국에 송방을 설치하고 나라 안 모든 상품의 시세를 좌지우지하고 있는 전통의 개성 송상(松商)으로 나눌 수 있다.

혁이 굳이 내상을 찾는 이유는 이 시기 조선은 명나라와 일본, 그리고 유구국(오키나와)을 제외하고는 무역이 허락되지 않았기 때문이다.

유럽과 거래를 하려면 일본을 드나드는 포르투갈이나 스페인, 또는 네덜란드 상인을 통할 수밖에 없고 그러려면 일본 무역에 밝은 내상이 필요했다.

사흘 만에 돌아온 안경석이 대동해 온 한 장년의 사내를 소개했다.

"내상의 차인 행수(지배인)입니다."

"소인 김만복이라 합니다."

조선인치고는 드물게 약간 비대한 체형에 앞머리가 벗겨져 마흔한 살인데도 오십은 되어 보이는 사내다.

"행수를 부른 이유는 왜국에 드나드는 서양 상인들과의 무역 주선을 의뢰하기 위해서입니다. 행수는 지금 왜국의 무역 상황에 대해 압니까?"

"예, 현재 왜국은 나가사키를 국제 무역항으로 개방하여 몇 나라와 거래를 트고 있습니다."

혁이 묻자마자 거침없는 대답이 나오는 게 역시 내상의 차인 행수답다.

우리가 아는 나가사키는 히로시마와 함께 원자폭탄을 맞고 죽었다 살아난 도시 정도이지만 나가사키는 이미 16세기부터 국제 무역의 선봉에 서서 일본에 들어오는 서양 문물의 입구 역할을 한 역사적인 도시이다.

"그리고 주 거래 대상은 불랑기(佛狼機)와 홍모이(紅毛夷)입니다."

불랑기라면 불랑기포로 유명한 포르투갈인지 알겠는데 홍모이는 혁이 처음 들어보는 이름이다.

"홍모이라고요?"

"예, 왜인들은 이를 오란다라고 부르고, 한자로는 화란(和蘭)이라 씁니다."

화란이라면 네덜란드가 아닌가!

"홍모이가 좋겠습니다. 그 나라와 거래를 해주세요."

"홍모이하고만 거래를 하라고요?"

김만복이 몸을 앞으로 내밀며 물었다.

"그렇습니다. 그들에게 이곳에서 생산하게 될 백자 천 점을 우선 거래해 주십시오."

혁이 네덜란드를 택한 데는 이유가 있었다.

포르투갈이나 스페인은 무역을 할 때 선교를 앞세우는 데 반해 네덜란드는 오로지 장사만 하기 때문에 나중에 일본의 무역은 네덜란드가 독점했다는 것을 어디선가 읽은 적이 있다.

조선은 왕조 국가에 유교를 국시로 하는 나라인데, 만인은 하나님 앞에 평등하기 때문에 왕이나 백성이나 똑같다느니, 제사는 우상숭배라서 절대 해서는 안 된다느니 하는 기독교가 이 시점에서 들어온다면 어떤 사태가 발생할지는 조선 말 기독교도의 박해 사건을 떠올려 보면 잘 알 수 있다. 그래서 일본도 나중에는 네덜란드 이외는 무역을 금지시킴으로써 기독교의 전파를 막았다.

네덜란드와 나가사키와의 친밀한 관계는 오늘날 네덜란드 시가지를 그대로 본떠서 나가사키에 지어놓은 하우스 텐 보스를 가보면 잘 알 수 있다.

"그 정도 물량은 어렵지 않을 것으로 봅니다만, 첫 거래인데다 저희가 직접 거래하는 게 아니라 왜관에 머물고 있는 대마도 상인을 통해야 하므로 두 가지 문제가 생깁니다. 첫째는 판매 대금을 후불로 받아야 된다는 점이고, 둘째는 거간비가 이중으로 발생한다는 것입니다."

김만복은 국제 무역을 오래 해온 상인답게 치밀하게 문제점을 지적했다.

수수료 문제야 그렇다 치지만 판매 대금을 전액 후불로 받아야 한다는 것은 대단히 위험한 일이 아닐 수 없다. 아무리 국가 간 무역이지만 먹고 날라 버리면 그만이다.

"잘 알겠으니 그렇게 추진해 주십시오."

어쩔 수 없다. 어떠한 위험을 무릅쓰고라도 거래를 터야 한다.

혁이 믿는 것은 단 한 가지였다.

'그들이 자기(瓷器)를 보는 눈이 있다면 반드시 재거래를 원할 것이다.'

생산된 천 점의 철화백자가 동래로 내려간 것은 그로부터 한 달 후였다.

앞으로 소식이 오려면 얼마나 기다려야 할지 모른다. 그저 기다릴 뿐이다.

"너무 염려하지 마십시오. 자기 전문 상인이라면 그 가치를 알아볼 것입니다. 더구나 이번 철화백자는 굴뚝 밑을 막고 굽지 않습니까? 색깔은 청화가 화려할진 몰라도 품격으로는 결코 뒤지지 않을 것입니다."

혁이 노심초사하고 있는 걸 아는 이삼평이 다가와 위로의 말을 건넸다.

철화백자의 문양을 그리는 석간주는 휘발성이 무척 강해 뛰어난 사기장이 아니면 무늬의 농담을 맞추기가 대단히 어렵다.

너무 옅으면 누렇게 되고, 두껍게 칠하면 불꽃에 타버려 시커멓게 된다.

그런데 이렇게 어려운 석간주를 다루면서 굴뚝을 막고 굽는 환원염번조(還元焰燔造)로 했다는 말이다. 산소의 유입을 막아 불완전연소를 유도하는 환원염번조 방식은 백자의 흰색을 더욱 희게 하여 그 가치를 높이지만 그만큼 불 조절이 어렵다.

한마디로 할 수 있는 최고의 실력을 다 발휘하였다.

소식을 기다리는 동안에도 꾸준히 가마 증설 공사가 진행되어 이제는 임진왜란 전의 생산량을 웃돌게 되었다.

"왔습니다. 내상의 차인 행수 김만복이 왔습니다."

안경석이 벌컥 문을 열고 들어오며 집 나간 딸내미가 돌아온 듯이 호들갑을 떨었다.

그새 자기를 실어 보낸 지 여섯 달이 지났다.

이어서 김만복이 예의 그 살찐 얼굴을 쳐들고 들어왔다.

"나으리, 그간 무고하셨습니까?"

"어서 오십시오, 행수."

통통하고 번들거리는 김만복의 얼굴이 미인의 그것보다 반가워 보였지만 한편으로는 긴장되는 혁이었다.

"좋은 소식입니다. 나으리, 우선 여기 홍모이 상인의 서찰을 보시지요."

김만복이 내미는 커다란 봉투에서 여러 겹으로 접힌 서찰을 꺼내는 혁의 손이 미세하게 떨렸다.

서찰은 물론 한문으로 쓰여 있었지만 이제 이 정도는 읽을 수 있는 혁이다.

"이만 점을……."

얼굴이 달아오른 혁이 신음처럼 중얼거렸다.

서찰에는 가능한 한 빠른 시일 내로 이만 점의 철화백자를 추가로 보내 달라는 내용이었다.

술병, 접시, 항아리, 찻잔 등 각 종류별로 필요한 수량이 따로 적혀 있었고, 가격은 청화백자의 그것과 같게 책정했다는 말도 덧붙여져 있었다.

접시와 술병은 은 10냥, 대형 항아리는 은 30냥이다. 은 1냥이면 쌀이 10말이다. 한마디로 대박이었다.

혁의 표정을 살펴보던 김만복이 소매에서 또 하나의 봉투를 꺼내며 말했다.

"이것은 가져갔던 백자 천 점을 판 대금과 이번에 주문하는 수량의 절반에 해당하는 만 점의 물품 대금입니다. 나머지 절반은 상품 인수 시에 지불한다고 합니다."

그가 봉투에서 꺼낸 것은 두 장의 어음이었다. 첫 번째는 은 만 냥짜리고, 두 번째는 무려 은 십만 냥짜리 어음이다. 조선의 일 년 예산이 이백만 냥이 채 안 되던 시기인 것을 감안하면 얼마나 엄청난 금액인지 짐작할 수 있다.

"그들의 말에 의하면, 저번에 가져간 철화백자에 대한 유럽인들의 반응에 자기들도 깜짝 놀랐다고 합니다. 천 점이 불과 한 달도 안 돼 매진되어 미처 못 산 상인들이 뒤늦게 몰려와 아우성을 치는 바람에 애를 먹었고, 다음에는 자신이 먼저라며 선불까지 낸 상인이 여럿이라고 합니다."

연신 웃음을 흘리며 전하는 만복의 얘기가 혁에게는 더없이 아름다운 음악처럼 들려왔다.

김만복 입장에서도 거간 수수료로 판매 대금의 5%를 챙겼으니, 그야말로 자다가 금덩이를 주운 셈이다. 상단 내에서 그의 위치가 올라갈 것은 말할 필요도 없다.

화려한 청화백자만 보았던 유럽인들에게 소박하지만 청아하면서도 기품이 있고, 때로는 해학이 넘치는 철화백자의 문양은 또 다른 미(美)의 세계를 보여주었다.

게다가 조선 최고의 장인이 빚은 미려한 자태는 보는 이로 하여금 숨을 멈추게 하기에 충분했다. 이제 그들은 조선 철화백자의 아름다움에 눈뜨기 시작하였다.

겨우 한 가지를 해냈다는 생각에 혁은 길게 숨을 내쉬었다.

1996년 11월, 뉴욕 크리스티 경매장에서 조선백자 한 점이 도자기 경매 사상 최고가를 기록하였다.

가격은 무려 840만 불. 예술품의 가격이 급등한 지금 시세로 환산한다면 수백억 원이 넘을 것이다.

그것은 17세기 초 광해군 대에 제작된 철화백자 용(龍) 문양 항아리였다.

혁이 어둠 속에서 기억해 낸 게 바로 이것이었다.

6.
처우를 개선하다

꽃 피고, 새 우는 춘삼월 호시절이다. 조선의 산천은 보릿고개에 신음하는 백성들은 아랑곳없이 온통 개나리, 진달래가 만발이다. 노랗고 발갛게 물든 게 그야말로 삼천리 수려 강산이다.

그렇지만 즉조당 안에서 턱을 괴고 있는 광해의 표정은 바깥 날씨와는 어울리지 않게 어두웠다.

며칠 전에 들어온 한 통의 첩보 때문이다.

사쓰마 번주 시마즈(島津)가 유구국(琉球國)을 공격하려고 한다.

왜구의 소굴인 사쓰마 번에 파견한 간자로부터 온 긴급 정보였다.

'어떻게 해야 하나.'

그냥 모르는 척할 것인가, 아니면 어떤 조치를 취하는 게 좋은가를 두고 광해는 며칠째 고민하고 있었다.

개입을 하지 않는 것이 무난하지만 혁의 자기 무역 성공을 지켜본 광해의 마음속에는 뭔가 일을 벌여보고 싶은 의욕이 솟구쳐 올랐다.

유구, 일본 말로는 류큐라고 불렸던 오키나와 섬은 당시엔 지금처럼 일본에 속해 있지 않고 어엿한 독립국이었다. 그런데 만성 적자에 시달리던 사쓰마 번이 이 유구국에 눈독을 들이더니 드디어는 침공하기로 결정한 것이다.

유구국은 조선왕조가 창건된 1392년에 왕인 삿도가 자신을 조선 왕의 신하라 칭하면서 태조에게 예물을 바친 이래 꾸준한 선린 관계를 유지하고 있었다.

유구와의 교역품 중에는 유황이 있었는데 이는 화약 제조에 필수적인 것으로 조선에서는 나지 않는 아주 중요한 물품이었다. 그런데 유구가 망하면 이런 교역이 끊길뿐더러 안 그래도 왜구의 해적질 때문에 골치가 아픈 상황에서 만약 사쓰마 번이 유국국을 점령하게 되면 왜구가 더욱 활개 칠 것이 불을 보듯 뻔했다. 따라서 개입의 명분은 서지만 현실은 그렇게 녹록치 않았다.

에도막부에 잠입해 있는 간자로부터는 특별한 연락이 없는 것으로 보아 이번 침공은 막부의 지시가 아닌 번주인 시마즈가 독단으로 벌인 일로 보인다는 점은 다행이지만 임진왜란을 겪은 지 얼마 되지 않은 이 시점에서 다시 왜국과의 전쟁 발발 가능성이 있는 군사 개입에 대해 신료들이 대부분 반대할 것이다. 그러나 가장 큰 문제는 현실적으로 지금 조선의 능력이 제 몸 하나 지키기도 쉽지 않다는 점이다.

인상을 쓰고 있는 광해의 귀에 새소리가 들려 쳐다보니 몸통이 노란 게 황조(黃鳥)라 불리는 꾀꼬리다. 화창한 날씨에 취했는지 예년보다 일찍 찾아온 녀석이 즉조당 창틀에 앉아 고갯짓을 두어 번 하더니 뽀로로 날아갔다.

새 꽁무니를 좇던 시선을 잠시 허공에 두었던 광해는 이윽고 붓을 들어 경상우수영에 있는 삼도수군통제사에게 보내는 기밀문서를 썼다.

…(중략)… 이런 사정이므로 통제사는 출전 시늉만 하되 주변에는 곧 유구국으로 원군을 파견한다는 소문이 크게 나도록 하시오. 특히 왜관에 거주하는 대마도인들이 믿을 수 있게끔 철저히 조치해 주길 바라오. 또한 사쓰마 번이 유구국을 공격하려 한다는 사실을 조선에서 명나라에 통보하기 위해 곧 사신을 보낸다는 소문도 널리 퍼뜨리는 것을 잊지 마시오.

왜관은 일본과의 중계무역을 담당하는 대마도주의 주재원을 상주시키기 위해 조선이 두모포(부산 동구청이 있는 자리)에 설치한 기관이다.

이곳에 거주하는 왜인들이 일본의 첩자를 겸하고 있다는

사실은 공공연한 비밀이다.

실제로 수군을 파견할 수도 없고 그렇다고 두 손 싸매고 지켜볼 수도 없는 광해의 고육책이었다.

"할멈, 많이 팔았스므니까?"

"아이고, 어서들 오시구랴."

왜관에서 조선어 통사로 근무하는 아케치 나가야스는 오늘도 동료 한 명과 아침거리를 사러 나와, 왜관 정문 앞에 펼쳐진 좌판들 사이에서 단골로 거래하는 할멈 앞에 섰다.

오늘은 물 좋은 도미 한 마리를 사려고 나온 참이다.

"도미 한 마리, 잘 손질이노 해주시오. 그런데 할멈, 요즈음 젊은 아낙들이 펼친 좌판이 눈에 많이 뜨이는데 어쩐 일이므니까?"

"아, 그거야 유군가, 유균가 하는 나라를 도와주러 간다고 요새 난리도 아닌가베. 수군들이 전부 수영(水營)에 불려 들어가 훈련 받는다고 못 나오니 그 젊은 예편네들이 뭐라도 하나 팔아보겠다고 다 기어 나오니 그렇지. 감독하는 놈들도 그 일 땜에 정신이 없어서 막지도 않고."

물어보자마자 할멈의 볼멘소리가 튀어나온다. 경쟁자가, 그것도 젊은 여자들이 많이 좌판을 벌였다는 사실에 흥분한 할멈이 침을 튀기는 것이다.

여자는 거주가 금지된 왜관인지라 조선 여자들의 왜인과의 간통을 항상 감시하는 관에서는 왜인들을 상대로 벌이는 좌판마저도 젊은 아낙들은 못 하게 했다.

"……!"

동료를 돌아본 아케치 나가야스의 눈이 번쩍였다. 대마도주에게 즉시 보고해야 할 초특급 정보다.

아케치는 도미 가격도 깎지 않고 받자마자 돌아서 뛰어갔다.

이런 소문이 사쓰마 번주인 시마즈의 귀에 들어가는 데는 별로 오랜 시간이 걸리지 않았다.

"칙쇼! 내 이놈들을 그냥……."

눈을 치켜뜬 시마즈는 이를 부득부득 갈았다. 유구국을 점령하면 발 좀 뻗고 살겠구나, 하고 있었는데 난데없이 조선이 원군을 파견한다는 것이다. 잘못하다가는 호랑이 앞에서 웃통 벗는 꼴이 될 수도 있다.

왜국의 수군은 임진왜란 때 이순신 장군에게 말 그대로 박살이 났었다.

시마즈의 수군도 같이 콩가루가 된 아픈 기억이 있다. 지금도 조선의 판옥선(군함)만 보면 경기를 일으키는 병사가 많다. 거기다 한술 더 떠서 명나라에 통보한다니!

'이것들이 나하고 무슨 철천지원수가 져서…….'

사실 시마즈는 막부에 보고를 하지 않고 출병을 할 생각이었다.

은근슬쩍 점령한 다음에 사후 재가를 요청할 계획이었는데 조선 때문에 다 틀어져 버렸다.

일본이나 유구국이나 명나라 입장에서 보면 똑같은 변방의 조공국일 뿐이다. 그런데 종주국의 허락도 받지 않고 침공을 한다는 것은 신하 된 나라가 절대 해서는 안 되는 일로, 만약 그랬다가는 반역자로 낙인찍히게 되어 조공이고 뭐고 다 날아가게 된다.

이는 에도막부가 절대 용인해 줄 리가 없다. 그래서 시마즈는 유구국 점령 후에도 명나라에서는 모르게 하여 계속 조공무역을 이어갈 계획이었다.

조공(朝貢)이라는 말은 어감이 안 좋아서 그렇지, 이 당시 중국의 주변국들로서는 바치는 것보다 받는 것이 훨씬 많은, 남는 장사였다.

특히 일본같이 산업이 낙후된 나라에서 중국과의 조공 무역이 막히게 되면 엄청난 타격일 수밖에 없었다.

출병을 포기하게 된 시마즈의 얼굴이 붉으락푸르락하고 있었다.

사쓰마 번에 의해 점령당했어야 할 유구국이 살아남으로써 비록 직접 하진 않았지만 혁의 등장은 역사의 물줄기 하나를 바꾸는 데 일조를 한 셈이 되었다.

"국왕 전하, 전하의 하해와 같은 은혜에 저희 유구국은 왕부터 시골의 촌부까지 감사의 눈물을 흘리지 않는 자가 없으며, 더욱 전하의 신하가 되기를 앙망하고 있사옵니다. 저희 왕이 직접 왔어야 했는데 소신이 대신 온 것을 너무 허물치 마시옵고 앞으로는 군신의 예로 받들 수 있도록 허락해 주시길 바라마지 않사옵니다."

유구국의 상령왕(尙寧王, 1561~1620)이 보낸 사신이 앞으로는 명나라를 대하듯이 종주국으로 모시겠다는 말을 하고 있었다.

이와 더불어 감사 예물로 유구국의 특산물인 유황과 말을 잔뜩 가져왔다.

광해는 답서로 준 문서에다가 '군신의 예는 과하니 그냥 지금처럼 형제의 예에 만족한다. 앞으로 두 나라는 더욱 친밀하게 지내길 바라고, 만약 감사하는 마음이 많으면 매년 유황이나 좀 넉넉히 보내라' 라고 써 보냈다.

군신 관계를 굳이 마다한 이유는 만약 조선이 유구국과 그런 관계를 맺은 것을 명나라가 알게 되면 골치 아픈 외교 문제가 발생하는 까닭이다. 그렇지만 이런 사정을 모르는 유구국 왕은 조선의 너그러운 대우에 그저 감격할 따름이었다.

한 건을 기분 좋게 처리한 광해가 따스한 봄볕을 받으며 후원을 거닐고 있는데, 허균이 허겁지겁 다가왔다.

"전하, 전하의 국왕 책봉 교서를 가지고 칙사가 황도(북경)를 출발하였다 하옵니다. 감축 드리옵니다."

그러자 왕을 모시고 있던 대전 내관을 비롯한 상궁 나인들이 일제히 목소리를 높였다.

"감축 드리옵니다, 전하."

드디어 질질 끌던 책봉 교서 문제가 마무리된 것이다.

"허허, 고맙소. 다 여러 사람들이 애써준 덕분이오."

광해는 미소로 화답했지만 마음은 그다지 밝지 않았다. 그동안 보인 명의 태도 때문이다.

왕으로 즉위해도 명나라의 승인을 받지 못하면 정통성이 인정되지 않는다. 즉, 신하들에게 권위가 서지 않아 왕으로서의 업무를 제대로 수행할 수가 없다는 말이다.

약소국 조선의 현실이다. 그런데 명은 일 년이 넘도록 책봉을 거부해 오고 있었다. 왜 장자인 임해군을 두고 차자인 광해가 왕이 되느냐는 것이다.

이에 광해의 책봉을 주청하러 갔던 사자가 '임해군이 광해에게 왕위를 양보했다'고 하자 명에서는 이를 조사한다면서 만애민(萬愛民)과 엄일괴(嚴一魁)등을 파견했다.

이미 왕으로 즉위해 있는데 뒤늦게 왕이 될 자격이 있느니, 없느니 하면서 사신들이 몰려왔으니 당하는 광해의 심정은 참담 그 자체였다.

그때를 생각하면 따스한 봄바람도 싸늘하게 느껴지는 광해였다.

임해군(臨海君), 광해보다 일 년 먼저 공빈 김씨에게서 태어났으나 성정이 포악하여 암군 선조조차도 세자 책봉에서 제외했던 인물이다.

임진왜란이 일어나 선조가 한양을 버리고 북으로 몽진 길에 오르자 성난 백성들이 제일 먼저 불태운 곳이 바로 이 임해군의 집이다. 평소 하인들의 작폐가 극심했던 탓이다.

또한 전란 중 선조는 왕자들에게 각 도(道)로 내려가 의병을 모으고 민심을 수습하는 일을 맡겼는데, 광해가 눈부신 활약을 펼친 반면 임해는 파견되자마자 왜병에게 포로가 되어 오히려 조정에 막심한 부담을 주었다.

이런 임해군이니만큼 왕이 못 되는 게 당연하였지만 명은 장자를 제쳐두고 차자가 왕이 되는 것은 '삼강오륜에 어긋나는 일' 이니, '금수나 하는 일' 이니 해가면서 트집을 잡았다.
결국 힘이 없는 조선으로서는 수만 냥의 은을 사신들에게 뇌물로 주고 해결할 수밖에 없었다.
"이번에 칙사로 오는 자에 대해서 좀 알아보았소?"
허균에게 은밀히 지시했던 광해다.
"예, 그게… 태감(명의 내시부 고위 벼슬)으로 있는 유용(劉用)이란 자인데……."
허균이 계속 말끝을 흐렸다.
"또 은 타령이오?"
뭔가 감을 잡은 광해가 눈살을 찌푸리며 물었다.
"예, 말씀드리기 황송하오나 이자가 황도를 출발할 때부터 '조선 국경에 발을 들여놓으면 기필코 10만 냥을 얻으리라' 고 공공연히 떠벌렸다고 하옵니다."
허균이 머리를 더욱 조아리며 대답했다.
이 당시 명은 일조편법(一條鞭法)이라는 은 본위 화폐제도를 사용하고 있었다.
16세기 초, 중반 스페인 상인들을 필두로 동서양 각국에서 비단과 도자기를 사기 위해 상인들이 벌 떼처럼 중국으로 몰려들었다. 유럽의 귀족들이 자기와 차, 비단 등 중국산 물품에 열광하고 있었기 때문이다.
더 많은 중국 물품을 사들이기 위해 은이 필요했던 스페인은 신대륙의 은광 개발에 눈을 돌리게 되었다. 그래서 개발된 대표적인 곳이 볼리비아의 포토시 은광과 멕시코의 사카테카스 은광이다. 포토시는 세계 최대의 은 광산이었고, 사카테카스 은광은 스페인이 150년 동안 무려 16,000t을 채굴해 갔음에도 아직도 세계 3대 은광에 꼽히고 있다. 신대륙에서 채굴된 막대한 양의 은이 카리브 해 일대와 태평양 연안의 아카풀코 항에서 배에 실려 필리핀으로 옮겨지고, 다시 중국으로 건너갔다.

이로써 중국은 은이 넘치는 나라가 되었고, 중국 경제는 급성장을 할 수 있었다.

1588년 스페인의 무적함대 아르마다(Armada)가 카디스 해전과 칼레 해전에서 영국, 네덜란드 연합함대에게 패배했다. 지금까지 바다의 제왕으로 군림하던 스페인의 몰락이 시작된 것이다.

당연히 중국과의 무역도 쇠퇴할 수밖에 없었고, 스페인 상인들에 의해 중국으로 유입되던 은의 양은 급격히 줄어들었다.

그러나 한 번 늘린 살림을 다시 줄이기는 어려운 법. 변방의 방어와 황태자의 결혼, 조선에 지원군 파견 등 오히려 명의 은 소비는 더욱 증가했다. 외부로부터의 유입은 감소되는데 은의 수요가 늘어나는 상황은 명의 경제를 휘청거리게 했다. 이제는 한 톨의 은이 아쉬워진 명나라는 황제의 명을 받은 환관들이 벌게진 눈을 치켜뜨고 전국을 뒤지는 상황이 되어버렸다.

이런 판국에 임진왜란 때 도움을 준 조선에게는 은혜를 갚으라고 요구만 하면 되니 명에게 탐스러운 지갑으로 보인 것은 너무나 당연한 일이었다.

만약 조선에서 금이나 은이 난다는 사실을 중국이 알게 된다면 틀림없이 무리한 요구를 할 것이므로 일찍이 현명한 세종대왕은 '우리 조선은 금은이 나지 않기 때문에 포목을 대신 바치겠다' 며 금은이 생산되는 사실을 숨겼었다.

그러던 것이 임진왜란 때 조선에 파견된 병사들과 이들을 따라온 상인들에 의해서 은 광산이 있다는 사실이 들통나 버렸다. 이때부터 눈이 시뻘게진 명나라는 끊임없이 은을 요구하였으니 그 서막은 1602년 명의 황태자 책봉을 알리려고 조선에 왔던 고천준(顧天埈)에 의해서다.

당시 사관의 기록을 살펴보면 그의 은에 대한 요구가 어느 정도였는지 짐작할 수 있다.

의주에서 한양에 이르는 수천 리에 은과 삼(蔘)이 한 줌도 남지 않았고, 조선 전체가 마치 전쟁을 치른 것 같았다.

그에게 질린 조선 조정은 또 있을지 모르는 명의 은 요구가 두려워 광해군의 왕세자 책봉 요청을 연기하기까지 했었다.

그런데 은 10만 냥 운운하는 칙사가 또 오고 있었다.

"또 그렇게 줄 수는 없어."

눈을 부릅뜬 광해가 잇새로 말을 뱉었다.

"그렇습니다. 저들의 요구를 전부 들어주다가는 나라가 거덜 날 것입니다."

허균이 지체 없이 동의했다.

어둠이 깃들기 시작한 즉조당 안에서 대화를 나누는 두 사람의 의기는 투합했지만 문제는 그게 마음만으로 되는 게 아니란 점이다.

명의 칙사는 온갖 압력을 행사할 테고, 정신 나간 숫한 조정 대신들은 명나라의 하늘 같은 은혜를 갚을 기회라고 또 게거품을 물 게 뻔하다.

이 나라 사대부들의 입에 붙은 재조지은(再造之恩). 광해는 즉위 직후 이들에게 '과인 앞에서 다시는 재조지은을 들먹이지 말라' 고 일갈을 했지만 오로지 성리학에만 젖어 있는 이들은 여전히 명나라와의 '의리' 만 찾았지 백성들의 삶에는 하등 관심이 없었다.

'도대체 언제 망한단 말인가? 아니, 정말 망하기는 하는가?'

명이 머지않은 장래에 여진족에 의해 망한다는 혁의 말을 믿고 싶지만 그렇다고 100% 믿기엔 너무 위험 부담이 크다.

광해는 요 근래에 취합한 주변국들에 대한 정보를 떠올려 보았다.

명은 지금 장거정(張居正)의 강압 정치에 맞서 일어난 동림당(東林黨)과 이들에 반대하는 반(反)동림당으로 나뉘어 치열한 당파 싸움을 하는 중이다.

거기에 황제의 총애를 믿고 날뛰는 환관들까지 가세해 극심한 정치적 혼란을 겪고 있는 데다 국가 재정의 파탄으로 인해 경제도 피폐하여 분명 망조 든 집안 꼴은 맞는데 그렇다고 당장 무너질 정도의 증거는 찾아보기 어렵다.

반면 만주의 누르하치는 작년에 무순 지역의 명군 지휘관들로부터 건주여진(누르하치가 속한 여진 부족)이 대대로 살아온 지역을 존중해 준다는 약속을 받아내었고, 올 초에는 조선 조정에 대해 그동안 하사품으로 주었던 초피(貂皮: 담비 가죽) 대신 해서여진(건주여진의 라이벌)에 하사해 온 면포를 자신에게 직접 건네라는, 건방지지만 대담한 요구를 해왔다.

누르하치 자신이 이제부터 전체 여진 부족의 교역권을 독점하겠다는 뜻으로 만주 지역에서 확고히 세력을 굳혔다는 자신감의 표현이었다.

이런 정황으로 미루어 건주여진의 세력이 날로 왕성해지는 것은 간파할 수 있으나 누르하치가 당장 명과 일대 접전을 벌일 가능성은 거의 희박하다.

이러한 때에 섣불리 명에게 등을 돌리는 행동을 했다가는 엉뚱한 사달을 불러올 위험도 있다.

어려운 시기이다.

한숨을 길게 내쉰 광해의 머리에 지금 열심히 자기 생산을 독려하고 있을 혁의 모습이 떠올랐다.

기특한 녀석이다. 앞으로 조선을 다스려 가는 데 있어 과연 얼마나 도움이 될지는 모르지만 꽉 막힌 이 땅의 사대부들보다 낫다는 생각이 자꾸 드는 광해였다.

혁이 체결한 20만 냥짜리 거래는 조선 개국 이래 최대 금액인 것은 말할 필요도 없다.

그렇지만 혁의 어두운 얼굴은 무언가 고민이 있음을 말해주고 있었다.

어제 있었던 일이다.

"나으리, 윤형손 대감께서 찾으십니다."

혁은 광주에서 올라와 한양의 사옹원으로 출퇴근을 하고 있고 광주에도 자주 내려가곤 했다.

그런데 출근을 하자마자 안경석이 다가와 고위층의 호출을 전했다.

사옹원에는 네 명의 제조(자문역)가 있으며 한 명은 왕의 친인척이 맡았다.

친척이란 혈연으로 맺어진 관계를 말하고, 인척은 혼인을 통해 형성된 관계이다.

바로 그 한 명의 친인척이 윤형손으로, 광해의 후궁인 숙의 윤씨의 숙부였다.

평소에 그런 사람이 있었는지 말단인 혁으로서는 알지도 못했다.

"자네가 유혁인가?"

고개를 숙이고 선 혁의 앞에 의자에 앉아 있던 사내가 천천히 얼굴을 들며 묻는데 목소리에는 거드름이 찐득하게 묻어났다.

"예, 대감. 제가 낭청으로 있는 유혁입니다."

"낭청이라 했나? 아니, 명색이 낭청이라는 자가 일 처리를 그따위로 해?"

갑자기 터져 나온 고함이다. 다짜고짜 소리를 질러대니 혁은 어안이 벙벙할 뿐이다.

"무슨 일 때문에 그러시는지 저는 잘 모르겠습니다."

"이런, 이런, 사옹원에 근무한다는 자가 이렇게 절차를 몰라서야……. 자네, 그 자기 대금으로 받은 은 11만 냥을 호조(戶曹: 나라의 재정을 담당하는 부서)에 전달하려고 한다지?"

"……!"

그 말을 듣고서야 왜 자신이 불려왔는지 감이 잡히는 혁이었다.

며칠 전 자기 판매 계약의 선수금 조로 준 은이 배에 실려 올라왔는데 그 처리 방법을 허균에게 물어보니 일단 호조에 갖다 주라는 대답을 들었었다.

이 제조란 자의 말인즉슨 왜 그 돈을 부서에 올리지 않고 호조에 바로 갖다 주냐는 질책이다.

윤형손이 이번에는 목소리를 낮추어 달래듯이 말했다.

"자네는 이곳에서 일한 지가 얼마 되지 않아 잘 모르는 모양인데, 이 사옹원이라는 데가 의외로 돈이 많이 들어가는 곳이야. 전하의 수라상뿐만 아니라 신주를 모시는 사당이나 제단에 올릴 물품들까지 전부 마련해야 하는 것이 우리 일이네. 그런데 그동안 자기 생산이 여의치 않아 곤란을 겪다가 이제 겨우 숨통이 트이나 보다 하고 있는데 그 돈을 전부 호조에 갖다 바치면 어쩌자는 말인가? 자네가 아직 이런 일에 미숙해서 그런 모양인데 내가 다 알아서 할 것인즉 전부 내게로 가져오게. 알아듣겠나?"

상한 우유를 삼킨 기분으로 돌아온 혁이 또 호출을 받은 것은 막 퇴청을 하려고 할 때였다.

이번에는 첨정(종4품)으로 있는 박대수란 자로 말만 들었지 역시 코빼기 한번 본 적 없는 인물이다.

"내 자네가 열심히 일하고 있다는 얘기는 많이 들었네. 뭐, 어려운 일은 없고?"

여기는 부드럽게 시작했다.

"예, 사기장들이 모두 성심성의껏 하고 있어 별 어려운 점은 없습니다."

"음, 오전에 제조께서 불렀다는 것은 알고 있네. 그런데 자네도 알아야 될 게 제조께서 말씀하셨다고 해서 그분께 덥석 올려서는 아니 된다는 말이야. 무슨 말인고 하니 제조니, 부제조니 하는 분들은 단지 자문 역이라는 거지. 아, 일을 어디 그분들이 하나? 다 자네나 나 같은 실무자들이 하는 것이지. 아니 그런가?"

평소에는 '도자기 굽는 거야 천한 장인들이 알아서 하는 것' 이라고 전혀 관심도 없던 인간들이 음식 냄새 맡은 파리 떼처럼 너도나도 몰려들고 있었다.

첨정 밑에는 판관(종5품)이 있고, 그 아래에는 주부(종6품), 다시 그 밑에는 직장(종7품)이 있다. 한마디로 층층시하(層層侍下)다.

여기를 다 거쳐 결재가 올라간다면, 도대체 얼마나 뜰길지 한숨만 나오는 혁이다.

방법이 없다. 퇴궐한 허균을 붙잡고 상황을 설명했고, 허균이 광해에게 직보한 것은 당연했다.

"사옹원 제조 윤형손은 금일 자로 그 직을 해제한다. 그리고 첨정 박대수는 갑산 현령으로 전보하라."

대로한 광해의 조치였다.

윤형손은 파면된 셈이고, 박대수는 한 등급 강등되어 함경도 오지에 있는 갑산으로 발령 났다.

우리가 흔히 '삼수갑산을 가는 한이 있더라도……' 하는 그

갑산이다.

이곳에 발령 나는 사람은 모두 관직 포기를 심각하게 고민한다는 곳이다.

사옹원 내에서 이들 말고 '어떻게 한번 떡고물을 묻혀볼까' 하고 재고 있던 벼슬아치들이 기겁을 한 건 말할 필요도 없다.

그리고 지금까지 동부승지가 겸임하던 사옹원 부제조를 도승지가 겸임하도록 바꾸어 허균이 직접 개입할 수 있도록 만들었다.

임금의 직속으로 이, 호, 예, 병, 형, 공방의 업무를 맡는 승지들이 있다. 오늘날의 민정수석이니, 홍보수석이니 하는 대통령 수석 보좌관의 역할을 하는 것으로 이방의 업무를 맡으며, 다른 승지들을 총괄하는 도승지(대통령 비서실장 역)가 우두머리이고, 좌승지가 호방, 우승지가 예방, 좌부승지는 병방, 우부승지 형방, 그리고 동부승지가 공방의 업무를 맡는다.

또한 포상도 이루어졌다.

"사옹원 도제조(명목상 최고 책임자) 심희수에게는 반숙마(타기에 반 정도 길이 든 말) 한 필을, 부제조 김상용에게는 아마(어린 말) 한 필을 수여한다. 그리고 이번 자기 수출에 특히 공이 많은 낭청 유혁에게는 은 100냥과 노비 두 구, 그리고 안구마(안장을 갖춘 말) 한 필을 수여하고, 부봉사 안경석은 한 품계를 올려 종8품 봉사를 제수한다."

이번 수출 건에 사실상 전혀 공이 없는 도제조와 부제조에게도 상을 내린 것은 앞으로 쓸데없는 짓 하지 말고 말 잘 들으라는 뜻이다. 그리고 안경석을 승진시킨 반면 혁에게 그냥 상만 준 이유는 남의 눈을 의식해서이다.

낭청 벼슬을 제수한 지 반년밖에 안 되어 또 승진시킨다면 여러 사람의 주목을 받을 것이오, 이곳 조선에 뿌리가 없는 혁으로서는 피해야 할 일이다.

한편 사옹원에 발령받아 낙담했던 안경석은 과거 시험 동기들보다 6개월이나 빨리 승진을 하였다.

그는 자신이 어쩌면 운이 좋은 건지도 모른다는 생각이 들기 시작했다.

"어떠하냐? 이제 어려운 일은 없겠지?"

밤늦게 독대한 혁을 광해가 만면에 웃음을 띤 채 바라보았다.

"예, 전하의 은혜로 집도 한 채 마련하였습니다."

혁은 받은 상금으로 8칸짜리 아담한 집 한 채를 장만했다.

허균의 집을 나와 드디어 독립을 하였다. 하사받은 남녀종들이 앞으로의 독립생활을 도와줄 터이다.

"하하하, 그것참 잘되었구나. 아무래도 남의 집에서 더부살이하려면 불편했을 것이야."

연신 싱글거리는 광해였다. 그도 그럴 것이 국가 일 년 예산의 10%가 넘는 돈을 단 한 차례의 교역으로 벌어들였으니 아마 밥을 먹지 않아도 배가 부르리라.

"그래, 자기 제작은 어찌 되어가고 있느냐?"

예상했던 질문이므로 혁은 지체 없이 대답했다.

"예상보다 주문량이 많아 지금 전 사기장들이 잠시도 쉴 새 없이 자기를 굽고 있는 실정입니다."

"허허, 그것참 기특한지고."

턱수염을 쓰다듬으며 흐뭇한 미소를 짓는 광해다.

"그런데……."

혁이 머뭇거리자 광해가 몸을 세웠다.

"무엇이냐? 말해보거라."

혁은 침을 한 번 삼킨 다음 오늘 꼭 얘기하려고 준비했던 사항들을 차분히 늘어놓았다.

"전하, 서양 상인들의 주문은 앞으로도 꾸준히 이어질 것으로 보이며 그 수량도 더 늘어나리라 사료됩니다. 그런데 지금의 생산 체제로는 여러 가지 문제가 있습니다."

"문제라?"

"예, 전하. 지금 사기장들은 궁궐 납품 자기와 주문 자기를 동시에 생산하느라 밤을 낮처럼 밝히고 있는 실정이오나 이들이 받는 대우는 열악하기 그지없습니다. 얼마 동안이라면 몰라도 이런 상태로는 지속적인 자기 수출에 차질이 올 것이 분명합니다."

사실 왜란 전부터도 분원의 사기장 숫자는 계속 줄어드는 추세였다. 그 이유는 국가로부터 일에 대한 급여를 제대로 받지 못하여 생계를 이을 수 없었기 때문이다.

이번 포상에서도 이삼평만이 변수(우두머리 장인 직책)로 임명되었을 뿐, 나머지 장인들에게 하사된 것은 돼지 몇 마리와 술 몇 동이가 다였다.

"더욱이 분원에서 일하는 이는 대부분 이번에 송환된 사기장들로 이들은 가족과 같이 생활할 집조차 변변치 않습니다. 그리고 주문받은 자기를 빨리 생산하기 위해서는 시설 투자도 시급합니다."

혁은 그동안 느꼈던 문제들을 가감 없이 광해에게 털어놓았다. 그나마 요번의 인사 처리로 쓸데없는 간섭이 줄어들 것은 다행이었다.

"그럼 네 생각으로는 그것을 해결하려면 어떻게 해야 한다는 말이냐? 문제점을 보았다면 해결책도 생각했을 터."

어렵게 잡은 돈줄인데 잘못하면 차질이 올 수 있다는 말에 광해는 가슴이 철렁했다.

"교역 금액 중 일 할을 떼어내어 사기장들의 처우 개선과 시설 확장에 사용하고자 합니다."

이렇게 하면 사기장들은 정당한 혜택을 받을 수 있을 뿐만 아니라 많이 만들어 많이 팔수록 그 혜택은 커진다. 혁은 비록 초보 단계지만 오늘날의 성과급제를 도입하고자 하는 것이다.

"일 할이라면 2만 냥이 아니냐? 게다가 앞으로도 계속 사기장들에게 추가 보수를 지급하자는 말이렸다?"

광해의 눈이 둥그레졌다.

"그렇습니다. 하지만 앞으로 더 늘어날 수출 물량을 생각한다면 꼭 필요한 방법이므로 결코 돈을 아까워해서는 안 된다고 생각합니다."

이번 기회에 고쳐야 한다. 상공업을 천시하고 백성들은 그저 쥐어짜면 되는 존재라는 생각을 바꿔야만 조선에 미래가 있다.

"으음……."

광해의 입에서 신음 소리가 흘러나왔다.

2만 냥은 결코 적은 돈이 아니다. 그리고 계속 추가 보수를 지급하자고 한다. 지금까지 한 번도 듣도 보도 못한 방법을 저 혁이라는 자가 들고 나왔다.

과연 장인들에게 그렇게까지 좋은 대우를 해줄 필요가 있는가? 게다가 두 달만 있으면 명에서 사신이 도착한다. 그러면 얼마나 많은 은이 소요될지 알 수 없는 상황이다.

"끄으응……."

변비를 앓는 것 같은 소리가 또 광해의 입에서 나왔다.

한참의 시간이 흘렀지만 두 사람 다 아무 말이 없었다.

눈을 내려 깔고 혁은 조용히 기다렸다. 물론 당장은 얼토당토않은 방법으로 보일 것이다. 그러나 서양의 여러 나라가 발전하는 동안 조선이나 중국이 뒤쳐지게 된 중요한 이유 중 하나가 바로 상공업을 천시했기 때문이다.

"좋다. 너를 믿어보마. 네게 분원과 사기장들에 대한 전권을 맡기겠다."

비장한 얼굴을 한 광해의 입에서 드디어 허락이 떨어졌다. 순간 혁은 고개를 번쩍 들어 광해를 쳐다봤다가 얼른 내렸다. 용안을 함부로 쳐다봐서는 안 되는 것이다.

"성은이 망극하옵니다, 전하."

이제 이 정도의 말은 혁도 할 수 있다.

"상감마마 천세."

"상감마마 천천세."

이 조치가 사기장들에게 알려지자 그 반응은 폭발적이었다.

사기장들은 너도나도 천세를 외치고, 서로 얼싸안기도 하였으며, 감정이 격한 몇몇은 땅바닥에 주저앉아 눈물을 흘렸다. 이제 사람답게 살 수 있게 되었다.

혁은 우선 만 냥을 모두에게 고루 나누어주었다. 대략 일인당 은 20냥이 돌아갔다.

쌀을 열세 가마니를 살 수 있고, 콩을 스물여섯 가마니를 살 수 있는 돈이다.

이들 모두 평생 처음 만져보는 거금이었다. 나머지 만 냥은 대량 생산에 필요한 설비 확충이나 땔감 마련과 고령토 채취에 동원되는 인건비에 쓰기로 했다.

자기를 굽기 위해서는 막대한 양의 땔감이 필요하므로 산에서 나무를 해와서 그것을 또 가마에 넣기 적당한 크기의 장작으로 만드는 데는 많은 인력이 소모되었다.

이제 이런 일은 일당을 주고 고용한 잡부들에게 맡기고 사기장들은 오직 자기 제작에만 전념할 수 있게 되었다.

또한 백자의 원료가 되는 고령토의 채취에는 그 주위 마을의 백성들이 강제 동원되었으므로 이들이 자신들의 바쁜 농사일을 제쳐놓고 성의를 다해 일을 할 리가 없었다. 따라서 분원에서는 필요한 양을 제때에 공급받기도 어려웠고 백성들의 원성도 높았다.

그런데 이들에게도 채취량에 따라 일정 보수를 지급해 줌으로써 공급 차질을 없앴을 뿐만 아니라 살림에도 보탬을 주게 되니 원성이 찬사로 바뀌었다.

"아니, 자네들 지금 일 안 하고 뭐 하나?"
"어, 잠깐 좀 쉬고 있는 중일세."
물건을 가지러 가던 한 사기장이 나무 그늘에 앉아 있는 두 사람에게 다가갔다.
"허허, 이 사람들. 아, 쉴 틈이 어디 있나, 쉴 틈이. 시간이 돈이야. 빨리빨리 만들어야지."
"아이구, 알았네, 알았어."
툭툭 털고 일어나 얼른 자기 자리로 돌아가는 두 사람이다.
요즘 분원에서 자주 볼 수 있는 광경이었다. 이제 누가 일하라고 말할 필요가 없었다.
일한 만큼 확실하게 보답이 돌아온다는 사실을 모두 알고 있는 까닭이다.
두 사람을 일터로 보낸 사기장이 있는 힘껏 기지개를 켰다. 눈에 들어오는 늦봄의 하늘은 맑았고, 구름 두어 점만이 어슬렁거리고 있었다.
그는 자신이 이렇게 가슴 가득 푸근함을 느낀 게 언제였는지 잠시 생각하다가 미간을 살짝 찌푸렸다. 아무리 생각해도 그런 기억이 없었다.

7.
친구를 사귀다

선혜청 옆의 창거리(창동)에 자리 잡은 혁의 8칸[間]짜리 초가집은 방이 세 개로 오늘날로 치면 25평형 아파트쯤 될 것이다.

두 칸짜리 방은 혁이 쓰고, 한 칸짜리 작은 방 두 개는 남녀 종이 각각 사용한다.

흔히 99칸짜리 집이라 하면 방이 99개로 잘못 알고 있는 경우가 많은데 한 칸이란 기둥 네 개로 둘러싸인 네모꼴의 공간을 말하는 것으로 면적이 일정치가 않다.

쓰인 자재의 길이가 제각각이라 그런 것으로 보통 사방 6척(약 1.8m)인 경우가 많다.

요즘같이 대부분 키가 큰 상황에서는 발을 쭉 뻗고 잘 수도 없을 정도로 좁은 방이다.

99칸이라 해도 그 안에 마루, 헛간, 부엌, 하다못해 변소까지 다 포함되기 때문에 실제 방은 대략 30개 안팎이 나온다.

조선의 법전인 『경국대전』에는 영의정이라 하여도 50칸을 넘지 못하게 되어 있지만 힘 있는 왕족이나 권문세가들은 이는 너무 좁다 하여 법을 무시하고 넓게 지었고, 이를 감히 단속하는 곳은 없었다.

혁이 장만한 집은 궁궐과도 거리가 별로 멀지 않아 출퇴근하기도 괜찮은 위치이다.

하사받은 사내종의 이름은 막쇠로 나이는 스무 살, 키는 165㎝ 정도이니 당시로서는 제법 큰 편에 속했다—조선 시대 남자의 평균 신장은 약 160㎝이고, 여자는 150㎝가 채 안 되었다—.

어미 아비가 모두 관노(官奴)였지만 하도 어릴 때 헤어져서 누구인지도 모른다고 한다.

어려서부터 눈칫밥 먹으며 고생을 많이 해서 그런지 나이에 비해 얼굴도, 생각도 겉늙어 보이는 녀석이다.

밥하고 빨래하고 온갖 집안의 잡일을 해주게 될 계집종은 마흔둘 먹은 아낙으로 수원 지방의 관노로 있었기 때문에 혁은 그냥 수원댁이라 부르기로 하였다.

황인종 특유의 펑퍼짐한 얼굴에 납작한 코, 게다가 마마를 앓아 얽은 자국까지 있어 인물은 볼품이 없지만 일 하나는 다부지게 잘했다.

고을을 휩쓴 돌림병에 남편과 두 아들을 잃고, 혼자된 지가 벌써 십 년이 넘었다고 한다.

비교적 편한 관노비에서 혁의 사노가 되자, 불안한 심정에 과연 혁이 어떤 인물인지 열심히 살피고 있는 중이다.

휴일이라 모처럼 늦잠을 자고 난 혁이 마당에 나와 기분 좋게 하품을 하고는 담벼락을 타고 올라가는 호박 줄기에서 적당해 보이는 이파리 몇 장을 떼어냈다. 측간에 가기 위해서다.

표면이 좀 까칠하기는 하지만 질긴 호박잎은 뒤처리용으로 안성맞춤이었다. 다만 초여름부터 초가을까지만 쓸 수 있다는 게 단점이다.

길가의 나무마다 물이 올라 파릇파릇한 게 더없이 싱그럽게 보였다.

매달 초하루와 보름날, 그리고 그 사이의 8일과 23일이 조선 시대의 공식 휴일이다. 즉, 한 달에 4일을 논다. 그 외에 설날은 7일을 쉬었고, 단오와 연등회 때도 3일간 연휴를 주었으며, 추석은 하루만 쉬었다.

"나으리, 아침진지 자셔야지요."

부엌에서 얼굴만 내민 수원댁이 말했다.

"어, 먹어야지. 그런데 수원댁, 앞으로 아침밥은 반 그릇만 주게."

역시 밥때마다 큰 사발 가득 고봉밥을 들이미는 수원댁이기에 아침밥을 적게 먹는 게 현대에서부터 습관이 된 혁이 당부하고 있었다.

"그럼 지들도 반 그릇만 먹을까요?"

주인이 반만 먹는다는데 노비가 온 그릇을 다 먹는다면 염치없는 노릇이란 생각이 드는 게 당연했다. 옆에 서 있던 막쇠의 얼굴에도 순간 긴장의 빛이 서렸다.

이들에게는 밥 먹는 게 거의 유일한 삶의 낙인데, 지금 심각한 순간이었다.

"아니, 나만 그렇게 주고 두 사람은 먹고 싶은 만큼 얼마든지 먹게."

동시에 이를 드러내며 히죽거리는 막쇠와 수원댁이었다.

노비들이 혹시 뭘 훔쳐 먹을까 봐 부엌문을 못 닫게 하는 주인이 널린 세상인데 마음 놓고 먹으라니…….

일단 나쁜 주인은 아닌 것 같다고 수원댁은 생각했다.

장작을 패면서 막쇠도 요즘처럼 잘 먹으면 살이 붙을 것 같다는 생각이 들었다.

막쇠가 하는 일 중에 가장 중요한 것이 광해가 하사한 말을 돌보는 일이다. 이 말은 광주로 자주 출장 가는 혁에게 아주 요긴한 자가용 역할을 했다.

혁이 '군만두' 라고 이름 붙인 말은 나이가 제법 있어 초보자가 타기에도 적당했다.

아직 승마에 서툴러 달리지는 못하지만 빠르게 걷게 하는 것만으로도 예전과 비교할 바가 아니었다.

"저, 이거 처음 뵙겠십니다."

매연도 없고, 미세 먼지도 없고, 높은 빌딩도 없어 장대하게 펼쳐진 저녁놀 비낀 하늘을 마음껏 감상하던 혁의 귀에 두툼한 경상도 사투리가 들렸다.

웬 사내 하나가 혁의 집 마당으로 들어서고 있었다. 키는 작달막하지만 단단한 게 빈틈없어 보이는 몸이 무술을 잘 모르는 혁이 보더라도 한가락 하게 생겼다.

"예, 어서 오십시오. 그런데 누구신지……."

"아, 지는 조~ 오쪼 사는 방덕수라 캅니다."

손가락으로 혁의 집으로부터 서너 채 더 들어간 골목 쪽을 가리키며 방덕수란 자가 말했다.

"여 이사 온 지 얼매 안 되지예? 지는 마 벌써 일 년이 됐다 아입니꺼. 말 들어보이 사옹원에 계시다 카든데 한동네 살면서 인사는 해야 안 되겠십니까."

유창한 사투리에 좀 정신이 없었지만, 이자의 말인즉슨 자신은 나이 서른에 대구가 고향이고, 일 년 전 무과에 합격하여 사용(司勇: 정9품)으로 근무하고 있단다.

친구가 없는 혁으로서는 어쨌든 이렇게 알은척해 주니 반가웠다.

"들어가서 저녁이라도 같이하시지요?"

"어데예, 초면에 밥까지 얻어먹어서야 실례 아인교. 그라지 말고 이래 만난 것도 인연인데 조 앞에 있는 주막에 가서 탁주나 한 사발 하는 게 어떻겠십니까?"

넙적한 얼굴에 두툼한 입술이 얼핏 막걸리 사발을 연상케 했다.

술이라면 혁도 많이는 못 하지만 사양하는 편은 아니다. 다만 여기 와서는 같이 먹을 친구도 없고, 무엇보다도 술에 취하면 두고 온 가족 생각이 사무치는 게 싫어서 자제하고 있을 뿐이다.

"그것도 좋은 생각입니다. 방 형이 손님이니 오늘은 제가 한 잔 사도록 하지요."

혁이 대충 옷을 걸치며 말했는데 방덕수는 별다른 말이 없다. 밥 얻어먹는 것은 실례고, 술 얻어먹는 것은 괜찮은 모양이다.

"이왕 술자리 하는 거 한 사람 더 부르면 어떨까예?"

큰길 쪽으로 몇 발자국 떼던 방덕수가 혁을 돌아보며 물었다.

"……?"

"요 근처에 작년에 문과에 합격한 김석균이란 친구가 있는데, 심성도 곧고 사람이 괘안십니다. 우째 함 만나보실랑교?"

마다할 이유가 없다. 이렇게 해서 동네 단합 대회가 열리게 되었다.

"저는 광산(光山) 김가에, 이름은 석균이라 합니다."

깊숙이 고개를 숙이며 인사를 진중하게 하는 김석균이다. 이목구비가 뚜렷하고 얼굴도 갸름한 게 좋게 말하면 미남형이고, 나쁘게 표현하자면 샌님 같다고나 할까. 어쨌든 꽉 다문 입술 선이 고집스러움을 풍기는 인상이다.

"그런데 유 낭청께서는 연배가 우예 되십니까?"

막걸리가 놓이자마자 한 잔씩 척척 따르면서 방덕수가 혁에게 물었다.

"저도 방 형과 같은 서른 살입니다."

나이를 얘기할 때마다 얼굴이 간질간질해지는 혁이지만, 젊다는 것은 좋은 것이다.

"허, 야도 서른인데 그러면 우리 셋 다 동갑이네예. 이거 더 반갑십니다. 자아, 한 잔 더 받으이소."

신이 난 방덕수가 다시 그득그득하게 잔을 채웠다.

김석균이란 자는 원래 말이 적은지 묵묵히 받은 술만 비웠고, 방덕수만 연신 술을 따르랴, 안주 먹으랴 부산을 떨고 있었다.

몇 잔이 연거푸 들어가자 빈속이 기분 좋게 짜릿해진 혁이 입을 열었다.

"우리 같은 동네 살면서 나이도 같은데 서로 편하게 말하면서 친구가 되면 어떻겠습니까?"

"하이고, 그라면 우리야 좋지요."

대번에 찬성하고 나서는 방덕수다.

"지체가 다른데 그래서야 되겠습니까?"

혁의 지위가 자기들보다 두 단계나 높은데 함부로 친구 먹을 수 있겠느냐는 얘기다.

역시 김석균은 신중한 성격임에 틀림없다.

"지체라고 해봤자 말단인 것은 똑같은데, 뭐 굳이 그런 걸 따질 필요가 있겠습니까? 이렇게 만나는 것도 쉽지 않은 일인데 앞으로 좋은 인연이 되었으면 합니다."

혁이 계속 겸손하게 얘기하자 혁을 보는 김석균의 눈빛도 조금 달라졌다.

조선 시대에 과거 합격을 통해 벼슬길에 진출한 사람은 아버지나 할아버지의 공으로 그냥 벼슬을 받은 음서(蔭敍) 출신이나 혁과 같이 천거에 의해—혁은 허균이 천거하였다—벼슬길에 오른 사람을 자신들과 동급으로 인정치 않고 내려다보는 경향이 있었다.

한 부서에서 술을 마셔도 음서나 천거로 들어온 부원은 배제하고 과거 출신들끼리만 몰려가는 등 배타성이 강했다. 일종의 엘리트 의식이다.

혁의 인품이 쓸 만하다고 느꼈는지 김석균은 얼굴을 풀고 술 마시는 속도도 빨라지기 시작했다.

"그런데 보래이, 석균이 니가 볼 때 임숙영(任叔英)이 글마는 어예 될 것 같노?"

벌써 두 동이째 막걸리를 비우고 있는데 방덕수의 목소리는 아직 취기가 없었다. 말술인 모양이다.

"어떻게 되기는 뭐가 어떻게 돼. 곧 환수(還授: 빼앗았던 직첩을 도로 내주는 것)되겠지."

당연하다는 투로 말하는 김석균의 어조에는 방덕수와는 달리 약간 콧소리가 섞여 있었다.

"주상께서 노해서 거따 삐린 건데 그리 쉽게 다부 주겠나? 내는 안 그럴 것 같은데."

방덕수가 이마를 찌푸리며 고개를 흔들었다.

혁은 둘이 무슨 말을 하는 건지 알아들으려고 아름아름 올라오는 취기를 누르고 정신을 모았지만 모르는 얘기다.

"아무리 주상 전하라 하더라도 대과에 합격한 선비를 답이 마음에 안 든다는 이유로 내쳐서는 안 되는 거야. 지금 대소 신료들이 계속 주청을 드리고 있다고 하니 전하께서도 어쩔 수 없을 것이야."

작년에 치러진 과거의 전시(殿試: 마지막 시험)에서 있었던 일이다.

광해가 낸 시험문제는 '지금 가장 시급한 문제는 어떤 것이며 그 해결 방안은 무엇인가' 라는 것이었는데 임숙영이란 자가 엉뚱하게도 시험문제와는 전혀 상관없이 '나라의 모든 혼란과 조정의 병폐는 그 책임이 오로지 임금에게 있으니 임금은 자만을 경계하고 자기 수양에 적극 힘써야 한다' 라는 답변을 올렸다. 이에 화가 난 광해가 그의 합격을 취소해 버린, 이른바 삭과파동(削科波動)에 대해 두 사람이 떠들고 있는 것이다.

이러한 광해의 조치에 이항복, 이덕형을 비롯한 조정의 중신들이 나서고 유생들도 상소를 올려 임금을 전방위로 압박함으로써 결국 김석균의 예상대로 4개월 만에 임숙영은 환수되었다.

이 일에는 광해의 정치적 배경이며 조정을 틀어쥐려는 대북파에 대한 서인들의 견제가 저변에 짙게 깔려 있었다.

광해는 '앞으로는 묻는 말에 정확한 답변을 달아야 할 것이며 질문과 무관한 답을 써내는 자는 탈락시키라' 는 말로 불만을 내비치면서 뜻을 굽힐 수밖에 없었다. 아직 왕권이 약한 것이다.

"내 친구 중에 문과 공부 하는 놈이 있는데 일마는 아직 소과(小科)도 합격 몬 했다 카더라. 니는 두 번 만에 붙었다 캤제? 대단하대이."

이제는 방덕수의 목소리에도 술 냄새가 났다.

"대단하기는 뭐, 한 번에 붙는 사람도 있는데."

김석균이 짐짓 겸양하는 듯 손을 내저었지만 미소 띤 얼굴에는 자랑스러움이 묻어났다.

두 개의 참대 오리에 종이로 만든 색색의 무궁화 꽃을 붙인 어사화. 대과에 합격해야지만 써볼 수 있는 이것은 모든 조선 선비의 지고(至高)의 목표였다.

오늘날의 행정고시나 사법고시보다 훨씬 어려웠던 조선의 과거 시험, 이 과거 합격은 개인의 팔자를 고치는 것일 뿐만 아니라 그야말로 가문의 영광이요, 그 고을의 광영이었다.

조선 중기에 과거 합격 평균 나이는 대략 삼십 대 중반 정도로서 후기로 갈수록 연령이 높아져 갔다.

조선 역사를 통틀어 최고령 합격자는 고종 때의 정순교(丁洵教)라는 사람으로 85세에 합격을 했다. 5세에 천자문을 배우기 시작한 이래, 80년을 공부한 끝에 합격의 영광을 안았다.

이 사실에서 조선의 선비들이 얼마나 과거 합격을 갈망했는지 엿볼 수 있다.

과거 시험은 크게 소과(小科)와 대과(大科)로 구분이 된다.

소과는 먼저 초시(初試)라 하여 각 지방에서 시험을 치러 전국적으로 700명을 선발한다. 이 시험을 합격하면 '이 초시', '김 초시' 하고 불릴 수 있다.

이 700명의 합격자가 한양으로 올라와 복시(覆試)를 치러 생원 50명, 진사 50명, 도합 100명을 뽑는다. 이 합격자들이 우리가 사극에서 자주 보는 '박 생원', '최 진사' 들이다.

여기까지가 소과로 사실 이 소과만 합격해도 상당한 것으로 지방에서는 방귀깨나 뀔 수 있다.

100명의 합격자는 국립대학인 성균관에 유생으로 입학하여 더욱 학문을 닦는데 전원 기숙사 생활을 해야 한다.

이들이 하루에 조석 두 끼니를 먹으면 원점(圓點)이라는 출석 점수 1점을 받는다.

출석 확인은 원래 도기(到記)라 불리는 출석부에 본인이 자율적으로 서명을 하는 것이었으나 동료가 대리 서명 하는 경우가 잦아지자 나중에는 성균관의 관원이 본인을 확인한 후 출석 점수를 주었다. 대학에서의 대리 출석의 역사는 이토록 깊다.

아무튼 점수 300점을 채우면 바야흐로 대과에 도전할 수 있는 자격을 획득하고 성균관을 졸업한다. 졸업생들은 대부분 지방에 도로 내려가지 않고 한양에서 대과 시험 준비를 하였으며 하숙비가 싼 변두리 지역인 남산골에 주로 터를 잡았다. '남산골 샌님' 이란 말은 '남산골 생원님' 이란 말에서 나왔다.

이들이 칼을 갈며 준비하는 대과는 다시 초시 3회(초장, 중장, 종장)와 복시 3회(초장, 중장, 종장) 총 6회의 시험을 거쳐 33명의 최종 합격자를 배출하게 된다.

33인의 합격자는 마지막 시험인 전시(殿試)를 임금 앞에서 보게 되나 이는 떨어뜨리는 시험이 아니라 석차를 매기기 위한 시험이다.

전시 결과에 따라 갑과 3인, 을과 7인, 그리고 병과는 나머지 23인으로 석차가 매겨진다.

갑과 1등이 장원(壯元)이다. 갑과 2등이 차석인 방안(榜眼), 갑과 3등이 전체 3등인 탐화(探花)라 하여 우대했다. 이렇게 순위를 따지므로 병과 1등은 전체 11등인 셈이다. 장원급제를 하면 합격 동기들보다 5단계나 위인 종6품을 바로 제수했으니 인생이 활짝 펴지는 일이 아닐 수 없었다.

이렇듯 조선 시대의 과거는 무려 9번의 시험을 통과해야만 합격의 영광을 안을 수 있는 시험이었다.

이것은 문관을 뽑는 문과 과거나 무관을 뽑는 무과 과거나 별 차이가 없었다.

양반(兩班)이란 말 그대로 문반과 무반 둘을 합쳐 부르는 것인데 무반을 선발하는 무과 과거는 활쏘기, 마상 무예 등 주로 개인 무술과 병법서를 평가하여 문과보다 5명이 적은 28명을 최종 합격자로 선발했다. 그리고 이들 무과 합격자를 '선달'이라 불렀다.

그러면 이제부터 합격자들은 고생 끝, 행복 시작이냐? 아니다.

아직 신입이 반드시 넘어야 할 마(魔)의 산, 허참례(許參禮)와 면신례(免新禮)가 남아 있는 탓이다. 이는 오늘날의 신고식 같은 것으로 허참례는 예비 신고식, 면신례는 본신고식으로 보면 된다.

제법 취한 김석균이 혁과 방덕수를 뒤로하고 집으로 비척비척 걸어가는데 콧노래가 절로 나왔다. 오랜만에 부담 없이 마셔서다.

달빛에 파랗게 비친 장승도, 길거리에 늘어진 버드나무도 전부 고개 숙여 인사하고 있었다.

하지만 이런 좋은 기분도 집이 가까워지자 스멀스멀 올라오기 시작하는 불안감에 슬그머니 사라져 갔다.

내일은 또 명함을 돌리는 날로서 이번이 벌써 세 번째다.

김석균과 같이 문과 과거에 합격한 사람은 예문관(임금의 명령을 짓는 것을 담당), 교서관(경서 인쇄와 제사 때의 축문을 관장), 성균관(국립대학), 승문원(외교 문서 담당) 등 네 곳 중 한 곳에 정식 직책을 제수받을 때까지 수습사원인 권지로 배속된다.

'아무개라는 사람이 이 부서에 들어왔다' 라는 사실을 부서원들에게 인정받는 절차가 허참례이고, 이와 동시에 이루어지는 것이 '자신이 누구' 라는 것을 알리는 명함을 돌리는 일이다.

이 명함은 두껍고 빳빳한 가장 좋은 종이를 사용해야 하므로 그 가격이 엄청나, 고작 세 장을 주면서 면포 한 필을 받았다. 면포 한 필이면 쌀이 한 가마니 하고도 다섯 말이다.

이렇게 비싼 명함을 벌써 두 번을 돌렸다. 그것도 하인에게 몇 푼이라도 쥐여줘야지, 그냥 전해달라고 건네면 어느 뒷간의 휴지로 사라질지 모를 일이다.

넉넉지 않은 김석균의 살림에 명함값도 부담이 되지만 허참례를 생각하면 문제는 심각해진다.

허참례 군기가 가장 센 곳이 예문관이다.

승문원에 배치받은 김석균은 안도의 숨을 내쉬었지만 승문원이라 하여 허투루 넘어가지는 않는다.

허참례는 부서원을 전부 초대해 잔치를 여는 것으로 석 삼(三), 다섯 오(五), 일곱 칠(七), 아홉 구(九)의 숫자를 따른다. 즉, 처음에는 모든 음식을 세 개씩 마련한다.

청주 세 병, 머리 고기 세 접시, 나물 무침 세 개, 지짐 세

개……. 이런 식으로 마련하여 다섯 번 잔치를 연다. 그다음은 오(五)로 수십 가지 음식을 다섯 개씩 마련하여 세 번의 잔치를 열어야 한다.

비용이 어마어마하게 들어가는 것은 말할 필요도 없다. 현재 김석균은 오(五)까지, 즉 허참례 2단계까지 마쳤다. 앞으로도 칠(七), 구(九)의 두 단계가 더 남았다.

김석균의 집안은 양반이라도 별로 가진 재산은 없다. 모르긴 몰라도 지금까지 들어간 돈만으로도 집안이 휘청거릴 터이다.

돈 문제는 아내에게 맡겼기에 짐짓 모른 척해 왔지만 돌아서서 한숨짓는 아내의 모습을 볼 때마다 김석균 역시 착잡해 오는 심정은 어쩔 수 없었다.

이런저런 걱정으로 집 앞에 당도했을 때는 술이 거의 다 깨 버렸다.

"아버님께서 서방님 들어오시는 대로 사랑채로 오라 하셨습니다."

김석균을 맞는 아내 정 씨(鄭氏)의 말이다.

의관을 정제한 김석균이 방에 들어가자 오십 대에 들어선 초로의 선비가 정좌해 있었다. 김석균의 부친인 김성옥이다.

"거기 앉거라."

김석균이 조심스럽게 자리하자 김성옥이 잠시 뜸을 들인 다음 입을 열었다.

"내 너를 이 시각에 부른 것은 특별히 당부하고자 할 말이 있어서다. 너도 알다시피 우리 집안이 어떤 집안이냐. 광산(光山) 김씨라 하면 연안(延安) 이씨와 함께 사람들이 광김연리(光金

延李)라 하여 양반 중에 양반으로 칭해주는 가문이 아니냐? 배출한 대제학만도 벌써 네 분이니라. 그런데 내가 진사에 머물고 말아 조상님을 뵐 면목이 없더니 네가 다행히 대과에 급제하여 겨우 시름을 놓았다. 한데 큰 꿈을 펼쳐 가문을 빛내야 할 네가 잔치 비용이나 걱정하고 있어서야 될 말이냐."

서랍을 열고 묵직해 보이는 은자를 꺼낸 김성옥은 아들 앞으로 밀었다.

"선산 앞에 있는 문중 논 서른 마지기를 팔았다. 문중의 논의를 거쳐서 결정한 일이니 염려할 필요는 없다. 다들 네가 종손으로서 우리 가문을 일으키는 데 힘써달라는 말이었다. 새겨듣고 이 돈은 잔치 비용에 보태도록 해라."

그 논은 문중 제사나 문중 전체를 위한 일을 할 때 필요한 경비를 충당하기 위한 것인데 이제 김석균의 잔치 비용 때문에 날아가 버렸다.

김석균은 무거워진 어깨가 더욱 내려가는 것을 느꼈다.

"김석균에게 허참을 허용하노라."

오늘은 허참례 마지막 날로 드디어 판교(判校: 정3품으로 승문원의 실질적 책임자) 소대식으로부터 통과 선언이 혀 꼬부라진 소리로 떨어졌다. 허참례가 끝난 것이다.

이제 남은 것은 정식 신고식인 면신례이다.

면신례란 말 그대로 '신래(조선 시대 신참을 일컫는 말)를 면하는 예식' 이다.

이 잔치는 허참례와는 달리 기방에서 열든지 아니면 기생들을 불러와야 한다. 즉, 한 사람 앞에 한 명씩 기생을 붙여줘야 된다는 뜻이다. 그러자니 들어가는 비용도 엄청났다.

문중의 논을 판 돈도 벌써 반 넘게 써버린 김석균에게는 이만저만 부담되는 것이 아니었다.

"서방님, 이것……."

"아니, 이게 무엇이오?"

김석균은 아내가 내미는 돈주머니를 받으며 물었다. 제법 묵직했다.

"친정에 제 앞으로 되어 있던 논을 팔았습니다."

청주가 고향인 아내 정 씨가 상속받게 될 무심천변의 알토란 같은 논 이십 마지기를 처분한 돈이다. 아니, 거기다가 가지고 있던 패물을 판 돈도 보탰다.

"…고맙소."

아내의 두 손을 꼭 잡으며 말하는 김석균의 목소리가 갈라져서 나왔다.

사실 이 면신례는 수많은 신참 관원들을 곤혹스럽게 했다. 이 때문에 어렵게 얻은 관직을 때려치우고 낙향해 버리는 이도 있었고, 완전히 가산을 탕진하여 거지꼴이 된 사람, 잔치치를 돈이 없어 부자 장사치 집에 데릴사위로 들어가는 사람도 있었다.

원래 고려 때 과거 시험을 치르지 않고 음서로 임관된 고위층 자제들의 기를 꺾어놓기 위해 생긴 이 관습이 시간이 지나면서 변질되어 그 폐해를 더해갔다. 나라에서는 면신례를 강요하는 자는 장 60대에 처한다고 했지만 없어지기는커녕 더

기승을 부렸다.

오늘날 대학 신입생 환영회 때 술을 강제로 먹이는 것이나, 감방에서 신입빵을 돌리는 것이나 다 이렇게 면면하 전통을 이어온 폐습이다. 나쁜 것일수록 질긴 생명력을 가지고 있다.

김석균의 면신연은 장안에서도 가장 화려하기로 소문난 취영각에서 열렸는데, 박사(博士: 정7품)로 있는 조사홍이 멋대로 잡았다고 한다.

"어째 상차림이 너무 허술해 보여. 이렇게 해가지고 신래를 면할 수 있으려나?"

모두 자리를 잡고 앉자 김석균을 바라보며 삐딱하게 꼬는 조사홍이었다.

그는 김석균보다 삼 년 먼저 들어온 자로 욕심이 많고, 성격이 모질어 동료나 후배들 간에 경원시되는 인물이었다. 하지만 윗사람에게 비비는 것은 타고났는지 상사들은 그가 일을 잘하는 것으로 알고 있다.

어느 조직에서나 한 명씩은 있는, 흙탕물 일으켜 물 흐리는 미꾸라지다.

"차림이 시원치 않으면 몸으로라도 때워야지. 어디 오늘 제대로 한번 해볼까."

한 사람이 옆에서 거들었다. 이건 따라 뛰는 망둥이다. 이런 자도 꼭 있다.

'그래도 이게 마누라 옥비녀에 노리개까지 팔아서 차린 상이다, 이놈들아.'

김석균의 속은 부글부글 끓었지만 얼굴은 웃을 수밖에 없었다.

"그래, 승문원의 진면목을 한번 보여주도록 해라."

좌장 격인 판교 소대식이 양팔을 벌려 기생을 안으면서 면신연의 시작을 선언했다.

이 자리의 최고참 관원인 소대식에게는 좌우보처(左右補處)라 하여 양쪽에 한 명씩, 기생 둘이 보필을 했다. 절의 부처님이 양옆에 협시 보살을 두고 있는 것을 빗댄 말이다.

면신연을 하는 동안 신래에게는 온갖 수모를 준다. 지금 진면목을 보여주라는 게 바로 이것이다.

"먼저 물고기를 잡아 와라."

시대를 초월하여 위에서 까라면 까야 한다. 물고기를 잡아 오라면 신래는 사모관대 차림으로 연못에 들어가 사모로 물고기를 잡아야 된다.

"물고기를 요것밖에 못 잡았으니 광대 칠을 해라."

그러면 벌주와 함께 온몸에 진흙을 바르고, 얼굴에는 오물 칠을 했다. 난감해하는 신래를 바라보며 박장대소하고 옆에 앉은 기생과 노닥거리며 고참들은 즐기면 된다.

"이번에는 거미 잡기 놀이다."

조사홍이 외치자 여기저기서 좋다고 난리다.

거미 잡기 놀이란 검댕투성이의 부엌 벽을 거미 잡듯이 문지르게 하고 나서 그 손 씻은 물을 마시게 하는 것으로 마시고는 안 토하는 사람이 없다.

구두짝에 소주를 부어주며 마시라는 것하고 비슷하다.

시간은 흘러 사경(새벽 3시경)이 지나자 술자리는 난장판이 되어 갔다.

술에 취해 고래고래 떠드는 놈, 기생 가슴을 더듬는 놈, 벌써 치마 속에 손 집어넣은 놈 등 가지각색이다.

이때 조사홍이 또 한 가지를 꺼냈다.

"부모 명자(名字)를 써라."

이는 신래에게 자기 부모 이름을 쓴 종이를 태워 강제로 먹이는 것으로 효를 으뜸으로 치는 조선 사회에서 가장 치욕을 느끼게 하는 방법이다. 보통은 잘 안 하는데 조사홍이 기어이 시켰다.

이름 쓴 종이를 태워서 그 재를 탄 대접을 든 김석균의 손은 부들부들 떨렸다.

'이렇게까지 해서 관리가 되어야 하는가?'

속에서 뜨거운 것이 끓어오르며 대접을 조사홍의 면상에다 냅다 던지라는 소리가 들려오는 듯했다. 대접을 잡은 김석균의 오른손에 힘이 들어갔다.

그때 고개를 흔드는 부친의 모습이 떠오르고, 그 위에 한숨짓는 아내의 얼굴이 겹쳐지자 이내 맥이 풀려 버렸다.

김석균은 단숨에 재 탄 물을 마셔 버리고는 탕, 하고 소리나게 대접을 내려놓았다. 그러나 이미 흐트러질 대로 흐트러진 술자리에서 관심을 가지는 자가 아무도 없었다.

얼마가 더 지났을까, 먼 곳에서 닭 우는 소리가 처량 맞게 들려왔다. 날이 밝아오는 모양이다.

"뭐야, 벌써 새벽이야?"

여기저기서 투덜거리는 소리가 났다. 원래 옆에 여자를 앉히고 술 먹다 보면 시간은 순식간에 가는 법이다.

"자, 이제 정리하자고. 조사홍이 자네가 선창을 하게."

그래도 최고참이라고 소대식이 자리를 정돈하고 마무리 지시를 했다.

조선 시대 관리들은 술자리를 파할 때 「한림별곡」을 제창한다. 마치 고등학교 동창회를 마칠 때 어깨동무하고 교가를 부르듯이.

원순문 인로시 공로사륙
이정언 진한림 쌍운주필
충기대책 광균경의 양경시부
위 시장 경 긔 엇더하니잇고
엽 금학사의 옥순문생 금학사의 옥순문생
위 날조차 몃부니잇고

조사홍의 선창에 따라 취영각 기방에는 박자와 음정을 무시한 한림별곡이 울려 퍼졌다.

길고 긴 면신례의 하루가 지나갔다.

8.
인삼 사업을 벌이다

칠월의 내리쬐는 태양은 뜨거웠다.

들리는 소리라고는 제철을 만나 미친 듯이 울어대는 매미 소리뿐이다.

국왕 책봉 교서를 가지고 왔던 명의 칙사가 며칠 전에 돌아갔다. 조선에서 10만 냥을 벌어 가겠다고 큰소리치고 온 자답게 매사가 은 타령이었다. 은만 주면 밥을 안 줘도 괜찮단다.

혁의 말을 의식해서 광해는 최대한 버텼지만 결국 3만 냥을 뜯겼다—원래 역사에서는 6만 냥이었다—.

어쨌거나 골치 아픈 일이 하나 해결되어서 한숨을 돌리려는데, 어제오늘 올라온 두 통의 상소가 광해의 속을 뒤집어놓고 있었다.

먼저 올라온 것은 강원도 관찰사 이형욱(李馨郁)이 쓴 것으로 '근래의 가뭄과 나라 곳곳에서 일어나는 여러 가지 변괴들은 모두 왕이 경연을 멀리하는 등 수신제가에 힘쓰지 않은 탓이다. 이러다가는 나라가 기어코 망하고 말 것이다' 라는 오만무례하기 짝이 없는 내용이었다.

두 번째는 문장과 학식이 뛰어나 광해가 예조판서에 임명한 이정귀(李廷龜)가 올린 것으로 '사농공상 중 선비가 으뜸인데, 선비의 뜻을 살피지 않고 어떻게 나라를 다스리려고 합니까?' 라는, 역시 광해가 경연을 하지 않는 것을 힐난하는 상소였다.

경연(經筵)이란 학식이 높은 신하와 함께 임금이 공부를 하는 것으로 아침에 조강, 낮에는 주강, 저녁에 석강이 있고, 밤에 하는 것을 야대라 한다.

이는 겉으로는 임금의 공부를 신하들이 돕는 형식이지만 경연의 실제 목적은 왕권의 제한이다.

경연장에는 강관(강의를 맡은 관리)뿐만 아니라 여러 대신들까지 입회하여 이것저것 간섭을 해댄다. 게다가 교재가 『논어』, 『맹자』, 『대학』, 『중용』, 『예기』 등의 사서오경으로 임금에게 오로지 성리학만이 지고지선(至高至善)이라고 강요하는 자리이기도 하다.

"으음, 이자들이……."

신음을 내뱉는 광해의 속은 칠월의 폭염보다 더 뜨겁게 끓고 있었다.

상소가 지적한 대로 광해는 즉위하고 이 년이 다 되도록 경연을 거의 열지 않았다.

전쟁을 몸소 겪은 광해로서는 지금 조선의 백성들에게 필요한 왕은 백성들의 고단함을 현실적으로 다독여 줄 수 있는 존재여야지, 공자 맹자나 읊조리는 왕이어서는 안 된다는 사실을 절실히 깨닫고 있었다.

왕의 하루는 새벽 5시에 기상하면서부터 시작되어 밤 10시가 넘어야 겨우 잠자리에 들 수 있을 만큼 처리해야 할 일이 많다. 그런데 조선의 사대부들은 그런 왕에게 하루에 많게는 서너 차례의 경연을 요구하고 있었다.

"밖의 내관은 지금 가서 이이첨(李爾瞻)을 들라 하라."

"예, 전하."

심상찮은 광해의 음성에 내관은 꼬리에 불붙은 닭처럼 달려갔다.

"찾아계시오니까, 전하."

"어서 오시오, 참의(參議: 정3품)."

들어선 사내는 날카로운 눈매에 얇은 입술이 살짝 위로 치켜 올라간 모양새가 언뜻 보기에도 냉정하고 치밀해 보였다. 현재 예조참의 직을 맡고 있는 이이첨으로 대북파의 실질적 수장이다.

"이것을 한번 보시오."

이이첨 앞으로 던져진 것은 물론 예의 그 상소문들이다.

"참으로 무례한 자들이옵니다."

상소문을 훑어본 이이첨이 이것을 쓴 자가 마치 앞에 있기라도 한 듯 험하게 인상을 구겼다.

"내 이자들을 용서치 않을 것이오."

광해가 옆에 놓인 협탁을 치며 목소리를 높였다.

"당연히 용서해서는 아니 되옵니다. 허나… 지금은 때가 아니옵니다, 전하."

"때가 아니라니?"

이 무슨 당치 않은 소리냐는 듯이 광해는 이이첨을 노려봤다.

"그렇습니다, 전하. 지금은 저들을 벌할 때가 아니라 사료되옵니다. 저들은 전하께옵서 경연을 열지 않는 것을 빌미로 하고 있는데, 이 상황에서 벌을 내린다면 오히려 조정 대신들이 단합할 기회를 주는 꼴이 되옵니다. 이는 득은 없고 실만 많은 일이옵니다."

울고 싶은 놈 따귀 때려서는 안 된다는 말이다.

기분 같아서는 귀양이라도 보내 버리고 싶지만 다른 일도 아니고 경연 문제로 벌을 준다면 '왕에게 공부하라고 충언을 한 신하를 배척한다' 며 떼거지로 들고 나오는 수가 있다.

"으음, 참아야 한다는 말이지……."

잇새로 신음을 뱉어내며 광해는 혼잣말을 중얼거렸다.

"힘을 키우셔야 합니다, 전하. 저들이 감히 이따위 불충한 언사를 함부로 할 수 없게끔 조정을 전하의 조정으로 만드셔야 합니다."

이이첨은 부복하며 마지막 열변을 토하는 연사처럼 침을 튀겼다.

이이첨의 말에는 '왕권 강화가 가장 시급한 문제인데, 왕권을 강화하기 위해서는 탕평책을 펼 것이 아니라 우리 대북파를 강력하게 밀어주어 우리가 전하를 확실하게 보필할 수 있도록 하여야 한다. 어차피 전하가 믿고 기댈 수 있는 곳은 우리 대북파밖에 없지 않느냐' 하는 뜻이 내포되어 있었다.

"정인홍 대감은 여전히 고집을 부리고 계시오?"

피곤한 듯 양손으로 눈언저리를 눌렀다 뗀 광해가 물었다.

"말씀드리기 송구스러우나 정인홍 대감께서는 벼슬보다는 그냥 산림(山林)으로 남기를 바라는 듯하옵니다."

"허허, 그것참……."

혀를 차며 씁쓸한 입맛을 다시는 광해였다.

이이첨(李爾瞻)과 정인홍(鄭仁弘), 대북파의 영수이자 광해의 정치적 동반자 역할을 하고 있는 이들이다.

허균보다 아홉 살이 많지만 과거 합격 동기생인 이이첨은 광해의 세자 시절에 시강원 사서가 되면서 광해와 인연을 맺게 되었다. 시강원이란 세자의 교육을 담당하는 부서다.

시중에서는 사갈(蛇蝎: 뱀과 전갈)이라 불리며 간신의 대명사처럼 취급되었지만 지금까지 자신의 모든 것을 광해에게 걸고 살아왔다.

선조가 뒤늦게 본 적자인 영창대군을 애지중지하여 기어코는 광해군을 내치려 할 때, 이를 눈치채고 나서서 추진하던 유영경을 탄핵하고, 어려운 처지에 놓여 있던 광해군을 비호하는 상소를 올린 사람은 지금 광해가 목말라 찾고 있는 정인홍이지만 뒤에서 은밀히 정인홍으로 하여금 상소를 올리게끔 종용한 이는 이이첨이었다.

지금도 합천에 은거하며 산림을 자처하는 정인홍을 대신하여 조정에서 대북파를 실질적으로 이끌고 있다.

산림이란 산림처사(山林處士)의 준말로 재야에 머물면서 높은 학문적 경지에 올라 누구나 고개를 숙일 정도의 명망을 지녔으되 세상에 이름나기를 구하지 않고, 벼슬자리에도 연연하지 않는 선비를 지칭하는 말이다.

'열 사람의 정승이 한 사람의 왕비만 못하고 열 사람의 왕비가 한 사람의 산림만 못하다' 라는 말이 있을 정도로 산림이라는 존재의 권위와 명망은 대단했다.

올해 75세인 내암(來菴) 정인홍, 천 원권 지폐에 그려진 조선 최고의 성리학자 이황과 비견되는 경상우도의 대학자 남명 조식(曺植)의 수제자로 임진왜란 때는 58세의 나이에 고향인 합천에서 의병을 일으켜 곽재우와 함께 경상우도를 지켜내기도 했다.

한양에서 경상도를 볼 때 낙동강을 기준으로 왼쪽을 경상좌도, 오른쪽을 경상우도라 칭했으며, 경상우도의 경우 '그 기질이 강하고 무예를 숭상한다' 고 옛 문헌에 적혀 있는 표현대로 정인홍은 평생을 타협을 모르는 강직함으로 일관하였으니 선조에게 올린 상소문을 보면 잘 알 수가 있다.

전하는 유영경 때문에 고립되어 개미 새끼 한 마리 의지할 곳이 없을 것이고, 장차 어진 아들도 보호하지 못하고야 말 것입니다. 청컨대 빨리 광해군에게 왕위를 넘겨주고 몸조리에나 전념하길 바랍니다.

이는 그야말로 목숨을 건 상소가 아닐 수 없었다.

선조는 경악하여 정인홍과 이이첨을 귀양 보냈으나 궁지에 몰려 있던 광해군에게는 더없는 힘이 되었다.

선조가 귀양을 명하고는 며칠 만에 죽어버리니 정인홍과 이이첨에게는 화려한 복귀만 남게 되었다. 그런데 정인홍은 이이첨과 달리 광해의 여러 차례에 걸친 출사 종용을 몸이 너무 늙어 벼슬을 받을 수 없다며 계속 고사하고 있었다.

이이첨을 보낸 광해는 턱을 괴고 생각에 잠겼다.

타오르는 황촛불은 바람이 불지 않는데도 혼자 일렁이며 광해의 그림자만 오락가락하게 했다.

'탕평책을 포기할 수는 없다. 대북파만 감싸 안다가는 언젠가는 그들에게 휘둘리게 될지도 모르는 일이 아닌가. 궁궐을 지어 왕실의 권위를 세우고 군사력을 강화하여야 한다. 하지만…….'

문제는 그에 필요한 막대한 자금이다.

조정 대신들의 반대는 불을 보듯 뻔한 일. 어떻게 해서든 왕권을 견제하려는 이들에게서 왕권 강화에 필요한 조치를 구한다면 우스운 일이 아닐 수 없다.

'무슨 방법이 없는가?'

이때 광해의 뇌리에 혁의 얼굴이 떠올랐다. 도자기와 인삼으로 돈을 벌 수 있다고 하지 않았는가. 게다가 도자기로는 이미 돈을 벌었고.

"밖의 내관은 사옹원에 가서 유 낭청을 데려오라."

"예, 전하."

광해의 목소리가 아까보다는 훨씬 나아져서 다행이라 생각하면서도 이 시각이면 십중팔구 퇴궐했을 텐데, 하는 걱정에 종종걸음을 치는 대전 내관이었다.

"소인은 한양 송방(松房)의 차인 행수로 있는 차만기라 합니다."

혁의 방문 요청으로 사옹원에 들어온 차만기는 전국에 퍼져 있는 개성 송상들의 특수 조직인 송방 중 한양을 책임지고 있는 자로 어려서부터 장사로 뼈가 굵은 사람이다.

"내가 차 행수를 부른 것은 다름 아니라 인삼에 대해서 알고 싶은 게 있어서입니다."

혁은 며칠 전 광해의 부름을 받고 저녁을 먹다가 말고 황급히 다시 입궐했었다. 거기서 혁은 '인삼 관계의 일을 알아보고, 필요하다면 내수사(內需司)의 자금을 써도 좋다' 라는 언지를 받았다.

자기(瓷器) 쪽 일은 궤도에 올랐으니 네가 말한 대로 이제는 인삼 쪽을 손대보라는 말이다.

내수사의 돈을 쓴다면 필요 시 복잡한 절차 없이 일을 신속히 처리할 수 있다. 또한 임금의 개인 자산을 불리는 일로 바로 광해가 기대하는 바다.

내수사는 왕실 재정을 관리하는 부서로서 '내수사의 재물은 국가와는 관계가 없다' 라는 말이 의미하는 것처럼 임금의 사유재산을 관리하는 곳이다. 그래서 내수사의 업무를 관장하는 이는 전부 내시들이다.

내시가 아닌 혁이 내수사 일을 맡을 수가 없기 때문에 같이 손발을 맞출 인물로 혁은 박삼구를 추천했고, 광해는 즉시 박삼구를 종8품인 전곡(典穀)으로 승진 발령 했다.

매일 빗자루질이나 하다가 끗발 있는 부서로, 그것도 일 계급 승진까지 해서 갔으니 박삼구의 기분은 하늘을 날았다.

나라 곳곳에 내수사가 보유한 논밭이 산재되어 있으므로 가끔 일이 있어 지방에라도 가면 내시가 왕을 측근에서 모신다는 이유 하나만으로 지방 관리로부터 후한 대접을 받았다.

"인삼이라 하심은……."

차만기의 웃음 띤 얼굴이 갑자기 경직되었다.

"송상에서 인삼을 비밀리에 재배하고 있다는 말을 들었습니다. 이미 산삼은 바닥이 나서 국내의 약재로나 수출용으로 인삼을 재배해야 한다는 것에는 전적으로 동감하고 있습니다. 다만 그 과정에서 서로 도울 일이 있는가 알고 싶은 것뿐입니다."

말을 마친 혁이 부드럽게 미소를 지었다. 차만기의 경계심을 풀어주기 위해서다.

"인삼에 관해서는 개성에서 직접 관장을 하기 때문에 제가 말씀드리기가 어렵습니다. 원하신다면 제가 개성 송방까지 안내해 드리도록 하지요."

인삼은 특수 품목이라 윗선에서 직접 관장한다는 차만기의 말에 할 수 없이 열흘 후 함께 개성에 가기로 약속을 잡았다.

더위도 끝물인지 살갗에 닿는 바람도 후덥지근함이 많이 덜해졌다.

말에 오른 혁이 기세 좋게 외쳤다.

"가자, 군만두."

이제 제법 속도를 내서 탈 수 있게 된 혁이다.

도성 안에서는 양반이 아니면 말은 물론 소도 탈 수가 없다. 혁은 비록 품계는 낮지만 어엿한 관원이기 때문에 문제는 없다. 다만 오늘날도 고급 차를 굴리려면 유지비가 상당한 것처럼 조선 시대에도 말 한 필을 키우려면 비용이 만만치 않았다.

조선 중기 학자인 이유태(李惟泰)의 『정훈(庭訓)』을 보면 소 한 마리의 일 년 먹이로 콩 한 섬(가마니)이 드는 데 비해 말은 콩 두 섬에 좁쌀 열 말이 든다고 나와 있다.

언제나 그런 것처럼 그럴듯하게 살려면 돈이 많이 드는 것은 어쩔 수 없다.

개성까지 가는 길은 중국을 왕래하는 사신들의 사행로이므로 길이 잘 닦여 있어 시간이 많이 걸리지는 않는다. 한양에서 고양까지 40리, 고양에서 파주 40리, 파주에서 개성까지 80리, 도합 160리로 하루면 갈 수가 있다.

개성은 고려 시대의 수도로 송도(松都)라고 불렸던 곳이다. 수도였던 만큼 고려가 망하고 조선이 창건되자 개성 사람들은 조선에 대한 반감이 강했다.

거기다 도읍지마저 개성에서 한양으로 옮겨 가자 반감은 극에 달해 개성 사람들은 세상이 거꾸로 되었다며, 되질을 할 때 왼손으로 되를 잡았고, 수도인 한양으로 올라간다는 대신 내려간다고 말하는 것으로 불만을 표출했다.

조선 조정이 이들을 보는 눈길 역시 곱지 않았다. 결국 고려왕조에 대한 지조와 신왕조의 차별 정책으로 말미암아 개성 사람들은 관직에 나가는 것을 포기하고 상업에 치중하여 조선의 상권을 쥐고 흔드는 송상으로 발전한다.

선혈 같은 석양이 질 무렵, 개성에 도착한 혁과 차만기는 만월대를 지났다.

아름다웠던 전각들은 고려 말에 있었던 홍건적의 침입으로 모두 불타고, 주춧돌만 휑뎅그렁하게 뒹구는 모습은 '오백 년 도읍지를 필마로 돌아드니 산천은 의구하되 인걸은 간데없네……' 하는 길재의 시조마냥 쓸쓸하기 그지없었다. 여기서 서쪽으로 가면 예성강이 나오고, 거기에는 국제 무역항으로 이름을 날렸던 벽란도가 있다.

혁 일행은 내성을 통과해 시전 거리로 들어섰다. 송상의 본거지인 개성답게 시전 거리는 오고 가는 사람들로 북적댔다.

이윽고 도착한 곳은 거리 끝부분에 자리 잡고 있는 여각 건물이었다.

"여깁니다. 들어가시죠."

객주와 창고를 겸하게끔 지어진 건물로 규모가 상당하였고, 중문을 지나 안으로 들어가자 과연 송상의 본사답게 양반집 저리 가라 할 정도로 운치를 뽐내는 사랑채들이 모습을 드러냈다.

"어서 오시오. 저는 송상의 대방(大房: CEO)을 맡고 있는 최대식이라 합니다. 유 낭청의 고명은 벌써 전해 들었는데 이렇게 뵈오니 참으로 반갑습니다."

온화한 눈매에 학처럼 흰 수염을 길게 늘어뜨린 노인이 혁을 웃으며 맞았다.

노인 옆에는 구레나룻이 무성해 마치 산적 같아 보이는 장년의 남자가 서 있었다.

“이쪽은 우리 송상의 인삼 관계 일을 책임지고 있는 행수로 이름은 김봉구라 합니다.”

혁이 인삼 때문에 방문한다는 것은 벌써 전달되었기 때문에 담당자를 배석시킨 것이다.

“일전에 자기 수출 건은 대단했습니다. 20만 냥이면 조선 개국 이래 최대 금액입니다. 한동안 상단들 사이에서 시끌벅적했지요. 그런데 내상하고만 거래하시다니 서운합니다. 다음에는 우리 송상도 좀 끼워주시구려, 허허허.”

워낙 큰 거래였기에 그 건에 대해서는 이 바닥에서 모르는 사람이 없었다.

최 대방은 혁에게 넌지시 조선 최대의 상단인 송상이 끼지 못한 데 대한 서운함을 내비쳤다.

“저 역시 기회가 된다면 같이 일해보고 싶습니다. 그리고 송상에 대해서는 오래전부터 그 명성을 들어왔습니다.”

현대에 사는 사람들도 개성상인을 모르는 이는 별로 없을 것이다. 그래서 혁은 오래전부터 알았다고 했다.

“제가 볼 때 우리 조선 백성들이 잘살려면 물산을 장려하고, 물화의 소통이 활발해지도록 조정에서 노력을 기울여야 되는데, 도리어 사농공상이라 하여 상업을 천시하고 시장 개설까지 막고 있으니 답답하기 짝이 없는 노릇입니다.”

최 대방은 송상의 우두머리답게 상업과 유통의 중요성을 지적했다.

이 나라의 관료들은 시장이 열리면 백성들이 농사를 짓지 않고 놀고먹으므로 논밭이 황폐화될뿐더러 장물이 처분되는 장소로 이용된다면서 반대하고 있는 실정이다. 한심한 일이다.

최 대방은 앞에 놓인 찻잔을 들어 목을 축이더니 말을 이었다.

"조선이 상국으로 모시는 중국을 보더라도 사상농공(士商農工)이라 하여 상업을 중시하고 있어요. 가장 오래된 고전인 『서경』에 보면 기자의 홍범구주(洪範九疇)에 첫 번째로 부(富)에 대해서 설명하고 있고 공자의 대학(大學)에도 반 이상이 재(財)에 대해서 논하고 있지 않습니까?"

상인답지 않게 최 대방은 서경과 대학까지 들먹이며 조선의 정책을 비판하였으나 사실 혁으로서는 너무 어려운 내용이라 그저 미소만 지었다.

"그런데 이번 유 낭청의 조치를 보고 정말 탄복을 금치 못했습니다. 우리 같은 장사꾼들도 생각해 내지 못한 것을 유 낭청 같은 관리가 시행했으니 말입니다."

성과급제를 두고 하는 말로서 사실 오늘날 대부분의 조직이 실행하고 있는 제도를 조선에 도입만 한 것뿐이라 이런 극찬을 들으니 낯이 좀 간지러웠다. 하지만 관리라고 하면 예나 지금이나 복지부동 아니면 민폐나 끼치는 존재인데, 관원인 혁이 그런 제도를 시행한 것은 이들에게 획기적인 일로 보이는 게 당연했다.

"들으셨겠지만 제가 이곳에 온 이유는 송상에서 비밀리에 인삼을 재배하고 있다는 말을 들어서입니다. 거기에 대해 말씀을 해주실 수 있겠습니까?"

혁이 드디어 본론에 들어갔다. 그러자 최 대방은 슬쩍 고개를 돌려 옆에 조용히 서 있는 구레나룻의 사내를 쳐다봤다. 담당자가 얘기하라는 의미다.

마침내 자기 차례가 왔다는 듯 김봉구는 헛기침을 한 번 하더니 입을 열었다.

"낭청께서는 우리 송상이 비밀리에 인삼을 재배한다고 하셨는데, 이미 알고 있는 사람은 다 알고 있는 일을 비밀이라 함은 어폐가 있는 말씀입니다. 우리가 인삼을 재배한 지는 벌써 30년이 되었습니다. 아시다시피 시중에 산삼이 사라진 지는 오래되었고, 설사 어쩌다 심마니들이 캔 것이 나온다 하더라도 그 값이 엄청나 일반 백성이 약으로 쓸 수가 없습니다. 하여 약방에서 쓰는 약재나 명나라와의 팔포 무역에 가져가는 인삼 모두, 우리 송상의 재배 삼을 사용한 지가 벌써 여러 해가 되었습니다."

현실이 이런 데도 임금을 비롯한 조정 관료들은 상황을 전혀 모르고 있었다.

조선에서 인삼을 처음 재배한 곳은 전라남도 화순군 동복면의 모후산 일대이다. 이곳에서 인삼 재배법을 익힌 사람이 송상을 찾아와 그 재배법을 팔길 희망했고, 당시 35세로 뛰어난 상재를 인정받고 있던 현 대방인 최대식이 그 가치를 꿰뚫어 보고 은 300냥에 기술을 샀다. 이후 송상은 연구에 연구를 거듭한 끝에 시장성을 갖춘 인삼을 대량 재배하는 데 성공하여, 오늘날 조선의 인삼 상권을 좌지우지하게 되었다.

지금 이들은 혁이 비록 직급은 낮지만 워낙 큰 거래를 성사

시킨 장본인이고, 관리답지 않은 면모 때문에 환대를 하고 있었다.

"자, 오늘은 늦었으니 이만 쉬시고, 내일 김 행수와 함께 인삼밭에 한번 나가보시지요."

최 대방이 먼저 일어남으로써 조선의 경제를 쥐락펴락하는 송상의 최고 경영자와 혁과의 만남이 일단 마무리되었다.

안내된 숙소에 와보니 조선의 여느 방과 마찬가지로 넓지는 않았지만 깨끗하고 아늑했다.

먼 길을 와서 몸은 피곤한데도 쉬이 잠이 오지 않는 혁이었다.

당초 광해에게 인삼을 재배하면 돈이 된다고 큰소리쳤는데 실상은 이미 30년 전부터 송상에 의해서 인삼이 재배되고 있지 않은가.

거기다 광해는 내수사의 자금 운용까지 혁에게 맡긴 셈인데 지금 상황은 날 샌 부엉이 꼴이다.

실상을 전혀 몰랐던 것이다.

지붕에 앉은 이름 모를 밤새는 심란한 혁의 마음은 아랑곳하지 않고 기괴한 소리로 자꾸만 울어대 더욱 잠을 설치게 했다.

이튿날, 일찍 길을 나선 혁과 김봉구는 개성을 두르고 있는 나성을 나와서 북쪽으로 향했다.

말을 타고 삼십 분 남짓 간 혁 일행의 앞에 잘 가꾸어진 인삼밭이 펼쳐졌다.

"자, 어떻습니까?"

아직 새벽안개가 채 가시지 않은 드넓은 인삼밭을 바라보는 김봉구의 표정에는 자랑스러움이 역력했다. 아마도 이 인삼밭 구석구석 그의 손길이 미치지 않은 곳이 없으리라.

"대단합니다. 예상보다 훨씬 넓군요."

혁은 솔직하게 놀라움을 표시했다.

송악산 아래 야트막한 경사의 구릉에 자리 잡은 그 삼밭은 현대에서 사진으로만 보던 것하고는 확연히 달랐다. 짚으로 해 가리개를 한 묘포들이 수없이 늘어선 광경은 농사나 무얼 재배하는 것에 전혀 문외한인 혁에게도 어떤 경건함마저 느끼게 했다.

그때 이쪽으로 달려오는 사람이 보였는데 뛰는 모습이 좀 묘했다. 가까이 와서 보니 다리 한쪽을 심하게 절고 있었다.

"아이고, 행수님. 이렇게 일찍 어쩐 일이십니까?"

예순 살은 되어 보이는 그 노인은 김 행수에게 깍듯하게 인사를 올렸다.

"별일 없었는가? 오늘은 이 어른께 삼밭을 좀 보여 드리려고 온 것뿐일세."

혁을 돌아보며 김봉구가 말을 이었다.

"이 삼밭을 관리하는 자입니다. 어인마니 출신으로 다리를 다친 후부터 삼 캐는 일을 그만두고 이곳을 맡아 일하고 있지요. 이자의 밑으로 심마니 출신 서너 명이 있습니다."

산삼을 캐는 심마니 중 초년생을 초마니, 10~20년 경력을 심마니, 그리고 30~40년 경력을 노마니라 불렀고, 노마니 중에서 우두머리를 어인마니라 한다.

송상은 인삼에 있어 경험이 가장 풍부한 심마니들을 고용하여 인삼 재배에 활용하고 있었다.

이 삼밭에는 심마니들 말고도 네 명의 힘깨나 쓰는 장정이 있는데 밤에 혹시 있을지 모르는 인삼 도둑을 막는 파수꾼들이다. 감히 송상의 인삼밭에 기어드는 간 큰 도둑이 있으랴마는 인삼이란 것이 워낙 값이 나가는 물품이라 만약을 위한 것이다.

인삼을 훔치다 잡힌 도둑은 그 자리에서 난장(亂杖: 집단 구타)을 놓아 주살을 해도 별문제가 없다. 법대로 한다면야 관가에 고발하고 처리를 기다려야 되겠지만 여기는 송상의 본거지인 개성이다. 유수부터 아전에 말단 포졸까지 송상과 연관이 없는 이가 없는 곳이다.

"한 해 소출은 6년 근으로 4천 근이 나옵니다. 내년에는 산 너머에 있는 두 번째 삼밭에서 첫 소출이 나올 것입니다. 그게 2천 근이 됩니다. 보십시오. 이것이 올해 캔 놈입니다."

삼밭을 관리하는 심마니들이 숙소로 쓰는 초가 건물 안에서 김봉구는 혁에게 인삼 한 뿌리를 보여주었다.

사람 형상을 한 그 인삼은 혁이 보기에도 튼실해 보였다.

인삼은 6년이 완숙기이다. 즉, 7년생 이후부터는 마치 사람이 나이가 먹어 늙어가듯이 표피가 거칠어지고 목질화되어 품질이 떨어지게 된다.

쌀이나 보리, 콩 등 어떤 작물과 달리 인삼은 6년이란 세월을 생장에 필요로 하기 때문에 그 재배에는 엄청난 자본이 필요할 수밖에 없다. 게다가 한번 소출을 하면 그 땅은 모든 영

양분이 빠져서 15년간 휴식을 취해야만 한다. 이러한 이유 때문에 송상같이 거대 자본이 아니면 감히 인삼의 대량 재배를 시도할 수가 없다.

"아까 것은 수삼(水蔘)이고, 이것은 껍질을 벗겨서 말린 백삼(白蔘)입니다."

김봉구가 이번에는 제법 단단한 인삼을 보여주며 말했다.

밭에서 바로 캔 생삼인 수삼은 수분 함유량이 높아 보관에 문제가 있다. 금방 상한다는 말이다.

그래서 껍질을 벗기고 햇볕에 말려—껍질을 벗기지 않으면 잘 마르질 않는다—보관 기간을 늘린 것이 백삼이다. 그러나 백삼은 인삼의 가장 중요한 성분인 사포닌이 주로 분포되어 있는 껍질을 제거했기 때문에 약효가 떨어지는 단점이 있다.

"내수용으로는 주로 수삼을 내놓고, 중국에 가져가는 것으로는 백삼을 많이 씁니다."

수삼의 유통기한이 짧기 때문에 이렇게 하겠지만 또 하나의 중요한 이유가 있다.

그것은 수삼을 먹은 중국 사람들이 때때로 위가 역해 독이 있다고 잘 먹지를 않는다는 사실이다. 즉, 약효는 분명 좋지만 위를 상하게 한다는 소문이 났고, 그래서 수삼 값은 점차 떨어지는 추세였다.

한양으로 돌아오는 내내 혁은 납덩어리를 삼킨 것처럼 마음이 무거웠다.

누가 재배하든 조선에서 인삼이 많이 나면 좋은 게 아니냐고 하면 할 말이 없지만 일개 상단에서 인삼을 재배하여 부를 독차지하는 것과 인삼으로 인한 수익을 조선의 개혁을 위한 종잣돈으로 삼으려는 혁의 의도와는 많은 차이가 있었다. 어쨌든 낭패였다.

"죄송합니다, 전하. 이런 상황인 줄 제가 미처 모르고 큰소리를 친 듯합니다."

사실대로 고할 수밖에 없었다.

"아니다. 그것은 네 잘못이 아니지 않느냐."

속은 실망이 클지 몰라도 겉으로는 별다른 표정 없이 조용히 혁을 내려다보는 광해였다.

풀이 죽어 집에 돌아온 혁의 마음은 추수 끝난 들판에 홀로 선 허수아비마냥 쓸쓸하기 그지없었다. 찌그러질 듯 피곤한 몸으로 어두컴컴한 방구석에 아무렇게나 누웠지만 어느 누구 하나 살갑게 들여다봐 주지 않는다.

일이 성사되고 안 되고를 떠나서 마음을 주고받을 사람이 이 넓은 조선 천지에 아무도 없는 것이다.

'아, 외롭구나!'

가족이, 친구들이 없다는 사실이 이렇게 서러움마저 들게 할 줄은, 바쁘게만 살아온 혁은 미처 알지 못했었다.

귀 끝을 간질이며 눈물방울이 바닥에 떨어졌다.

언제나 그랬지만 오늘따라 유난히 아내가 생각나는 혁이었다.

살다 보면 힘들 때가 가끔씩 찾아온다. 회사에서 선물과 옵션을 운용하던 혁에게 최악의 날이라면 보유 포지션과 시장이 반대로 가는 날이리라. 그럴 때면 술 마시는 것도 귀찮아 일찌감치 집에 와서 시간 가는 줄 모르고 책상 앞에 멍하니 앉아 있곤 했다.

그러면 아내는 그냥 좋아하는 커피를 주면 편하련만 몸에 좋다고 꼭 인삼차를 가져와서는 슬그머니 놓고 가곤 했다. 그것도 티백에 든 인스턴트가 아니라 비싸게 주고 산 홍삼 엑기스를 뜨거운 물에 탄 것이었다.

그 텁텁하고 씁쓸한 맛이 더없이 그리워지는 날이다.

'인삼차… 인삼차……. 홍삼 엑기스… 홍삼 엑기스?'

문득 이상한 생각에 혁은 벌떡 몸을 일으켰다.

오늘날 우리가 먹는 인삼의 형태는 대부분 홍삼이다. 홍삼정, 홍삼 엑기스, 홍삼 절편, 하다못해 사탕도 홍삼 캔디가 아닌가? 홍삼이 아닌 것을 먹으려면 삼계탕이나 시켜야 한다.

그런데 김봉구는 이 홍삼에 대한 설명을 하지 않았다.

"홍삼? 홍삼이 뭡니까?"

날이 새자마자 달려온 혁이 홍삼에 대해 묻자 도리어 뭔 소리냐는 표정으로 반문하는 김봉구였다.

김봉구는 홍삼을 모르는 것이다. 그랬다. 이때는 아직 홍삼이 개발되기 전이었다.

수삼을 껍질째 찐 다음 햇볕에 말려 만드는 홍삼의 제조 기법이 개발된 것은 순조 원년(1800년) 개성상인인 박유철(朴有哲)에 의해서다. 따라서 아직 190년이나 더 지나야 된다.

혁은 순간 가슴이 심하게 뛰는 것을 느꼈다.

'그래, 홍삼이다!'

홍삼의 개발은 인삼 산업에 있어서 일대 혁명이었다. 홍삼은 20년까지 보관이 가능할 뿐만 아니라 찌는 과정에서 홍삼 특유의 사포닌, 아미노당, 미네랄이 생성되고 휘발성 성분도 제거되어 약효가 더욱 향상된다.

홍삼이 개발되면서 인삼은 면역 기능 강화와 피로 회복, 체질 개선이라는 본래 효능을 더욱 높였을 뿐만 아니라 소화 흡수까지 잘되어 남녀노소 누구나 복용에 문제가 없는 명실상부한 명약으로 거듭났다.

김봉구에게는 대충 얼버무렸지만 심장은 계속 쿵쿵 소리를 내고 있었고 한양으로 오는 내내 혁의 머리는 바쁘게 돌아가고 있었다.

"홍삼을 전매품으로 지정해 달라고?"

혁은 광해에게 자세하게 설명을 마친 후 홍삼의 전매 지정을 청했다.

홍삼 제조라는 것은 그 아이디어가 획기적인 것이지 실제로 만드는 것은 별로 어려울 게 없다.

수증기로 인삼을 찔 수 있게끔 증포소(蒸包所)를 건설하기만 하면 된다. 그런데 만약 국가의 전매품으로 지정하지 않는다면 인삼 생산 능력과 자본력을 동시에 갖추고 있는 송상이 가만히 있을 리가 만무하였다.

"인삼 자체를 전매하자는 게 아니기 때문에 문제는 없습니다."

오히려 홍삼이 생산되어 수출이 잘된다면 저들에게도 이익이 될 것이라는 게 혁의 생각이다. 어차피 홍삼을 만들더라도 그 원료인 수삼은 송상으로부터 납품받아야 하기 때문이다.

홍삼의 수출 또한 내수사 명의로 추진할 터이니 엄연히 공무역이다. 따라서 많은 물량을 거래한다고 해도 누가 딴지 걸 일이 없었다.

어렵지 않게 광해의 승낙을 얻어낸 혁이 다시 송상 대방인 최대식과 마주 앉은 것은 저번 방문 후 보름 만이다. 숨 가쁘게 일이 진행되고 있었다.

"한 근당 은(銀) 여덟 냥에 납품해 주시길 바랍니다."

혁이 단도직입적으로 가격을 제시했다.

"여덟 냥이라고 했소이까?"

최 대방이 눈을 치켜뜨고 혁을 노려봤다. 평소의 웃음 띤 얼굴은 온데간데없다.

그도 그럴 것이 지금까지 내수용이나 사행원들에게 판매하는 가격이 은 15냥인데 얼토당토않게 거의 반값에 납품을 하라니 기가 막힐 만도 했다.

송상은 내수사에서 인삼을 납품받는다는 얘기에 이틀 전 자체 회의를 열었었다.

"인삼을 상품화한 것은 우리 송상인데 내수사에 납품을 하라니요. 그러면 우린 생산이나 하청받는 떨거지 신세밖에 더 됩니까? 그리고 우리가 납품한 인삼으로 홍삼이라는 것을 만들어 전매를 한다는데, 그럼 조정과 경쟁이 될 수밖에 없지 않습니까? 지금 이대로 독점 체제를 유지해야 합니다."

"납품을 꼭 나쁘게 볼 필요는 없다고 생각합니다. 현실을 살펴보세요. 지금 독점이라고 말씀하셨지만 아시다시피 경상도에서 재배하는 인삼이 아직 양은 얼마 안 돼도 품질이 결코 우리 것에 비해 떨어지지 않아요. 게다가 중국에 수출하는 백삼은 약효 문제로 판매 수량이 더 늘지 않고 있으며, 수삼은 독이 있다는 소문이 난 이후로 오히려 판매량이 점차 줄고 있습니다. 그런데 내년부터는 두 번째 삼밭에서 소출이 시작됩니다. 매년 이천 근씩 늘어날 텐데 이것을 어떻게 소화하실 생각입니까? 이 상황에서는 대량 납품처가 생겼다는 것은 오히려 환영해야 할 일이라 봅니다."

현 체제를 그대로 유지하자는 쪽은 판매를 책임지는 곳이고, 납품에 응해야 한다고 주장하는 사람은 인삼을 재배하는 쪽이다. 부서에 따라 다른 목소리가 나오는 것은 조선 시대나 오늘날이나 다를 바가 없었다.

이러한 갑론을박 끝에 일단 납품 조건을 들어보고 최종 결론을 내리기로 결정을 한 바 있었다. 그런데 턱없는 가격을 듣고는 당장 자리를 차고 일어날 듯한 얼굴이 되어버렸다.

"대신 4만 근을 납품해 주십시오. 어떻습니까?"

혁이 그럴 줄 알았다는 표정을 지으며 느긋하게 말했다.

"4만 근!"

벌어진 입이 다물어지지 않는 최대식이었다. 장사꾼 생활 50년 동안 온갖 일을 다 겪었지만 이 정도 놀라는 것은 드문 일이었다. 4만 근이면 십 년을 팔아야 되는 물량이고, 그 금액은 송상이 취급하는 모든 물품의 판매 대금을 합한 것보다 월등히 많았다.

이러면 얘기가 달라진다. 장사의 최고 수완은 박리다매라 하지 않았는가.

최대식의 맥박도 빨라지기 시작했다.

"하지만 지금 일 년 소출이 4천 근이올시다."

숨을 돌리려 침을 두 번이나 삼킨 최대식이 겨우 입을 열었다.

"물론 지금 소출이 그 정도라고 들었습니다. 그래서 인삼밭을 계속 확장하여 생산량을 4만 근까지 늘려달라는 겁니다."

인삼은 6년을 키워야 되는 물품이다. 공장에서 물건 찍어내듯이 하루아침에 생산량을 막 늘릴 수 있는 게 아니란 말이다.

4만 근까지 생산이 증가될 때쯤이면 그 정도 수출은 가능하리라 혁은 자신하고 있었다.

"아무리 그렇다고 하지만 여덟 냥은 어렵겠소이다. 열 냥은 주셔야 되겠습니다."

역시 최 대방은 노련했다. 이내 흥분을 가라앉히고 흥정에 들어갔다.

"아홉 냥에 20년 동안 독점 납품권을 주겠습니다."

어차피 현재로서는 송상 외에 납품받을 만한 데도 없기 때문에 혁은 독점권을 제시했다.

"30년을 주시오."

경상도에서 나오는 일명 '나삼(羅蔘)'이라 불리는 인삼은 앞으로 송상의 인삼과 경쟁이 될 것이라는 것을 최 대방은 깨닫고 있었기에 혁의 독점 납품 제의에 수락할 마음을 먹었다.

"25년!"

혁이 자르듯이 말했다. 그러자 눈을 가늘게 뜨고 혁을 뚫어져라 쳐다보던 최 대방이 옆에 서 있는 김봉구를 향해 고개를 돌렸다.

“술상을 크게 차리거라.”

계약이 체결된 것이다.

증포소는 노량진에 지었다. 산지에 가까운 개성에 짓지 않고 굳이 한양에다, 그것도 강변에 지은 이유는 중국뿐만 아니라 대일본 수출을 고려해서다.

지금까지는 사신이 일본에 갈 때 250근의 인삼을 예물로 주고 일본의 주산물인 은괴를 답례로 받아 오는 정도였는데, 이 인삼은 일본의 왕족과 귀족들 사이에 대단한 귀물(貴物)로 여겨지고 있었다.

앞으로 홍삼이 대량 생산되면 틀림없이 일반 백성들 사이에도 인삼 바람이 불 것이라고 혁은 예상했다.

홍삼을 북경까지 가지고 가서 중국의 약종상들에게 넘기는 일은 만상(灣商)에게 맡겼다.

개성상인을 송상이라 부르는 이유는 개성의 옛 이름이 송도였기 때문이다. 의주상인을 만상이라 칭하는 것도 의주의 원래 이름이 용만(龍灣)으로 고려 시대까지는 용만현으로 불린 데서 유래한다.

노량진에 지은 증포소의 책임자는 박삼구가 맡았다.

“내가 요즘처럼 살맛 나는 때가 없으이. 자네는 우리 내관들의 소원이 무엇인지 아나? 바로 상감마마를 위해 죽는 거라네. 그런데 지금 내가 하고 있는 일이 다른 사람도 아니고 상감마마의 재산을 불려주는 일이 아닌가? 요새는 밥을 안 먹어도 배가 고프질 않아."

'왕의 남자' 인 내시에게는 군주에 대한 무조건적 충성이 최고의 가치다. 피를 나눈 왕족들은 당연하고 충신이라 하더라도 언제 권력에 위협이 될지 모르지만 내시는 다르다. 임금이 있어야만 자신이 존재한다.

홍삼은 북경에서 근당 은 25냥에 거래되었다. 한 근당 원재료값 9냥과 만상에게 주는 판매 수수료 6냥을 제하면 10냥의 마진이 생긴다.

홍삼이 판매된 지 여섯 달이 지났다.

유난히 눈 오는 날이 많았던 겨울이 정신없이 지나고, 다시 호랑나비 춤추는 봄이 왔다.

방문을 열면 따사한 봄볕이 화살처럼 쏟아져 들어왔다.

홍삼의 뛰어난 효능은 벌써 중국 약종상들의 입소문을 타고 번지기 시작하여 수삼이나 백삼을 제치고 인삼의 대표 주자로 급부상했다. 아울러 위를 상하게 하는 염려도 없고, 보관까지 문제없는 홍삼의 등장은 인삼 판매량 자체를 획기적으로 증가시켰다.

중국인들은 '인삼이 들어가지 않은 약은 약도 아니다' 라는 말을 공공연히 할 정도가 되었다.

이제 수요는 무궁무진한데 공급이 달렸다.

독점 납품권을 획득한 송상으로서는 투자에 대한 위험이 없기에 인삼 증산을 위해 세 번째, 네 번째 삼밭을 만드는 등 밤낮을 가리지 않고 있지만 당분간 쏟아지는 주문을 맞추기는 어려워 보였다.

어제는 한양 송방의 차만기가 찾아와서는 두 번째 삼밭의 첫 소출이라며 세 뿌리의 6년 근 인삼을 놓고 갔다. 한번 맛이나 보라면서.

"수원댁, 이거 여럿이 숭늉 대신 마실 수 있도록 물을 많이 넣고 끓여보게."

오랜만에 인삼차를 맛보게 생겼다.

받아 드는 수원댁의 손길이 조심스러웠다. 인삼은 귀물인 탓이다. 이 귀한 인삼을 노비와 나눠 먹는 주인은 조선 천지에 혁밖에는 없을 것이다. 혁의 사노가 된 것이 오히려 잘된 일이라는 생각이 점차 드는 수원댁이었다.

오래 지나지 않아 온 집 안에 인삼 향내가 퍼지기 시작했다.

지그시 눈을 감고 향을 음미하던 혁은 입안에서 쌉쌀한 인삼차 맛이 느껴졌다. 아내의 맛이다.

문득 현대의 자신의 방에 앉아 있는 착각이 들었다.

시간이 지날수록 진해진 인삼 향기는 집 안을 감싸더니 온 동네로 퍼져 나갔다.

9.
종두법을 시행하다

"급보요, 비키시오! 급봅니다!"

지나가던 행인들이 기겁을 하고 파발마에게 길을 비켜주었다.

땀과 먼지로 범벅이 되어 초췌한 몰골의 파발이 급히 달려간 곳은 돈화문(창덕궁의 정문)을 들어와 얼마 떨어져 있지 않은 곳에 자리 잡은 내의원 건물이었다.

올해(1611년) 초라하기 짝이 없는 행궁 생활을 마감하고, 드디어 완성된 창덕궁으로 이어하였다.

"마마가… 마마가 돌기 시작했습니다."

숨을 가다듬을 새도 없이 입을 연 파발꾼의 말에 급하게 모여든 내의원 사람들의 입에서는 신음 소리가 흘러나왔다.

"어서 수의(首醫: 어의 중 우두머리) 대감을 모셔 오라."

그중 연배가 있어 보이는 한 의원이 심부름하는 노비에게 급히 명령을 내렸다.

병에 걸린 세 사람 중 한 명이 죽는 엄청난 치사율을 가진 전염병, 마마(媽媽: 천연두).

비디오라면 요즘은 용산전자상가를 뒤져야 겨우 구할 수 있을 정도이겠지만 십여 년 전만 하더라도 비디오테이프의 첫머리에 항상 '옛날 어린이들은 호환, 마마, 전쟁이 가장 무서운 재앙이었지만……' 운운하는 대목이 있었는데, 바로 그 마마다.

천연두라는 말은 일본식 병명이고, 우리나라는 두창(痘瘡) 또는 두진(痘疹)이라 불렀으니 진(疹)이란 한방에서 피부에 솟아오른 돌기를 가리키는 말이다. 즉, 콩만 한 돌기가 솟아올라 곪고 헐기 때문에 그렇게 부르게 되었다.

이 마마가 얼마나 무서운 병이었으면 상감마마, 중전마마 할 때 쓰는 극존칭인 마마라 부르며 비위를 맞추려고 했겠는가.

마마는 그 치사율 때문에 무서운 것이기도 하지만 잘못 앓으면 곰보가 되기 때문에 더욱 무서운 역병이었다.

일단 마마에 걸리면 뾰족한 치료 방법이 없었다. 그냥 근신하면서 마마님께서 고이 가시길 빌 따름이었다.

마마는 열꽃이 피는 발열 단계부터 시작한다. 그다음에는 콩알처럼 고름 알이 돋아나는 출두, 돌기가 부풀어 오르는 기창, 고름이 맺히는 관농, 검은 딱지가 만들어지는 수엽의 과정을 각기 사흘 정도씩 거쳐 마지막으로 딱지가 떨어지는 낙가로 완결된다.

그 중간에 설사, 구토, 경기, 경련이 동반되며, 가장 대표적인 증상은 고열이다.

마마는 조선 시대 역병 중 가장 치명적인 병이었지만 다행스러운 점도 있었으니 다른 병처럼 질질 끌어 환자와 가족을 괴롭히지 않고 보름 정도 만에 죽든지, 살든지 결판을 내준다는 점과 한번 마마를 앓으면 평생 다시 걸리지 않는 면역이 생긴다는 점이다.

"그래, 지금 어디에서 오는 길이냐?"

급하게 문을 열고 들어온 수의 허준이 파발 군졸에게 물었다.

"의주 인근에서 발병했다는 소식이 평양에 닿아 소인은 평양에서부터 내쳐 달려왔습니다."

이제 어느 정도 숨을 돌린 군졸의 말에 허준은 보일 듯 말 듯 고개를 끄덕였다.

조선 시대 민간에서 역병은 일반적으로 역신이 붙은 것으로 생각하여 그 대응책으로 그저 두 손 모아 싹싹 빌며 귀신의 노여움이 풀리길 바라거나 아니면 적극적으로 귀신이 싫어하는 붉은색인 팥 같은 것을 뿌려 귀신을 쫓아내는 축귀를 했고, 또는 더 뛰어난 신령의 도움을 받는 방법 등을 동원하였다.

축귀(逐鬼)에는 팥 말고도 복숭아 가지로 때리거나 불을 이용하여 귀신을 쫓는 방법이 쓰였고, 원혼을 달래기 위해서는 여러 가지 굿이 동원되었다. 더 큰 귀신의 힘을 빌리기 위해서 장승을 세우고 산천이나 성황당에 빌었다.

그러나 역시 가장 좋은 방법은 36계 줄행랑이었다. 한번 역병이 돌면 모든 생업을 때려치우고 도망가는 사람들로 인해 역병이 도는 마을은 그야말로 개미 새끼 한 마리 눈에 뜨이지 않는 적막하고 황폐하기 이를 데 없는 곳이 되었다.

"자, 다들 자기 자리로 돌아가고 당초 짜인 대로 구황경차관(救荒敬差官: 백성을 구제할 목적으로 지방에 파견하는 관리)을 구성하여 의주로 발행하게. 가서 마마의 진행 상황을 지체 없이 조사하여 보고하도록."

수의 허준의 단호하고도 명료한 지휘에 각자 맡은 일로 돌아가고 젊은 의원 세 명은 조사차 떠날 차비를 차렸다.

허준은 천천히 들창가로 다가갔다.

따스한 봄기운 속에 인정전의 지붕이 빛을 받아 눈부시게 빛나고 있었다.

"그래, 드디어 왔단 말이지."

잇새로 중얼거린 허준의 얼굴에는 두려움과 기대감이 교차하고 있었다.

평소 같으면 역병 유행 소식에 허둥지둥할 내의원의 의원들이나 사령들, 하다못해 허드렛일을 하는 노비들의 모습도 전과 달리 비록 긴장은 하고 있지만 대체로 차분하였다.

허준은 '마마는 귀신이 아니다' 라고 말하던 혁의 모습이 떠올랐다.

그날은 이 년 전인 1609년으로 거슬러 올라간다.

광해군 1년인 기유년은 가혹한 해였다. 봄부터 가뭄이 들어 모내기를 못 한 농부들의 가슴이 바짝바짝 타들어가는데 엎친 데 덮친 격으로 온역(발진티푸스)이 온 나라를 휩쓸었다.

혁은 난생처음으로 전염병으로 사람이 죽어나가는 모습을

봤다.

죽은 사람이라고는 병원에서, 그것도 영안실에서 영정 사진으로나 접했던 혁에게 달구지에 실려 나가는 시신들을 먼빛으로 보는 것만으로도 전신이 떨리는 엄청난 충격이었다.

아무리 미래에서 여기 사람들이 모르는 많은 지식을 가지고 온 혁이라 하더라도 메뚜기 떼처럼 온 나라를 뒤덮는 전염병 앞에서 무력하기는 매일반이었다.

굶주림만이 헐벗은 백성들의 적이 아니었다. 이삼 년에 한 번씩 찾아오는 장티푸스, 홍역, 천연두, 발진티푸스 등의 역병은 피할 수 없는 또 하나의 천형(天刑)이었다. 조선 후기에는 호열자(虎列刺)란 이름으로 들어온 콜레라까지 창궐해 천형의 고통을 배가시켰다.

혁이 고민 끝에 광해에게 배알을 청한 때는 온역이 많은 희생자를 내고 겨우 가라앉기 시작하는 무렵이었다.

"그래, 과인에게 돌림병과 관련해서 꼭 해야 할 말이라는 게 무엇이냐?"

연일 쏟아져 들어오는 역병으로 인한 피해 소식에 침통해 있던 광해의 가라앉은 목소리였다.

"마마의 피해를 줄일 수 있는 이야기입니다."

다른 전염병은 혁으로서도 손발을 깨끗이 씻고, 물을 끓여 먹고, 음식을 익혀 먹어야 한다는 정도의 상식 수준의 예방책밖에는 모른다. 하지만 마마는 다르다. 면역이 가능하다.

'마마' 라는 말이 나오자마자 광해와 허균의 얼굴이 찌푸려졌다.

비록 두 사람 다 어릴 적 앓아서 다시 마마에 걸릴 염려는 없지만 '마마'라는 말을 듣는 것만으로도 가슴이 덜컥 내려앉는 세상이니 반사적으로 인상이 구겨지는 게 당연한 일인지도 모른다. 게다가 온역 때문에 골머리를 앓고 있는 상황이 아닌가.

허균이 도승지답게 먼저 나섰다.

"그대는 말을 삼가라. 어느 안전이라고 함부로 망령된 말을 입에 담는 것인가?"

항상 혁의 말을 경청하고 감싸주던 평소의 허균답지 않게 혁을 노려보는 눈이 매섭다.

그만큼 마마는 입에 담기도 무서워하는 병명이었다. 만약 혁이 아니라 다른 이가 왕 앞에서 이런 말을 했다면 최소한 귀양 정도는 가야 할 것이다.

"도승지는 진정하시오."

먼저 허균을 쳐다봤던 광해가 혁에게로 눈길을 돌렸다.

"너 역시 온역으로 인해 수많은 백성이 죽어나가는 것을 보았을 터인데 지금까지 아무런 말이 없다가 이제 와서 돌연 마마를 들먹이니 이 어찌 해괴하다 하지 않을 수 있겠느냐."

광해의 날카로운 물음이었다.

"온역이란 저 역시 처음 보는 것으로 정체도, 치료법도 모릅니다. 하지만 그렇기 때문에 더더욱 마마의 예방에 관해서 지금 꼭 말씀드리고자 하는 것입니다."

아마 혁이 현대에서 의사였더라도 이 전염병은 어쩔 수 없었을 것이다.

백신도 치료약도 없는 상황에서 발진티푸스가 세균에 의해 감염되는 질병이란 것을 알고 있다 한들 무슨 수가 있었으랴.

"예방이라 함은 미리 막는다는 말인데, 그렇다면 네게 마마를 앓기 전에 미리 막을 수 있는 방법이 있다는 말이렸다?"

"그렇습니다. 마마는 예방이 가능합니다."

혁의 단언에 광해는 눈을 가늘게 뜨고 지그시 혁을 바라봤다.

비록 지금 온역이라는 역병 때문에 정신이 없는 상황이지만 혁의 말이 사실이라면 이것은 엄청난 일이 아닐 수 없다.

십여 년에 한 번씩 찾아오는, 그것도 걸리는 사람도 있고, 걸리지 않는 사람도 있는 온역과는 달리 마마는 세상에 태어난 사람이라면 거의 대부분 일생에 한 번은 걸리고야 마는, 사망률도 온역과 비교가 되지 않을 정도로 높은 무서운 질병이다.

"도승지는 어의를 부르시오."

"어의라 하심은……?"

"허준 대감을 들라 하시오."

"전하, 허준 대감은… 지금 귀양 중이온데……."

도승지 허균이 난처한 표정을 지었다.

"그것이 어디 허준 대감의 잘못인가. 내 그렇지 않아도 복직시키려고 마음먹고 있었소."

임금이 죽으면 비록 자연사라 하더라도 그 임금을 보필하던 어의는 자원해서 벌을 청하는 법.

어의 허준에게는 선조를 잘 보살피지 못한 죄를 물어 유배형이 내려졌다. 그러나 광해는 모든 대신의 반대를 무릅쓰고 허준이 귀양지로 가지 않고 대궐에 머물면서 『동의보감』을 계속 지을 수 있도록 배려하고 있었다.

"전하, 찾아계시오니까?"

"오, 허 대감, 어서 오시오."

혁이 슬쩍 고개를 들어보니 까무잡잡한 피부에 주먹코의 노인이 무릎을 꿇고 있었다.

의원이라기보다는 막일로 세월을 보낸 사람처럼 보이는 허준의 이때 나이는 71세.

옆에 앉아 있는 허균은 41세. 우리나라 역사에서 가장 유명한 두 사람의 허 씨가 한자리에 있으니 문득 묘하다는 생각이 드는 혁이었다. 두 사람이 동시대를 살았다고는 한 번도 생각해 본 적이 없었기 때문이다.

"그래, 허 대감이 짓고 있다는 의학서의 진행은 잘되고 있소?"

"전하의 태산과 같은 은혜에 보답하고자 신명을 다하고 있사옵니다."

4년 후인 1613년에 간행되는 조선 최고의 의학서인 『동의보감(東醫寶鑑)』.

명나라의 이시진(李時珍)이 지은 『본초강목(本草綱目)』과 함께 동양 의학서의 양대 산맥이라 할 수 있는 이 책은 지금 광해의 전폭적인 지원 아래 허준이 각고의 노력을 기울이고 있는 중이다.

광해군과 허준의 인연은 허준이 내의원에 들어와 처음 맡은 보직이 광해, 임해 두 왕자를 돌보는 일이었다는 데서 시작한다.

세 살에 어머니인 공빈 김씨를 여의고 아버지인 선조의 관심마저 차츰 멀어지던 상황에서 광해군은 자신을 성심껏 돌보아준 허준을 피붙이처럼 따랐다. 어릴 때 마마에 걸린 광해군을 치유한 이도 허준이었다.

"여기 이자가 마마의 예방법을 안다고 하니 허 대감이 직접 듣고 의견을 말해주시오."

'마마'라는 말에 순간 흠칫한 허준이 앞에 앉아 있는 혁을 힐끗 쳐다보았다.

장신의 키에 얼굴은 기생오라비처럼 말끔하게 생겼고, 피부는 개가 핥아놓은 죽사발같이 허여멀건 게 영락없이 산속에 들어앉아 도사나 사칭하는 사기꾼으로 보였다.

"그대는 도대체 마마가 무엇인지나 아는가?"

혁은 '아, 이분이 동의보감의 저자 허준 선생이구나' 하며 감탄하고 있다가 느닷없는 허준의 추궁에 당황했지만 이내 마음을 다잡았다.

"마마는 귀신이 아닙니다."

혁이 자신을 똑바로 쳐다보며 단호하게 말하자 어이가 없어진 허준이 다시 물었다.

"귀신이 아니다? 그럼 무엇이더냐?"

"눈에 보이지 않는 아주 작은 벌레가 몸 속에 들어와서 병을 일으키는 것으로 환자가 내쉬는 숨을 통해 다른 이에게 전염이 됩니다."

현미경이 없는 세상에서 이 말을 증명할 수는 없지만 어쨌든 아는 바를 말할 수밖에.

"눈에 보이지 않는다면서 그대는 어떻게 그것이 벌레인지 아닌지를 아는가?"

허준 자신은 상상만 하고 있던 일을 혁이 마치 본 것처럼 말하자 내심 놀라지 않을 수가 없었다. 게다가 숨 쉬는 것을 통해 전염된다는 말은 맞는 말이다.

"제가 살던 곳에는 작은 물체를 크게 볼 수 있는 기계가 있습니다."

"살던 곳?"

허준이 자꾸 말꼬리를 잡자 혁은 허균과 광해를 번갈아 쳐다보았다.

"대감, 거기에 대해서는 제가 후에 자세히 설명드리겠습니다."

허균이 거들어주었다.

"허 대감은 그런 것에 괘념치 마시고 예방법이란 것을 들어보도록 하세요."

광해도 그게 중요한 것이 아니라고 한마디 해주었다.

"마마는 다른 역병과 달리 한번 앓고 나면 다시는 걸리지 않는다는 것을 알고 계시지요?"

그건 의원이 아니라도 다 알고 있는 사실이다.

"이를 면역이라 합니다. 즉, 역병으로 도는 마마에 걸리기 전에 아주 약하게 마마를 미리 앓고 나음으로써 면역이 생기게 하는 것이 예방의 원리입니다."

혁은 마른 입술을 혀로 축여가며 최대한 쉽게 설명해 나갔다.

"자네 말은 마마를 앓고 난 환자의 부스럼을 이용해서 약한 마마를 걸리게 하자는 말이렷다?"

그 정도는 이미 알고 있다는 듯이 허준이 빈정대듯이 물었다.

환자의 딱지를 이용하여 임의로 마마를 유발시키는 '인두법'은 사실 오래전부터 있어왔다.

면역의 원리를 깨달은 사람들이 이를 활용한 인두법을 처음 개발하였으니 그 시기는 10세기경으로 중국 사천성 남쪽의 도교 술사들에 의해서다.

이는 마마의 역사가 그만큼 깊다는 사실을 말해주는 것으로 이미 기원전 12세기 람세스 5세의 미라에서도 마마 자국이 발견되고, 남미의 잉카나 아즈텍 문명이 순식간에 사라진 이유도 유럽인들의 몸에 묻어 온 천연두 바이러스 때문이었다.

『총, 균, 쇠』의 저자인 제레드 다이아몬드 교수에 의하면 당시 아메리카 원주민의 숫자는 2천만 명이었는데, 이들 중 95%인 1천9백만 명이 이 천연두로 죽었다고 한다.

인두법은 마마를 앓고 난 사람의 마마딱지를 곱게 갈아 아직 걸리지 않은 사람의 코에 불어 넣거나 마마 환자의 고름을 오래 두어 약하게 만든 다음, 물에 희석시켜 앓지 않은 사람에게 상처를 내어 바르는 방법 등이 있었는데 둘 다 천연두 균이 너무 강해 멀쩡한 사람이 오히려 병에 걸려 사망하는 일도 비일비재할 만큼 위험한 방법이었다.

"아닙니다. 소의 고름을 이용합니다."

1796년 영국 의사 에드워드 제너는 우유를 짜는 사람들이 소의 두창(마마)에 걸리면 가벼운 피부병을 앓고, 그 후 다시는 두창에 걸리지 않는다는 사실을 알아내어 '우두법'을 개발하였다. 백신(Vaccine)이라는 말도 암소라는 뜻의 라틴어 바카(Vacca)에서 온 말이다.

"소!!!"

세 사람이 동시에 뱉은 경악에 찬 외침이었다.

혁은 소의 두창은 사람에게 위험하지 않으며 두창에 걸린 소의 고름을 사람의 상처에 바름으로써 면역을 유도할 수 있다는 사실을 차근차근 설명했다. 우두법에 대해서 혁이 학교에서 직접 배운 적은 없지만 어느 책에선지, 다큐멘터리에선지 본 것만은 확실하다.

"이것을 보십시오. 이 상처가 바로 우두를 맞은 자국입니다."

혁이 자신의 왼쪽 어깨의 옷을 내리며, 몸이 젊어지면서 더 선명해진 우두 자국을 보였다.

언제까지 우두를 맞았는지는 모르지만 혁 세대는 노출이 많은 어깨에다 우두를 맞았고, 아무리 미스코리아에 나가는 미인이라도 왼쪽 어깨에 찍힌 큼지막한 우두 자국은 어쩔 수 없었다.

"으음."

신음을 뱉은 허준은 이제 이 혁이라는 작자가 사기꾼이 아닐지도 모른다는 생각이 들었다.

"이자의 말에 대해서 어의는 어찌 생각하시오?"

흥미진진한 표정의 광해가 물었지만 허준은 한참 동안 말이 없었다.

"아직은 소신도 뭐라고 말씀을 드리기 어렵고 저자의 말대로 소젖을 짜는 사람이 실제로 그러한지 조사를 하고 나서 판단을 할 일이라 보옵니다."

신중한 허준이었다.

이때 뇌리에 한 가지 생각이 스쳐 가자 혁은 가슴이 철렁 내려앉았다.

'이 당시 조선 사람들이 우유를 먹었나? 영국이야 우유가 주 식재료지만 조선에서 우유 먹었다는 소리는 들은 적이 없는데… 그러면 우유 짜는 사람도 없을 것이고…….'

다행히 조선에도 소젖을 얻기 위해 만든 목장이 있었다. 지금의 성동구 지역인 살곶이에 말을 키우는 왕실 목장이 있었고, 그 옆에 비록 크지는 않지만 소 목장을 두었다.

여기에서 생산되는 우유는 임금의 초조반으로 자주 올리는 타락죽의 재료가 되었으며 또한 치즈를 만들어 약재로도 사용하였다.

"내일자로 유배를 해제할 터이니 허 대감은 어의로 복귀하여 이 일을 신속히 처리해 주길 바라오."

"성은이 망극하옵니다, 전하."

일단 회의는 종료되었고, 허균은 허준을 조용한 방으로 데려가 혁의 내력에 대해 설명했다.

처음에는 펄쩍 뛰었지만 임금과 허균이 믿게 된 경위를 알게 되자 반신반의하는 표정을 짓는 허준이었다. 어쨌든 이제 혁의 정체를 아는 사람은 셋으로 늘어났다.

"이자의 말 중 틀린 점은 발견하지 못하였습니다."

한 달에 걸친 조사 후 허준이 올린 보고였다.

허준은 한 달 동안 현재 소 목장에서 일하고 있는 사람뿐만 아니라 이전에 근무했던 이들까지 모두 찾아 조사한 결과, 소 두창에 걸렸던 사람 중 마마에 걸린 이는 전무하다는 사실을 밝혀냈다.

혁의 말이 증명된 것이다.

광해는 무릎을 쳤고, 허균은 짧은 탄성을 뱉었다.

"하지만 이는 저절로 걸렸다 나은 것이고 임의로 병에 걸리게 하는 것은 다른 문제이므로 신중하게 진행해야 할 필요가 있사옵니다."

역시 『동의보감』을 쓴 허준이었다.

소 두창을 앓고 나면 마마에 걸리지 않는다는 사실은 알았지만 소의 고름을 상처에 발라 일부러 소 두창에 걸리게 하는 것은 별개의 문제라는 것이다.

그런 실험은 해본 적이 없으니 당연했다. 만약 마마에 걸린 것처럼 심하게 앓는다든지 아니면 아예 병에 걸리지 않는다면 헛일이 된다.

"그러면 어의의 생각으로는 어떻게 하는 것이 좋겠다는 말이오?"

광해는 흥분했던 마음을 애써 가라앉히며 허준에게 물었다. 만약 이를 성공한다면 세종대왕의 한글 창제에 버금가는 쾌거라 할 수 있다.

임금으로서 백성들에게 해줄 수 있는 최고의 혜택이 될 수도 있는 일이다.

"먼저 내의원에 있는 젊은 의원 중 아직 마마를 앓지 않은 의원을 선발해 시행해 보고자 합니다."

허준은 많은 고심 끝에 자신의 관할하에 있는 내의원의 의원을 대상으로 정했다. 일반인들과 달리 적어도 의원이라면 어느 정도의 위험을 감수할 수 있으리라 생각했던 것이다.

"그것은 안 될 말이오. 의원이 병이 나면 누가 고친다는 말입니까?"

일언지하에 반대한 광해는 깊은 숨을 두 번 정도 내쉬는 듯하더니 대전 내관을 불렀다.

"어린 내관들 중 건강한 아이로 세 명을 선발하라."

마마에 많이 걸리는 나이가 대체로 10세에서 15세 어름인 것을 감안한 결정이었다.

궐 안에서 이 정도로 어린 나이는 내시 아니면 궁녀가 되기 위해 들어온 어린 계집들밖에 없는데 광해는 남자인 내시를 선택했다.

즉시 우두 접종을 시행할 방이 마련되었다. 만약의 경우를 대비하고 전염을 피하기 위해 대궐과 민가에서 멀찍이 떨어져 있는 소 목장 근처로 잡았다.

접종은 아침나절에 시행되었으며 양쪽 끝을 날카롭게 만든 상아 비녀로 왼쪽 어깨에 상처를 내고 소 고름을 묻혔다. 혁도 자신이 제안한 일인 만큼 곁에서 진행 추이를 지켜보았다.

별 반응이 없다가 술시 초(저녁 7시)부터 한 아이가 열이 오르기 시작하더니 이경(밤 10시경)을 넘어가자 열이 더 오르며 이마에 땀까지 맺히기 시작했다.

이런 일에 전혀 경험이 없는 혁으로서는 좌불안석일 수밖에 없었다.

진맥을 하러 방으로 들어갔던 허준이 조용히 문을 닫으며 나오는 모습이 보였다.

"대감, 어떻습니까? 아직도 열이 높습니까?"

초조해하는 혁과는 달리 허준의 표정은 담담했다.

"위병(僞病: 가짜 병)인 듯하네."

위약 효과(僞藥效果: Placebo effect)가 실제로 전혀 효과가 없는 것을 마치 있는 것처럼 허위로 인식시켰을 때 나타나는 효과이듯이 반대로 이 아이는 자신의 몸에 비록 소의 그것이더라도 '마마'가 들어왔다는 생각에 그 비슷한 증세를 보이고 있었다.

"아마 내일이면 나을 듯하니 너무 걱정하지 말게."

허준의 장담처럼 아이는 다음 날 아침나절이 되자 열이 떨어지기 시작했다. 같이 접종받은 두 아이가 멀쩡한 것을 보고 마음이 안정된 것이다.

이틀째엔 손등에 조그마한 물집이 잡히더니 오래지 않아 없어지고, 일주일 만에 아무런 흉터 없이 모두 건강한 모습이 되었다. 이 아이들은 평생 마마 걱정 없이 살 수 있게 되었다.

"허 대감, 정말 노고가 많았소."

실험 결과를 들은 광해가 뛸 듯이 기뻐하는 것은 당연한 일.

"아닙니다, 전하. 소신은 단지 여기 이자가 말한 바를 그냥 따라 했을 뿐이옵니다. 정작 공이 있는 이는 유혁입니다."

허준이 공을 돌렸다.

"네가 이 나라 백성들을 위해 큰일을 하였구나. 장하다."

광해는 엎드려 있는 혁을 잡아 일으키더니 두 손을 쥐었다.

이제 남은 일은 아직 마마를 앓지 않은 모든 백성에게 우두를 접종시키는 일이다.

“내의원 취재 인원을 두 배로 늘리고, 각 지방의 의원들을 최대한 활용토록 하라.”

특명이 떨어졌다.

12명의 의원과 22명의 의녀로 구성된 현재의 내의원 인원을 가지고는 전국을 돌며 우두 접종을 하기에는 어림도 없었다. 그래서 의원 선발을 위한 특별 취재(시험)를 실시하였으니, 양반들이 보는 과거야 증광시(增廣試)니, 알성시(謁聖試)니 하면서 수시로 별시를 치렀지만 중인에 불과한 의원을 뽑기 위해 별시를 실시하는 것은 조선 개국 이래 처음이었다.

어의 허준이 최고 책임자가 되어 중국과 국경을 맞대고 있는 평안도부터 접종에 들어갔다. 마마는 주로 중국 남부에서 발생하여 전파되기 때문이다.

우두는 의원 한 사람이 하루에 대략 삼백 명을 접종시킬 수가 있었다. 강행군이 이어졌지만 이 일이 얼마나 획기적인 것인지를 알고 있는 의원들로서는 불만을 가질 수가 없었다. 한 번의 접종이 한 사람의 생명을 구할지도 모르는 일이다.

“우두 접종은 잘되어가고 있소?”

수시로 허준을 불러 진행 상황을 확인하고 있는 광해다.

“사대부들 사이에서 반발이 좀 나오고 있사옵니다.”

“반발이라니요?”

“소 고름을 맞으면 소뿔이 난다면서 우두를 못 맞게 하는 이들이 있습니다.”

항상 양반들이 문제였다. 일반 백성들은 마마를 앓지 않게 해준다는데 '아이고, 감사합니다' 하고 맞는 반면 일부 사대부들이 터무니없는 말을 하며 따르지 않고 있었다.

"그러면 닭고기를 먹으면 꼬끼오, 하고 울고, 돼지 피로 만드는 순대를 먹으면 돼지 코로 바뀐단 말이오?"

이런 일에 앞장서서 백성들을 독려해야 할 사대부들이 오히려 엉뚱한 소리나 하고 있다는 말에 광해의 얼굴이 붉어졌다.

"차후 또 그런 소리로 민심을 현혹시키는 자는 왕명으로 다스릴 것이며, 나중에 접종 성과를 살펴 이 일에 게을리한 지방 방백은 그 죄를 엄히 물을 것이다."

대로한 광해의 엄명이었다.

해가 많이 기울었는지 이제 더 이상 인정전의 지붕은 빛을 반사하고 있지 않았다.

상념에서 깨어난 허준은 아직도 광해의 노한 음성이 귓가에 울리는 듯해서 주위를 한번 둘러보고는 길게 숨을 내쉬었다. 머지않아 지난 2년 동안 쏟은 노력의 결과가 나올 것이다.

진인사대천명(盡人事待天命: 사람으로서 해야 할 일을 다하고 나서 하늘의 뜻을 기다린다)이라 하지 않는가.

평안도에서 시작된 마마는 황해도와 경기도를 거쳐 전라도와 경상도로 내려간 후 서늘한 바람이 불기 시작하자 자취를 감추었다.

마마를 앓은 이가 전국적으로 650여 명에 그중 사망자는 213명. 이전에 비해 피해 규모는 200분의 일도 되지 않았다.

터무니없는 고집을 부린 부모 때문에 희생된 양반 자제와 화전민이나 거지 등 떠돌아다니느라 우두 접종이 어려워 감염된 사람을 제외하면 거의 완벽한 예방이었다.

이제 조선은 마마의 공포에서 벗어난 것이다.

전체 백성의 10%에 불과한 양반층에서 사망자 213명 중 절반이 넘는 120명이 나왔다는 사실에 소위 사대부라 떠들던 자들은 코가 댓 발은 빠졌고, 마마는 귀신의 노여움이기 때문에 굿을 안 하면 다 죽는다고 끝까지 우기던 무당들은 밥줄이 끊어지게 만든 의원들에게 이를 갈며 밤봇짐을 쌌다.

"충청도 보령 현감 이채규를 추자도로 유배시켜 살아서는 나올 수 없도록 조처하고, 평안도 양덕 현감 김태촌은 강화도에 유배토록 하라. 전라도 진안 현감 오감조는 3년간의 도형(강제 노동형)에 처한다. 또한 이들의 자식은 과거를 볼 수 없도록 하라."

신상필벌이 명확하지 않으면 영(令)이 서지 않는다.

전국에서 가장 많은 서른 명의 사망자를 내고, 비록 죽지는 않았지만 현감 자신의 아들까지 마마에 걸렸던 보령의 현감 이채규는 우두 접종 시 코웃음을 치며 한양에서 내려온 의원들에게 '접종을 시키든지 말든지 알아서 하라' 며 비협조로 일관했던 자다.

김태촌이나 오감조도 각각 스무 명과 열두 명의 사망자를 낸 고장의 현감들이다.

김태촌은 '어떻게 양반이 상것들과 같이 더러운 소 고름을 맞을 수가 있느냐' 며 오히려 양반들을 선동했고, 그의 고장은 양반 사망자 15명을 내어 그 부문에서는 전국 1위를 차지했다.

이들의 자식들까지 관리의 길을 막은 이유는 그 애비에 그 자식인 경우가 다반사인 탓이다.

사상자를 내었지만 하위 3등 안에 속하지 않아 처벌을 면한 수령들은 '엇, 뜨거라' 하며 철렁한 가슴을 쓸어내리고 있었다. 까딱했으면 자신이 골로 갈 뻔하지 않았는가.

앞으로는 간이 배 밖으로 나오지 않은 이상 임금의 명을 우습게 여기는 자는 없으리라.

반면 단 한 명의 감염자도 내지 않은 경기도 가평과 포천의 현감은 세 등급 가계(加階: 품계를 올려줌)의 포상이 내려져 일약 정5품 통덕랑으로 승진했고, 한 명의 감염자를 낸 충청도 진천 현감은 두 등급의 가계가 내려졌다.

허준을 비롯해 전국을 돌며 고생을 한 내의원의 의원과 의녀들에게도 포상을 한 것은 물론이다.

"사옹원 낭청 유혁은 내의원 직장(直長)을 겸임토록 한다."

독특한 승진이었다. 한 단계 승진을 시켰지만 기존의 사옹원의 직을 그대로 유지하며 내의원에 또 다른 자리를 마련해 주었다.

혁이 가진 앞선 의료 지식에 감탄한 허준이 광해에게 요청하여 이루어진 인사 조치였다.

이제 도자기 수출, 인삼 관련 일에 내의원 업무까지 맡게 된 혁이다. 갈수록 날은 추워질 텐데 오히려 땀을 흘릴 판이다.

우두 접종으로 낙엽처럼 떨어지기만 하던 백성들의 조정에 대한 신뢰도는 처음으로 상승하였으며, 광해에 대해서는 대동법에 이은 종두법 시행으로 백성들 사이에서 서서히 '성군' 이라는 말이 나오기 시작했다.

이리하여 17세기 초의 조선은 영국보다 무려 185년이나 빨리 세계 최초로 종두법을 시행한 나라로서 역사에 남게 되었다.

10.
수술을 하다

조선 시대의 국가 의료 기관으로는 내의원, 전의감, 혜민서, 그리고 활인서가 있었다.

내의원은 잘 알다시피 왕실에 필요한 약의 조제와 임금을 비롯한 왕실 사람의 치료를 맡았고, 전의감은 궁궐 내에서 쓸 의약과 특정 관료의 치료를 맡았다.

일반 백성들에게 처방을 내리고 약재를 팔기 위해 설립된 것이 혜민서이며, 활인서는 오늘날의 보건소 역할을 하는 곳으로 병자나 굶는 이들을 보호하고 치료하기 위해 운영되었다.

이 중 핵심은 물론 내의원이다.

"이 방은 사관(史官)이 머무는 곳입니다."

내의원 본청 옆에 있는 작은 건물이다. 사관이란 왕의 언행을 기록하는 벼슬인데, 왜 어울리지 않게 내의원에 사관이 오느냐 하겠지만 임금이 어떤 약을 먹고, 언제 어디에 침을 맞고 하는지 등의 행적을 반드시 기록해야 하기 때문이다.

내의원에 배치받은 혁은 지금 내의원의 구조에 대해 안내를 받고 있는 중이었다.

안내자는 수의 허준의 비서 격인 내의녀 은비다.

"이곳은 침의(鍼醫: 침을 주로 놓는 의원)들이 일하는 데입니다."

제법 넓은 방에서 다섯 명의 의원이 제각기 일을 하고 있다가 혁을 알아본 두엇이 가볍게 목례를 했다.

그 옆으로 의녀들의 거처가 있고 도서관이 이어 있었다. 밖으로 나오니 동서 양쪽으로 큰 약재 창고가 눈에 띄었다. 이곳에 보관하는 약재의 재배는 주로 밤섬과 여의도에서 한다고 한다.

창고 옆에는 수고(水庫: 물탱크)가 자리 잡고 있었다.

"여기의 물은 이른 새벽에 한강의 강심수(강 한가운데서 긷는 물)를 떠 와서 채웁니다."

내의원에서 모든 약을 달일 때 쓰는 정갈한 물이다.

올해 스물이 된 은비는 열 살에 사환 의녀로 들어와 불과 십 년 만에 차비대령 의녀로 오를 만큼 뛰어난 재능을 지니고 있어 허준이 그 재주를 아껴 직접 키우고 있는 의녀이다.

차비대령 의녀란 내의녀 가운데 의술이 뛰어나 특별한 임무를 부여받은 의녀를 말한다.

"그래, 둘러본 소감이 어떤가?"

허준이 사람 좋은 웃음을 지으며 물었다. 새로 완공된 창덕궁에 함께 들어선 널찍한 내의원에 대한 허준의 자부심은 컸다.

그렇지만 현대 세상에서 초대형 병원을 보며 살아온 혁에게는 참으로 난감한 질문이었다. 혁은 대답 대신 머리를 긁적였다.

"자네가 일전에 말한 '눈에 보이지 않는 작은 벌레'에 대해 자세히 말해보게."

'세균학'이다. 과학이 발달했던 서양에서도 19세기나 되어서야 파스퇴르와 코흐에 의해 정립되기 시작한 세균학이 비록 기초 개념뿐이지만 17세기 초 조선에서 논의되고 있다.

"병을 옮기는 작은 벌레를 세균이라 하고, 이것을 막는 것을 소독이라 합니다."

의학도가 아닌 혁으로서는 전문적인 설명은 불가능할뿐더러 또 그런 게 필요한 것이 아니다. 지금 이 시대에 중요한 것은 '어떻게 하면 병에 걸리지 않는가'였다.

"시술 전에는 반드시 손을 소주로 닦고, 의료 기구는 끓는 물에 담가 소독을 해야 합니다."

아주 간단한 말이지만 인류는 이것을 알기까지 앞으로 250년이라는 세월이 더 필요했다.

이 당시의 소주는 지금의 안동소주처럼 모두 증류 소주이기 때문에 불이 붙을 정도로 알코올 도수가 높아서 소독용으로 충분했다.

세균 감염이라는 개념이 없었던 이 시기는 동서양을 막론하고, 특히 산모들이 애를 낳고 산욕열과 파상풍으로 숱하게 죽어갔다. 심지어 애를 받는 산파는 때가 새카맣게 낀 손톱을 이용해 탯줄을 끊었다.

출산은 목숨을 건 행위였다.

앞으로 이 '소독'이라는 개념만 퍼져도 수많은 생명을 구할 수 있으리라.

허준은 눈 껌벅거리는 것조차 잊은 듯 혁의 이야기에 몰두했고 그 옆에서는 은비가 열심히 받아 적고 있었다.

"피는 심장에서 동맥으로 나가 정맥을 타고 온몸을 돌아 다시 심장으로 들어갑니다."

내친김에 혁은 혈액 순환에 관해 이야기했다.

현대에 사는 사람이라면 모르는 이가 없는 거지만 이것 역시 17세기 중반 윌리엄 하비가 밝혀내기까지 아무도 모르던 사실이다. 하물며 사람의 해부를 엄격히 금지하는 조선 사회에서야 말할 필요도 없다.

수술 시 지혈을 위해서는 반드시 알아야 할 사항이다.

"사람의 피는 네 가지 종류로 나뉩니다. 같은 종류의 피는 서로 섞이지만 다른 종류는 서로 엉겨서 굳어지게 됩니다."

혁이 굳이 1900년이나 되어야 밝혀질 혈액형까지 들먹인 이유는 조선에서의 친자 확인 방법에 관해 들어서다. 아비와 자식 두 사람의 피를 떨어뜨려 피가 합쳐지면 친자이고, 아니면 친자가 아니라는 판정이 내려졌다.

대궐에 들어가는 궁녀는 반드시 처녀여야 했는데 처녀 감별법으로 앵무새 피를 손목에 떨어뜨려 잘 묻으면 처녀고, 아니면 비처녀로 구별하는 게 지금 조선의 현실이었다.

"대감, 약이나 침도 중요하지만 수술도 꼭 필요한 방법이 아닙니까?"

한방은 탕약이나 침, 뜸으로 병을 치료할 뿐 외과적 수술이 발달하지 못했다. 기껏해야 곪은 종기를 째서 치료하는 정도였으니 사람의 몸에 칼을 대는 것을 금기시한 탓이다.

외과 의술이 발달하려면 생체 해부가 필수인데 이것을 못하게 하니 방법이 없었다.

"난들 그걸 모르겠나. 현실이 답답할 뿐이지, 쯧쯧."

혁의 설명을 홀린 듯 듣고 있던 허준이 혀를 찼다.

"그렇다고 그냥 내버려 두실 생각입니까? 이대로는 반쪽짜리 의술밖에 안 됩니다."

전장에서 손발이 잘려 나가고 창에 찔려 창자가 튀어나오면 그게 침으로 해결될 문제이며 약을 달인다고 살릴 수 있겠는가.

혁의 강변에 안 그래도 투박하게 생긴 얼굴에 잔뜩 주름을 잡으며 생각에 잠겼던 허준이 고개를 들었다.

"그래, 이제 이 몸이 얼마나 더 산다고 망설이겠는가. 내 주상께 주청을 드리지."

결심이 선 듯 고개를 크게 끄덕이는 허준을 은비가 걱정스럽게 쳐다봤다.

사대부들의 반대가 불을 보듯 뻔하기 때문이다.

"아니 되옵니다, 전하. 어찌 사람의 몸을 칼로 난자한단 말입니까? 동방예의지국이라는 이 조선에서 차마 입에 담을 수도 없는 말입니다. 망령된 말을 꺼낸 허준을 벌하여주시옵소서."

"신체발부 수지부모(身體髮膚 受之父母: 부모에게서 물려받은 몸을 소중히 여기는 것이 효도의 시작이라는 말. 『효경(孝經)』에 실린 공자의 말씀)라 하였습니다. 거두어주시옵소서, 전하."

의학 발전을 위해 시신 해부를 허용해 달라는 허준의 요청은 역시 완강한 반대에 부딪혔다. 신체를 훼손하는 것은 성리학의 가르침에 위배된다는 것이다.

"죽은 자의 시신을 통해 기술을 익혀 부모로부터 물려받은 생명을 살릴 수 있다면 이것이 곧 성현의 가르침에 부합되는 것이 아니오? 더구나 장례를 치러줄 연비도 없는 사형수를 대상으로 하고, 해부 후 내의원에서 엄숙히 장례를 치러준다면 고인을 위해서도 나쁘지 않은 일이라 생각되오."

임진왜란을 겪으며 전장에서 피투성이로 죽어가는 많은 병사를 직접 목도한 광해로서는 외과적 수술이 반드시 필요하다는 것에 공감하고 있던 차에 허준이 건의를 해와 즉시 공론에 붙였으다. 사형당한 후 시신을 거두어 갈 가족이 없어 묘도 없이 아무렇게나 대충 묻혀 버리는 사형수의 시신을 해부용으로 이용하고 성대히 장례를 치러준다면 괜찮지 않느냐고 역설했다.

"비록 그 시신이 사형수의 것이라고는 하나 사형을 당함으로써 이미 죗값을 치렀는데 또 칼을 대어 갈기갈기 찢는다 함은 두 번을 죽이는 것이옵니다. 전하, 거두어주소서."

"거두어주소서, 전하."

마치 이 일이 허가되면 나라가 망하기라도 하는 듯이 입을 모아 반대를 외치는 신료들이었다.

대역 죄인에게 내리는 벌 중에 '부관참시(무덤을 파고 관을 꺼내어 시체를 베거나 목을 잘라 거리에 내거는 벌)' 가 있는 나라이니만큼 이들의 반대를 꺾기는 어려운 일이었다. 결국 광해는 다음에 다시 논의하자는 말로 소득 없이 물러나고 말았다.

이백여 년 동안 성리학에 찌든 사대부들의 의식을 아무리 임금이라도 혼자 변화시키기는 지난한 일이었다.

혁이 밤중에 광해를 알현했을 때도 그의 얼굴은 밝지 않았다.

갑자기 입궐하라는 명을 허균을 통해 듣고 같이 들어온 참이다.

한동안 탁상 위에 놓인 서책만 물끄러미 바라보던 광해가 서서히 고개를 들어 혁을 쳐다보았다.

"내 일찍이 너에게 물어보고 싶었던 게 하나 있었느니라."

잠시 입맛을 다시더니 말을 이었다.

"과인의 부친에 대한 후세 사람들의 평이 어떠하더냐?"

좀처럼 미래의 일에 대해서 알려고 하지 않던 광해가 뜻밖의 질문을 던져왔다. 순간 혁은 이 질문이 '과인에 대한 평이 어떠하냐?' 라고 묻고 싶은 것을 우회해서 물은 것이 아닌가 하는 생각이 머리를 스쳤다.

궁금하리라. 하지만 자신의 미래를 미리 안다는 것만큼 두려운 것도 없다. 또한 혁은 자신의 행동 하나하나에 따라 그 미래가 달라진다는 사실을 광해는 잘 알고 있기 때문에 지금까지 그런 질문은 하지 않은 것이라 생각하고 있었다.

아마 요즘 연속되는 신하들의 반발에 심신이 지친 나머지 오늘 이 자리가 만들어진 게 아닌가 하는 생각이 들었다.

광해의 부친이라면 선조(아직까지는 선종)가 아닌가. 선조에 대한 평을 혁이 모를 리 없었다.

그렇지만 함부로 말하기가 어렵다. 좋지 않은 까닭이다.

"어째서 대답이 없느냐? 어려워 말고 사실대로 말해보거라."

혁이 계속 망설이기만 하자 광해가 재촉했다.

"말씀드리기가 정말 죄송한데……. 그게… 평판이 역대 임금님들 중에서 최악입니다."

혁이 어렵게 입을 떼었다. 물론 혁의 주관이 들어간 평가다.

사람에 따라서는 다르게 생각하는 경우도 있겠지만 임진왜란을 불러와 백성들의 삶과 국토를 초토화시킨 선조는 최악이라고밖에는 표현할 수가 없었다.

"최악!!!"

광해와 허균의 비명에 가까운 외침이었다.

아무리 자신을 홀대했지만 그래도 아버지인데 역대 왕들 중에서 최악의 왕이라는 혁의 말은 광해를 경악하게 만들기 충분했다.

사실 혁이 생각하는 조선 최악의 임금은 인조였다. 그러나 인조반정을 막기로 결심한 혁으로서는 인조는 '없는' 왕이고, '없어야만 되는' 왕이기 때문에 감히 선조에다가 최악이라는 표현을 썼다.

기실 혁의 생각에 인조나 선조나 오십보백보이니만큼 상관이 없었다.

평소 역사에 관심이 많았던 혁은 조선의 3 대 암군으로 선조, 인조, 그리고 고종을 꼽았다.

연산군 같은 패륜아도 있지만 백성들에게 얼마나 고통을 안겼느냐라는 기준을 들이댈 때 연산군보다는 위의 삼 인이 더 죄인이라는 게 혁의 생각이었다.

조선 역사에 있어 선조만큼 탁월한 인재들을 신하로 두었던 왕은 일찍이 없었다.

이황, 이이, 조식, 성혼 등의 조선 최고의 성리학자들과 유성룡, 윤두수, 이항복, 이덕형 등의 뛰어난 행정가들이 포진해 후에 '목릉성세(穆陵盛世)' 라고까지 불렸던 시기다.

그러나 아무리 손발이 잘나도 머리가 시원치 않으면 모조리 헛일이라는 것을 선조만큼 확실하게 증명한 이도 없다.

당리당략에 사로잡혀 전쟁은 절대 없을 것이라고 주장한 김성일의 의견을 좇아 무사태평으로 놀다 왜적의 침입을 받았으며, 단 한 번도 싸워볼 생각을 않고 주구장창 도망만 치다가 더 이상 갈 데도 없는 나라 끝, 의주까지 가서는 '나라를 들어 바칠 테니 중국으로 망명을 허락해 주십사' 하고 명나라에 간청했던 선조. 그러면서도 그는 모든 잘못은 자신을 잘 보필하지 못한 신하들에게 있지 자신은 결코 어떤 책임도 없다고 강변하는 뻔뻔스러움까지 보였다.

그러는 사이 수많은 백성이 죽어나갔다. 죽지 않으면 코가 잘리고, 귀가 잘리고, 깅간당하고, 일본으로 끌려갔다.

유일하게 승리를 거두는 이순신의 올라가는 명망이 두려워 잡아 죽이려고까지 하였으나, 뜻대로 잘 안 되자 원균을 극력 비호해 원균으로 하여금 조선 해군을 한 번에 말아먹게 해준 임금이 바로 선조다.

원균을 등용한 이가 선조 자신이면서도 신하들에게 책임을 전가하고, 원균이 패전한 것은 그의 잘못이 아니라 부하들이 무능했다고 억지를 부리자 당시를 기록한 사관은 '가슴이 찢어지고 뼈가 녹으려 한다' 며 울분을 터뜨렸다.

인조는 어떠한가. 광해군을 밀어내고 반정으로 왕위에 오른 임금 인조.

반정이란 왕이 무능하거나 포악하여 백성이 곤경에 빠졌을 때 행하는 무력적인 정치 변동을 말하는데 인조반정은 그게 아니었다.

당파 싸움에서 궁지에 몰린 서인 찌꺼기들이 오로지 정권 탈취만을 목적으로 일으킨 것으로 이들에 대한 백성들의 시선은 차가웠다.

인조반정 후 논공행상에 불만을 가진 이괄이 반란을 일으켰을 때 도성과 임금을 지켜야 할 훈련도감의 병사들은 전부 뿔뿔이 흩어져 버렸고, 한양에 입성하는 이괄군을 보며 가도에 늘어선 백성들은 두 팔을 들어 만세를 불렀다. 인조가 한양을 도망치던 날 피난 보따리를 싸서 함께 가려는 백성은 눈을 씻고 찾아봐도 단 한 명이 없었을 뿐만 아니라 한강에 있던 인조가 탈 배를 숨겨놓기까지 한 것을 보면 인조반정에 대한 백성들의 시각을 잘 알 수가 있다.

이괄의 난 이후 장수들은 반란 모의로 의심받을까 두려워 군사훈련조차 실시할 수가 없어 군대는 그야말로 '당나라 군대' 가 되었고 중립 실리 외교를 펼치던 광해군을 쫓아낸 정권답게 명나라를 어버이로 모시고 소위 '도덕 외교' 를 부르짖다가 1627년(인조 5)에 정묘호란을 얻어맞았다.

그래도 정신을 못 차리고 제대로 된 군대 하나 없으면서 터무니없이 '청나라와 일전을 불사하겠다'는 척화파를 지지함으로써 드디어 병자호란을 불러오게 된다.

그 결과는 뻔했고, 인조는 목숨만을 구걸하며 항복을 했다.

병자호란을 겪었던 백성들의 고초는 말로 다 할 수가 없었고, 50만이나 되는 백성들은 청나라로 개 끌리듯 끌려갔다.

그 후 인조는 인질 생활에서 돌아온 아들 소현세자를 왕권에 위험이 된다 하여 죽음으로 몰았고, 그것도 부족해 며느리인 강빈과 손자들까지 모조리 죽여 버리고 만다. 이것이 반정으로 왕이 된 인조의 진면목이며 혁으로 하여금 암군 일 순위로 꼽게 만든 이유들이다.

마지막으로 조선을 들어 일본에 안겨줌으로써 조선을 완전히 끝장낸 고종을 평가하려면 아비인 대원군과 처 명성황후 민씨를 동시에 보지 않으면 안 된다.

왜냐하면 셋이서 약속이나 한 듯 힘을 합쳐 나라를 말아먹었기 때문이다.

일본이 메이지유신으로 국가의 기틀을 잡고 발달한 유럽의 문물을 받아들이는 등 탈아입구(脫亞入歐: 아시아를 벗어나 서구 사회를 지향한다)를 추진하며 동양의 맹주로 부상하는 동안, 어린 고종을 대신해 십 년 동안 나라를 쥐고 흔든 대원군은 온 나라의 문을 꼭꼭 틀어 잠그고 우물 안 개구리를 자처하며 애꿎은 기독교도의 목숨만 도륙 내고 있었으니 나라 꼴이 어떻게 되었겠는가.

성인이 된 고종이 친정을 하게 되자 이번에는 시아버지인 대원군을 몰아내고 정권을 잡은 민비가 자신의 친척인 민태호, 민겸호, 민규호 등 여흥 민씨들의 세상을 만듦으로써 안동 김씨의 60년 세도정치로 이미 망가질 대로 망가진 백성들의 삶을 완전히 절단 내고 만다.

그리고 그녀 자신은 백성들이야 굶어 죽든 말든 허구한 날 자식(후의 순종)의 무병장수와 왕실의 안녕을 비는 굿판을 벌이며 안 그래도 형편없는 나라 살림을 거덜 내고 있었다.

태어날 때부터 부실한 아들의 건강을 위해 금강산 일만 이천 봉 각 봉우리마다 가마니 쌀과 술을 놓고 굿을 했다고 하니 가히 나라 꼴을 짐작할 수가 있다.

민씨들은 벼슬을 팔아먹고 산 놈들은 그 벼슬값을 뽑으려고 가렴주구(苛斂誅求: 가혹하게 세금을 거두거나 백성들의 재물을 억지로 빼앗음)를 일삼으니 누렇게 부황 든 백성들은 거지 떼나 도적이 되어갔다.

이 와중에 어려서는 아비 대원군 말에 꼼짝 못 하였고, 친정 체제가 되고 나서는 마누라 치마폭에서 헤어나지 못한 고종은 썩은 나라 꼴을 보다 못해 일어난 동학농민운동을 진압하고자 청나라에 병력을 요청하여 일본군이 조선에 진출할 빌미를 제공하였고, 을미사변(명성황후 시해사건) 후에는 온 백성들이 분노에 차 있는 마당에 일국의 왕이 궁녀로 변장하고 러시아 공사관으로 도망쳐 목숨 보전에만 급급한 모습을 보여주어 백성들을 좌절케 했다.

공사관에 처박힌 고종이 숨도 크게 못 쉬고 떨고 있는 사이에 조선의 보호국을 자처하게 된 러시아로 산림채벌권, 광산 채굴권 등 여러 가지 경제적 이권들이 넘어가 버린다.

우유부단하고, 우매하고, 무능했지만 왕 자리에 대한 집착만은 대단하여 민의에 따른 정치를 주장하는 독립협회를 탄압하고 열강의 힘을 빌려 어떻게든 왕위를 연장하려 안달하다가 결국 일본에게 나라를 빼앗긴 왕이 바로 고종이다.

서구 열강의 제국주의 침략이 본격화된 시기에 이런 왕을 섬기게 된 것은 조선 백성들에게는 비극 그 자체였고 한 나라의 종말을 보기 위해서 하늘은 이런 왕을 내리시는구나, 하는 게 혁의 생각이었다.

그러나 어찌 되었든 선조는 이미 죽었고, 인조반정만 막는다면 나머지 두 암군도 배제할 수가 있다. 그것이 이곳 조선에 떨어진 자신의 사명이라 생각하는 혁이었다.

"음……."

충격이 컸는지 광해는 말없이 신음 소리만 내고 있었다. 아마도 왜 선조가 그런 평가를 받고 있는지 그의 살아생전 행실에 대해 반추하고 있는 모양이다.

그만 돌아가라는 광해의 손짓에 속절없이 혁과 허균은 일어날 수밖에 없었다.

예조참의로 있다가 종2품 대사헌으로 승진한 이이첨의 저택은 인왕산 아래 서촌에 자리 잡고 있었다. 이경(밤 10시 무렵)이 넘은 시각인데도 사랑채에는 훤하게 불이 켜져 있었다.

"도승지의 집에 여러 달을 머물다가 현재의 창거리 집으로 나갔으며, 가족이나 친척은 전혀 없고, 친구라고는 인근에 사는 둘이 있는데 갓 벼슬길에 오른 미관말직들입니다. 허균 영감의 집에 오기 전에는 어디에 있었는지 아는 자가 없습니다."

나직이 이이첨에게 보고하는 이는 좌포도대장으로 있는 정항(鄭沆)으로 이이첨의 수족이라 불리는 인물이다. 한 달 가까이 혁의 거취를 수탐하여 지금 보고하고 있었다.

"가족도 없고, 친척도 없어? 그리고 어디서 왔는지 아는 이가 없다니? 갑자기 하늘에서 떨어졌단 말인가, 아니면 땅에서 솟아올랐단 말인가?"

이이첨이 장죽을 재떨이에 탕탕 때리면서 힐문을 했다.

"글쎄, 그게 허균 영감 댁 종놈의 말로는 웬 늙은이와 같이 왔었다고 하는데 그자가 어디 사는 누구인지는 영 알 수가 없다고 합니다."

"찾아. 어떻게든 그자를 찾아서 유혁이 도대체 어디서 굴러온 놈인지 알아내도록 해."

그의 정보망에 의하면 이 유혁이라는 자가 쥐새끼 풀 방구리 드나들듯이 벌써 여러 번 입궐하여 임금과 밀담을 나누었다고 한다.

그것도 꼭 야심한 시각을 골라 허균과 함께 들어왔단다. 허균이 비록 대북파이기는 하지만 광해를 현재의 임금으로 옹립한 일등 공신은 자신과 정인홍이 아닌가.

그런 자신을 제쳐두고 정체도 확실치 않은 유혁이라는 자를 가까이하다니…….

게다가 과거 시험도 거치지 않은 그에게 왕은 얼마 전에 내의원 직장 벼슬까지 하사하였다.

자신이 모르는 뭔가가 있다는 생각에 이이첨은 이빨을 사려 물었다.

'왕으로 만들어준 사람은 난데 이럴 수가 있나…….'

장죽을 빽빽 빨더니 또 한 번 소리 나게 재떨이를 내려쳤다.

"어서 서둘러 주십시오. 대감, 한시가 급하다고 합니다."

중궁전 나인이 얼음물에 들어갔다가 나온 사람처럼 새파랗게 질린 얼굴로 허준을 재촉했다.

어제 저녁부터 왕비인 중전 유씨가 복통과 구토 증세를 보여 중궁전을 담당한 어의 조흥남(趙興男)과 어의녀인 단춘이 밤새 중궁전을 지켰는데, 지금 이들로부터 허준을 급히 소환하는 전갈이 왔다.

허겁지겁 달려가는 허준 뒤로 은비와 의료함을 든 사환의녀 둘이 따랐다.

"어찌 된 일이오?"

허준이 식은땀을 흘리고 있는 조흥남을 다그쳤다.

"오심(惡心: 식체 따위가 있어서 속이 울렁거리며 구역질이 나면서도 토하지 못하고 신물이 올라오는 증상)과 발열이 있어 처음에는 관격(關格: 심하게 체한 것)이 든 것을 의심하였으나 시간이 지나면서 구토와 오른쪽 하복부의 통증을 호소하셨습니다. 그리하여 적복령탕과 대황목단피탕을 급히 올렸지만 차도를 보이시지 않고 복통이 더욱 심해지고 있사옵니다."

적복령탕은 소장에 병이 있을 때, 그리고 대황목단피탕은 맹장염에 쓰이는 탕약이다.

"하면 그대가 볼 때 병명이 무어라는 것이오?"

이맛살을 잔뜩 찌푸린 허준이 물었다.

옆에서는 은비가 긴장 어린 눈으로 둘의 대화를 지켜보고 있었다.

"대감, 아무래도… 장옹(腸癰: 맹장염)이 아닌가 의심됩니다."

조흥남이 조심스럽게 말하자 허준의 얼굴이 더욱 일그러졌다.

"네 생각은 어떠하냐?"

밤새 중전 옆에서 직접 간호를 하였던 어의녀 단춘에게 물었다.

마흔이 다 된 단춘은 30년 가까이 내의원에서 일하며 의녀 중 최고위직인 어의녀가 된 인물이다.

내외가 엄격한 조선에서는 비록 어의라 할지라도 직접 왕비를 대면하거나 진맥을 할 수 없다. 그런 일을 하기 위해 의녀가 존재한다.

"초기에는 상복부 통증이 모호하게 있다가 점차 우측 하복부로 국한되어 통증이 나타나고 있으며, 눌렀던 손을 뗄 때 통증이 심해지는 반발통이 있는 것으로 보아 저의 소견도 어의와 다르지 않사옵니다."

밤새 한숨도 못 자고 병자를 수발한 피로로 핏발 선 눈을 깜박이며 말하는 단춘도 지극히 조심스러워한다.

오늘날이야 가장 쉬운 수술의 대명사가 된 맹장염 수술이지만 외과 의학이 극히 낙후된 작금의 조선에서는 사정이 달라도 많이 달랐다.

어의 조흥남도 맹장염을 감안해서 대황목단피탕을 처방했지만 듣지 않았다는 것은 급성으로 치닫고 있다는 말로 이는 곧 수술밖에 달리 방법이 없다는 뜻이다. 그렇지만 귀한 옥체에 칼을 댄다는 것은 감히 상상하기 어려운 일이었다.

안에서 나오는 병자의 신음 소리가 이제는 거의 비명에 가깝게 들려왔다. 아랫배를 끌어안고 데굴데굴 구르려는 왕비를 상궁과 나인들이 필사적으로 붙잡고 있는 중이다.

더 이상 지체할 시간이 없다. 결단을 내려야 한다.

"너는 도제조께 급히 듭시라고 연락을 하라."

비록 허준이 내의원의 수장인 수의라 하더라도 이런 일을 독단으로 결정할 수는 없다.

내의원의 자문 역으로 있는 도제조(영의정이 담당)에게 의견을 묻고 허락을 받아야 한다.

"단춘이 네가 할 수 있겠느냐?"

꽁지에 불나게 달려 나가는 사환의녀를 뒤로하고 허준이 어의녀인 단춘에게 물었다.

중요 시술 대목은 경험 많은 허준이 문밖에서 불러주겠지만 어찌하든 집도는 의녀가 하여야 한다.

"저… 저는 부술(剖術: 수술, 해부)에 대해서는 잘 알지 못하옵니다, 대감."

사색이 된 단춘이 눈을 내리깔며 말을 더듬었다.

이대로 병자를 두면 생명이 위태롭다는 것은 알지만 만약 옥체에 칼을 댔다가 결과가 안 좋으면 목숨이 대여섯 개라도 부족하다.

허준이 난감한 표정을 지은 순간.

"제가 하겠습니다."

굳은 얼굴로 한 발 앞으로 나서는 은비였다.

"네가… 네가 할 수 있겠느냐?"

"하겠습니다."

걱정이 담긴 허준의 시선이 은비의 맑은 눈동자에 머물렀다.

비록 재주가 뛰어나 허준이 손수 가르침을 내리곤 했지만 이것은 목숨을 걸어야 되는 일이다.

자신이야 언제 죽어도 여한이 없다지만 이제 겨우 스무 살짜리 아이에게는 가혹한 일이 아닐 수 없었다. 이때 안에서 숨넘어가는 비명과 함께 누렇게 얼굴이 뜬 상궁이 튀어나왔다.

"대감, 대감……."

말을 못 하고 허준만 부르는 게 상태가 더욱 위중해진 모양이다.

"안 되겠다. 어서 차비를 해라."

드디어 은비에게 명이 떨어졌다. 더 지체했다가 복막염이 돼버리면 그때는 방법이 없다.

도제조의 허락도 없이 옥체에 칼을 댔다가 나중에 그 책임을 어떻게 감당하려고… 하는 생각에 옆에 서 있던 조흥남의 얼굴이 하얗게 굳어졌다.

"먼저 이것을 젓수시게 하소서."

아편을 탄 물이 담긴 대접을 중궁전 상궁에게 건네며 은비가 말했다.

아편은 진통, 마취제로 쓰였다. 원래 외과 수술에는 초오

산(草烏散)을 마취용으로 사용했지만 초오(草烏)라는 것이 사약에도 들어갈 만큼 독성이 강한 재료인지라 지존의 옥체에 쓸 수가 없어 대신 아편을 사용키로 하였다.

은비는 허준이 일러준 순서를 되뇌며 천천히 숨을 내쉬었다. 그림으로 보고 이론적으로만 알았지, 실제 수술은 처음이라 많이 떨릴 줄 알았는데 뜻밖에 정신은 새벽처럼 맑았다.

병자는 이제 고통과 약 기운에 지쳐 떨어져 숨만 헐떡일 뿐 움직임이 없었다.

칼을 든 은비의 손이 푸르스름한 빛이 도는 중전의 아랫배에 머물렀다.

'복근을 절개하여 상하로 틈을 벌린다. 복막에 손이 닿으면 복막을 조금씩 집어서 조심스럽게 절개한다. 큰 그물막이 덮여 있다. 쇠고리로 그물막과 소장을 눌러 밀어젖히면 맹장이 드러난다. 아래쪽으로 내려가 충수를 찾는다.'

병자의 사지를 잡고 있는 상궁과 나인들은 숨을 멈춘 듯이 은비의 손놀림만 지켜보았고, 가끔 은비의 이마에 맺힌 땀방울을 옆에 앉은 어린 사환의녀가 닦아줄 뿐이다.

'충수 맨 끝의 염증 부위를 터지지 않도록 최대한 살살 잡아당겨 박리한다.'

문밖에서 수시로 은비와 진행 상황을 주고받는 허준의 등허리도 땀이 배어 후줄근해졌다.

뒤늦게 와서 이미 허락이고, 나발이고 할 게 없어진 영의정 이항복은 뒷짐을 진 채 '허허, 이것 참' 하면서 혀만 차고 있었다.

'충수를 절단하고 맹장을 복강 내에 들여놓는다. 염증이 생기지 않도록 상백피(뽕나무 뿌리껍질) 실을 이용하여 절개된 부위를 봉합한다.'

다 끝났다. 세 시간이 언제 지나갔는지 모르게 흘러갔다.

온몸의 진이 다 빠져나간 몰골로 은비는 길게 한숨을 토하며 주저앉았다.

이제 합병증 없이 무사히 쾌차되기만을 기원할 뿐이다.

"의녀 은비는 면천(免賤)시키고, 어의녀의 소임을 맡도록 한다. 수의 허준과 어의 조흥남에게는 각각 호피 한 장씩을 하사하고 의녀 단춘에게는 콩 다섯 석을 하사하라."

하루 반나절 후 무사히 깨어난 중전 유씨는 이제 먹는 것도 문제없을 정도로 거의 완쾌 단계에 접어들어 은비를 비롯해 공이 있는 사람들에게 포상이 있었다. 특히 은비에게는 면천이라는 최고의 포상이 내려졌다.

조선 시대 의녀는 천민인 공노비 중에서 뽑았다. 이는 내외를 하는 조선 사회에서 양인 이상은 남녀가 부대끼는 의업에 적절하지 않다고 보았기 때문이다. 천민은 어차피 사람 취급을 하지 않았으니 상관이 없었다. 따라서 의녀들의 소원도 여느 천민들처럼 '면천'이었다.

"아니 되옵니다, 전하."

포상을 발표하고 만면에 웃음을 띠고 있던 광해의 귀에 난데없는 소리가 들려왔다.

"안 되다니, 경은 그게 무슨 말인가?"

갑자기 찬물을 뒤집어쓴 표정을 한 광해가 물었다.

"경국대전에 의하면 지존의 옥체에 칼을 댄 것은 죽음으로 다스리게 되어 있사옵니다. 하물며 도제조의 허락도 받지 않고 임의로 그런 행위를 자행한 것은 비록 그 목적이 치료에 있다 하더라도 용서받지 못할 중죄이옵니다, 전하."

또 저들만의 원리 원칙을 들고 나오는 중신들이었다.

"그러면 그대는 중전이 수술을 받지 말고 그냥 죽었어야 옳다는 말인가?"

광해의 목소리가 흥분으로 떨려 나왔다.

"당치 않으신 말씀입니다. 죽을죄를 지었으나 천만다행으로 중전마마께서 쾌차하셨으니 죄를 묻지 않는 정도여야 하는 것이지 상을 내린다 함은 불가하다는 것을 아뢸 뿐이옵니다, 전하."

"그렇사옵니다, 전하. 저들은 저들의 소임을 겨우 다한 것이지 그런 외람된 짓을 하고도 포상을 받았다는 전례는 없사옵니다. 굽어살피시옵소서."

상을 줘서는 안 된다고 떼거지로 들고일어나는 중신들이다. 이런 때는 서인이니, 북인이니 하는 당파도 따지지 않고 일심단결하여 한목소리를 낸다.

너무 기가 차면 화도 안 나는 법. 광해는 할 말을 잃었다. 결국 은비에게만 콩 다섯 석을 주는 것으로 결론이 내려졌다.

침전에 들어온 광해는 냉수를 사발째 마셔도 뜨겁게 끓어오르는 속이 식지 않았다.

'이자들이 나를 노망나서 곧 죽기만 기다리는 골방 늙은이

쯤으로 여기는 것이 아닌가.'

광해는 자신의 속처럼 타오르고 있는 촛불을 바라보며 주먹 쥔 손을 부르르 떨었다.

'좋다. 너희들이 원칙만을 따지니 나 역시 원칙으로 대해주마.'

대조전(창덕궁의 침전)의 불빛은 밤이 야심해져도 꺼지질 않았다.

한바탕 빗줄기가 쏟아지려는지 물기를 머금은 바람이 축축하게 불어왔고, 잔뜩 낀 먹구름 탓에 달도 없는 하늘이었다.

멀리서 부엉이 울음소리만 귀신 나올 듯이 들려왔다.

11.
과거를 바로잡다

"임진왜란 후 행해진 논공행상은 심히 잘못되었기에 조만간 이를 바로잡을 것이오."

조용한 가운데 광해의 일성이 흘러나왔다.

오늘은 매월 4회(5, 11, 21 ,25일) 중앙에 있는 문무백관들이 임금에게 문안을 드리는 조회인 조참(朝參)이 열리는 날이다.

전 신료가 인정전 앞에 도열하여 있었으나 아직 광해의 말이 무슨 뜻인지 몰라서 서로 얼굴만 바라보며 어리둥절하고 있는 중이다. 뜬금없이 임진왜란을 들먹이는 광해가 이상했지만 이미 준 상을 빼앗는 경우는 거의 없으니 추가로 누가 상을 받나 하는 정도의 생각만 할 뿐이었다. 그러나 이들은 닷새 뒤에 열린 상참(常參: 주요 고위 관료들이 모이는 약식 조회)에서 경악하게 된다.

"당략에 얽매여 거짓 보고를 한 김성일을 부관참시하고 신분을 노비로 격하할 것이며, 그 일족도 공노비로 만들어 관청에서 노역하게 하라. 그의 모든 재산은 국고에 귀속토록 한다. 이순신을 음해하고 칠천량 해전에서 참패함으로써 조선 수군을 절멸시킨 원균 역시 일족과 함께 노비로 격하시키고 전 재산을 몰수하라."

상참에 참여한 정승과 판서 등 고위 관료들은 벌어진 입을 다물지 못했다.

부관참시에 노비라니!

선조는 자신의 잘못이 컸기에 이들의 죄를 묻기가 쉽지 않았다. 그러나 광해는 다르다.

지금 이 자리에 있는 누구보다도 공이 크다는 것은 모두가 알고 있는 사실이다.

"전하, 김성일은 보고를 잘못한 죄가 있사오나 임진왜란 중 의병을 일으켜 공을 세운 바도 적지 않사옵니다. 통촉하여 주시옵소서."

"소 잃어버린 다음 외양간을 고치면 그 죄가 사라집니까? 같은 동인이었던 허성(許筬: 허균의 큰형)마저도 정사인 황윤길과 의견을 같이했는데, 김성일만이 거짓 보고를 하여 조정의 의견을 흩뜨린 죄는 백번 죽어도 씻을 수 없는 것이오."

서릿발 같은 광해의 일갈에 그를 변호하려던 중신들의 목이 움츠러들었다.

광해의 말이 맞기 때문이다. 서장관으로 동행했던 허성은 같은 동인인 김성일의 보고와 달리 '전쟁이 곧 있을 것이다' 라고 보고하였었다.

군관으로 일본에 수행하였던 황진(黃進)은 김성일의 보고를 듣고는 화를 참지 못하고 이렇게 외쳤다.

"황윤길, 허성 같은 우둔한 이들도 적의 정세를 쉽게 파악하였거늘 명민하다고 소문난 김성일이 어찌 이를 모를 리가 있는가. 들고 온 답서에 명을 침략하겠다는 부도한 말이 있는데도 항의 한번 못 하고 받아 온 게 마음에 걸려 이런 말을 꾸미는구나. 참으로 그 심보가 고약하구나(『연려실기술』)."

황진은 김성일의 속마음을 꿰뚫어 본 것이다.

본래 황진은 두주불사(斗酒不辭)를 외칠 정도로 대단히 술을 좋아하던 인물이었다. 그런 그가 일본에서 돌아올 때에는 가진 돈을 몽땅 털어 좋은 일본도 두 자루를 사 와서는 완전히 술을 끊고 무예 수련에만 전념했다. 그만큼 일본의 침략 야욕은 누구나 알아볼 수 있었다는 말이다.

그런데도 김성일은 황윤길과 파가 다르다는 이유 하나로 무조건 정반대 의견을 내놓았다.

선조는 이런 김성일에게 오히려 벼슬을 올려주었고, 김성일의 보고는 전쟁에 대비해 행하고 있던 성벽 수축이나 무기의 수리, 군수물자 비축 등도 다 그만두게 만들었다.

광해는 임진왜란의 일차적 책임자로 김성일을 지목하였다.

원균에 대해서는 어느 누구도 비호하려는 자가 없었다. 워낙 그 죄가 명백한 탓이다.

선조의 총애를 등에 업고 이순신을 모함하여 삼도수군통제사 자리를 차지하고는 단 한 번의 전투에서 이순신이 수년에 걸쳐 사력을 다해 키워놓은 수군의 전 전력을 수장시키고 말았다.

임진왜란 중에 이몽학(李夢鶴)이란 자가 충청도에서 반란을 일으켰는데 수만 명에 이르는 백성들이 여기에 동조를 하였다. 그 원인은 너무 살기 어려워서다.

전란으로 인해 조선 방방곡곡 어디나 고통에 허덕였지만 특히 충청도가 심했던 이유는 원균이 충청도를 관장하였기 때문이다.

충청도의 병권을 장악한 원균이 병역을 빼주는 대가로 뇌물을 받아 챙기고 폭정을 일삼아 충청도를 절단 내버렸던 것이다.

원균뿐만 아니라 그 아비인 원준량(元俊良) 역시 나라 망치는 데는 1, 2등을 다투었다.

당대 최고의 간신배였던 원준량은 가는 곳마다 뇌물을 받아먹었을 뿐만 아니라 전라좌수사로 재직 시에는 제주도에 왜구가 쳐들어왔다는 보고를 받고도 전혀 나가 싸울 생각을 하지 않았고, 다시 왜구가 달량포에 상륙했을 때(달량포 왜변)에도 겁에 질려 이런저런 핑계를 대며 싸우지 않았다. 거기에다 나라 창고에서 꺼낸 곡식으로 막아야 할 여진족과 오히려 밀거래를 해서 치부하기까지 한 인물이다.

사간원과 사헌부로부터 여러 번 탄핵을 받았으나 그때마다 뇌물을 바리바리 싸 들고 당시의 실권자인 윤원형을 찾아가

두 손을 비빔으로써 위기를 벗어났다.

원균도 부관참시함이 마땅하나 시신을 못 찾아 무덤이 없는 탓에 안타깝게도 못 하는 것이다.

시신이 없어서 한동안 죽지 않고 어딘가에 몰래 숨어 살고 있다는 소문도 있었다.

"전 삼도순변사 신립(申砬)의 추증을 삭관하고, 품계를 다섯 단계 강등하라."

선조는 탄금대전투에서 전사한 신립에게 영의정을 추증하였으나 이제 그것을 없던 일로 할뿐더러 살아 있을 때의 최고 지위보다 다섯 단계나 내리라는 광해의 명이었다.

신립은 임진왜란 당시 조선 최고의 무장으로 꼽히어 어검을 하사받고 한양을 지키는 마지막 방어선인 문경새재로 갔으나 휘하의 명장인 김여물(金汝岉)의 조언을 무시하고 천혜의 요새인 문경새재를 버리고 탄금대로 내려가, 왜군과 일전을 벌인 후 대패하고 자살하고 말았다.

그는 유성룡(柳成龍)의 주의도, 이일(李鎰)의 당부도 무시하는 오만을 부렸다.

신립이 문경으로 내려가기 전에 유성룡과 나눈 대화를 보자.

유성룡: 전에는 왜병이 창칼 등만 가지고 있었지만 지금은 조총과 같은 훌륭한 신무기를 지녔으니 결코 가볍게 보아서는 아니 될 것이오.

신립: 하하, 대감. 저들이 조총을 가지고 있다 하더라도 어찌 쏘는 대로 다 맞힐 수 있겠습니까?

그의 오만과 무지가 드러나는 대목이 아닐 수 없다.

우리가 흔히 쓰는 말 중에 '무데뽀' 라는 말이 있는데 조총을 지칭하는 일본 말이 바로 '뎃뽀' 다.

즉, 무데뽀란 '뎃뽀도 없는 놈이 겁 없이 덤빈다' 란 뜻이다.

신립의 행동이 딱 이것이었다.

신립보다 먼저 상주로 출전했다가 박살이 난 이일이 신립에게 적의 군세가 월등하니 견고한 충주산성에서 적을 방어하자는 의견을 내었으나 신립은 오히려 그를 꾸짖고 일언지하에 거부하고 만다.

탄금대 앞의 동남쪽 들판은 습지였다. 습지에는 수초들이 뒤엉켜 있고, 며칠 전에 온 비로 발이 푹푹 빠지는 상태인데 신립의 기마대는 그곳에 진을 쳤다. 그리고 왜군의 조총 탄막 안으로, 그것도 세 차례로 나누어 돌격해 전멸하였고 부상당한 신립은 탄금대 아래 월탄에 빠져 죽었다. 조선의 마지막 남은 전력이 공중분해된 순간이었다.

만약 신립이 그때 죽지 않았다면 사형당했을 것이 확실했다.

명나라 원군의 총사령관인 이여송(李如松)이 후에 이곳을 지나다가 탄금대를 살피더니 이런 곳을 기마병의 전장으로 선정한 신립은 병법의 '병' 자도 모르는 장수라 비판을 했고, 다산 정약용도 충주성을 이용한 수성전을 펼치지 않은 신립의 어리석음을 「탄금대를 지나면서」라는 시를 지으며 한탄했다.

신립이 일찍이 여진족을 무찌른 공이 있었기에 이 정도로 그친 광해였다.

김성일과 원균에 이어 사당까지 짓고 추모하던 신립도 가차 없이 벌을 받자 듣고 있던 신료들은 벌린 입을 계속 다물지 못하고 있었다.

"충청도병사 신경행(辛景行)을 파직하고, 전가사변(全家徙邊)에 처하라."

신경행은 이몽학의 난 때 의병장 김덕령을 무고하여 죽게 만든 장본인이다.

김덕령은 조정으로부터 이몽학의 반란을 진압하라는 명을 받고 가던 중, 난이 평정되었다는 소식을 듣고 돌아갔는데 신경행이 그가 반란군과 내통하였다고 거짓 발고하자 선조는 의병장들의 인기를 밟아버릴 수 있는 절호의 기회라 여겨 김덕령을 잡아들인 후 때려죽여 버린다.

홍의장군 곽재우도 김덕령과 비슷한 위기에 처했다가 구사일생으로 살아난 후, 아들과 산속에 은거하며 정신이 온전하지 않은 흉내를 내어 겨우 목숨을 부지했다.

관군을 대신해 나라를 구하다시피 한 의병장들에 대한 조정의 대우는 이런 것이었다.

전가사변(全家徙邊)이란 본인뿐 아니라 가족 전부를 북쪽 땅끝 변방으로 보내는 가장 혹독한 유배형이다. 죽은 자가 아닌 살아 있는 현직 관리에 대한 엄중한 문책이었다.

"좌의정에 추증되었던 이순신을 영의정으로 올려 추증하고 논 100결을 하사한다. 의병장 곽재우, 김덕령, 고경명, 김천일에게 선무공신 1등을 책봉한다. 또한 갑진년(1604년, 선조 37)에 녹훈된 호성공신(扈聖功臣) 선정이 심히 부당하였으므로 새로

이 심사하여 선정할 것이다."

전쟁에서 큰 공을 세웠다는 선무공신으로 일찍이 선조는 이순신, 권율, 원균 등 18명을 선정하였다. 그러나 여기에 원균이 포함되어 있는 것도 문제지만 대부분의 의병장이 빠져 있다는 사실이 더 큰 문제였다.

전공을 관군이 아닌 의병장에게 돌린다는 것은 그만큼 조정의 무능을 스스로 인정하는 꼴이고, 또 잘못하다가는 백성들의 지지를 등에 업은 의병장들에게 정치의 주도권이 넘어갈 수도 있다는 위기감 때문이었다.

광해는 이것을 바로잡고자 하는 것이다.

선조는 의주 피난길에 자신을 도운 86명에게 호성공신이라며 상급을 내렸다. 한데 그 대상자에는 왕이 가는 곳은 어디든 쫓아가야 되는 내시가 24명이나 포함이 되어 있었다.

여기에는 단지 선조 자신을 호종했다는 것 외에 다른 뜻이 있었으니 '너희들이 나를 의주까지 잘 호종했기에 내가 명의 원군을 부를 수 있었고, 오로지 명의 원군에 의해서 조선이 다시 살아났으니 임진왜란을 극복한 공은 내가 제일 크지 않느냐' 라는 음흉한 의도가 숨겨져 있었다.

"새로 선정할 선무공신 1등에는 영규, 휴정, 유정을 포함시키도록 하라."

삼년상이 끝나 우리가 흔히 보아왔던 익선관과 곤룡포 차림을 한 광해가 낭랑한 목소리로 발표하자, 신료들 사이에서는 '어이쿠' 하는 신음 소리가 터져 나왔다.

잘 알다시피 휴정은 서산대사요, 유정은 사명당이다. 영규는 최초로 승병을 일으켜 조헌과 함께 청주성을 탈환한 승려이다.

임진왜란 내내 승병들의 활약은 대단했다. 서산대사는 73세의 노구에 1,500명의 승군을 이끌고 한성 탈환에 대공을 세웠고, 사명당 유정은 승병 2,000명을 일으켜 평양전투에 전초부대로 공을 세웠다. 유정은 그뿐만이 아니라 적장 가토 기요마사(加藤淸正)와의 네 차례에 걸친 강화 협상에서 대표로 활약하였으며, 전후 일본에 건너가 3,000명이 넘는 피로인을 송환해 오기도 하였다.

그러나 선조와 조선의 사대부들은 단 한 명의 승려도 공신에 책봉시키지 않았다.

이뿐만이 아니다. 조헌과 영규는 금산전투에서 부하들과 함께 전사하였는바 이들의 시신을 거두어 묻은 곳을 '칠백의총(七百義塚)' 이라 한다. 그러나 실상은 상투머리의 시신만 거두고 맨머리인 승려들의 시신은 그냥 버려두었다.

만약 승려들의 시신까지 묻혔다면 '천칠백의총' 이 되었을 것이다.

이 땅의 사대부들은 적의 침략에 맞서 싸우다 장렬히 전사한 승려들까지도 이렇듯 차별을 하였다.

그런 마당에 광해가 승려들을 공신으로 책봉하자 기겁을 할 수밖에.

"전하, 천한 중들에게 공신이라니요. 천부당만부당한 일이옵니다. 재고하여 주시옵소서."

"그렇습니다, 전하. 태조대왕께서 국시를 숭유억불로 삼았사옵니다. 재고하여 주시옵소서."

"재고하여 주시옵소서, 전하."

사대부가 아닌, 성리학을 따르지 않는 계층에 그런 대우를 해줄 수는 없다는 말이다.

"닥치시오. 그대들이 그런 말을 할 자격이 있소? 도대체 난리 중에 그대들이 한 일이 무엇이오? 식솔들을 챙겨서 도망친 것밖에 더 있소?"

야차처럼 부릅뜬 광해의 눈에서는 불길이 쏟아져 나오고 있었다.

"하다못해 그대들이 비천하다고, 사람 취급도 않던 노비들도 나라가 위태롭다며 낫과 쇠스랑을 들었소. 그런데 그대들은 나라를 위해 무엇을 하였소? 여기에 전투에 참가해 본 사람이 누가 있소? 있다면 말해보시오!"

칼날 같은 광해의 일갈에 말하는 이가 아무도 없다. 그야말로 입이 수십 개라도 말할 자격이 없는 조정 신료들이었다.

의주까지 임금을 따라간 자들은 시종까지 합쳐도 백 명이 되지 않았다. 그나마 어의 허준이 끝까지 따라온 것이 유일한 위안이었다.

허탈한 선조는 내시들을 보며 '사대부들이 너희만도 못하구나' 하고 탄식을 했으니 신료들이 무슨 말을 할 수가 있겠는가.

속은 쓰린데 말은 못 하고 전전긍긍하고 있는 신료들에게 광해는 마지막 일성을 날렸다.

"전란 중 조건을 충족한 노비는 전원 속량토록 하라."

이 마지막 발표는 사유재산인 노비에 관련된 것이라 모든 조선의 양반이나 부유층에 관계가 되는 대단히 민감한 사항이었다. 이것을 듣는 중신들의 표정은 다시 한 번 일그러졌다.

광해는 아비 선조가 약속을 지키지 않고 식언한 것을 대신 지키겠다는 말이다.

전란 초 일방적으로 밀려 다급해진 조선 조정은 의병을 일으키기 위해 천민들에게 왜군의 목 하나를 자르면 상을 주고, 둘을 자르면 면천이고, 셋 이상이면 관직을 준다고 약속을 했다.

일부 신하들의 반대에도 불구하고 우선은 나라가 살고 봐야 되지 않겠느냐고 역설하며 내놓은 이런 유성룡의 조치는 천민들로부터 엄청난 호응을 얻어 너도나도 의병에 가담하게 만든 원동력이 되었다.

그러나 전란이 소강상태로 접어들자 숨죽이고 있던 양반들이 반대의 목소리를 내기 시작하였으니 천한 것들이 쥐꼬리만 한 공을 세웠다 한들 감히 면천이니, 관직이니 하고 떠드는 것은 나라의 근간을 흔드는 일이므로 취소함이 마땅하다는 주장이었다.

이에 선조는 없던 일로 해버렸고 졸지에 사기당한 천민들은 훗날 병자호란이 일어났을 때는 거의 의병에 가담하지 않았다. 또다시 속지는 않겠다는 것이다.

이제 광해는 예전에 속량 조건이 된 노비는 면천시키고, 셋 이상의 적군 목을 벤 노비는 속오군의 군관으로 임관시킴으로써 '나라가 약속을 지켜야 백성이 따른다'는 기본 상식을 몸소 실천해 나가겠다는 선언을 한 것이다.

임진왜란에 있어서만큼은 누구보다도 떳떳할 수 있는 광해였기에 그곳에서 출발점을 찾아 사사건건 발목을 잡고 늘어지는 고루한 사대부들을 '과거 청산' 이라는 방법을 통해 정신을 차리게 하려는 시도이다. 이렇게라도 하지 않으면 앞으로의 국정 운영이 불가능하다는 절박함이 이번 조치의 밑바닥에 깔려 있었다.

조선 중기의 이 모든 상황을 이해하기 위해서는 이 나라를 뿌리째 뒤흔들어 놓은 임진왜란이라는 대사건을 개괄해 보지 않으면 안 된다.

약 100년에 걸친 전국시대에 마침표를 찍고 일본을 통일한 도요토미 히데요시는 고민에 빠졌다.

전쟁이 끝나자 할 일이 없어진 수만 명의 사무라이가 졸지에 실업자가 될 판이었다.

'이놈들을 그냥 두면 사회 불안 요소가 되지 않겠는가.'

심사숙고하던 도요토미가 고개를 들어 섬 밖을 보자 등불이 켜진 듯 머릿속이 환해졌다. 드넓은 중국 대륙이 눈에 들어오면서 간이 붓기 시작했다.

'그래, 명나라를 차지하고 인도까지 점령하여 나는 황제가 되고 지방은 동생들로 하여금 다스리도록 하자. 조선은 중국으로 가는 길목이니 제일 먼저 친다.'

이리하여 할 일이 없어진 무사들의 불만을 외부로 돌려 정권의 안정을 도모하고 명나라의 해금 정책(海禁政策: 조공 무역만을 인정하고 그 밖의 민간 상인들이 해외로 출항하거나 무역하는 것은 일절 인정하지 않는 정책)으로 끊어지다시피 된 무역을 활성화시킬 목적으로 조선을 침공하였다.

제1군 고니시 유키나가(小西行長)가 이끄는 18,000명, 제2군 가토 기요마사(加藤淸正)의 22,000명, 제3군 구로다 나가마사(黑田長政)의 11,000명 등 16개의 군으로 나누어 총병력 28만 1,840명의 대군을 편성하여 조선을 덮쳤다.

단 이틀 만에 부산진성과 동래성이 함락되고, 왜군의 한양으로 향한 거침없는 진군이 시작되었다.

조정에서는 전쟁이 나고 나흘이 지난 17일이 돼서야 왜군이 부산에 상륙했다는 사실을 알게 된다. 봉수대도 파발도 전혀 작동하지 않았다는 말이다.

경상좌수사 박홍은 좌수영을 버리고 언양으로 도망쳤고, 경상우수사 원균은 새카맣게 몰려오는 적의 전선을 보고 겁에 질려 우수영의 전선 100척과 모든 무기를 바다에 버리고 도망가 버렸다.

이로써 경상우수영에 소속된 수군 1만여 명은 전투 한 번 못 해보고 궤멸되고 말았다.

조정에서는 부랴부랴 이일(李鎰)을 순변사로 삼아 남쪽으로 내려보냈으나 다 도망가고 겨우겨우 모은 800명의 오합지졸로 상주에서 고니시의 1군과 붙어 한 방에 나가떨어졌으며, 앞서 말했듯이 최후의 희망이던 신립이 탄금대에서 대패함으로써 더 이상 왜군과 맞붙을 조선의 관군은 전무한 상태가 되고 말았다.

선조는 주룩주룩 내리는 비를 맞으며 몽진을 떠나면서 광해군을 세자로 책봉하여 분조(조정을 나눔)를 구성, 백성들을 위무하고 의병을 일으키게 하였다.

왜군은 4월 30일에 한양에 도착했으니 서울—부산 간 428㎞를 불과 17일 만에 주파한 셈이다. 하루에 60리 이상을 걸어야 하는 길을 전투를 하면서도 당도했다는 것은 당시 조선군이 얼마나 허접스러웠던지를 단적으로 보여주었다.

숨도 안 쉬고 땅끝 의주까지 도망간 선조는 시를 하나 읊었다.

관산에 걸린 달을 바라보고 통곡하노라
몰아치는 압록강 바람에 마음마저 쓰리도다
조정의 신하들아, 오늘 뒤에도 또다시
동쪽 패니 서쪽 패니 하며 서로 싸움질을 할 것이냐

평소 당쟁을 조장한 이가 다름 아닌 선조 본인이었다. 그런데도 자신에 대한 반성은 전혀 없고 모든 사태가 신하들의 잘못이라고 떠넘기고 있었다.

그러고는 명나라에 조선 전토와 백성을 들어 바칠 테니 망명을 허락해 달라고 애원하다 망신만 당한다.

조선의 원군 요청에 명은 조승훈(祖承訓)에게 기마병 3천을 주어 첫 원군으로 파병하였다.

그는 '왜적은 개미 떼나 모기 떼로밖에 보이지 않는다'고 큰소리를 치면서 평양을 공격하다 대패하고 겨우 살아남은 700명을 이끌고 압록강을 건너 도망쳐 버리는 개망신을 연출한다.

그제야 왜군이 만만치 않다는 것을 깨달은 명 조정은 본격적으로 전쟁에 개입하기 위해 평소 왜구들과의 전투를 통해 단련된 복건과 절강성의 병사들을 소집하기에 이르렀다.

전란 초기에 명은 조선이 일본과 손을 잡고 자기 나라를 침범하는 게 하닌가 하는 의혹의 눈길을 보내다가 조선이 일방적으로 밀리자 당황하기 시작했다. 만약 일본이 조선을 완전히 점령한 후에 압록강을 넘어 만주로 쳐들어올 경우, 벌판인 만주에서 왜적을 막으려면 무려 백만 명의 병사가 필요하다는 계산이 나온 것이다.

즉, 조선이 예뻐서 도와준 것이 아니라 순망치한(脣亡齒寒: 입술이 없으면 이가 시리다)의 원리 때문에 참전을 결정했다는 말이다. 게다가 나중에 생색을 낼 수도 있고 자신의 나라를 전장화하지 않아도 된다는 것도 큰 이유가 되었다.

육지에서 조선군이 판판이 깨지고 있을 때 바다에서는 이순신의 눈부신 승리가 이어지고 있었다.

옥포해전에서 대승을 거둔 것부터 시작하여 사천, 당포, 한산도, 부산 등에서 완벽한 승리를 거두었다. 그중 한산대첩은 그리스가 페르시아의 침략을 막아 아테네의 민주주의를 꽃피게 만든 살라미스 해전, 스페인의 무적함대를 무찔러 영국의 전성시대를 연 칼레 해전, 그리고 나폴레옹의 세계 정복의 꿈을 접게 만든 넬슨 제독의 트라팔가 해전과 함께 세계 4 대 해전에 꼽히는 쾌거였다.

적선 73척 중 66척을 격침시키고도 아군의 피해는 단 한 척도 없었고, 왜군은 4만 명이 전사한 반면 우리는 18명의 인명 피해만 있었다.

여기에는 이순신의 발군의 전략과 조선의 전선인 판옥선의 우수한 성능이 밑바탕이 되었다.

육지에서는 왜군의 조총에 꼼짝을 못 한 조선군이지만 반대로 해전에서 왜군은 조선의 화포에 지리멸렬하였다. 조선 수군은 튼튼한 판옥선에 장착된 천자총통, 지자총통 등의 여러 가지 화포로 조총의 사정거리 밖에서 왜선을 격파해 버렸다.

당시 왜군의 전선은 모두 선체가 약해 발사 시 반동을 이겨내지 못하였으므로 화포를 장착할 수가 없었다.

왜군의 전술은 해적질할 때처럼 쇠갈고리를 던져 상대편 배를 잡아당겨서 붙인 다음, 건너가 백병전을 벌이는 것이었으므로 굳이 튼튼하게 만들 필요가 없었다.

따라서 근접전만 피한다면 조선 수군이 유리한 전투를 펼칠 수 있었다.

여기에 발맞추어 각지에서 의병이 일어나 유격전을 개시했다.

임진왜란에 있어 이순신의 공은 수십 번을 얘기해도 지나치지 않을 정도인데, 의병들이 왜적의 뒤통수를 칠 수 있었던 것도 이순신의 승리가 있었기에 가능했다.

전란 전에 간자를 침투시켜 이미 조선의 좁은 도로 사정을 파악한 일본은 충분히 함대를 준비하여 서해를 통해 보급을 해결하려 계획하고 있었다.

그러나 이순신의 수군에 의해 서해 근처도 못 가보고 모조리 수장당하자 어쩔 수 없이 육로를 이용할 수밖에 없었고 이것은 유격전을 하고 있는 의병들에게 좋은 먹잇감이 되었다.

드디어 이여송이 이끄는 5만의 원군이 도착하여 선조의 눈물 어린 환영을 받았고, 가지고 온 다양한 대포를 이용하여 평양성 전투에서 승리를 거둔다. 육지에서 승승장구하던 왜군이 마침내 제동이 걸린 것이다.

하지만 군량미가 넉넉지 않았던 이여송군은 잡은 승기를 이용해 속전속결을 하기로 결정, 왜군을 추격해 벽제까지 내려갔다가 그곳에서 벌어진 전투에서 대패하고 평양으로 도로 후퇴하고 말았다.

까딱했으면 죽을 뻔한 이여송은 여기서 마음을 고쳐먹게 된다.

'우리가 원군으로 참전하여 평양까지 탈환해 줬으면 할 만큼 한 것인데 굳이 목숨 걸고 왜군들과 싸울 필요까지 있느냐.'

이리하여 예봉이 꺾인 왜군과 더 싸우기 싫은 명군 사이에 강화 회담이 논의되기 시작하였다.

조선 입장에서는 환장할 노릇이지만 아무런 힘이 없는 상황에서 가슴만 칠 뿐이다.

이때부터 명의 대표 심유경(沈惟敬)과 고니시 간의 강화 회담이 무려 4년간 지속되었으나 왜가 명 황제의 딸을 도요토미 히데요시의 첩으로 달라고 했으니 애초부터 타결이 불가능한 회담이었다.

강화 회담이 결렬되자 왜군의 재침이 시작되었다. 이것이 1597년의 정유재란이다.

임진왜란 때는 어차피 전쟁이 끝난 후 자신들이 다스릴 땅이라는 생각에 민심을 다독여 가며 점령전을 펼치던 왜군이 정유재란에 들어와서는 약탈과 살인을 서슴없이 저지르기 시작했다.

예상보다 전쟁이 장기화되면서 이에 따른 누적된 불만과 원활하지 못한 보급 사정이 그 이유였다.

도요토미 히데요시는 재침략 이후 병사들의 사기를 북돋우기 위해 여러 가지 당근책을 마련했다. 즉, 조선군이나 명군의 코나 귀를 베어 와 전공의 증표로 제시하면 포상을 한 것이다.

그러나 코만 봐서야 군인인지 민간인인지 어찌 구별할 수 있겠는가. 숫한 백성들의 코가 잘려 나가고, 귀가 전공 확인용으로 베어져 나갔다.

결국 승자도 없고, 패자도 없는 이 참담한 전쟁은 전쟁 발발의 원흉인 도요토미 히데요시가 죽어서야 끝이 났다.

임진왜란으로 대규모의 전사자와 아사자를 낸 조선의 인구는 격감했고, 백성들을 버리고 제 목숨만 살겠다고 도망만 친 지배층의 권위는 땅에 떨어졌으며, 명의 원군 파견으로 인해 사대부층의 명나라에 대한 의존도는 더욱 심화되었다.

일본에서는 파병을 최대한 늦추며 눈치만 보고 있던 도쿠가와 이에야스가 혼란한 틈을 이용하여 정권을 잡게 되었고, 명은 막대한 전비 부담으로 망해가는 속도가 더욱 가속화되었다.

이렇듯 당시 동양을 대표하던 명, 조선, 일본에 이 전쟁이 미친 영향은 실로 엄청났다.

"어찌 우리 사대부들을 이리 대할 수가 있단 말입니까? 이건 말이 안 되는 일이에요."

"암요. 이 나라가 그래도 명맥을 유지하는 게 누구 때문입니까? 다 우리 사대부들이 기둥이 되어 버티어준 덕분 아닙니까? 그까짓 의병장이니, 중놈들이 약간의 공을 세웠기로서니 우리를 이리 욕보일 수가 있냐 이 말입니다."

호조판서 이택돈의 집에 모여 앉은 벼슬아치들이 조회 때 있었던 일을 가지고 게거품을 물고 있었다.

"우리가 원군을 불러오지 못했다면 어찌 전쟁에서 이길 수가 있었겠습니까? 가장 큰 공이 우리 사대부들에게 있거늘 주상은 마치 우리가 아무런 일도 하지 않고 도망만 다녔다고 몰아세우고 있지 않습니까? 참으로 어처구니가 없는 일이에요."

손으로 방바닥까지 때리며 흥분을 감추지 못하는 자도 있었다.

이택돈을 중심으로 둘러앉은 이들은 사헌부 장령으로 있는 강대치, 예문관 응교인 조하문, 봉상시의 첨정 심두옥, 홍문관 부응교 주순, 그리고 공조 정랑인 김왕탁 등 전부 서인 계열의 소장파들이었다.

"대감, 이대로 그냥 보고만 계실 겁니까?"

강대치가 지그시 눈을 감고 있는 이택돈을 쳐다보며 강한 어조로 물었다. 그러자 둘러앉은 전부의 시선이 이택돈의 주름진 입가에 모아졌다.

"그대들의 마음은 잘 알겠지만 강하게 나가서는 안 돼."

시종일관 조용히 듣기만 하던 이택돈은 좌중을 한 번 죽 둘러보더니 좌장으로서 결론을 내렸다.

"아니, 안 되다니요?"

성미 급한 조하문이 눈을 치켜떴다.

"오늘 주상께서 상을 내린 의병장들과 전란 중에 함께 어울린 자들이 누군가? 바로 백성들이 아닌가. 게다가 우리 사대부들이 성현의 말씀을 들어 교화하고 있지만 저 어리석은 백성들이 평소 가까이하는 것은 불교요, 중들이란 말이야. 그런데 승병장들에게까지 상을 내렸으니 백성들이 주상의 발표에 어떤 반응을 보일지는 불을 보듯 뻔한 일이 아닌가. 이런 상황에서 섣불리 반발했다가는 역풍을 맞게 된다, 이 말이야."

노회한 이택돈이었다.

"그러면 그냥 가만히 있자는 말씀이옵니까?"

첨정 심두옥이 불만이 가득한 얼굴로 입을 떼었다.

"카~ 악, 퉤!"

타구에 가래침을 끈적하게 뱉은 이택돈이 다시 한 번 좌중을 훑어보았다.

"보채는 아이에게는 엿을 하나 쥐여주면 되는 것이야. 지금 주상은 우리가 따라가지 않으니까 안달이 나 있거든."

"엿이라 하오면……?"

좌중은 알쏭달쏭한 이택돈의 말에 다시 한 번 그의 입을 쳐다보았다.

"묘호를 바꿔주자는 말이야."

그래도 뭔 소린지 잘 이해가 안 가 다들 눈만 껌벅거리는데 그중 가장 나이가 젊은 김왕탁이 갑자기 손뼉을 쳤다.

"아, 선왕의 종(宗)을 조(祖)로 하자는 말씀이지요!"

"아~"

그제야 다들 신음 비슷한 감탄 소리를 냈다. 선종을 선조로 바꿔주자는 것이다.

조(祖)와 종(宗)은 무슨 차이가 있나.

명확하게 구분하기는 어렵지만 창업을 하거나 큰 공을 세운 왕에게는 '조'를 붙이고 수성을 한 왕에게는 '종'을 붙였다. 그 근거는 '공이 있는 자는 조가 되고 덕이 있는 자는 종이 된다'라는 『예기(禮記)』의 기록에서 찾을 수 있다.

그 격에 있어서 원칙적으로 다를 바가 없지만 현실에서는 '조'를 더 높게 평가했다. 지금까지 종은 많지만 조는 태조와 세조밖에 없지 않은가.

이택돈의 말은 선종을 선조로 개칭하면 자신의 아비를 올려주니 광해가 흐뭇해할 것이요, 공이 있어 '조'가 되었다는 것은 자신들 사대부와 함께 명의 원군을 불러 전란을 극복했다는 뜻이 되니 자연스럽게 자신들의 업적도 부각되는 효과가 있다는 말이었다.

"명안이십니다, 대감."

"이거야말로 일거양득이 아니오리까? 역시 대감이십니다."

다들 칭찬인지 아부인지 모를 말들을 쏟아내었다.

"상소문은 주 부응교 자네가 맡는 게 좋을 듯한데?"

"광영이오이다, 대감. 내일 바로 올리도록 하겠습니다."

모여 앉은 사람들 중 가장 문장이 뛰어나다고 정평이 나 있는 주순이 상소문을 쓰기로 했다.

날이 밝자마자 주순이 선조로 묘호를 개칭해야 한다는 상소를 광해에게 올린 것은 물론이다.

임금은 상소가 올라오면 즉시 비답을 내리는 게 통례인데도 불구하고 나흘이 지나도록 광해는 가타부타 말이 없었다.

"선대왕의 공적을 기리자는 아름다운 내용의 상소가 올라온 것으로 알고 있는데 어찌 이를 빨리 가납치 않으시는지 신은 알 길이 없사옵니다, 전하."

답답해진 이택돈이 탑전에서 먼저 말을 꺼냈다. 절대 거부할 리가 없는 건(件)이다.

슬그머니 옆 눈길로 광해를 올려다보니 흰 이빨을 드러내고 빙긋이 웃는 모습이 눈에 들어왔다.

'그러면 그렇지!'

속으로 무릎을 친 이택돈의 입꼬리가 슬쩍 올라갔다.

그 순간 광해의 한마디가 떨어졌다.

"불가하오."

이게 무슨 소린가 싶어 이택돈은 불쑥 고개를 들었다.

"선조로 묘호를 변경하는 것은 불가하다는 말이오."

다시 한 번 떨어진 광해의 명료한 일성이었다.

고개를 들었다가 자신을 노려보고 있는 광해의 눈길과 정면으로 부딪힌 이택돈은 반사적으로 목을 움츠렸다. 자신의 부왕을 올려주겠다는데 안 된다니, 이 무슨 천지가 개벽할 소리인가?

이택돈의 머릿속은 갑자기 뒤죽박죽이 되기 시작했다.

"조는 공이 많은 왕에게 쓰는 것, 경은 진정 그리해야 한다고 생각하오?"

'이게 아닌데' 하는 생각에 입안에 침이 말라왔지만 수십 년의 풍파를 겪으며 호조판서에까지 오른 이택돈이었다.

"전하께서도 잘 아시다시피 선왕께서는 명의 원군을 불러왔고, 명운이 백척간두에 달했던 조선은 이들에 의해 전란에서 승리를 거두었으니 어찌 대공이 있다 말하지 않을 수가 있겠사옵니까?"

이택돈의 말이 탑전에 떨어지기가 무섭게 광해의 노한 음성이 귓전을 때렸다.

"그게 이순신과 수많은 의병의 공이지, 어찌하여 명군의 공이란 말이오? 그대는 평양성 전투 이후 명군이 변변한 싸움 한 번 하는 꼴을 보았소? 그리고 명군에게 비록 얼마간의 공이 있다 하더라도 그들이 조선에 끼친 패악을 생각한다면 결코 그리 말할 수는 없을 것이오. 그대는 평양에서 저지른 명군의 만행을 모르시오?"

"그것은……."

이택돈은 미처 대꾸를 못 하고 고개를 숙였다.

평양성을 수복한 명군이 전공을 인정받기 위해서는 그들이 죽인 왜군의 수급(잘라낸 머리통)을 본국에 보내야 했는데, 왜군이 모두 도망가 버려 만족할 만큼의 수급을 확보하지 못한 명군은 평양의 조선 양민을 학살하기 시작했다.

수천 명에 달하는 무고한 양민을 죽여 머리를 자른 후, 이마를 밀어 왜군으로 꾸민 후 본국으로 보내는 만행을 저질렀던 것이다. 명군이 저지른 수많은 행패 중 대표적인 사건이다.

"그리고 수십만의 백성이 죽고, 십만이 왜국으로 끌려갔으며, 온 나라가 풀 한 포기 나지 않는 황무지로 변했거늘 어찌 이 전쟁을 우리가 이긴 전쟁이라 일컫는단 말이오? 끝까지 조선이 이긴 전쟁이라 우긴다면 갓난아이라도 비웃을 것이오."

광해는 저들이 임진왜란을 이긴 전쟁으로 미화함으로써 땅에 떨어진 양반들의 권위를 회복하려는 속셈을 꿰뚫어 보고 있었다.

"묘호 개칭에 대한 말은 다시는 꺼내지 마시오. 다들 알아들으시었소?"

틈을 주지 않고 결론을 내려 버린 광해의 뇌리에는 '후세에 최악의 왕으로 기록되어서는 안 된다'라는 생각이 다시 스쳐 지나갔다. 혁으로부터 들은 이후 한 번도 잊은 적이 없던 명제다.

제가 싼 똥에 주저앉은 꼴이 된 이택돈은 벌게진 얼굴로 물러 나올 수밖에 없었다.

"대감, 이건 도저히 묵과할 수가 없는 일입니다. 어찌 자식 된 도리로 아비를 욕보인단 말입니까?"

"그렇습니다. 성현들께서 모든 일의 으뜸은 효라 하였습니다. 주상은 지금 불효의 패덕을 저지른 겁니다. 이는 아무리 임금이라 하더라도 용서받을 수 없는 일입니다."

이택돈의 저택에 다시 모인 저들은 광해를 성토하기에 여념이 없었다.

이들은 아비와 자식 간의 효만을 생각했지 만백성의 어버이로서 취한 광해의 마음은 전혀 헤아리질 못하고 있었다.

상소를 올렸던 주순이 헛기침을 하더니 입을 열었다.

"지금 주상은 작게는 아비에 대해서, 크게는 어버이 나라인 천국(天國: 명나라)에 대해 배은망덕한 불효를 저지른 겁니다. 그리고 이 일이 처음이 아니라는 데에 더 문제의 심각성이 있습니다. 어버이인 명나라의 변방을 소란케 하는 여진족은 우리의 원수인데도 지금의 주상은 절대 적대적인 행동을 하지 말라는 명을 내리고 있습니다. 작금의 상황이 이런데 앞으로는 또 어떤 망령된 명을 내릴지 저는 심히 염려됩니다."

왕에게 '망령된' 이란 표현까지 쓴다는 것은 이미 신하이기를 거부한 것이다.

낙태한 암고양이 상을 하며 듣고 있던 이택돈이 드디어 말문을 열었다.

"내 생각도 그대들과 같아. 이번 일은 절대 그냥 넘어갈 수 없으며 이 기회에 주상을 다잡아놓지 않으면 앞으로 더욱 전횡을 일삼을 것이야."

잠시 뜸을 들이고 난 이택돈이 말을 이었다.

"허나 아직 대북파가 주상을 지지하고 있고 백성들의 신망도 두터운 편이므로 신중하게 처신해야 해. 지금 주상은 우리가 반발하기를 기다리고 있을 터이니 섣불리 행동했다가는 낭패 보기 십상이라, 이 말이야."

"그럼 대감께서는 이번에도 참고 넘어가자는 말씀이십니까?"

역시 성미 급한 조하문이었다.

"그럴 수는 없지. 다만 시기를 조금 늦추어 이번 성절사(聖節使: 중국 황제나 황후의 생일을 축하하러 가는 사신)를 이용하자는 말이야. 그런 다음……."

주둥이가 댓 발이나 나온 좌중을 둘러보며 이택돈은 목소리를 낮췄다.

이들의 은밀한 논의는 삼경(밤 12시경)이 되어도 끝나질 않았으며 주위에는 그 흔한 부엉이 울음소리조차 없었다.

드디어 종일 찌푸리고 있던 날씨가 더 이상 참지 못하고 빗방울을 뿌리기 시작했다.

12.
시회(詩會)에 가다

간밤에는 봄비치고는 제법 세차게 빗줄기를 흩뿌리더니 날이 밝자 갠 하늘은 눈이 시리도록 푸르렀고, 시골 처녀의 달아오른 얼굴같이 흐드러진 진달래가 조선 강토에 다시 찾아온 봄을 알렸다.

혁은 마당에 텃밭을 만들어 고추를 심었다. 콜럼버스가 남미에서 발견한 고추는 임진왜란 때 우리나라에 들어왔으나 처음에는 독초로 인식되었다.

일본에서도 '고추를 먹으면 대머리가 된다', '이빨이 빨리 상한다' 는 등 독이 있는 것으로 오인하였지만 조선에서는 김치의 저장에 효과가 있다는 것이 알려지면서 점차 민간에 퍼지게 되었다. 오늘날 먹는 빨간 김치가 만들어지기 시작한 것이다.

혁은 길을 가다가 어느 집 울타리 밑에 부끄러운 듯 고개 숙이고 있는 고추를 보았을 때 너무 반가워서 눈물이 날 뻔했다. 이제 다시 매운맛을 볼 수 있게 되었다.

"자네, 뭐 하나?"

쭈그리고 앉아 있는 혁의 뒤에 언제 왔는지 김석균이 서 있었다.

"어, 고추 심네. 어쩐 일인가, 아침부터?"

자리에서 일어나며 흙 묻은 손을 바지에 대충 문지르는 혁의 모습을 본 김석균의 인상이 살짝 찌푸려졌다. 명색이 관원이라는 자가 쭈그리고 앉아 손에 흙을 묻히고 있는 것이 못마땅했으리라.

문중 논과 아내가 받을 유산까지 팔아 신참례를 겨우 치른 김석균은 이제 삼사(三司)의 한 축인 홍문관의 박사(博士: 정7품)가 되었다.

"오는 휴일에 시회(詩會: 선비들이 모여 시를 읊으며 즐기는 모임)가 있는데 자네도 같이 가지 않으려나?"

같은 동네에 사는 김석균과 방덕수와는 너나들이로 친하게 지낸 지도 이제 여러 해다.

"자네도 알다시피 내 문장 실력이 형편없지 않은가?"

조선에 온 이래로 혁도 부지런히 한문학을 익혔지만 대여섯 살 때부터 밥만 먹으면 '공자 왈 맹자 왈'을 읊은 사람들하고는 비교가 될 수 없었다.

시회라는 게 읽기도 벅찬 한시를 돌아가면서 짓고 서로 평가하며 즐기는 모임이 아닌가.

혁의 실력으로는 아직 족탈불급(足脫不及: 맨발로 뛰어도 따라가지 못한다)이다.

"그건 걱정 말게. 내가 말을 할 테니, 자네는 그냥 구경하면서 술이나 마시면 되네."

그렇다면 안 갈 이유가 없다. 삼라만상이 피어나는 이 좋은 봄날에 경치 좋은 곳에서 술까지 마실 수 있는데 마다할 필요가 있겠는가.

혁도 시회라는 게 있다는 말만 들었지 한 번도 본 적이 없었기에 궁금하기도 했었다.

"그럼 그때 보세."

돌아가는 김석균의 뒷모습을 본 혁은 방으로 들어가 옷을 갈아입기 시작했다. 쉬는 날이라 모처럼 허균을 찾아가 인사라도 할까 해서다.

"영감, 안녕하셨습니까?"

"그래, 어서 오게."

도승지였던 허균은 얼마 전 이조참판으로 자리를 옮겼다. 계급이 낮은 혁으로서는 허균을 자주 보기 어려웠다. 이때 방문이 열리며 눈에 익은 얼굴이 하나 들어왔다.

혁이 꽃분이로 이름 붙여준 올해 스무 살이 된 뒷간이었다.

과히 예쁜 얼굴이라 하기는 어렵지만 여자 나이 스물은 가장 아름다울 때가 아닌가. 꽃분이도 이름과 어울리게 봄꽃마냥 활짝 피어나고 있었다.

식혜 그릇을 살며시 내려놓는 그녀 얼굴이 발갛게 상기되어 있었다.

"자네를 가장 반기는 사람이 항상 꽃분이인 듯하이, 허허허."

허균이 재미있다는 듯이 웃었고, 꽃분이는 이제는 빨개져 버린 얼굴을 숙이고 얼른 돌아 나갔다.

"그런데 영감께서도 꽃분이라 하심은?"

혁은 꽃분이와 둘만 쓰기로 하고 지은 이름을 허균이 아는 게 이상해 물었다.

"아, 글쎄, 저 녀석이 자네가 이름을 바꿔준 다음부터는 뒷간이라고 부르면 대답을 잘 안 하는 것이야. 그래서 이제 할 수 없이 다들 꽃분이로 불러주게 되었지, 허허."

혁은 자기가 마음대로 이름을 지어준 것이 무안하기도 하고, 또 본인이 원하는 대로 완전히 꽃분이가 되었다는 것이 반갑기도 하여 멋쩍게 웃으며 식혜 잔을 들었다.

적당히 차가우면서 아주 달지도 않은 식혜가 감칠맛을 내며 부드럽게 목구멍으로 내려갔다.

"그런데 자네는 계속 그렇게 살 텐가?"

"예?"

갑작스러운 물음에 눈만 크게 뜨는 혁을 허균이 미소 띤 얼굴로 바라보았다.

"혼인할 생각이 없느냐, 이 말일세. 자네가 의향이 있다면 내 맞춤한 규수를 알아봐 주겠네. 어떤가?"

혼자 사는 혁이 평소 안돼 보였던 모양이다. 순간 혁은 가슴 한구석이 싸해지는 것을 느꼈다.

곱게 접어 의식의 밑바닥에 간직했다가 정녕 외로울 때만 조심스레 꺼내보던 아내와 자식에 대한 기억이 갑자기 난폭하게 펼쳐져 버린 듯한 느낌이 들어서다.

"말씀은 감사하지만 저는 혼인할 생각이 없습니다."

잘라 말하는 혁을 보던 허균이 혀를 찼다.

"두고 온 가족을 못 잊고 있군, 쯔쯔쯧."

이윽고 고개를 끄덕이더니 말을 이었다.

"하긴, 아내가 있다는 것이 꼭 좋은 것만은 아니지. 하루의 근심은 아침에 마신 술이요, 한 해의 근심은 발에 맞지 않는 신발이고, 평생의 근심은 성질 나쁜 아내란 말도 있으니……."

둘 다 잠시 말이 없었다. 그때 식혜 잔을 내려놓는 혁의 눈에 장죽에 담배를 재는 허균의 모습이 들어왔다.

"영감께서도 남초를 태우십니까?"

"요즘 양반들 사이에서 남초가 몸에 좋다고 너도나도 피우길래 나도 한번 피워보는 중일세. 왜, 자네도 피워보겠나?"

'허, 담배가 몸에 좋다니…….'

혁은 속으로 혀를 찼다.

하긴 방사능도 처음 발견되었을 때는 피부에 좋다고 소문이 나 방사능 성분을 듬뿍 넣은 방사능 화장품과 방사능 비누가 선풍적인 인기를 끌었다. 지금은 마약의 대명사 중 하나인 코카인도 코카나무 잎에서 최초로 추출했을 당시, 정신을 맑게 해주고 건강에 좋다고 물에 타서 음료수로 만들어 먹었다. 그것이 바로 초창기의 코카콜라다.

서양에서도 처음에는 담배가 만병통치약으로 인식되었다. 종기나 상처에 담뱃잎을 싸서 치료하거나, 담배 가루를 두통약으로 사용했고, 심지어는 어린 학생들에게 몸에 좋다고 강제로 피우게 만들었다. 피우기 싫어하는 아이는 선생님이 혼을 내줬다고 하니 참으로 격세지감이 느껴진다.

마찬가지로 이 당시 조선에서도 담배가 가래를 없앤다거나 술을 깨게 하고, 횟배 아픈 데 특효가 있다고 알려져 있었다.

"담배는, 아니, 남초는 몸에 아주 좋지 않습니다. 한마디로 백해무익입니다."

혁은 담배가 몸에 안 좋은 물건이며, 특히 폐에 아주 나쁘다는 것을 설명했다.

"허어, 그렇게 나쁜 것이란 말인가."

혁으로부터 담배의 정체가 알고 있던 것과 정반대라는 사실을 들은 허균은 들고 있던 장죽을 한번 쳐다보더니 슬그머니 내려놓았다.

담배 가격이 한 근에 은 한 냥이니까 현대 개념으로 계산하면 한 갑에 약 14,000원이나 되었다.

이렇듯 담배가 비싸게 거래되자 곡식을 심어야 할 밭에 너도나도 담배를 심었고, 그 결과로 공급이 넘치게 되어 가격이 하락하면서 흡연은 급속도로 퍼져 나갔다.

19세기가 되면 남녀노소 할 것 없이 너도나도 피웠으며 심지어는 다섯 살짜리 아이도 당연한 듯이 담배를 피우게 된다.

담배를 심은 밭은 지력이 모두 소진되어 다른 작물을 재배할 수가 없다.

혁은 문득 담배의 해악을 알고 있는 자신이 나서서 흡연의 유행을 막아야 하는 게 아닌가, 하는 생각이 들었지만 이내 머리를 가로저었다.

해롭기는커녕 약초로 인식되고 있는 현 상황에서 일개 말단 관리에 불과한 자신이 무엇을 근거로 그런 국가적인 일을 펼칠 수 있겠는가, 하는 데 생각이 미친 것이다.

담배의 폐해가 점차 알려지면서 세계 여러 나라는 금연령을 반포했다. 러시아에서는 담배를 피우는 자의 코를 베고, 오스만제국에서는 담배 피우는 게 적발되면 그 자리에서 목을 베었다. 명나라에서도 참수형까지 시키며 두 차례나 담배를 금지했지만 성과를 거두지 못했다.

옛날에도 담배를 끊는다는 것은 그만큼 어려운 일이었던가 보다.

시회가 열리는 장소는 숙정문(북대문)을 나와 조금 올라가 북악산 줄기 끝자락에 위치한 아늑한 누각이었다.

담현루(談賢樓)라는 현판이 붙은 이 누각은 사각형으로 꽤 넓게 지어져 이십여 명은 충분히 앉아서 놀 수 있을 만한 공간이다. 여러 개의 돌기둥으로 받쳐진 채 지면에서 2m가량 올려지어 주위 풍광을 감상하기에 그만이었다.

정자 앞엔 제법 넓은 소(沼)가 있고, 옆쪽과 뒤로는 봄꽃이 만발하고 있었다.

일찌감치 도착한 혁과 김석균은 차례차례 도착하는 선비들과 초인사를 나누었다.

대개 혁 또래의 나이로 벼슬도 다들 고만고만했는데 가장 늦게 당도한 조사홍이 그중 연장자로 보였다.

면신례 때 김석균을 곤혹스럽게 했던 조사홍은 홍문관 수찬(修撰: 정6품)으로 다시 김석균의 상관이 되어 김석균으로 하여금 투덜거리게 만들고 있었다.

당초 집안일로 불참을 통보하였다가 뜻밖에 참석을 하여 또 한 번 김석균의 눈살을 찌푸리게 했다.

혁을 포함해 모두 여덟 명이 좌정을 하자 다담상이 각자 앞에 놓였다. 떡과 전, 약과 등이 정갈하게 차려져 있었고, 청주가 담긴 백자 술병에서는 은은한 향내가 올라왔다.

누각 입구가 어수선하여 돌아보니 계단을 올라오는 여인들의 모습이 혁의 눈에 들어왔다.

시회의 흥을 돋우기 위해 부른 기녀들로서 스무 살도 채 안 돼 보이는 푸릇푸릇한 나이다.

여덟 명 모두의 옆에 기녀들이 다소곳이 자리를 잡았고 남은 두엇은 아래에서 가야금을 손보고 음식 등속을 살피느라 분주를 떨었다.

혁의 옆에도 치마를 사각거리며 한 여인이 앉았다.

시회에 기녀가 온다는 말을 듣지도 못했을뿐더러 조선에 와서 한 번도 기방이라는 곳에 가본 적이 없는 혁은 순간 자신이 당황하고 있다는 것을 느꼈다.

현대에서야 물론 여자 있는 주점에 안 가본 것은 아니지만 밤도 아닌 이런 대명천지에 옆에 기녀가 앉으니 괜히 몸이 뻣뻣해져 왔다.

슬쩍 돌아보니 자신을 빤히 쳐다보고 있는 기녀의 눈과 마주치고 말았다.

남의 시험지를 훔쳐보다 들킨 아이처럼 붉어진 얼굴을 얼른 돌린 혁의 가슴은 쿵쿵 뛰었다.

눈부시게 아름다웠던 것이다.

진하지는 않지만 뚜렷한 눈썹에, 조선 사람으로는 드물게 쌍꺼풀 진 채 살짝 올려 뜬 커다란 눈망울은 큰 소리 한마디에 금방 왕구슬 같은 눈물방울을 뚝뚝 떨굴 것처럼 보였다.

코는 적당히 오뚝했으며 앙증맞은 입술은 엷은 선홍빛을 머금고 있었다.

트레머리 아래로 살짝 보이는 목덜미는 새하얗게 빛났다.

조선에 온 이래로 못살게 떠오르던 아내의 기억도 이제 조금씩 바래져 '몸이 멀어지면 마음도 멀어진다' 라는 옛말이 틀리지 않구나, 하고 있던 마당에 눈이 번쩍 뜨이는 미인을 보았으니 혁의 가슴이 떨리는 것도 무리는 아니었다. 게다가 삼십 대로 젊어지지 않았는가!

순간 갈증을 느낀 혁이 잔을 들어 입에 댔으나 빈 잔이었다. 아직 술을 따르지도 않았는데 잔을 든 것이다.

옆에서 킄킄 소리가 들려 돌아보니 손을 입에 대고 비둘기처럼 목구멍을 울리며 웃고 있는 기녀의 모습이 눈에 들어왔다.

무안해진 혁이 자신도 모르게 인상을 쓰자 그녀는 금방 울 것같이 큰 눈에 슬픈 빛을 띠어 혁은 이내 바보 같은 웃음을 짓고 말았다.

"소녀, 나미(羅美)라 하옵니다."

목소리하고 생김새와 전혀 어울리지 않는 사람이 의외로 많은데 그녀는 정확히 일치했다.

고음도 아니고, 혁이 가장 싫어하는 거친 음색은 더욱 아니었다. 마치 혀가 약간 짧은 듯하게 감겨 나오는 그 목소리는 감칠맛을 내며 귀를 기분 좋게 간질였다.

"그래, 반갑구나."

혁이 인사를 하자 그녀는 또 목구멍을 울리며 웃는다. 아무래도 혁의 태도가 어색한 모양이다.

혁이 예쁘게 본 이 여인은 실상 조선의 미적 기준에서 본다면 결코 미인이라고 단정 짓기는 어려운 얼굴이었다.

조선의 미인은 가늘고 긴 눈을 가져야 하고, 쌍꺼풀이 있어도 안 된다. 미간은 넓고 코는 낮아야 하며, 오늘날처럼 말라서도 곤란하다. 사흘 동안 피죽 한 그릇 못 먹은 듯한 몸을 보고 측은한 마음은 생길지언정 아름답다는 생각은 안 든다는 말이다.

이것이 조선의 미인상이다.

나미의 얼굴은 현대인의 그것에 맞았기 때문에 혁의 눈이 번쩍한 것이지 다른 이들에게는 '영 아니올시다' 로 보일 것이다. 시대마다 미인상은 다른 법이다.

"자, 그러면 시작을 하시지요."

누군가 시작을 재촉하는데 특별히 사회자가 따로 정해지는 것 같지는 않다.

아무나 자신이 좋아하는 시를 한 편 읊는 게 시회의 첫 단계인 듯하다. 입구 쪽에 앉은, 아까 예조에서 근무한다고 자신을 밝힌 선비가 먼저 한 수를 읊었다.

春水滿四澤(춘수만사택) 봄물은 못마다 가득히 차고

夏雲多奇峰(하운다기봉) 여름 구름 묘한 봉우리 많기도 하다

秋月揚明輝(추월양명휘) 가을 달은 높이 떠 밝게 비추고

冬嶺秀孤松(동령수고송) 겨울 고개에 잘생긴 소나무 외롭게 서 있구나

도연명(陶淵明)의 「사시(四時)」라는 시다. 첫 구절이 지금 있는 장소와 절묘하게 맞아떨어졌다.

박수 소리가 끝나자 김석균이 한 수를 읊었다.

問余何事棲碧山(문여하사서벽산) 누가 산에 왜 사느냐고 묻기에

笑而不答心自閑(소이부답심자한) 웃을 뿐 답하지 않으니 마음이 한가롭네

桃花流水杳然去(도화유수묘연거) 복사꽃 떠 있는 물은 아득히 흘러가니

別有天地非人間(별유천지비인간) 여기는 인간 세상이 아닌 별천지로세

이백(李白)의 「산중문답(山中問答)」이란 시로 혁도 예전에 어디선가 들어본 듯했다.

다들 한 수씩 읊고 혁의 차례가 되었다.

김석균은 굳이 하지 않아도 상관없다고 했지만 모두 멋지게 읊은 마당에 혼자만 벙어리라면 체면이 서지 않는다. 더구나 옆에 나미가 자신을 빤히 보고 있는 상황이 아닌가.

헛기침을 한번 하고 입을 열었다.

國破山河在(국파산하재) 나라는 망했어도 산하는 남아
城春草木深(성춘초목심) 성에는 봄이 와 초목이 우거졌네
感時花濺淚(감시화천루) 시절을 슬퍼하니 꽃도 눈물을 흘리고
恨別鳥驚心(한별조경심) 한 맺힌 이별에 새소리에도 마음이 놀라는구나
烽火連三月(봉화연삼월) 봉화는 석 달이나 이어지니
家書抵萬金(가서저만금) 집에서 온 편지 너무나 소중하구나
白頭搔更短(백두소갱단) 흰머리는 긁을수록 더욱 짧아져
渾欲不勝簪(혼욕불승잠) 도무지 비녀조차 꽂을 수가 없구나

혁이 읊기를 마치자 이곳저곳에서 투닥투닥하며 박수 소리가 터져 나왔다.

"오, 두보(杜甫)의 춘망(春望)이 아니오. 이 봄에 딱 맞는 시로소이다."

예조에 있다는 선비가 알은체를 했다. 사실 이 시는 혁이 조선에 오기 전부터 외우고 있던 유일한 한시였다.

중국의 시성(詩聖)이라 불리는 두보가 안녹산의 난을 평정하기 위한 군대에 끌려가 가족을 그리워하며 노심초사하는 마음이 '꽃이 눈물을 흘린다' 라는 기가 막힌 문장으로 표현되어 혁의 마음을 사로잡았던 것이다.

어쨌든 혁도 맵시 있게 한 수를 읊었다. 뿌듯한 마음에 나미가 따라준 청주를 한입에 들이켜니 알싸한 향이 코끝으로 스며 나왔다.

"자, 그럼 이제부터는 자리에서 한 수씩 시를 짓도록 하지요. 주제는 아무래도 봄에 관계된 것이 좋지 않을까요?"

누군가 제안을 하자 여기저기서 좋다는 대답이 나왔다. 지금부터 본격적인 시회가 시작되는 것이다.

혁은 어차피 시를 지을 형편은 못 되니 가벼운 기분으로 구경하기로 마음먹었다.

시를 짓는 데 있어서 멋지게 짓는답시고 무작정 오래 끌어서는 안 되기 때문에 시간제한을 두었다.

시종(時鐘)이라는 것으로, 엽전을 단 긴 끈을 근처 나뭇가지에 맨 다음, 그 끈 중간에는 향나무를 꽂았다. 이것이 시한장치 역할을 해서 불을 붙이면 서서히 타들어가다가 일정 시간이 지나면 끈이 타서 끊어지게 된다.

엽전 밑에는 놋대야를 놓아 엽전이 떨어지면 요란한 소리를 내므로 그때는 덜 되었더라도 시 쓰기를 마쳐야 한다.

어려서부터 한학을 공부했고 다들 과거 시험에 급제한 실력자들이라서 그런지 시간 내에 못 짓는 사람이 없다. 전부 척척 지어내어 혁은 '대단하구나' 하는 감탄이 절로 나왔다.

혁을 제외한 이들이 모두 한 수씩 지었는가 싶을 즈음, 조사홍이 혁을 바라보며 말을 건넸다.

"유 주부도 한 수 읊지 그러시오?"

혁도 진급하여 사옹원 주부(主簿: 종6품)직을 맡고 있었다.

조사홍의 말에 모두의 시선이 혁을 향했다. 당황한 혁이 어떻게 말해야 하나 머뭇거리자 맞은편에 앉아 있던 김석균이 대신 입을 열었다.

"시회라고 참석자 전부가 시를 지어야 되는 것은 아니지요. 그리고 유 주부의 경우는 다른 공부를 하느라 시작(詩作)을 연마할 기회가 없었다고 합니다."

김석균의 해명을 들은 참석자들 여럿이 고개를 끄덕거렸지만 조사홍은 슬쩍 웃음을 흘리며 다시 말했다.

"아무리 그렇다손 치더라도 사대부가 되어서 시 한 수를 못 짓는다는 것은 말이 안 되지요. 다들 했으니 괜히 빼지 말고 한 수 읊어보시오."

당사자가 안 하고 있는데 이렇게 억지로 강요하는 것은 분명 실례다. 그런데도 조사홍이 짓궂게 혁을 몰아붙이는 데는 이유가 있었다.

어제 있었던 일이다.

"자네가 계속 건드려 봐. 그러면 혹여 어떤 단서라도 드러날지 모르니 말이야."

퇴궐하여 집에 온 지 얼마 되지 않아 대사헌으로부터 호출이 왔다. 대사헌이라면 대북파의 거두인 이이첨이 아닌가.

조정 실세로부터의 연락에 조사홍은 허겁지겁 달려갔고 그런 조사홍에게 이이첨은 유혁을 자꾸 찝쩍거려 보라는 요구를 했다. 이이첨의 옆에는 좌포도대장인 정항이 앉아 있었다.

정항의 끄나풀들이 계속 혁을 감시하고 있었던 것이다.

"알겠나, 내 말을?"

감히 누구 앞이라고 왼고개를 칠 것인가.

실세인 이이첨과 연결만 된다면 출세는 그야말로 따놓은 당상이라는 것을 조사홍이 모를 리가 없다. 너도나도 줄을 대려는 마당에 이이첨으로부터 먼저 연락이 왔으니 '불감청(不敢請)이언정 고소원(固所願: 감히 청할 수는 없지만 소원하는 바가 그것)이다' 란 말이 바로 이런 경우를 두고 하는 말이다.

"분부 받잡겠나이다, 대감."

조사홍은 코가 바닥에 박히도록 고개를 숙이고 또 숙였다. 그리고 집안일을 제쳐놓고 불참을 통보했던 오늘의 시회에 불쑥 참가하였다.

"우리가 꼭 두보처럼 명시를 짓자는 게 아니지 않소? 그저 이 좋은 시절에 흥을 돋워보자는 취지인데 혼자만 너무 조빼면 김이 빠지지 않겠소?"

혁이 아까 두보의 시를 읊은 것을 비꼬며 조사홍이 다시 한번 빠져나가지 못하게끔 옥죄어왔다.

참다못한 김석균이 다시 한마디 하려고 나서는데 혁의 말이 떨어졌다.

"하지요."

아연한 김석균이 혁을 쳐다보니 그저 담담한 표정을 짓고 있었다.

일곱 명의 선비에 여덟 명의 기녀까지 합쳐 무려 서른 개의 눈동자가 혁을 주시했다.

주위에 흐드러진 개나리, 진달래를 한번 둘러본 혁이 천천히 고개를 돌려 좌중을 바라보며 입술을 떼었다.

나 보기가 역겨워

가실 때에는
말없이 고이 보내 드리오리다

영변에 약산
진달래꽃
아름 따다 가실 길에 뿌리오리다

가시는 걸음걸음
놓인 그 꽃을
사뿐히 즈려밟고 가시옵소서

나 보기가 역겨워
가실 때에는
죽어도 아니 눈물 흘리오리다

혁이 읊기를 마쳤는데도 아무도 소리를 내는 사람이 없다.

박수 소리는 물론 숨소리도 들리지 않는다. 이대로 침묵이 계속되나 싶을 때 옆에 앉은 나미의 들뜬 목소리가 들렸다.

"아, 참말로 아름다워요."

감수성이 예민한 그녀인지 눈에는 구슬만 한 눈물이 그렁그렁하게 맺혀 있었다.

그제야 여기저기서 길게 내쉬는 한숨 소리며 뒤늦게 두드리는 박수 소리가 튀어나왔다.

다들 처음에는 '무슨 시가 이리 희한한가?' 했는데 그 희한

한 시가 끝나자 무언가 가슴 밑에서부터 올라오는 뜨거운 것이 있었다.

울음 같기도 하고, 맺혔던 슬픔 같기도 한 이상한 느낌이었다.

먼저 말하면 자기 혼자만 그렇게 느낀 듯 이상하게 보일까 싶어 입을 못 열었는데 나미가 말문을 열자 모두 참았던 숨을 그제야 내쉬었다.

고려가요인 「가시리」에서 이어 내려간 한(恨)의 정서가 김소월의 「진달래꽃」에서 만개하지 않았는가.

사랑하는 정인(情人)으로부터 버림받는 슬픔을 노래한 이 시의 한 구절 한 구절이 봄비처럼 기녀들의 마음을 촉촉이 적셔왔다.

오언절구(五言絕句)니 칠언율시(七言律詩)니 하는 정형시에서는 결코 느낄 수 없는 울림이었다.

감정이 여린 쪽이 여인들인지라 나미 말고도 몇몇이 눈물을 보였고 한숨을 폭폭 쉬는 기녀도 눈에 띄었다.

화가 난 것처럼 입을 꽉 다물고 있는 조사홍의 모습도 보였다.

시회는 혁이 멋지게 마무리를 장식했고, 이어진 기녀들의 춤과 가야금 가락에 모두들 흥취에 젖어들었다.

"소녀, 가슴이 미어지는 줄 알았습니다."

나미가 정감 어린 눈빛으로 혁을 올려다보며 미소 짓자 새하얀 치열이 살큼 드러났다.

진정 아름다운 시는 시대를 불문하고 사람들의 가슴을 울리는 모양이다.

하지만 쑥스러울 수밖에 없는 혁은 괜히 뒷머리를 긁적이다가 애꿎은 술만 들이켰다.

나미의 빛나는 눈동자를 보며 뭔가 말해야 한다는 조바심이 일었지만 끝내 하고 싶은 말을 못 하고 말았다. 각박한 현대를 살다 왔지만 여자 앞에서는 여전히 숙맥인 혁이었다.

길지 않은 봄날의 해가 서산에 걸리며 조선에서의 첫 시회가 그렇게 끝이 났다.

"자네, 그녀가 어느 기방에 있는지 좀 알아봐 줄 수 있겠는가?"

몇 날 며칠을 고민하다가 드디어 혁은 방덕수를 붙잡고 하소연하기에 이르렀다.

이런 일은 깐깐한 성격의 김석균보다는 술 좋아하고 호인인 방덕수가 낫다고 여긴 까닭이다.

두고 온 아내를 생각하면 차마 할 수 없는 일이라 여러 번 마음을 다잡았지만, 말하다가도, 밥을 먹다가도 순간순간 떠오르는 그녀의 반짝이는 눈망울은, 생각지 말아야 한다는 혁의 마음은 아랑곳하지 않고 머릿속 한복판을 차지했다.

'잊히지 않는 생각보다 잊고자 하는 그것이 더욱 괴롭다'는 한용운의 시구처럼 시간이 지날수록 혁의 갈증은 심해갔다.

"흐흐흐, 자네가 가시나한테 빠졌다 카이 별일이네. 가가 참말로 해끔한 모양이제?"

방덕수가 키득거렸다.

"뭐……. 아무튼 자네는 기방 같은 데 많이 다녀봤잖나. 찾을 수 있겠지?"

쑥스러웠지만 아무런 일도 손에 잡히지 않는 마당에 어이하리.

"맘 푹~ 나라. 내가 누고? 천하의 방덕수 아이가. 쪼매만 기다려 보그래이."

가슴을 탁 치며 장담하는 방덕수였다.

한편 나미는 시회를 다녀온 그날 이후 대문 소리가 날 때마다 가슴이 철렁 내려앉았다.

혹시 그분이 찾아오신 게 아닌가 싶어 방문에 귀를 대어보지만 이내 실망하고 마는 그녀였다.

그럴 때마다 '그래, 그렇게 잘난 분이 나 같은 천기(賤妓: 천한 기생)를 기억이나 하시겠어. 그리고 내가 뭐 잘하는 게 있어? 가야금을 잘해? 시를 잘 써? 그렇다고 노래가 명창인 것도 아니고……' 하는 생각에 한숨을 폭 내쉬었다.

일찍이 송도 기생 황진이는 미인에다가 시, 노래까지 뛰어나 서화담, 박연폭포와 함께 송도삼절(松都三絕)이라고까지 불리지 않았는가.

부안 기생 이매창은 탁월한 시 짓기 솜씨로 허균의 지우가 되기도 했다.

'게다가 눈은 왜 이리 커서……' 하는 생각에 그 큰 눈을 찡그리는 그녀였다.

나미는 평소 술어미(현대의 마담)가 자신에게 '너는 소 죽은 귀신이 올라탔나, 소 눈알마냥 왕방울 눈을 해가지고' 하는 바람에 소고기도 안 먹는다.

여러 날이 지나 이제는 포기해야 한다고 생각이 들지만 한 번만 더 그분을 뵈었으면 하는 소망은 꺼지지 않는 숯불처럼 마음 한구석을 뜨겁게 달구고 있었다.

"찾았대이, 내가 머라 카드노? 맘 푹 나라 안 카드나. 거 가면 자네가 술 한잔 거하게 사는 거 맞제?"

사흘이 채 안 돼 찾았다고 싱글거리며 가보자고 재촉하는 방덕수였다.

그 말을 듣는 순간 혁은 달아오른 철판 위에 콩 튀듯이 가슴이 거칠게 뛰었다.

그러면서 지금까지는 생각지 못했던 것이 불쑥 고개를 내밀었다.

'날 반가워할까? 내 행동이 너무 어설퍼 비웃는 것 같기도 했는데…….'

걱정이 되면서 한편으로는 시를 듣고 난 뒤의 그녀의 반응을 떠올리면 용기가 나기도 하고 갈팡질팡하면서 혁은 방덕수를 따라 그녀가 있는 기방으로 향했다.

"여다."

기방은 혁이 살고 있는 동네와 불과 한 시간 거리도 채 안 되는 오궁골(종로구 신문로 1, 2가동)에 있었다. 이렇게 지척에 두고 애달파만 하고 있었다니…….

혁은 허탈한 마음에 입맛을 다셨다.

"이리 오니라."

대문을 들어서자마자 방덕수가 굵직한 목소리로 손님이 왔음을 알렸다.

득달같이 달려온 하인에게 방덕수가 확인차 물었다.

"여 나미란 아가 있제?"

"나미 아씨요? 그럼요, 있습니다."

하인의 대답에 방덕수가 혁을 돌아보며 눈을 찡긋한다. 이때 방에서 나미도 자신의 이름이 불리는 것을 들었다.

가야금을 만지고 있던 그녀는 사람 소리에 부질없는 줄 알면서도 귀를 쫑긋 세우고 있었다. 그러나 그것은 투박한 사투리라 이내 마음은 실망으로 물들었다. 그래도 자신을 찾아온 사람이기에 방문을 살짝 열고 내다보다가 그만 가슴이 덜컥 내려앉았다.

그분이, 그분이 오신 게 아닌가!

방문을 박차고 나가려던 나미의 눈에 갑자기 달려온 누군가가 혁의 팔에 매달리는 광경이 들어왔다.

이 기방에서 가장 아름답다고 소문이 나서 언제나 손님이 끊이지 않는 '애월'이라는 기녀다. 그녀 역시 시회에 참석했었기에 혁을 금방 알아본 것이다.

"소녀, 그날 이후 나으리를 얼마나 기다렸다구요."

혁의 팔을 잡은 애월이 조선의 미인상에 어울리는 옆으로 살짝 째진 긴 눈을 초승달처럼 올려 뜨며 콧소리를 내는 게 아닌가.

나미는 갑자기 온몸에 힘이 쭉 빠지는 것을 느꼈다. 그녀의 미모와 애교에 지금까지 넘어가지 않은 이를 본 적이 없는 까닭이다.

당황한 혁이 어쩔 줄을 몰라 하자 방덕수의 텁텁한 사투리가 다시 마당을 울렸다.

"야, 야, 니 잘몬 찍었다. 그 친구는 니가 아이라 나미라 카는 아 보러 온 기다."

그 말은 햇빛보다 빨리 나미의 귀로 파고들었고, 나미는 버선발로 구르듯이 달려가 혁의 품으로 뛰어들었다.

한참을 안겼다가 눈물이 그렁그렁한 눈으로 올려다보니 빙그레 웃고 있는 혁의 얼굴이 보였다.

목이 메었다.

혁과 방덕수는 두 칸 정도로 그리 넓지는 않지만 아늑한 방에 좌정하고 나미는 큰절을 올렸다.

나미 다음으로 아까 먼저 나와 혁을 죽은 줄 알았던 오라비 반기듯이 한 애월이 역시 나붓이 절을 했다. 방덕수가 한눈에 반해 청했던 것이다.

애월은 자신을 두고 어떻게 나미 같은 애를 찾는 혁이 도저히 이해가 되지 않았지만, 어찌하랴. 평안 감사도 제 싫으면 안 한다는데. 애월은 혁보다 목 하나는 작아 보이는 방덕수가 거푸 독한 소주를 들이켜자 더욱 미욱스러워 보였다.

그런 눈치를 아는지 모르는지 연신 '커' 소리를 내는 방덕수였다.

"역시 술은 이 쏘주가 최곤기라. 딴 거는 영 맨숭맨숭하다 카이."

술꾼인 방덕수한테는 독한 소주가 제격인 모양이다.

우리나라에는 원래 독주가 없었다. 귀족은 청주를 마시고,

평민은 막걸리를 마셨다.

'아락주' 라고도 불렸던 소주는 몽고인들이 먹던 술이 고려 때 전래된 것이다.

안동에서 유명한 소주가 나오게 된 이유는 몽고가 일본을 치기 위해 만든 병참기지가 안동에 있었기 때문이다.

나미는 술잔을 입에 댄 혁을 물끄러미 바라보았다.

저 입술, 그날 시를 읊고 났을 때 순간 입맞춤하고 싶던 강렬한 욕망의 기억 때문에 새삼 가슴이 저려왔다. 그 후 몇 번이나 그와의 입맞춤을 상상했었는지 모른다.

이때 슬쩍 자신을 바라보는 혁의 시선과 부딪히자 부끄러움에 그녀는 온 얼굴이 복사꽃마냥 달아올랐다.

"야가 와 이리 부끄러하노. 니 혹시 안즉 머리도 안 얹은 거 아이가?"

술은 혼자 다 먹을 듯이 하면서도 볼 거는 다 보는 방덕수가 나미를 보며 실실 웃었다.

나미는 아예 고개를 들지 못하고 쩔쩔매는데 방덕수의 말이 맞아서다.

동기(童妓: 어린 기생)가 기생이 되기 위한 교육을 받고 나이가 들어 이팔청춘이 되면 남자와 잠자리를 갖게 되는데 처음 이 동기와 동침하는 남자에게는 '머리를 얹어준다' 라는 표현을 쓴다.

나미는 열여덟이 되도록 아직 그럴 기회가 없었다.

"허어, 혁이 자네 책임이 막중하게 됐대이. 저래 자네를 좋아하는 아를 모른 체하면 목매든지 강물에 띠든다 안 카겠나."

방덕수가 장난인지, 진담인지 한마디 하는데 정말 그랬다가는 큰일이 아닌가.

혁까지 얼굴이 벌게지는데 애월이만 새초롬하다.

기방 풍속을 잘 모르는 혁으로서는 가타부타 말도 못 하고 술 때문인지, 흥분 때문인지 모르게 달아오른 얼굴로 계속 독한 소주만 퍼마시다 방덕수에게 업혀 나오는 것으로 나미와의 상봉을 마감하고 말았다.

기생을 흔히 해어화(解語花: 말을 알아듣는 꽃)라 했으니 당나라 현종이 양귀비를 데리고 연꽃을 구경하다가 양귀비를 가리키며 주위에 있는 신하들에게 '연꽃이 어찌 나의 해어화만 하겠느냐?' 고 한 게 그 유래이다. 이것이 나중에 기생을 가리키는 말로 바뀌었다.

기생은 관기와 민기로 나뉜다.

민간 기방에 속하는 민기는 조선 후기 상품경제가 발달하면서 활발해졌으나 광해군 시대인 현재는 아직 미미한 단계여서 기생은 대부분 나라 소유의 관기였다.

따라서 이들은 조정에 연회가 있을 때 불려 가 노래와 춤을 제공할 의무가 있었다.

그러나 녹봉이 일 년에 고작 쌀 한 가마니에 불과해, 기방을 찾는 손님을 접대하고, 양반들의 연회에 불려 나가 봉사하고, 때로는 잠자리까지 함께하여 이른바 '해웃값' 이라는 것을 받아 생활에 보태야만 하는 형편이었다.

지방에도 고을의 크기에 따라 그 수는 달랐지만 기생이 있었다. 작은 고을의 경우에는 열 명 정도밖에 안 되었고 지방

감영이 있는 큰 고을에는 백 명에 달하기도 하였다.

기생으로 가장 유명한 색향은 역시 평양이었다. 평양에는 이백 명 가까운 기생이 있어 이들이 평안 감사가 도임하는 날, 곱게 꾸미고 길가에 죽 늘어서 영접을 하였으니 감사의 기분이 어땠을지는 짐작이 어렵지 않다.

그래서 이렇게 좋은 '평안 감사도 제 싫으면 안 한다'는 말이 나온 것이다.

"어서 오시와요, 나으리."

나미가 여느 때와 같이 눈을 내려 깔고 혁을 공손히 맞았다.

방덕수에게 업혀 나온 후 벌써 세 번째 방문이다. 조선에 온 지도 어느덧 오 년. 열심히 살았지만 그만큼 외롭기도 했던 혁이었기에 한여름 소나기에 옷 젖듯 나미에게 빠져들어 갔다.

"너는 어쩌다가 기녀가 되었느냐?"

소주에 덴 뒤로 청주를 마시는 혁이 얼큰한 취기를 빌미로 나미의 내력을 물었다.

고개를 들어 혁을 물끄러미 바라보던 나미가 한숨부터 내쉬었다.

"소녀, 변변치 않은 과거사를 헤어 올리기 민망하나 나으리께서 하문하시니 어찌 대답하지 않을 수 있겠습니까. 소녀의 아비는 충청도 땅에서 벼슬을 하던 홍담서라 합니다. 제가 태어나던 병신년(1596년, 선조 29)에 홍산에서 난리(이몽학의 난)가 났는데, 소녀의 아비는 여기에 연루되어 죽임을 당하고 어미는 갓난아기인 저를 안고 관아에 노비로 박혔습니다."

말을 끊은 나미의 눈에서 흐른 앵두알 같은 눈물방울이 툭 하고 치맛말기에 떨어졌다.

노비가 된 어미는 나미가 열 살이 되던 해에 병들어 죽고 나미는 기적(妓籍: 기생 등록 대장)에 올라 지금에 이르렀다는 얘기다.

연좌제가 엄격한 조선 사회에서 흔하다면 흔한 경우이지만 당사자는 아무 잘못도 없이 평생을 비천한 신분으로 살아야만 한다. 연좌제가 폐지된 것이 1894년의 갑오개혁 때이니 아직도 먼 훗날의 일이다.

눈물을 닦은 나미는 잠시 숨을 고르더니 마치 무슨 큰 결심이라도 한 것 같은 비장한 표정으로 혁을 쳐다봤다.

"나으리께서는 어찌하여 이곳에서 한 번도 머무르지 않사옵니까? 소녀가 싫으시옵니까?"

이게 무슨 말도 안 되는 소린가? 좋으니까 이렇게 자주 찾아오는 게 아니냐고 말하려는 순간, 혁은 나미가 한 말의 의미를 깨닫고 멈칫하고 말았다.

술만 마시고 그냥 돌아가는 혁에게 왜 자신을 안지 않느냐고 나미는 묻고 있었다.

부끄러움을 무릅쓰고 직설적으로 물어오는 그녀의 마음이 아프게 다가왔다.

발갛게 달아 있는 그녀의 뺨을 지그시 바라본 혁이 말없이 술잔을 들었다가 그냥 내려놓았다.

혁이라고 왜 그녀를 안고 싶지 않았겠는가.

"아직… 아직 아내를 떠나보내지 못해서 그런 거야. 네가 싫어서가 아니라."

어렵게 말을 한 혁은 이번엔 술잔을 입에 대고 한입에 털어 넣었다.

갑자기 눈물이 나올 것 같아 혁은 눈을 크게 뜨고 천장을 올려봤다.

"어떤 분이었는데요?"

나미는 혁이 말한 대로 그의 아내가 5년 전에 죽은 것으로 알고 있다.

"좋은 사람이었지. 착하고, 부지런하고 그리고 아주 예뻤지."

나미는 문득 '저보다 더 예뻤어요?' 하고 물으려다가 말았다. 아무래도 그렇게 묻기에는 자신이 없었다. 대신 입을 삐쭉거리며 한마디 했다.

"나으리는 기방오불(妓房五不)도 모르시나 봐요."

기방오불? 그런 걸 알 턱이 없는 혁이다. 그렇지만 뭔가 실수가 있었나 보다.

"그게 뭐지?"

"나중에 방 참군 나으리께 물어보세요."

평소에 없던 새침한 얼굴이다. 훈련원 참군(參軍: 정7품)으로 있는 방덕수한테 물어보라는 말이다.

기방에서 하지 말아야 할 다섯 가지를 기방오불이라 한다.

첫째, 기생들의 약속을 믿지 마라. 둘째, 기생에게는 꽃을 선물하지 말 것. 기생이 이미 꽃(해어화)이기 때문이다. 셋째는 아내 자랑을 하지 마라. 이걸 좋아할 여자가 있겠는가. 넷째, 기방에서 문자를 쓰지 말 것. 당시 가장 공부를 많이 한 여성 계층이 바로 기녀들이다. 함부로 문자를 썼다가는 망신당한다. 마지막으로 집안의 효녀나 열녀를 자랑 말 것. 일부종사(一夫從事: 평생 한 남편만을 섬김)할 수 없는 기녀들에게 그런 얘기는 염장을 지르는 말이다.

혁이 아내가 착하네, 예쁘네, 했으니 삐친 것이다. 나미가 비록 나이는 어리지만 여자는 여자다.

게다가 조선의 여인을 현대와 비교하자면 최소한 열 살은 더 해줘야 한다. 이 시대의 열여덟이라는 나이는 부모 밑에서 고등학교나 다니는 철없는 아이가 아니라는 뜻이다.

빠르면 이미 자식을 낳았으며, 생존을 위해 몸부림쳐야 하는 어른이다.

"휴우~"

혁이 길게 숨을 내뱉더니 불쑥 말했다.

"오늘은 여기서 자고 갈 생각이다."

나미의 토라진 모습에서 옛날 아내와의 연애 시절이 불현듯 떠올랐다.

그때도 지금처럼 삐치고 다투고 했음을.

'그래, 이미 이 아이와 새로 시작하였거늘……. 더 이상의 미련은 단지 집착이리라.'

돌이킬 수 없는 과거는 추억으로 다만 아름다울 뿐, 연연하는 것은 결코 바람직하지 않다는 사실을 지나온 수십 년의 삶이 가르쳐 주었다.

"정말요?"

눈이 동그래진 나미가 묻더니 입고 있는 선홍빛 능라 치마저고리처럼 빨개진 얼굴을 들지 못했다. 다시 처녀의 수줍음으로 돌아간 것이다.

혁은 대답 대신 그녀의 손을 잡아 가만히 손등을 쓸었다. 가늘고 긴 손가락이 약하게 떨고 있었다.

손목을 살며시 잡아당기니 그녀가 혁의 가슴에 살포시 기대어왔다.

"이제부터는 너를 외롭게 하지 않으마."

혁이 들릴 듯 말 듯 작은 소리로 중얼거렸다.

머나먼 곳으로 와서 맺은 소중한 인연이 아닌가.

이미 시각은 이경이 넘어 사방이 고즈넉했다. 상이 치워진 자리에는 비단 금침이 깔렸고, 쌍나비 촛대에서 타오르고 있는 촛불을 따라 커다란 나비 그림자가 일렁일렁 춤을 추며 날아 다녔다.

촛불을 불어 끄니, 춤은 멈추었지만 창문을 뚫고 들어오는 만월의 달빛은 격정에 찬 두 사람의 모습을 비추기에 충분했다.

새로 갈아입고 들어온 분홍색 치마저고리—첫 경험을 치를 때 분홍색 치마저고리를 입는 것은 초야 풍속이다—는 이미 곱게 접혀 횃대에 걸려 있었고, 백비단 속치마와 속적삼을 입고 있는 나미의 모습은 고혹적이었다.

속적삼에 닿는 혁의 손끝이 느껴질 때마다 꼭 감고 있던 나미의 눈꺼풀이 파르르 경련을 일으켰다.

가만히 다가간 혁의 입술이 그녀의 앙증맞은 입술에 닿자 잘 익은 홍시처럼 부드러운 감촉에 감전이라도 된 듯 짜릿한 느낌이 혁의 전신을 휘돌아 나갔고, 나미는 혁의 입김이 귓불에 닿자 자기도 모르게 아, 하고 신음 소리를 내고 말았다.

이윽고 혁은 나미의 가슴을 꽉 묶고 있는 매화가 수놓인 새하얀 띠를 조심스럽게 풀었다. 그리고 그 눈부시게 빛나는 가슴에 얼굴을 묻었다.

바람도 불지 않았는데 무엇에 흔들렸는지 별똥별 하나가 떨어졌다. 만약 두 사람이 봤다면 지금 이 시간이 영원히 지속되기를 빌었을 것이다.

하늘에 유유히 흘러가는 은하수마냥 시간이 조금씩 조금씩 흘러갔다.

13.
네덜란드 상인을 만나다

"나으리, 홍모이(네덜란드) 상인들이 나으리를 직접 뵙고 싶다는 연락이 왔습니다."

혁이 사옹원에 들어서자마자 약간 긴장한 표정의 안경석이 내상 김만복의 전갈을 전했다.

항상 내상과 왜관의 대마도 상인을 통해 거래해 온 네덜란드 상인들이 직접 만나자고 한 것은 상당히 의외였다.

혁을 만난 덕분에 순조롭게 승차를 거듭한 안경석은 정7품이 되어 이제 종7품이 된 동기들보다 한 등급 위에 있었고, 자기 거래를 주선하게 되어 길에 떨어진 금덩어리를 줍다시피 한 김만복은 내상 내의 이 인자 자리를 차지하여 40대 중반을 넘어선 그의 몸은 더욱 비대해지고 있었다.

"무슨 일이라 하던가?"

혁 역시 뜻밖이었다. 아직도 공식적으로는 중국과 일본, 유구국 외에는 무역이 금지되어 있어 만나는 것 자체도 쉽지 않다.

"자세한 내용은 그도 잘 모른다 합니다. 다만 문인(文引: 조선에 내왕하는 일본인이 대마도주로부터 발급받은 도항 증명서)을 가진 대마도 상인들과 함께 왜관으로 올 테니 가급적 빠른 시일 내에 만나자는 연락이 왔다고 합니다."

혁은 고개를 갸웃했지만 못 만날 이유는 없었다.

조선의 자기 수출은 혁이 첫 거래를 성사시킨 이후 꾸준히 이어지고 있었다.

이제 매년 국가 예산의 15%가량을 벌어들이고 있는 사옹원의 위상은 다른 어떤 부서도 넘보지 못할 정도로 높아졌다.

정3품 아문(최고 책임자가 정3품)에서 일약 정1품 아문으로 격상되었을 뿐만 아니라 21명에 불과했던 자리도 60명으로 대폭 확대되어 막강한 위용을 자랑하게 되었다.

사기장을 지휘하는 이삼평에게는 종8품 봉사 벼슬이 내려졌고, 이자성을 비롯한 우두머리 사기장 3인도 종9품 참봉에 봉해졌다. 비록 미관말직이기는 하나 천시받던 장인에게 벼슬이 내려진 것은 불과 몇 년 전만 해도 감히 상상도 할 수 없는 일이었다.

그 외의 사기장들도 지급된 성과급으로 말미암아 이제는 남부럽지 않게 떵떵거리고 살 수 있게 되었다. 요즘은 사기장이 되겠다고 찾아오는 사람들이 매일 줄을 선다고 한다.

고된 일을 하면서도 천시받던 장인이라는 직업이 일약 조선 최고의 유망 직종으로 각광받고 있다.

또한 자기 수출로 인해 혜택을 받은 부서가 사옹원 말고도 한 곳이 더 있었으니, 바로 도화서(圖畵署)였다.

임금의 초상화나 궁중의 행사를 그리는 것이 주 업무인 도화서의 화원들이 빛을 보게 된 이유는 자기 표면에 문양을 그리는 일 때문이다.

고급 자기일수록 전문가의 솜씨가 요구되는 바, 이들이 능력을 발휘할 기회가 활짝 열렸다.

처음에는 자기 제작이 천한 일이라고 기피해 마지않더니 성과급이 지급되면서 사정이 달라졌다.

사옹원 파견이 결정되어 눈물을 흘리며 갔던 동료들이 엄청난 성과급을 받고 있는 것을 본 도화서 화원들은 눈이 뒤집혔다.

그다음부터는 너도나도 서로 가려고 다퉈 도화서 본연의 업무가 마비될 지경이었다.

자기 수출이 호조를 보이며 화원의 필요성이 더 커짐에 따라 도화서도 확대 개편되었다.

한성의 중부 견평방(堅平坊: 종로구 공평동)에 위치한 도화서는 고작 종6품 아분으로 보잘것없는 곳이었다가 사옹원 파견으로 인해 화원의 인원이 대폭 늘고 대우도 좋아져 이제 제법 목소리를 내는 부서로 변모했다.

이곳에 근무하는 화원의 신분은 중인이고, 사옹원 소속의 장인은 평민 또는 천민이다. 이들에 대한 대우가 급속히 개선

되었다 함은 조선 사회에 전통적으로 뿌리박고 있는 사농공상의 철저한 계급 구조의 벽이 조금씩 허물어지고 있다는 것을 의미했다.

"이것이 이번에 새로 번조(燔造: 도자기를 불에 굽는 것)한 것입니다."

광주를 방문한 혁 앞에 두 점의 자기를 내어놓은 백파선의 목소리는 긴장되어 있었다.

받침대 위에서 교교한 빛을 내뿜고 있는 자기는 지금까지와는 다르게 여러 가지 색으로 그려진 자기였다.

백파선이 심혈을 기울여 제작한 신상품이다.

이 자기들은 석간주(산화철)로 문양의 테두리를 그린 후 1,300도의 고온에 구워낸 다음 여러 가지 색상의 안료로 채색하고 다시 1,000도 미만의 낮은 온도로 굽는 상회기법(유약 위에 채색하는 방법)을 사용한 두채(豆彩) 자기였다.

명나라에서 개발한 상회기법은 원래 회회청(코발트)으로 문양을 그렸지만, 코발트가 없는 조선으로서는 다루기 어려운, 특히 선을 그리기 난해한 산화철을 이용할 수밖에 없었고, 수백 차례의 시도 끝에 드디어 성공한 것이다.

이는 혁으로 인해 사기장들의 쇄환이 이루어지지 않았다면 가키에몬 자기와 이마리 자기라는 이름으로 일본에서 개발되어 유럽의 고가 자기 시장을 석권하게 되는 채색 자기다.

이 두채 자기의 뛰어난 아름다움은 순백의 바탕에 대비되는 선명한 붉은색 문양이다.

백설과 같은 희디흰 바탕색을 내기 위해서는 환원염번조를 해야 한다.

자기를 굽는 방법에 따라 산화염번조와 환원염번조로 나누는데, 굴뚝을 막아 산소의 유입을 차단하면 흙 속의 산소마저 다 타버려 흙에 포함되어 있는 철 성분이 산소와 결합하여 붉게 산화되는 것을 막을 수 있어 눈부신 순백색을 얻을 수 있다. 이를 환원염번조라 한다.

두채 자기의 눈에 번쩍 뜨이는 아름다운 붉은색은 불에 구워낸 유산철을 물에 담아 산화를 지속시켜서 얻을 수 있는 것으로 백파선의 혼신의 노력이 빚어낸 성과물이다.

“대단하군요. 정말 아름답습니다.”

혁이 비록 자기에 정통하다고는 할 수 없지만 이 두채 자기의 현란한 색채는 경탄을 자아내기에 충분했다.

혁의 칭찬에 백파선은 나이에 어울리지 않게 살짝 얼굴을 붉혔다.

조선의 주력 제품인 철화백자를 보강할 새로운 자기를 고민하던 혁으로서는 두채 자기를 보는 순간 무릎을 칠 수밖에 없었다.

급변하고 있는 유럽의 자기 시장에 대한 고민이 한 방에 날아가 버렸다.

유럽은 명의 청화백자가 오랜 기간 석권하고 있다가 조선의 철화백자가 가세한 상황이다.

그런데 돌연 등장한 한 제품이 선풍적인 인기를 끌고 있었다. 바로 네덜란드의 ‘델프트(Delft) 도기’ 다.

장사가 잘되면 경쟁자가 생기고, 잘 팔리는 물건이 있으면 모방품이 생기는 것은 당연한 이치다.

이태리 피렌체에는 유럽 최고의 명문가라 일컬어지는 메디치 가문이 있었다. 이들은 아름다우면서도 비싼 값에 거래되는 중국 자기를 본 순간 완전히 매료되고 말았다.

1575년에 들어서자 메디치 가문은 드디어 가마를 만들어 직접 자기를 생산하기로 결정한다.

이들이 거액을 들여 고용한 기술자들은 자기의 흰색을 내기 위해 백토에다 석회나 가루 낸 수정을 섞고, 심지어는 계란 껍데기까지 넣어보았으나 결국 실패하고 만다.

1,300도의 고온을 견딜 수 있는 고령토를 몰랐기에 빚어진 결과였다.

그러나 이렇게 시작된 유럽의 자기 생산 노력은 끊임없이 계속되었고, 마침내 나온 하나의 결과물이 바로 중국의 청화백자를 철저히 모방한 델프트 도기다.

인구 이만의 네덜란드의 작은 도시 델프트는 동인도회사가 수입한 청화백자를 모양과 색상, 문양의 내용까지 그대로 베껴 저가의 도기를 대량 생산해 비싼 중국 자기를 살 수 없는 계층을 상대로 대성공을 거두었다. 오늘날 짝퉁의 원조가 된 것이다.

가격을 보면 중국산 청화백자 찻주전자가 2길더 50센트나 했던 반면, 델프트 도기는 십 분의 일도 안 되는 19센트에 불과했기 때문에 중, 하위층을 대상으로 급속히 시장을 넓혀갔다.

이렇게 되니 아무리 청화백자의 품질이 우수하다고 하더라도 큰 타격을 받지 않을 수 없었다.

그래서 혁은 철화백자 한 가지만으로는 불안해 '신상품' 개발의 필요성을 느꼈던 것인데, 이런 불안을 백파선이 시원하게 해결하였다.

혁이 그냥 '전체적으로 둥근 아줌마'라고 기억하던 백파선의 진가가 드러난 순간이었다.

혁 일행이 이곳 두모포 왜관에 내려온 때는 꽃샘추위가 기승을 부리다 겨우 물러갔지만 아직 남아 있는 찬 대기에 아침, 저녁으로는 허연 입김이 담배 연기처럼 뿜어져 나오며 온몸을 움츠리게 하는 시점이었다.

두모포 왜관은 터가 비좁고 주변 산세가 해풍을 제대로 막아 주지 못해 거주자들은 조선 조정에 계속적으로 확장 이전을 요청하고 있는 실정이었다.

조선 조정은 나중에 이 요청을 받아들여 왜관을 옮기는데, 그곳에서 혁은 큰 사업을 벌이게 된다. 지금의 방문은 그때 가서 좋은 경험으로 작용한다.

혁은 안경석과 이자성 그리고 일본어 통사를 대동하고 약속 장소인 식당으로 들어섰다.

네덜란드 상인들은 미리 와 있다가 혁 일행을 보더니 자리에서 일어났다. 세 명의 백인과 일본인 통사 한 명이다. 네덜란드 측의 요청으로 내상과 대마도 상인 등 거간꾼들을 제외하고 양쪽 당사자들만 회동하였다.

백인이라고는 난생처음 보는 세 사람이 금방이라도 돌아서서 도망칠 것 같은 모습을 보여 혁은 쓴웃음을 지었다. 아마 혁이 없었다면 정말 그랬을지도 모른다.

먼저 양측 소개가 있었다. 가운데 앉은, 멋진 콧수염과 턱수염을 기른 자가 조선의 백자를 유럽으로 싣고 가는 갤더랜드호의 선장인 딜크 드 하아스(Dirck de Haas)라고 했다.

물론 모든 대화는 네덜란드 말을 아는 왜국 통사가 네덜란드 말을 일본 말로 통역하면 다시 우리 통사가 조선말로 통역을 하는 이중 통역이었다.

이들이 혁을 만나자고 한 목적은 역시 혁이 염려했던 바로 그 문제였다.

"지금 유럽은 델프트 도기가 기존 자기 시장을 급속히 잠식하고 있는 상황입니다. 조선의 철화백자는 비교적 영향을 덜 받고 있지만 시간이 지나면 이 또한 장담할 수 없습니다. 그래서 조선도 값이 싼 자기 제품을 개발해 줬으면 하는 것이 우리 생각입니다."

철화백자는 기존의 상류층을 상대로 판매를 계속하고 새로 개발한 저가의 자기로 델프트 도기처럼 중, 하류층을 공략하자는 말이다. 마케팅 기법 중 이른바 '시장 세분화(Market segmentation) 전략' 이다.

일견 타당한 의견이나 혁의 생각은 달랐다.

조선에서 유럽까지의 먼 운송 거리를 감안하면 실익이 없다. 배에 싣고 갈 수 있는 수량은 고가의 자기든 저가이든 한정될 수밖에 없고 싼 제품은 마진이 적다.

무엇보다도 혁이 세계 최고의 도자기 장인이라고 자부하는 조선의 명장들에게 싸구려 자기를 만들라고 한다는 것은 말이 안 되는 일이다.

혁의 생각은 반대로 최고의 명품을 생산해 고가에 판매하는 '프리미엄(Premium) 전략'을 구사하는 것이다.

"이것을 봐주시기 바랍니다."

혁이 탁자 위에 놓인 보자기를 풀자 예의 두채 자기가 찬란한 빛을 내며 그 모습을 드러냈다.

"Wonderbaarlijk(놀랍다)!"

"Miraculeus(기적이다)!"

찬탄의 말이 저마다의 입에서 튀어나왔다. 이들은 생전 처음 보는 총천연색 문양에 벌린 입을 다물질 못했다.

흑백사진밖에 없다가 컬러사진이 처음 등장했을 때의 충격과 마찬가지일 것이다.

연거푸 찬탄을 내뱉은 선장이 입을 열었다.

"이런 자기는 여태 본 적도, 들은 적도 없습니다. 이것을 가져간다면 유럽의 왕과 귀족들은 열광할 것이 틀림없습니다."

그것은 당연한 것이고, 문제는 가격이다.

이들 네덜란드 상인들은 종교 문제를 걱정한 혁 덕분에 본의 아니게 철화백자를 독점 수입하여 지금까지 엄청난 수익을 올려왔다.

거기에다가 이 두채 자기까지 독점할 수 있다면 그야말로 하늘을 나는 봉황을 맨손으로 잡은 셈이 된다. 그렇게 둘 수는 없는 일이다.

"두채 자기의 판매는 당신들뿐만 아니라 포르투갈과 스페인 상인들까지 만나보고 거래 상대를 결정할 테니 양해해 주시기 바랍니다."

갑자기 내려진 혁의 선언에 네덜란드 상인들은 기겁을 했다. 진수성찬을 차린 다음 구경만 시켜주고 치워 버리겠다고 하니 그럴 수밖에.

세 사람 다 뭐라고 지껄이는데 흥분한 나머지 말이 너무 빨라 왜국 통사가 미처 통역을 못 하고 그냥 멀거니 쳐다만 보고 있었다.

"Op zijn gemak(조용히)."

소리친 선장이 혁을 건네보며 말했다.

"우리는 연합 동인도회사(De Verenigde Oost—Indische Compagnie: 1602년 설립된 세계 최초의 주식회사) 소속입니다. 자산 규모나 신용도를 모두 고려하더라도 귀측의 거래 상대로 우리만 한 파트너는 없다고 생각합니다. 게다가 우리보다 낮은 운송 단가를 갖춘 곳은 어디에도 없습니다."

지금까지 철화백자의 무역으로 많은 이익을 남기면서도 마치 '팔아준다'는 기분으로 대해왔던 조선인데, 이같이 눈이 번쩍 뜨이는 자기를 또 개발한 것을 본 선장은 긴장하지 않을 수 없었다.

혁을 보며 설득조로 열심히 설명하는 선장은 거의 필사적이었다.

선장의 말은 맞았다.

연합 동인도회사의 자본금은 650만 길더로 현재 가치로 환산하면 무려 4,500억 원에 달한다.

먹튀나 하루아침에 파산하여 조선이 불의의 피해를 보는 일은 없다고 봐도 괜찮다는 뜻이다.

선장이 운송 단가 운운한 것은 이 당시 영국을 비롯한 스페인, 포르투갈의 상선들이 모두 대포를 장착한 데 비해 네덜란드는 순수 화물 운반선으로 제작되었다는 사실을 설명한 것이다.

대포를 장착하면 그 반동을 이기기 위해 단단한 재질의 나무로 배를 만들어야 하기 때문에 제조 단가가 비싸진다. 그러나 네덜란드는 막대한 돈을 투자해 안전한 항로를 먼저 개척하였기에 대포를 달지 않았다. 따라서 반값에 배를 만들 수 있어 최저의 운송 단가를 실현시킬 수 있었다.

그래서 이 당시 네덜란드 상인은 '바다의 마부'로 불리며 전 세계 해상무역을 주름잡았고, 물론 다른 이유 때문이지만 이들과의 거래는 결과적으로 조선으로서는 행운이라 볼 수 있었다.

혁이 말로는 포르투갈과 스페인을 들먹였지만 실은 다른 나라와 거래할 생각은 없었다. 앞서 말한 대로 기독교 문제 때문에 안 된다.

하지만 가격은 최대한 잘 받아야 한다. 재주는 곰이 부리고 돈은 네덜란드가 먹게 할 수는 없지 않은가.

"나도 가격만 맞는다면 기존의 관계를 중시해서 계속 거래할 의향이 있습니다."

이렇게 해서 지루한 가격 협상이 시작되었다.

처음 철화백자를 수출할 때는 저들이 주는 대로 받을 수밖에 없었지만 지금은 조선이 칼자루를 쥐고 있다.

가격 협상은 저녁이 다 되도록 타결을 볼 수 없었다. 지금 결정되는 계약 조건에 따라 앞으로 최소 몇 년간 거래될 두채 자기의 거래가가 확정되는 것이므로 양측 모두 한 냥이라도 더 받기 위해서, 그리고 덜 주기 위해서 치열한 흥정을 한 탓이다.

"오늘은 이만하고 내일 다시 협상토록 합시다."

이때부터도 자기 시간을 중시하는 관습이 있었던지 밥때가 되자 선장이 내일로 결정을 넘기자고 제의해 왔다.

쉽게 결론 날 것 같지 않은 상황이라 먼 길을 오느라 지친 혁 일행이 이견이 있을 리 없었다.

네덜란드 상인들은 자신들의 입맛에 맞는 곳이 있다며 가버리고 혁 일행은 현재 있는 곳이 음식점이니 일식을 맛보기로 했다.

머리에 흰 천을 두른 요리사와 심부름꾼으로 보이는 아이가 부지런히 음식을 날라 왔다.

"이 술은 소주에 계피를 넣어 부드럽게 만든 계강주(桂薑酒)라고 합니다. 옆에 있는 술은 왜국 본토에서 가져온 청주인데 세츠(효고현 동남부)에서 생산된 명주라고 자랑을 하는군요."

통사가 왜인 요리사의 말을 통역해 주었다.

왜인들은 조선인과 달리 소주 같은 독주를 잘 못하기 때문에 청주만 마시는데 조선인들이라 특별히 계강주도 내왔다는 설명을 덧붙였다.

오늘날에도 일본인들은 소주나 위스키 등 독한 술을 마실 때는 원액 그대로 마시지 않고 찬물을 타서 마시거나(미즈와리), 더운물을 섞어 마신다(오유와리).

혁은 호기심에 일본산 청주를 따라 천천히 음미해 보았다. 조선의 청주와 달리 마치 꿀을 탄 것처럼 달콤한 게 부드럽게 목을 넘어갔다. 하지만 뭔가가 빠진 듯한 느낌이 드는 것이 역시 우리 입맛은 일본인과 다른가 보다 하는 생각이 들었다.

왜인 주방장이 들고 나온 요리는 당시 가장 대표적인 일식이라 할 수 있는 스키야키였다. 이것을 먹어야 왜인들은 '오늘 제대로 된 요리를 먹었구나' 하고 말한다는 음식이다.

스키야키에는 보통 대구나 꿩고기를 넣어 만든다.

이 당시 일본인들에게 소, 돼지 등의 발이 네 개인 짐승의 고기는 일반적으로 기피 대상이었고 손님에게 내놓는 요리에는 절대 사용하지 않았다.

일본에 불교가 전래되면서 정부에서는 육식을 강력히 금지하였는바 이것은 왜놈이라 불릴 정도로 왜소한 일본인의 체형 형성하는 데에 하나의 큰 이유가 되었다.

혁 일행의 눈에 띈 또 하나의 음식은 부드러운 일본식 두부였다. 이때의 조선 두부는 새끼줄로 꽉 묶어서 들고 갈 정도로 단단했다. 이는 쉽게 상하는 두부의 특성상 수분을 최대한 짜내어 메주같이 딱딱하게 만들어서다.

물론 조선도 부드러운 두부가 있었다. 바로 오늘날도 유명한 초당두부다. 이 초당두부를 만든 이는 허균과 허난설헌의 아버지인 허엽(許曄)으로 그의 호가 초당이다.

"뭐가 어쩌고 저째? 아니, 이놈이 사람을 호구로 보나. 너

한번 죽어볼래?"

혁 일행이 맛있게 스키야키 요리를 먹고 있는데 식당 구석진 곳에서 큰 소리가 나 일행의 눈은 전부 그쪽을 향했다.

구레나룻이 무성한 한 조선인이 왜인의 멱살을 잡고 으르고 있었다.

멱살이 잡힌 왜인은 말없이 날카로운 눈동자만 치켜뜨고 있는 걸로 보아 아마도 뭔가 자존지종을 따지다 시비가 생긴 모양이다.

계속 큰 목소리로 욕을 퍼붓는데도 아무 말이 없던 왜인이 눈 깜짝할 사이에 왼손으로 멱살 잡은 조선인의 팔을 쳐내는 동시에 오른 주먹으로 면상을 올려붙였다.

탁자와 의자에 부딪혀 요란한 소리를 내며 쓰러진 조선인은 마주 싸울 생각은 안 하고 '아이구, 저놈이 사람 잡네' 하며 넋두리만 하고 있었다. 순식간에 벌어진 일이다.

이 광경을 본 통사가 혀를 찼다.

"항상 저 모양이에요. 때리지도 못하면서 왜 나서기는 먼저 나서는지, 원 참."

동래부 소속의 이 나이 지긋한 통사는 이런 장면을 여러 번 봤다고 한다.

싸움의 방식이 다르다는 것이다. 욕을 하든 어쩌든 장황한 말로 상대를 제압하려 하지만 좀처럼 주먹은 쓰지 않는 것이 조선식 싸움인데 반해 왜인들은 무조건 먼저 때리고 본단다.

청주의 맛에서만 조선과 일본의 차이가 있는 게 아니었다.

여자가 거주할 수 없는 왜관의 특성상 그 스트레스 때문에 싸움이 없는 날이 없다는 말도 덧붙였다.

혁 일행이 안타까운 표정을 짓는 사이에 왜관의 밤은 더욱 깊어갔다.

다음 날 이어진 협상 역시 지지부진을 면치 못했는데 무엇보다도 이중 통역을 하다 보니 시간도 많이 걸리고 의미 전달이 분명치 않아 진도가 나가지 않았다.

답답해진 혁이 혹시나 하는 생각으로 입을 열었다.

"Does any one of you speak English(누구 영어 할 줄 아는 사람 있나요)?"

돌연 튀어나온 영어에 회의 탁자에 앉은 전원이 눈이 휘둥그레져서 혁을 쳐다보았다.

지구 끝에 붙은 이름조차 생소한 조선이라는 나라에서 영어를, 그것도 정통 영국식 발음의 영어를 들으리라고는 상상도 할 수 없었던 일이다.

"I am British."

얼른 대꾸한 이는 유난히 파란 눈의 백인으로 그는 제임스라는 영국인이었다. 갤더랜드호의 일등항해사를 맡고 있었다.

영국—네덜란드 연합함대가 스페인의 무적함대를 격파한 이후 영국과 네덜란드의 밀월 관계가 이어지던 시기인 만큼 네덜란드 상선에서 근무하는 영국인을 보는 것은 어려운 일이 아니었다.

"그럼 지금부터는 영어로 진행을 합시다."

혁은 업무에 필요한 과정 중 하나인 선물, 옵션 투자 전략을 공부하기 위해 일 년 동안 호주의 시드니로 파견된 경험이 있어 일상 회화는 별 어려움이 없었다. 호주는 영국식 영어를 사용한다.

영어로 진행되자 협상은 급물살을 탔고, 양국의 통사는 졸지에 할 일이 없어져 잠시 멍하니 있다가 밖으로 쫓겨나고 말았다.

오래지 않아 가격 협상이 타결되었다. 혁의 주장대로 두채 자기의 가격은 일률적으로 철화백자의 두 배로 책정되었다.

"자네는 지금 광주로 올라가 두채 자기의 생산을 독려하게. 난 이 참봉(이자성)을 데리고 웅천에 들렀다 갈 테니."

웅천(창원 지역)에는 심대봉이 내려가 일본에 수출할 다완(찻잔)을 만들고 있었다.

혁은 안경석에게 이삼평과 백파선을 비롯한 최고의 기술을 가진 사기장들은 두채 자기의 생산에 전원 투입하고, 그 외의 사기장들은 손에 익은 철화백자를 계속 생산하라고 지시했다.

두채 자기는 만들기는 까다롭지만 이익은 철화백자의 두 배다. 한마디로 노다지이다.

네덜란드 상인들과의 협상 과정을 지켜본 안경석에게는 도깨비같이 생긴 외국인과도 척척 대화하는 혁이 거의 경이 그 자체였다.

혁으로 인해 자신은 조선에서 가장 끗발 있는 부서에서, 그것도 자기 생산 실무자로 어깨에 힘을 주고 있다. 처음 사옹원의 도자기 담당자로 발령받고 눈물을 흘렸던 것을 생각하면 지금은 웃음만 나올 뿐이다.

혁에 대한 무한한 존경심을 품고 안경석은 광주로 향했다.

"이게 이도다완이라는 겁니까?"

심대봉이 만든 차 사발을 들고 유심히 살펴본 혁이 맥 빠진 목소리로 물었다.

"맞습니다. 왜국으로 수출할 다완입니다."

지금까지 유려한 자태를 뽐내는 철화백자나 화려한 두채 자기를 보던 혁으로서는 투박하고 볼품없는 이 차 사발이 명장이 만든 '도자기' 라고는 도저히 생각하기 어려웠다.

아무리 좋게 봐줘도 일반 백성들의 부뚜막에나 어울리는 막사발이요, 좀 심하게 표현하자면 영락없는 개 밥그릇이었다.

"이런 차 사발에 왜인들이 환장한다는 게 정말 맞습니까?"

그래도 믿기지 않은 혁이 다시 심대봉에게 물었다.

"하하하! 왜, 나으리께서는 믿어지지 않습니까?"

심대봉이 재미있다는 표정을 지었다. 혁은 일본의 독특한 차 문화에 대한 이해가 없었기에 이런 무식한 질문을 던졌던 것이다.

일본의 차 문화는 말차(抹茶: 분말 차) 문화이다. 중국이나 우리나라가 잎 차를 많이 마시는 데 반해 일본인들은 곱게 가루 낸 말차를 마시는 문화를 만들어왔다.

일본의 다도(茶道)는 13~14세기에 걸쳐 중국에서 선종(禪宗: 참선 수행을 통한 깨달음을 중시하는 불교 종파)과 함께 음다법(차 마시는 법)이 전래되면서 시작되었다.

이런 일본의 다도에서 가장 중요한 것은 말할 것도 없이 바로 차 사발, 즉 다완이다. 그러나 음다법과 같이 전래된 중국의 천목다완은 너무 화려하여 소박하고 있는 그대로를 강조하는 선종의 분위기나 겉치장을 중시하지 않는 일본의 전통 사무라이 문화와는 잘 조화가 되지 않았다.

고심을 하던 일본의 다인들과 도공들은 이 문제를 해결하기 위해 최선의 노력을 기울였고, 그 결과 탄생한 것이 '라꾸다완' 이라는 일본식 차 사발이었다. 하지만 일본 도공의 조잡한 솜씨로 만든 라꾸다완은 이미 높아진 다인들의 미적 안목을 만족시켜 줄 수가 없었다.

이들은 화려하지 않으면서도 자연스럽게 다도의 깊이와 정신을 일깨워 줄 수 있는 차 사발을 원했고, 조선의 사기장이 빚은 이도다완을 보았을 때 비로소 '바로 이것이다' 라는 감탄을 쏟아낼 수 있었다.

두텁게 바른 유약과 그로 인해 나타난 잔잔한 균열, 그리고 다양한 기형이 특징인 이도다완은 무념무상의 선(禪)적인 분위기를 자아내고 무의식과 무기교를 중시했던 일본 다인들의 미의식에 부합했기 때문에 거의 광적으로 열광하였다.

교토에 가면 다이토쿠지(大德寺)라는 절이 있는데 모래와 돌로 웅대한 자연을 표현한 정원을 만들어 교토 관광 시 반드시 들르는 절이다.

이곳에서는 무려 일곱 겹의 오동나무 상자에 둘러싸인 채 귀중히 보관되어 있는 한 점의 다완을 만날 수 있다. 바로 '기자에몬' 이라 이름 붙여진 이도다완이다. 16세기 조선에서 제작되어 조선 장인의 숨결이 그대로 느껴지는 이 다완은 현재 일본의 국보 제26호이다.

"그런데 굳이 이 웅천 땅에서 다완을 제작해야 한다고 한 이유는 뭡니까?"

심대봉은 다완을 만들기 위해 이 시골인 웅천까지 내려왔다.

"흙 때문입니다. 이곳 보개산 일대에서 채취할 수 있는 삼백토가 다완을 만들기에 가장 좋은 흙입니다."

삼백토란 암석 형태로 채취되는 흙으로 붉은색, 노란색, 흰색의 세 가지 색을 동시에 띠고 있어 삼백토라 불린다.

"왜국으로의 수출은 판매 수수료가 적게 나가기 때문에 이익이 많이 납니다. 그래서 기대가 큽니다."

다완은 왜관을 통해 일본으로 바로 수출이 가능하기 때문에 내상을 거치지 않아도 된다.

"하지만 걸리는 게 있습니다. 왜국에 남아 있는 사기장들입니다."

일본과의 국교 정상화 때 쇄환에 불응하고 일본에 그냥 남기로 한 사기장들의 수도 상당하다.

이들이 백자를 만들 고령토를 못 찾았다면 그보다 낮은 온도에서 구울 수 있는 다완 제작에 전념하지 않았을까, 하는 것이 심대봉의 걱정이다.

그것은 일리가 있는 생각으로 실제로 많은 일본 내 조선 사기장들이 다완을 만들고 있었다.

일본인들의 다도에 대한 애정은 지극하여 다완 수요는 거의 무궁무진했기 때문에, 비록 좋은 흙이 없어 조선의 다완에 비해 품질은 떨어지지만 일본 내 조선 사기장들은 다완 제작에 전념했고 이들이 만든 다완은 기존에 왜인 도공들이 만들던 것에 비하면 한 수 위인지라 좋은 평을 받고 있었다.

"이렇게 하십시다."

혁이 제안한 방법은 최상류층을 겨냥한 명품의 제작이다.

일찍이 일본은 다완 한 개와 자신의 성 하나를 맞바꾼 영주가 있을 정도로 좋은 다완이라면 사족을 못 쓰는 나라다. 굳이 일본 내의 조선 사기장들이 만든 중급 다완과 경쟁을 할 필요는 없다.

심대봉이라면 임란 전부터도 알아주던 다완의 명장이 아닌가. 거기다 다완 제작에 가장 좋다는 삼백토까지 있는 여기 웅천에서 만든다면 명실상부한 최고의 다완이 나올 것은 분명하다.

혁은 심대봉에게 다완 바닥에 빛 광(光) 자를 새기게 했다. 광해를 의미하는 글자이며, 명품을 상징하는 마크다.

체크무늬는 명품 버버리를 상징하는 것이고, 루이비통의 L 자와 V 자가 겹쳐진 마크는 한눈에 그 제품이 명품 루이비통이라는 것을 알아보게 만든다.

이제 바닥에 새겨진 광(光) 자는 조선의 명품 다완이라는 것을 각인시킬 것이고, 이 명품을 갖기 위해 일본의 상류층은 아우성을 치리라고 혁은 확신했다.

14.
탄원서와 강변칠우 사건

“전하, 명나라에서 칙사를 파견하였다 하옵니다.”

도승지의 보고에 광해는 의아한 표정을 지었다.

“칙사라니, 지금은 칙사가 올 때가 아니지 않소?”

“그렇습니다, 전하.”

“그래, 무엇 때문에 온다고 합디까?”

“그게… 소신도 알지 못하옵니다. 밝히지를 않았다 하옵니다.”

정기적인 사신이 아닌 상황에서 어떤 이유로 오는지도 모르는 것은 대단히 이례적인 경우다.

어찌 되었든 상국인 명의 돌연한 칙사는 광해와 조선 조정을 긴장시키기에 충분했다.

조선은 사대교린(事大交隣) 정책을 외교 노선으로 하였는바 중국과는 사대 관계를 맺고 종주국으로 섬기는 한편 일본, 여진, 유구와는 교린 관계로 사이좋게 교유한다는 방침이다. 따라서 사신 접대 등 외교 관례에 있어서도 두 경우는 확연히 달랐다.

사신을 지칭하는 명칭부터 칙사와 국사로 차이가 났고, 접견 장소나 절차도 완전히 달랐다. 국사를 맞을 때는 우리가 주인의 입장이지만 중국의 칙사를 영접할 때는 황제라는 주군을 모시는 신하가 된다.

광해는 최고의 예복인 구장복에 면류관을 쓴 채 따사로운 봄볕을 받으며 세자와 만조백관을 거느리고 돈의문(서대문) 북서쪽에 있는 모화관으로 영접을 나갔다.

면류관은 사각의 모자에 아홉 개의 구슬 줄이 늘어져 있는 관이고, 구장복은 아홉 가지 문양이 들어간 옷으로 즉위식이나 혼례식 등 특별한 예식이 있을 때만 입는 옷이다.

"칙사께서는 먼 길에 노고가 많으시었습니다."

광해의 공손한 인사에 사십 줄을 넘은 듯한 칙사는 잔뜩 굳어진 표정으로 정례적인 인사말 외에는 일절 없이 맞절만 하는 양이 화창한 봄 날씨에 어울리지 않게 얼어붙은 뒷산의 응달처럼 싸늘했다.

대궐에서 거행되는 칙서 수령 절차를 마친 후 예법대로 광해는 인정전에서 다례를 행하기 위해 칙사와 마주 앉았다. 이때까지도 가끔 볼을 씰룩거리며 눈알만 굴리고 있는 칙사의 거동으로 말미암아 점점 불안한 기운이 주변을 감싸기 시작했다.

상징적으로 주인이기 때문에 동쪽에 앉은 칙사가 드디어 무겁게 입을 열었다.

"황제 폐하께서는 조선 국왕의 행태에 지극한 심려를 나타내셨소."

거두절미하고 다짜고짜 광해를 질책하는 칙사의 발언에 광해와 중신들의 눈이 커졌다.

"무슨 영문인지 알 수가 없습니다. 칙사께서는 황제 폐하의 뜻을 소상히 전해주시기 바랍니다."

광해는 떨리는 목소리로 반문을 했다. 외교 관례상 이 정도 직선적인 표현은 대단히 심각한 상태이다.

"조선 국왕은 만력조선지역(萬曆朝鮮之役: 중국이 임진왜란을 일컫는 말) 때 수십만의 원병을 보내 조선을 구해준 우리 명나라의 은혜를 폄훼하고, 평양성 양민 학살이니 하면서 있지도 않은 일을 만들어 대명(大明)의 얼굴에 먹칠을 하였소. 또한 우리의 변방을 소란케 하는 여진족 오랑캐와 가깝게 지내는 것은 명을 배신하는 행위임에 분명하거늘 어찌 조선 국왕은 이를 모른다는 말이오. 이에 황제 폐하께오서 대단히 진노하시어 당장 조선 왕을 입시케 하라는 명을 내리시려는 것을 일단 조사한 후에 거행하는 것으로 하였소. 조선 국왕은 이번 조사에 성심으로 임할 것을 명하오."

두 눈을 치켜뜨고 게거품을 무는 칙사는 수염이 없는 내시다. 명 황제는 이번에도 관리 대신 평소 주위에서 아첨을 일삼으며 신임을 얻은 환관을 보냈다.

광해의 얼굴이 하얗게 질렸다. 만약 조사하여 자신들 마음에 들지 않는 행동이 드러나면 일국의 왕인 자신을 명나라로 끌고 가겠다는 말이 아닌가. 기도 안 찰 노릇이었다.

칙사는 광해의 변한 낯색을 바라보며 속으로 회심의 미소를 지었다.

이번 조선행 칙사로 선정되기 위해 쓴 뇌물이 무려 만 냥에 가깝다. 들인 돈을 제대로 뽑으려면 처음부터 잔뜩 겁을 줘야 한다.

광해는 손이 부들부들 떨리고 입안이 바짝 말라왔다. 어처구니가 없었지만 그것보다도 도대체 저들이 어떻게 탑전에서 논의된 일을 저렇게 상세히 알고 있을 수가 있단 말인가.

그 순간 번쩍하고 뇌리에 떠오르는 두 개의 단어가 있었다.

'배신, 밀고!'

그랬다. 이택돈 패거리가 광해의 언행이 어버이 나라에 누를 끼칠 수 있으니 황제 폐하께서 압력을 가하여 바로잡아 달라는 탄원서를 만들어 수결을 한 연판장을 첨부한 것이다.

탄원서는 '황제 폐하께 영원한 충성을 맹세한다' 는 말로 대미를 장식했다.

이들에게 조국이란 자신들이 하고자 하는 바가 뜻대로 되지 않을 때는 아무런 의미가 없는 존재였고, 목숨을 바쳐 충성해야 할 주군은 명의 황제였다.

칙사와 헤어진 광해는 용상에 앉아 한 손으로 머리를 받친 채 한없는 생각에 잠겼다.

이따가 저녁에 태평관에서 칙사를 위한 연회가 열린다. 그때까지 이 사태를 어떻게 해결해 나갈 것인지 방책을 세워두지 않으면 안 된다.

저들이 하자는 대로 내버려 두었다가는 정말 어이없는 일이 벌어질지도 모르는 상황이다. 설사 자신이 명나라에 끌려가지 않더라도 종주국인 명나라가 불신임을 공표한다면 정국 운영이 대단히 어렵게 된다.

"밖의 내관은 사역원에 가서 표헌(表憲)을 불러오라."

명이 떨어지자마자 광해의 심기를 아는 대전 내관은 지금의 종로구 적선동에 있는 사역원으로 쏜살같이 뛰어갔다.

누가 반역 행위를 했는지 모르는 현 상황에서 광해는 고심 끝에 표헌을 통사로 쓰기로 마음먹었다. 선조 때부터 어전통사로 활약한 표헌은 그래도 믿을 만하다는 판단을 내려서다.

표헌이 어전통사로 확고히 자리 잡게 된 일화가 있다.

선조 때 명나라에서 술을 아주 잘하는 칙사가 온 일이 있었다. 평소 술을 그리 즐기지 않던 선조는 술 마실 일이 걱정되어 고심 끝에 자신의 잔에는 꿀물을 따르도록 하였다.

잔치는 무르익어 여러 잔을 받아 마신 칙사는 아련한 취기가 올라오는데 마주 앉은 선조는 얼굴이 말짱한지라, 의심이 든 칙사는 술잔을 서로 바꾸어 마시자고 제안을 했다.

가슴이 뜨끔한 선조는 어쩔 줄 모르고 당황하였고, 이때 통역을 담당하던 표헌이 선조의 술잔을 받아 칙사에게 전하겠다고 나섰다. 그는 물론 선조의 잔에 꿀물이 든 것을 알고 있었으므로 술잔을 건네는 척하다가 일부러 엎어져 잔을 쏟아 버렸다.

술자리는 난장판이 되었고, 칙사 앞에서 이 무슨 실례냐며 선조는 표헌을 옥에 가두라고 호령하였다. 이에 놀란 칙사는 그만한 일 가지고 잡아 가두는 것은 너무 심한 게 아니냐며 오히려 선조를 말렸고 그로써 술판은 흐지부지되고 말았다.

칙사가 돌아간 뒤 선조는 표헌의 임기응변을 기특하다고 칭찬하며 품계를 올려주었고 항상 어전통사로 그를 불렀다.

"오늘 술자리에서 네가 칙사의 성정과 의중을 간파하여야 한다. 그자가 진정 과인의 흠절을 찾아 황제께 보고하고자 하는 순수한 의도를 가진 자인지 아니면 사욕이 많은 자인지, 직접 그의 말을 들으면 느낄 수 있지 않겠느냐?"

"온 정성을 다하겠나이다, 전하."

최선을 다하겠다고 말하는 표헌은 자신의 어깨를 누르는 중압감이 방 안의 분위기만큼이나 무겁게 느껴졌다.

"대감, 오늘 천사(天使: 중국 사신을 최고로 높인 말)를 맞는 주상의 낯빛을 보셨지요. 아주 하얗게 질립디다, 하하하."

홍문관 부응교인 주순이 자신의 상소를 무참히 반려한 광해가 오늘 당황해했던 모습이 통쾌한지 연신 웃음을 터뜨렸다.

"역시 천사께서 한번 오시니 나라 분위기가 달라집니다. 이제야 뭐가 좀 제대로 되어갈 것 같은 느낌입니다. 아니 그렇습니까? 대감."

이택돈의 집에 모인 서명파들이 흥겨워하며 저마다 한마디씩을 쏟아내고 있었다.

눈을 가늘게 뜬 채 이들의 들뜬 말을 듣고 있는 호조판서 이택돈도 흐뭇한 미소를 머금고 있었다.

자신들의 탄원서에 황제 폐하께서 즉시 칙사를 보내주시는 것으로 화답해 준 사실이 그렇게 기꺼울 수가 없었다.

헛기침을 한 번 한 이택돈이 주름진 입을 열었다.

"이제 주상도 이 나라의 주인인 우리 사대부를 함부로 흠잡는 행태를 고쳐야 할 것이야. 물론 그전에 상국을 폄훼하는 망령된 언사를 삼가야겠지."

"그럼요. 지당하신 말씀입니다, 대감."

자리에 모인 이들이 모두 약속이나 한 듯이 만면에 웃음을 띤 채 일제히 고개를 끄덕였다.

"전하, 이자 역시 딴 욕심이 있는 듯 보입니다."

처음의 팽팽하던 분위기가 술이 여러 순배 돌면서 많이 부드러워졌다.

통역을 하던 표헌이 드디어 이 입 큰 메기 형상의 칙사 역시 청렴 강직과는 거리가 멀다는 것을 간파했다.

그렇다면 변죽을 울리면서 주변만 빙빙 돌 필요가 없다. 광해는 핵심을 찌르기로 마음먹었다.

"황제 폐하의 하해와 같은 은혜를 갚을 길이 묘연한 처지인데 하물며 그런 패덕한 언행이 있었겠습니까? 아마도 중간에 어떤 오해가 있었던 모양인데 칙사께서 황제 폐하께 사실을 고해 올린다면 모든 일이 원만히 풀릴 것이고 또한 칙사의 회정길도 가히 섭섭하지 않을 것이외다."

표헌의 통역을 듣는 칙사의 두 눈이 '회정길이 섭섭지 않을 것' 이란 대목에서 번뜩였다.

"허허, 황명을 받든 입장에서 사사로이 재물을 바란다는 것은 언어도단이지요."

말은 그렇게 하면서도 이미 낮에 본 싸늘한 기운은 얼굴 어디에도 찾아볼 수가 없다.

"당연한 말씀입니다. 청렴한 성품의 칙사께서 어찌 사사로이 재물을 취하시겠습니까. 그저 원로에 약간의 위로나 되었으면 하는 순수한 마음뿐이지요."

말을 하면서 광해는 표헌에게 눈짓을 했다. 이제부터 네가 흥정을 한번 해보라는 뜻이다.

"역시 조선국은 예로부터 예의를 중시하는 나라라고 들었는데 그게 빈말이 아닌 모양입니다."

웃음을 머금은 칙사의 표정에 드디어 자신이 원하는 방향으로 이야기가 진행되고 있다는 만족감이 드러났다.

광해의 눈짓을 받은 표헌은 순간적인 고민에 싸였다.

'대관절 얼마를 불러야 저 입 큰 자가 만족할 것인가.'

지금까지 조선에서 돈을 뜯어간 칙사들을 떠올리면 이번같이 좋은 기회에 이삼만 냥만 먹고 떨어질 것이라고는 도저히 생각할 수가 없었다.

배에 힘을 준 표헌이 입을 열었다.

"조선 국왕은 이번의 오해를 불러일으켜 황제 폐하의 심기를 어지럽히고, 칙사로 하여금 먼 길을 오게 만든 조선의 일부 불측한 무리들을 징치하는 것이 폐하께 보답하는 길이라 보고 있으며, 칙사의 회정길에는 약소하지만 은 오만 냥을 준비했습니다."

명나라에 고자질한 반역자들의 명단을 넘겨준다면 오만 냥을 주겠다는 제시를 했다.

은 오만 냥이란 말에 눈을 번쩍했던 칙사는 이내 너털웃음을 터뜨리며 두 손을 저었다.

"하하하, 역시 조선 국왕의 배려는 대단하십니다. 하지만 명색이 칙사로 온 입장에서 어찌 명단을 말할 수 있겠습니까. 그리고 저는 단 한 번 보았기에 잊어버리고 말았습니다. 그냥 술이나 드십시다. 하하, 좋은 밤입니다."

웃음을 흘리면서도 광해의 얼굴을 탐색하는 눈빛이 만만치가 않다. 입이 큰 만큼 욕심도 대단한 자다. 하지만 누군가의 고변으로 온 것임은 인정을 하였다.

"십만 냥이면 혹여 칙사의 기억이 되살아나겠습니까?"

눈썹을 한 번 꿈틀한 광해가 무려 십만 냥을 제시했다.

돈이 문제가 아니라 이 일을 확실하게 매듭짓지 못하면 앞으로 계속 명나라에게 끌려다닐 뿐만 아니라 조정을 장악할 수가 없다.

"……!"

통역을 하는 표헌도, 들은 칙사도 순간 숨을 멈췄다. 은 십만 냥이면 중국 변방에 가서 황제처럼 살며 여생을 보낼 수 있는 거금이다.

칙사는 침을 한번 삼켰다. 그 돈이면 황제를 열두 번이라도 배신할 수 있다는 마음이 들었고, 이런 기가 막힌 기회를 스스로 제공해 준 조선의 벼슬아치들이 그렇게 고마울 수가 없었다.

"술이 너무도 향기로워 여러 잔을 마셨더니 소피가… 잠시 실례하겠소이다."

측간을 가겠다며 잘 먹어 오동통한 몸을 일으키면서 슬그머니 소매에서 한 장의 종이를 꺼내 탁자에 올려놓는 칙사였다. 바로 이택돈 등이 수결을 한 연판장의 사본이다.

칙사가 나가자마자 종이를 집어 든 표헌이 일별한 후 즉시 광해에게 올렸다. 종이를 받아 든 광해의 손이 부르르 떨렸다.

이놈들을 잡으려고 조선의 발전에 써야 할 알토란 같은 거금 십만 냥을 메기의 아가리에 처넣었다. 종이에 적혀 있는 이름을 읽어 내려가는 광해의 눈에 불똥이 튀었다.

"크… 큰일 났습니다, 대감. 칙사로 온 자가 우리들 명단을 주상에게 알려주었다 합니다."

사헌부 장령으로 있는 강대치가 숨이 턱에 닿은 채 뛰어 들어왔다.

사헌부에 있는 관계로 가장 먼저 소식을 전해 들은 그였다. 방 안에 있던 일동의 안색이 일제히 물에 빠져 죽은 사람처럼 시퍼렇게 변했다.

"아니, 그게 정말이오?"

"방금 듣자마자 달려온 길입니다. 이거… 이거 어찌지요?"

강대치는 자리에 앉지도 못한 채 두 손을 와들와들 떨기만 했다.

"칙사가… 어떻게 칙사가… 이런 쳐 죽일 놈이 있나."

이택돈은 너무 놀라 더듬거리다가 잇새로 씹어뱉듯이 욕을 했다.

하루아침에 천사에서 쳐 죽일 놈이 되어버렸다.

이들이 우왕좌왕하고 있을 때 밖에서 대문을 두드리는 요란한 소리가 나더니 이내 '죄인들은 어서 나와 오라를 받아라' 라는 호령 소리가 귓전을 때렸다. 그들에게는 저승사자의 소리로 들린 것은 당연했다.

명의 칙사가 은 십만 냥을 챙겨 희희낙락하면서 돌아간 다음 날, 이들은 모반죄(나라를 배반하고 외국과 내통하는 범죄)로 모두 처형되었고 재산은 전부 몰수되었다.

국고에 귀속된 금액이 5만 냥이었으니 뜯긴 돈의 절반은 자신들이 부담한 꼴이 되었다.

이택돈은 참형 후에 효수되었고, 그의 집은 완전히 허문 다음 아주 못을 파버렸다.

이들에 대한 광해의 분노가 어떠했는지를 짐작할 수 있는 대목이다.

길게 울리는 나팔 소리가 들려왔다. 마치 현대의 민방위 훈련을 알리는 사이렌 소리처럼 계속 이어지는 그 소리는 혁이 조선에 온 이래 처음 듣는 것으로 무언가 심상치 않은 느낌이 들게 했다.

이 나팔 소리는 나라에 특별한 변고가 있을 때 울리는 천아성(天鵝聲)으로 이것이 울리면 즉각 성문과 대궐 문을 닫는다.

혁은 웅성거리는 사옹원의 문을 열고 나가 바쁘게 뛰어가고 있는 통인(심부름꾼) 아이를 불러 세웠다.

"무슨 일이냐?"

"국… 국청이 설치되었다 하옵니다."

열서너 살 먹은 아이가 갑자기 나타난 혁을 보고 깜짝 놀란 듯 얼른 대꾸했다.

"국청이?"

"예, 경운궁(慶運宮: 현 덕수궁) 서청 앞에서 전하께오서 친국을 하신다 하옵니다."

친국(親鞫)이라면 임금이 직접 죄인을 국문하는 것으로 역모 같은 중대한 사건을 다룰 때 한다.

친국령이 내리면 먼저 궁궐 문과 한양으로 들어오는 사대문이 모두 닫힌다. 그만큼 위급한 상황이라는 뜻이다. 이와 함께 왕이 거처하는 궁성(지금은 창덕궁)에 계엄이 선포되고 국청장이 설치된다.

친국보다 낮은 단계로는 계엄을 동반하지 않는 정국(庭鞫)과 왕이나 대신의 참가 없이 양사(사헌부와 사간원)에서 의금부의 지원을 받아 하는 추국(推鞫)이 있다.

'도대체 무슨 일인가? 한 달 전에 있었던 그 일 때문인가?'

그 일이란 물론 이택돈 일파의 처형 건이다. 그때는 아예 명단이 나와 있어 친국 같은 절차 없이 즉각 처리되었었다.

조선에 와서 처음 겪는 일로 사옹원에 앉아 있던 혁으로서는 전혀 짐작이 가지 않았다.

혁은 답답한 마음에 앞뜰만 오락가락 서성일 뿐 이것이 허균이 일찍이 우려해 마지않았던 서자들에 의해 벌어진 '강변칠우(江邊七友) 사건'이란 것은 알지 못했다.

강변칠우 사건은 일명 '은상(銀商) 살해 사건'이라고도 하는데 서얼 차별이 불러온 반역 모의로서 영창대군 역모 사건으로 비화되어 조정을 파국으로 몰고 가게 된다.

전 영의정 박순의 서자 박응서(朴應犀), 의주목사 서익의 서자 서양갑(徐羊甲), 관찰사 심전의 서자 심우영(沈友英), 북병사 이제신의 서자 이준경(李俊耕), 선공감 도제조 박충간의 서자 박치인(朴致仁), 박치의(朴致毅) 형제 그리고 김평손(金平孫) 등 일곱 사람은 모두 고관의 서자 출신으로서 신분 차별로 인해 벼슬길에 나가지 못하는 울분을 시와 술로 달래며 스스로를 중국의 죽림칠현에 빗대어 강변칠우라 이름 짓고 여주 북한강 근처에 마을을 만들어 집단생활을 하였다.

이들은 서얼금고(庶孼禁錮: 서얼 출신들의 관계 진출을 막는 제도)를 폐지해 달라고 청했으나 받아들여지지 않자 이윽고는 '이따위 더러운 세상 확 뒤집어 엎어버리자'며 결심하고 반역을 위한 군자금을 모으기 위해 강도 행각도 서슴지 않았다.

그러다가 문경새재에서 동래를 오가는 은상을 습격하여 이들을 살해하고 은을 강탈하는 과정에서 덜미를 잡히고 말았다.

요행히 도망친 박치의를 제외한 나머지 강변칠우 전원이 체포되어 좌포도청에 갇히는 신세가 되었고 몇 차례 고문 끝에 자신들의 죄과를 자백했다.

"영감, 저들이 서자 신세를 한탄해 반란을 모의했다 하옵니다."

강화부사로 나간 정항을 대신해 좌포도대장이 된 한희길(韓希吉)이 대북파의 영수인 이이첨을 찾아와 그간의 수사 보고를 올렸다.

포도청은 병조 소속이므로 당연히 병조판서에게 보고를 하는 것이 정상인데도 한희길이 대사헌인 이이첨을 먼저 찾은 것은 원칙보다 파벌의 이해를 우선시했기 때문이다.

"쯧쯧, 그래서는 재미가 없지."

담배 연기를 천천히 내뱉은 이이첨이 혀를 찼다.

"하오면 어찌해야 하오리까?"

한희길은 이런 물음을 하는 게 송구스럽다는 듯 목을 움츠렸다.

그 말에 대답은 않고 한희길을 비스듬히 째려보며 한참을 뜸을 들인 이이첨이 다시 입을 열었다.

"이 일을 어떻게 매조지느냐에 따라 앞으로의 자네 앞길이 달려 있다는 것을 알아야 돼. 어떻게 해서든 김제남의 이름이 나오게 해야 된다 이 말이야. 알아듣겠나?"

고개를 퍼뜩 들었던 한희길은 이내 도로 숙였는데 음성이 떨려서 나왔다.

"김… 김제남 말씀입니까?"

이이첨이 대답 없이 자신을 지그시 보고만 있자 잠시 망설이던 한희길이 결연히 말했다.

"믿고 맡겨주십시오, 영감."

김제남(金悌男)이 누구인가. 선조의 계비(繼妃: 임금이 다시 장가를 가서 맞은 아내)인 인목대비(仁穆大妃)의 친정아버지이자 선조의 적자인 영창대군의 외조부가 아닌가.

이이첨은 지금 영창대군을 폐할 음모를 꾸미고 있는 것이다.

옥 바깥으로 끌려 나온 박응서는 겨드랑이를 부축했던 포교들이 손을 놓자 그대로 널브러져 버렸다. 사흘 동안 이어진 고문으로 정강이는 허연 뼈가 드러나고 온몸에 피 칠갑을 하고 있는 그는 이미 사람의 형상이 아니었다. 그런데 턱을 들어 올리는 손길이 느껴졌다.

"이대로 죽기에는 너무 억울하지. 아니 그런가?"

은근한 목소리에 박응서는 아교풀로 붙여놓은 것 같은 눈을 필사적으로 떴다.

자신을 이 지경으로 만든 포도대장 한희길이었다.

"어서 죽이시오."

갈라진 목소리로 겨우 한마디 하고는 박응서는 도로 눈을 감았다. 이미 역적 모의가 드러난 이상 살아 나갈 가능성은 전혀 없었다.

"죽는 건 언제든지 할 수 있는데 뭐 그리 급하게 서두르나. 살아야 노모도 만나볼 수 있지 않겠나? 어때, 내가 살 수 있는 방법을 가르쳐 주랴?"

살 수 있는 방법이 있다니! 박응서의 눈이 번쩍 떠졌다.

불과 조금 전까지만 해도 고통 없이 빨리 죽기만 하면 좋겠다고 생각했는데, 가슴속엔 순식간에 살고 싶은 갈망이 용솟음쳤다.

그 마음을 읽기라도 한 듯 한희길은 빙긋이 웃으며 박응서의 어깨를 다독였다.

"그래, 젊은 사람이 벌써 죽어서야 쓰나. 내 말 새겨듣게나. 자네들은 김제남의 지시에 의해 자금을 모으고 역모를 준비한 것이야. 그리고 때가 되면 봉기를 하여 금상 전하를 폐하고 영창대군을 옹립하려고 한 것이지. 물론 그 배후에는 대비가 있고, 그렇지? 내 말 무슨 말인지 알아듣겠지?"

김제남과 영창대군, 인목대비, 그리고 이들을 옹호해 온 서인들까지 한꺼번에 엮으려는 무서운 음모였다.

박응서는 고개를 끄덕였다. 죽음의 문턱에서 본 삶의 희망 앞에서는 아무것도 중요하지 않았다.

동지들과의 맹약이든 잘못된 제도를 고치고자 했던 열정이든 모든 것이 무의미했다.

오로지 살아난다는 것, 살아 나가 아내와 노모를 다시 볼 수 있다는 것 이외에는 머릿속에 떠오르는 게 없었다.

한희길은 지극히 만족스러운 웃음을 흘리며 일어났다. 이제 역모 사건인 만큼 왕이 친국할 것이고, 그 과정에서 김제남의 이름이 자연스럽게 흘러나올 것이다.

광해군은 6년 전, 정릉동 행궁 서청에서 즉위식을 가졌다. 그 후 창덕궁으로 이어한 다음 행궁은 개축을 거쳐 경운궁이 되었다.

1613년(광해 5) 4월 25일, 바로 이곳 서청 앞에 국청장이 차려졌다.

광해가 좌정한 가운데 영의정 이덕형, 좌의정 이항복, 이조판서 김수, 형조판서 이호민, 대사간 이정구, 좌부승지 권진,

그리고 대사헌 이이첨 등이 입시했다.

제일 먼저 끌려 나온 이는 전 북병사 이제신의 서자 이준경으로 벌써 포도청에서의 몇 차례 고문에 반죽음 상태로 취조의자에 앉은 그는 봉두난발에 피투성이의 몸이었다.

"네놈들의 배후가 누구냐?"

이들이 역적 모의를 했다는 것은 이미 시인했으므로 그 배후와 추종 세력을 밝히는 것이 친국의 가장 주안점이다.

"배후 같은 것은 없습니다. 그냥 우리끼리 모의한 것뿐입니다."

이준경은 가물거리는 정신줄을 부여잡았다. 자기가 뱉은 한마디 이름에 당사자뿐만 아니라 그 일가붙이까지 적몰당한다는 사실을 잘 알고 있어서다.

대역죄의 경우 본인은 능지처사 형에 처하고 아버지와 열여섯 살 이상의 아들은 교형(목 졸라 죽이는 형벌)에, 열다섯 살 이하의 아들과 어머니, 딸, 처와 첩, 조부와 손자, 형제, 자매, 며느리는 노비로 삼고 재산을 몰수했다. 그리고 백부와 숙부, 조카는 삼천 리 밖의 유배형에 처한다.

"저놈이 아직 정신을 못 차렸구나. 낙형을 시행하라."

국청을 주관하고 있는 형방승지(우부승지) 조묵이 형리들에게 외쳤다.

낙형이란 단근질이라고도 하며 불에 달군 쇠로 발바닥을 지지는 형벌이다.

"으아아아악!"

비명과 함께 살 타는 냄새가 국청장 안에 진동했다. 지켜보고 서 있는 대신들이 와락 이맛살을 찌푸렸다.

고통을 못 이긴 죄인이 기절을 하자 옆에 있던 형리 하나가 찬물을 뒤집어씌웠다.

"저놈이 그래도 실토를 않는구나. 여봐라, 저놈에게 압슬을 가해라."

만족할 만한 대답이 나올 때까지 국청은 계속될 것이고 만약 제대로 된 결과가 나오지 않으면 자신의 책임이 되므로 형방승지의 취조는 가차가 없었다.

압슬은 역모나 강도, 살인 같은 중죄인에게만 시행하는 것으로 살아나더라도 무릎이 망가져 앉은뱅이가 된다.

조묵의 영에 형리들이 부산하게 움직여 압슬을 안길 준비를 했다. 먼저 자갈을 널빤지 위에 깔고 이준경을 무릎 꿇게 한 뒤, 그 위에 사람이 올라설 수 있도록 새로운 널빤지를 깐 다음 형리들이 올라가 자근자근 밟아대는 것이다.

울퉁불퉁한 돌 위에 놓인 무릎을 밟아대니 그 고통은 이루 말로 표현할 수가 없다.

처음에는 둘이 올라가고 그래도 실토하지 않으면 네 명, 여섯 명까지 올라가서 밟는다.

이준경은 네 명이 올라가 밟아대자 툭, 하고 고개를 떨궜다. 절명해 버린 것이다.

"이… 이… 이런……."

조묵이 혀를 찼다. 왕이 보고 있다는 사실에 어깨에 힘이 들어가 초장부터 너무 세게 나갔다. 취조 중에 죄인이 죽는 경우는 비일비재한 일이다.

"다음 죄인을 끌고 오라."

긴장으로 가득 찬 국청장에 조묵의 날카로운 목소리가 울려 퍼졌다.

두 번째로 전 의주목사 서익의 서자인 서양갑이 다리를 질질 끌다시피 하며 나왔다.

서양갑 역시 없는 배후를 대라는 조묵의 요구에 도리질을 할 수밖에 없었다.

첫 죄인처럼 다뤘다가는 또 죽어나갈 것이기에 이번에는 좀 약하게 곤장부터 시작했다.

곤장이 낙형이나 압슬보다 그 강도가 약하다는 말이지 곤장 자체가 약한 형벌이란 뜻은 아니다.

엉덩이를 때리는 형벌인 '태'와 '장'에 쓰이는 몽둥이는 길이가 1m 정도에 지름 1㎝에 불과하여 회초리같이 생겼다. 이것과 달리 곤장은 길이가 1.5m에 달하고 생김새도 노와 비슷하게 생겼으며 그 위력은 일반 몽둥이와는 비교가 되지 않았다. 열 대만 맞으면 볼기 살이 다 터져 뼈가 드러난다고 할 정도로 엄청난 강도를 자랑했다.

열다섯 대를 때려 사람이고 형틀이고 모조리 피바다가 되어도 원하는 대답이 나오지 않자 조묵이 더 이상 참지 못하고 소리쳤다.

"안 되겠다. 저놈 주리를 틀어라!"

주리란 사극에 흔히 나오는 형벌로 두 무릎과 두 엄지발가락을 꽉 잡아매고 그 사이에 두 개의 몽둥이를 끼워서 서로 반대 방향으로 당기는 것이다.

"으으으악~!"

서양갑의 종아리뼈가 활처럼 휘었다.

주리를 잘못 틀면 뼈가 부러져 버린다. 따라서 형 집행자는 죄인의 뼈가 휠 정도에서 주리 틀기를 그치는 기술이 필요했다.

고문을 지켜보는 광해의 안색은 창백했고 입술은 꽉 다물어져 있었다. 이택돈의 탄원서 건에 이어 연달아 터진 대사건으로 그의 심정은 착잡하기 그지없었다.

대신들 중에는 차마 쳐다보지 못하고 고개를 숙이고 있는 이도 있었다.

주리 틀기 끝에 기절해 버린 서양갑이 들어올 때처럼 질질 끌려 나가고 드디어 박응서가 들어왔다.

"네 동료들의 몰골을 잘 보았을 것이다. 자, 너희들에게 역모를 사주한 이가 누구냐?"

조묵이 박응서를 잡아먹을 듯 노려보며 물었다.

"김… 김제남입니다. 김제남이 저희들에게 시켰습니다."

작지만 또렷한 소리로 박응서가 대답했다. 순간 광해 뒤에 도열해 있던 대신들이 전혀 예상치 못한 충격적인 발언에 일제히 웅성거리기 시작했다.

이때 광해의 손이 번쩍 올라갔다. 조용히 하란 뜻이다.

순식간에 바늘 하나 떨어지는 소리도 들릴 정도의 고요 속에서 광해의 음성이 나직이 흘러나왔다.

"김제남이라 하였느냐?"

"그렇습니다."

박응서는 핏발 선 눈으로 광해를 똑바로 바라보며 말했다.

광해는 놀란 듯 잠시 말이 없더니 다시 물었다.

"분명 김제남이 맞느냐?"

"맞습니다."

일호의 망설임도 없이 나온 박응서의 대답이었다.

뒤쪽 비스듬한 곳에 서서 이 모습을 보고 있는 이이첨의 입꼬리가 슬그머니 올라갔다.

이제 곧 김제남을 잡아들이라는 어명이 떨어질 것이고 그 다음은 물 흐르듯이 영창대군과 인목대비에게로 그 불똥이 옮겨붙게 된다.

이때 광해의 입에서 천만뜻밖의 말이 튀어나왔다.

"네게 김제남이 시킨 것으로 말하라 사주한 이가 누구냐?"

이이첨은 자신의 귀를 의심했다. 이게 무슨 삼천포로 빠지는 소리인가.

박응서도 광해의 말을 못 알아듣고 멍하니 쳐다보기만 했다.

"다시 한 번 묻겠다. 김제남이 모반의 우두머리라고 네게 자백을 사주한 놈이 누구냐? 네가 정직하게만 대답한다면 왕명으로 너를 살려주겠다."

이제 이이첨의 안색이 퍼렇게 변했다. 멀리서 이 광경을 지켜보고 있는 한희길의 다리도 후들후들 떨리고 있었다.

"저… 그게… 한… 한희길입니다."

박응서가 떠듬거리며 실토했다. 왕이 살려준다는데 말 안 할 이유가 없다.

"당장 한희길을 끌고 오라!"

광해의 서릿발 같은 명령이 떨어졌다.

다리를 떨고 있던 한희길이 형틀에 꽁꽁 묶인 것은 순식간의 일이었다.

학질 걸린 것처럼 떨고 있는 한희길을 노려보던 광해가 입을 열었다.

“네놈은 감히 임금의 외조부를 역적으로 몰았다. 네 죄가 목숨이 몇 개라도 모자란다는 것을 잘 알고 있겠지?”

인목대비가 어리지만 어쨌든 대비이므로 그 아비인 김제남은 임금의 외조부가 된다.

“전… 전하, 소신 억울하옵니다. 어찌 역적의 말을 믿으시옵니까. 통촉하여 주시옵소서.”

공포에 질린 한희길의 목소리가 심하게 떨렸다.

갑자기 돌변한 상황에 대신들도 뭐가 뭔지 어리둥절해하고 있는데 광해가 다시 차갑게 명을 내렸다.

“저놈이 실토할 때까지 매우 쳐라!”

누구의 명인데 망설이겠는가. 형리들이 있는 힘을 다해 곤장을 내려쳤다.

“아이구구구, 전하 억울하옵니다!”

몇 번 더 억울함을 주장하며 세 시간을 버티던 한희길이 결국 압슬형을 받고 항복을 했다.

“제… 제가 그랬습니다. 죽여주십시오.”

이제 빨리 죽는 것만이 고통을 더는 길이다.

“누가 시켰느냐? 일개 포도대장에 불과한 네놈이 벌이진 않았을 터, 너를 사주한 자가 분명 있을 것이다. 어서 불어라. 그러면 고통 없이 단칼에 죽여주마.”

이이첨은 이를 악물었다. 힘을 주지 않았다가는 이빨 부딪히는 소리가 들릴 것 같아서다.

가물가물 흐려오는 의식 속에 한희길은 필사적으로 생각을 다잡았다. 이이첨의 이름을 밝히면 쉽게 죽을 수는 있지만 남은 가족들은 누가 돌봐준단 말인가.

한희길은 머리를 저었다.

"김제남은 평소 대군과 대비의 위세를 빌어 거만하게 행동하고 전하를 능멸하는 언사를 서슴지 않길래 그를 제거하는 것이 종묘사직을 위한 길이라 사료되어 소신이 저지른 것이지 결코 누가 시켜서 한 일은 아니옵니다. 굽어살펴 주시옵소서, 전하!"

혀가 갈라져 말끝마다 피가 튀었지만 한희길은 독자적인 행동이라는 것만큼은 명백히 했다.

밤늦게까지 친국은 계속되었지만 그는 끝내 입을 다물었고 그리고 그렇게 죽었다.

결국 강변칠우 사건은 불만에 찬 서자들의 단순 반란 모의 사건으로 종결이 되어 영창대군을 폐하고 서인을 몰아내 조정을 장악하려는 이이첨의 음모는 심복 하나를 잃고 하마터면 본인도 목이 날아갈 뻔한 아찔한 경험을 한 것으로 끝나고 말았다.

원래 이 사건이 계기가 되어 영창대군이 강화도로 귀양을 가서 이이첨의 수하인 강화부사 정항에 의해서 살해되고, 인목대비는 대비의 자격을 박탈당한 채 서궁에 유폐됨으로써 나중에 일어난 인조반정의 명분이 되었던 일이지만 역사의 흐름이 틀어지고 말았다.

친국을 마치고 돌아가는 광해의 뇌리에 결코 잊을 수가 없었던 그날의 일이 다시 떠올랐다.

광해가 선왕인 선조에 대한 후세의 평을 물었던 날이다.

'최악'이라는 혁의 말을 듣고 충격을 받은 광해는 더 이상 말할 기운도 없어 혁과 허균에게 물러가라고 했었다.

그때 문밖으로 나가려던 혁이 돌연 몸을 돌려 다시 엎드리는 것이 아닌가. 그리고 외치다시피 한 말을 광해는 잊지 않고 있었다.

"전하, 절대 폐모살제(廢母殺弟: 광해군이 인목대비를 폐하고, 영창대군을 죽인 일)의 오명을 쓰셔서는 안 됩니다."

인조반정을 막는 것이 지상 과제인 혁은 이 말을 하지 않을 수가 없었다.

"지금 무어라고 하였느냐?"

너무나 뜻밖의 말이기에 어처구니가 없어진 광해는 고개를 숙이고 있는 혁에게 다시 물었다.

"폐모살제라 함은 과인이 영창을 죽이고 대비를 폐한다는 말이렸다?"

"그렇습니다, 전하."

옆에 서 있는 허균은 얼굴이 하얗게 된 채 입이 굳어버린 듯 말도 못 하고 덜덜 떨고만 있었다.

보통 사람이 이런 말을 했다면 목이 달아날 일이다. 광해도 기가 막히는지 한동안 말이 없었다.

이윽고 진정이 된 듯 좀 차분해진 목소리로 광해가 말했다.

"네가 아무 이유 없이 그런 말을 했을 리는 없을 터, 자세히 말해보라."

인조반정이 언제, 누구에 의해 일어나는지 몰라 답답하던 혁에게 어느 날 앓던 이가 쑥 빠지듯 하나의 단어가 떠올랐다. 바로 '폐모살제'였다.

영창대군을 귀양 보내고 거기서 누군가가 영창을 방에 가둔 채 계속 불을 때 증살(쪄서 죽임)시켰다는 것과 대비를 폐함으로써 자식이 어머니를 폐했다고 지탄을 받아, 결국 이 두 가지 일이 빌미가 되어 1623년(광해 15) 이귀, 김류, 김자점, 이괄 등에 의해 인조반정이 일어난다.

혁은 이 폐모살제의 기폭제가 되는 일(강변칠우 사건)이 무엇인지는 모른다. 다만 폐모살제의 단초가 되는 사건이 벌어지면 어떻게든 막아야 한다는 사실을 역설하고자 했다.

광해가 미래의 일을 물어온 이런 날은 이 말을 할 절호의 기회였다.

"허어~ 어떻게 그런 말도 안 되는 일이……."

이야기를 들은 광해가 길게 탄식했다.

그가 받은 충격은 아비 선조가 최악의 왕이라는 것보다 월등히 컸다. 바로 본인에 관한 일이어서다.

즉위 초, 어쩔 수 없이 친형인 임해군을 죽게 만든 일을 생각하면 지금도 가슴이 저린데 비록 배다른 동생이지만 또다시 형제를 죽이게 된다는 혁의 말엔 도저히 수긍할 수 없었다.

"결코 그런 일은 없을 것이다."

이를 악문 광해의 얼굴은 심하게 일그러져 있었다.

그날의 일은 광해의 뇌리에 각인이 되었고 박응서가 '김제남이 시켰다' 라고 한 순간 혁이 말한 그 일이 바로 지금 일어나고 있다는 생각에 머리카락이 쭈뼛 일어섰다.

김제남이 주모자라면 한 줄에 꿰인 물고기처럼 영창대군과 인목대비 역시 무사할 수가 없다. 초반에 막지 못하면 자신이 아무리 왕이라 하더라도 여론에 이끌려 혁의 우려대로 폐모살제의 격랑 속에 빠져들게 된다.

다행히 그 고리를 초기에 무사히 끊었다. 광해는 소리 없이 길게 숨을 내뱉었다.

"주상의 은혜, 백골난망(白骨難忘)입니다."

눈가를 훔치는 인목대비의 목소리가 떨려서 나왔다.

국청이 열리면 대궐 안팎을 막론하고 초긴장 상태가 된다. 국청장에서 나온 한마디 한마디에 목숨이 왔다 갔다 하는 까닭이다.

선조가 죽고 광해가 등극한 그날부터 하루하루가 살얼음판인 인목대비는 국청장이 설치되었다는 소식을 들은 후부터는 밥 한 술, 물 한 모금도 넘길 수가 없었다.

만약 광해군 체제를 뒤집어엎으려는 세력이 있다면 그들이 옹립하고자 할 제1순위가 바로 선조의 적자인 영창대군일 것이다.

반대로 광해나 대북파의 환심을 사고자 하는 무리라면 반드시 자신과 어린 영창을 모해하려 들 것 또한 자명한 일이다.

아니나 다를까 그녀의 아비이자 영창대군의 외조부인 김제남의 이름이 주모자로 거론되었다. 그런데 천만뜻밖으로 오히려 광해가 김제남의 무고함을 밝혀내었다고 하지 않는가.

지옥에서 부처님을 만난 격인 대비로서는 광해에게 큰절이라도 하고 싶은 심정이었다.

친국을 마친 광해가 곧바로 들른 곳은 이곳 인목대비의 처소였고 영창대군을 앞에 앉힌 대비는 눈물을 흘리며 광해에게 고마움을 전하고 있었다.

"은혜라니요, 당치 않사옵니다. 앞으로도 어마마마나 영창을 해하려는 불측한 무리가 있다면 소자가 엄벌에 처할 것인즉 과히 심려치 마시옵소서."

인목대비로서는 가장 듣고 싶었던 말이 아닐 수 없었다. 다시 한 번 옷고름으로 고인 눈물을 찍어내었다. 광해는 옆에 앉아 있는 여덟 살의 영창대군에게로 눈을 돌렸다.

"아우는 어서 장성하여 어마마마와 과인을 보필하도록 하라."

"명심하겠사옵니다, 전하."

영창이 똘망똘망한 눈을 들어 광해를 쳐다보며 대답했다.

천 명에 달하는 사람이 죽거나 귀양을 간 강변칠우 사건은 이렇게 조용히 마무리되었다.

광해는 인조반정으로 치달을 뻔한 첫 번째 위기를 혁으로 인해 벗어날 수 있었다.

15.
장석구와 박수련

유시(酉時: 오후 5~7시), 주막거리가 붐비기 시작하는 시간이다.

고단했던 하루의 노동을 한 사발의 막걸리로 씻기 위해 조선의 민초들은 오늘도 어김없이 둘씩, 셋씩 모여들고 있었다.

"주모, 여기 막걸리에 안주는 생선이나 두어 마리 구워 주게."

햇볕에 시커멓게 탄 얼굴의 두 사내가 마당에 놓인 평상에 엉덩이를 붙이며 주문을 했다.

옆에 내려놓은 지게에 옹기가 잔뜩 실려 있는 것으로 보아 한양의 동네방네 돌아다니는 옹기장수들이다.

"생선값이 두 배로 올랐수. 알고나 자시우."

마흔이 넘은 주모는 이제는 굴곡도 없어진 허리를 돌리며 대꾸했다.

"아니, 그게 무슨 소리야? 한강 물고기가 갑자기 씨가 말랐나, 왜 두 배가 돼?"

주문한 사내는 저절로 눈이 치켜떠졌다.

"얼음값이 며칠 만에 세 배로 뛰었다우. 이 염천에 얼음 없으면 생선이 하루라도 가겠수?"

"얼음값이 왜?"

"아, 그걸 난들 아우, 자꾸 올라가는 것을. 아마 내일은 더 비싸질걸. 지난겨울에는 장작값이 천정부지로 올라서 애먹이더니 이번엔 얼음이 속을 썩이네. 이러다가 생선은 취급도 못하는 거 아닌지 몰라."

고개를 설레설레 흔들며 푸념을 하는 주모였다.

주모 말대로 여름날 어물 보관에 꼭 필요한 얼음이 달리며 가격이 급등하고 있었다.

주모는 몰랐지만 여기에는 경강상인(京江商人: 경상)의 농간이 있었다. 이들은 겨울 동안 한강에서 얼음을 떠서 빙고(氷庫)에 두었다가 여름철에 어물 냉장용으로 팔았는데 30개의 빙고 중에서 23개를 없애고 7개만 남겨두어 가격을 조작하였다.

지난겨울에도 마찬가지였다.

강원도 등지에서 한강을 통해 실려와 뚝섬에 부려진 땔감을 경강상인들이 모조리 사재기해 버렸다.

한강변은 각 도의 산물이 집산되는 곳이므로 이들은 누구보다도 정보에 빠를 수밖에 없었고 이 정보를 이용한 매점매석으로 돈을 긁어들이고 있었다.

오늘날 같으면 당연히 문제가 되겠지만 독점규제법도, 소비자 보호원도 없는 조선 시대다.

매점매석은 일반 소비자에게는 많은 피해를 끼치지만 돈 있는 자에게는 이것만큼 쉽게 떼돈을 벌 수 있는 방법도 없었다.

조선 후기 실학자인 박지원이 쓴 『허생전』을 보면 쉽게 알 수 있다.

남산 아래 묵적골의 오막살이집에 살고 있는 허생은 책 읽기를 좋아했으나 매우 가난하여 아내가 삯바느질로 겨우 살림을 꾸려가고 있었다.

하루 종일 돈도 안 되는 책만 읽고 있는 허생에게 열이 받친 아내는 과거 시험도 보지 않을 바에는 장사를 하든 하다못해 도둑질이라도 해서 집안을 먹여 살려야 되지 않느냐고 대들었다.

마침내 허생은 책 읽기를 중단하고 탄식하며 집을 나섰다.

허생이 찾아간 곳은 한양 제일의 부자라는 변씨였고, 다짜고짜 일만 냥을 꾸어 달라는 허생에게 변 갑부는 허생이 범상한 인물이 아님을 간파하고 두말없이 돈을 빌려줬다.

이 돈을 가지고 안성에 내려간 허생은 대추, 밤, 감, 배 등의 과일을 매점해 버렸다.

시간이 지나자 과일이 없어 온 나라가 제사를 못 지낼 형편이 되었다. 이때 산 가격의 열 배에 과일을 되팔아 큰돈을 번 허생은 이번에는 제주도로 내려가 갓의 재료인 말총을 매점매석하여 또 거금을 벌었다.

이런 식으로 하여 백만 금을 번 허생은 일만 냥을 빌린 변 갑부에게 십만 냥을 갚고 나머지로는 가난한 사람들을 구제한 다음 집을 떠날 때의 모습 그대로 남산 아래 오두막으로 돌아왔다.

이렇듯 얼마 안 되는 돈으로도 나라를 휘청거리게 만들 수 있을 정도로 조선의 경제는 약했고 이를 이용한 매점매석은 경상이나 송상같이 자본력이 있는 거상들에게는 더없이 좋은 돈벌이 수단이 되었다.

"얼음은 좀 더 오르게 두고, 석구 자네는 남도로 내려가 줘야겠어."

객주 안쪽의 조용한 별채에 앉아 머리를 맞대고 있는 이는 김자홍 대감의 차인인 차호성과 후배 장석구다. 대동법 때문에 방납업을 때려치운 장석구는 차호성 밑에서 그의 지시를 받으며 일을 돕고 있었다.

"갑자기 남도에는 왜요?"

안 그래도 험악한 상판대기를 찡그리며 장석구가 불퉁스럽게 물었다.

이 더운 날씨에 남도까지 내려가는 상상만으로도 숨이 턱턱 막혀왔다.

"대감의 지토선을 끌고 세곡을 운반해 오는 일이야."

"아, 글쎄 그걸 왜 내가 하냐구?"

여전히 볼멘소리를 하는 장석구다.

조선은 세금을 쌀로 걷기 때문에 조운제도(漕運制度)를 이용해 이 쌀을 전국 각지에서 배로 한양까지 운반을 한다.

원래 205척이었던 조운선은 임진왜란을 겪으면서 100척 미만으로 줄어들었고, 조운선에서 일하는 조군의 숫자도 6천 명에서 3천2백 명 수준으로 격감하였다.

이에 조정에서는 할 수 없이 사용료를 지불하고 민간의 배로 세곡을 날랐는데 이 배를 지토선(地土船)이라 한다. 보통 한 척이 쌀 400석을 실을 수 있었다.

"잘 들어."

차호성은 몸을 앞으로 숙이며 목소리를 낮췄다.

"끌고 오다가 비인 앞바다(충남 서천 근해)쯤에서 침몰시키라구."

"예에?"

장석구의 눈이 휘둥그레졌다.

일부러 배를 침몰시키라니. 장석구는 순간 자신이 잘못 들은 게 아닌가 생각했다.

"쉬잇, 목소리 낮춰! 거긴 얕은 곳이라 빠져 죽지는 않아."

세곡선을 일부러 침몰시키는 것, 고패였다.

고패(故敗)란 나라에 바칠 세곡을 대부분 미리 빼돌리고 약간의 쌀만 실은 다음, 배를 일부러 침몰시키고 풍랑으로 인한 파선으로 가장하는 것이다.

고패를 일삼는 무리들은 세곡 횡령뿐만 아니라 여러 가지 방법으로 나라 살림을 좀먹었다. 이들은 새로운 선박 건조가 필요하다는 점을 명분 삼아 벌채 허가를 받은 다음 소요량보다 훨씬 많은 나무를 베어 팔아 이익을 챙겼고, 난파시켰던 헌 배마저도 몰래 팔아 이중, 삼중으로 잇속을 차렸다.

세곡 운송의 차질을 염려한 조정은 어쩔 수 없이 이들의 선박 건조 요구를 들어주어야만 했다.

고패는 중대한 범죄였기 때문에 관련된 자는 전원 사형에 처하고 격군들은 노비로 삼아 고도에 귀양을 보내도록 되어 있었지만 뇌물을 받은 관리는 대충 조사하고 어물쩍 넘어가기 일쑤였다.

"그런 다음 올라와서 연미정에서 기다렸다가 다른 지토선으로 갈아타라구."

연미정(燕尾亭)은 강화도 월곶진의 뒷산에 있는 정자로 이곳으로부터 한강에 들어간다.

"예, 그런 다음?"

이제 장석구도 이 일이 보통 일이 아니라는 것을 깨닫고 이마에 잔뜩 주름을 잡았다. 까딱 잘못했다가는 모가지가 떨어질 수도 있는 일이다.

"그 배에 실린 세곡에다가 물을 섞는데, 주의해야 할 것은……."

이번엔 화수(和水)다.

쌀에다 물을 부어 쌀의 양을 늘리는 행위로서 이 화수는 상당한 기술을 필요로 한다.

너무 물을 많이 타도 안 되고 적으면 이익이 없다. 지나치게 물을 많이 타면 창고에 도착하여 검사할 때 발각이 되며, 또 너무 일찍 물을 타도 창고에 도착하기 전에 쌀이 썩어 낭패를 보게 된다.

쌀 한 말에 물 1홉을 부으면 몇 시간 후에 2홉 5작(2.5%)이 늘어난다. 물 3홉 이상을 부으면 누구나 물을 탄 것을 알아챌

수가 있으나 1홉 정도만 부으면 아무도 눈치채지 못한다. 그러나 창고에 들여놓고 얼마 있지 않아 쌀이 썩기 시작한다.

이것 역시 기존의 창고에 있던 멀쩡한 쌀까지 썩게 만드는 중죄이므로 주모자는 사형이었다.

"이번 일만 잘 마무리하면 대감께서 그냥 계시지 않을 거야. 너도 이젠 가게 하나쯤 맡아야 되지 않겠냐?"

차호성이 슬쩍 상급이 상당할 것임을 암시했다. 맨입으로 목숨 걸라고 할 수는 없는 일이다.

"염려 붙들어 매슈. 언제 이 장석구가 실수하는 것 봤수?"

가게를 맡을 욕심에 뜨거운 콧김을 내뿜고 있는 장석구였다.

해거름이라 더운 때는 지났는데도 장석구는 달아오른 얼굴을 식히려고 연신 손부채질을 했다.

"그러니 너는 더 이상 이 집에 있을 자격이 없다. 당장 나가도록 해라."

양 씨(梁氏)는 매서운 눈길로 며느리를 쏘아보며 차갑게 말했다.

"어머님, 어떻게 그런 말씀을… 으흐흑, 저는 이 집 귀신이 되고자 왔습니다. 제가 갈 곳이 어디 있다고 이러십니까? 제발 어머님, 흐흑!"

박수련은 광해 앞에서 대동법 시행을 반대하던 좌찬성 김자홍 대감의 며느리이다. 그런 그녀가 시어미로부터 갑작스러운 소박 통보를 받고 눈물을 흘리고 있었다.

박수련은 3년 전 22살의 나이에 김자홍 대감의 맏이인 김달근과 혼인을 하였으나 시어머니인 양 씨로부터 평소 시부모에게 불효를 했으니 집을 나가라는 청천벽력 같은 소리를 듣자 하늘이 노래졌다.

'칠거지악(七去之惡)'.

한 가지라도 해당되면 아내를 내쫓을 수 있는 조선 사내들의 여의봉.

김달근은 혼인 직후부터 아내가 싫었다. 부패 관료인 아비와 욕심 많은 어미 밑에서 한량 짓만 하던 그로서는 예의 바르고 성정이 조신한 아내는 거북하고 어려운 존재였다.

아내와 지내기보다는 계집종을 겁탈하고 기생과 노닥거리는 게 훨씬 즐거운 일이었기에 박수련을 내치자는 부모의 의견에 김달근은 만세를 불렀다.

수련으로서는 아무리 생각해도 말이 안 되는 이유였다.

남편이라는 이는 혼인 초부터 밖으로 나돌았지만 그녀 자신은 시부모를 그야말로 지극 정성으로 모셨거늘 불효라니 어처구니가 없는 일이었다.

찬바람 나게 양 씨가 뒤돌아 나간 뒤에도 한 식경을 눈물, 콧물을 흘리던 수련에게 한 가지 사실이 떠올랐다.

박수련의 아비인 박종세는 2년 전인 광해군 즉위년에 유영경 일파로 몰려 귀양을 갔다가 작년에 사약을 받았고, 어미는 저 바다 건너 제주도에 관노로 떨어졌다.

출가외인인 수련은 벌을 받지는 않았지만 집안은 쑥대밭이 되고 그녀는 돌아갈 친정도 없는 신세가 되었다.

야심 많은 김자홍으로서는 멸문지화를 당한 집안의 여식을 계속 며느리로 두는 것은 앞으로 자신에게 결코 바람직하지 않다고 생각했다. 하지만 수련이 시집을 올 때 가지고 온 상답(上畓: 좋은 논) 이백 마지기와 밭 삼백 마지기는 돌려주기 아까운 터라 죄인 집안의 재산은 조정에서 몰수할 우려가 있으니 남편 명의로 바꾸는 게 좋겠다고 꾀었다.

순진한 수련으로서는 말을 안 들을 이유가 없었고 한 달 전에 김달근 앞으로 이전을 마친 김자홍은 오늘 드디어 시부모에 대한 불효 죄를 뒤집어씌웠다.

칠거지악의 조건에 걸리면 소박을 맞아도 할 수 없는 게 조선의 풍습이었지만 약자인 여성을 보호해 주는 장치가 하나 있었으니 이른바 '삼불거(三不去)' 란 것이다.

이는 칠거의 이유가 있더라도 다음의 세 가지 요건에 해당하면 내칠 수 없는 것으로 첫째, 부모의 삼년상을 같이 치렀을 경우, 둘째, 가난할 때 시집와 뒤에 부유하게 된 경우, 마지막으로 쫓겨나면 갈 데가 없을 때였다.

박수련의 경우 삼불거의 세 번째 조항 때문에 쫓아낼 수 없어야 하지만 이에는 또 맹점이 있었다. 삼불거라 하더라도 간통을 했거나 시부모에게 불효를 했을 때는 구제를 받지 못했다.

조신한 수련이 간통을 저지를 리는 만무하니 불효로 몬 것이다.

이틀을 더 울며불며 매달렸지만 돌아오는 대답은 '빨리 나가라' 는 말뿐이었다.

남편이라는 작자는 어느 기방에 처박혀 있는지 코빼기도 보이지 않았고, 오로지 위로해 주는 건 짐을 싸주며 훌쩍이고 있는 계집종 삼월이뿐이었다. 삼월이는 수련이 시집올 때 데려온 몸종이었기에 원래는 수련과 함께 친정으로 돌아가야 하나 이미 돌아갈 곳이 둘에게는 없는 상태였다.

"흑흑, 아씨, 이제 어쩐대요? 불쌍한 우리 아씨, 저도 아씨 따라갈래요."

"아니다. 내 한 몸 건사할 수도 없는데 어찌 너를 데려간단 말이냐. 여기 있으면 밥을 굶지는 않을 터. 천지신명께서 한 번만이라도 가호를 베푸신다면 내 반드시 너를 데리러 올 것이야."

눈물이 쏟아질 것 같아 수련은 이를 악물었다.

집안이 적몰되고 난 후, 수련은 내심 몇 해가 지나면 시아버지가 힘을 써서 관노가 된 어머니만이라도 구해주길 기대했는데 도리어 자신마저 쫓겨나는 처지가 되었다.

하늘이 자신을 버린 것이라고 밖에는 생각할 수가 없었다.

밤새 뜬눈으로 고민을 하던 수련은 아무도 일어나지 않은 신새벽에 대문을 나섰다.

3년 전 꽃가마를 타고 들어왔던 문이다. 두려웠지만 풋풋한 기대가 있던 날이었다.

또 눈시울이 뜨거워진 수련은 하늘을 쳐다봤다.

파리한 초승달만 송장 같은 낯빛을 하고 싸늘하게 내려다보고 있었다.

앞은 희뿌한 새벽빛이 안개에 싸여 겨우 발치만 보였다.

김자홍의 아흔아홉 칸 집은 혜화문(동소문) 밖에 마치 대궐처럼 자리 잡고 있었다.

조심스레 걸어간 수련이 발을 멈춘 곳은 성황당 고갯길이었다.

수련은 하늘이 버린 운명, 그냥 하늘의 뜻에 따르기로 마음먹었다. 이제 여기서 자신을 처음 발견한 남정네를 따라가야 한다. 습첩(拾妾)이었다.

소박을 맞은 여인이 새벽에 성황당 길에 서 있으면 처음 그녀를 발견한 남성이 거두어 살 의무가 있었고, 여자에게는 남자가 기혼이든 미혼이든 심지어는 거지라도 따질 권리가 없었다.

그가 누구이든 처음 만나는 남자를 따라가 운명을 같이해야만 한다.

갈 데가 없는 수련으로서는 뒷산 소나무에 목을 매지 않는 이상 이 방법밖에는 없었다.

아직도 어둠이 채 가시지 않아 사위를 제대로 분간하기가 어려운데 뭔가 희끗한 것이 불쑥 나타나는 바람에 수련은 가슴이 철렁했다.

"어!"

놀란 것은 상대방도 마찬가지인지 짧은 탄성이 수련의 귀에 들어왔다.

"누구신지… 이 밤중에, 아니, 이 새벽에……."

등에 소금 지게를 들쳐 멘 총각은 장옷을 덮어쓴 채 고개를 다소곳이 숙이고 서 있는 수련을 발견하고 놀라 말을 더듬었다.

자신을 보고도 마치 얼어버린 석상처럼 서 있기만 한 수련을 보고 총각은 처음의 놀람에서 벗어나자 이윽고 뭔가를 깨달았다.

수련의 모습을 아연한 듯 쳐다보던 그는 주위를 몇 번 살펴보더니 누가 들을세라 나직이 말했다.

"저… 저를 따라오세요."

수련은 아무 말도 없이 몇 발짝 앞서가는 총각을 총총히 쫓아갔다. 그래도 거지나 늙은이가 아니라는 사실에 가슴을 몰래 쓸어내리면서 소리 없이 숨을 내뱉었다.

김삼식은 혹시 뒤의 여인이 따라오지 못할까 봐 조심조심 발걸음을 옮기는데 구름을 밟는 듯, 물 위를 걷는 듯 도무지 느낌이 없었다. 가슴이 벌떡거리는 소리가 하도 크게 들려 고인 침을 꿀떡꿀떡 삼켰지만 쿵쾅거림은 멈추질 않았다.

아픈 홀어머니를 모시고 소금 장수로 겨우 연명하는 처지라 스물여덟이 되도록 혼인은 언감생심 꿈도 꾸어보지 못한 김삼식이다.

처음 수련을 봤을 때 하늘로 미처 못 올라간 선녀인가 하다가 그 선녀가 앞으로 자신과 함께 살 배필이란 걸 깨닫는 순간 몽롱한 기분이 되어 아무 생각도 나지 않았다.

두 식경(한 시간)쯤 걸었을까, 두 사람이 도착한 곳은 아직 쓰러지지 않은 게 다행이다 싶을 정도로 허름한 오막살이였다.

급하게 지게를 벗어 던진 삼식은 방 쪽을 보고 외쳤다.

"엄니, 좀 나와보세요. 어서요."

날아갈 듯한 기와집에서만 살아온 수련의 눈에 비친 집 안 풍경은 황폐하기 짝이 없었다.

마루라고 손바닥만 하게 있는 곳에는 흙이며, 먼지며 켜켜이 쌓여 마당이나 진배없고, 서까래 곳곳에 터를 잡은 거미집은 이곳이 과연 사람이 사는 집인지 의심스럽게 만들었다.

담벼락 대신 심어놓은 싸리 울타리를 따라 걸려 있는 걸쭉한 오물 덩어리에서는 썩는 악취가 등천을 했고, 부엌이라 생각되는 곳에는 한 짝만 달린 문이 그것도 반은 떨어져 바람이 불 때마다 삐걱거리고 있었다.

"아니, 왜 벌써 돌아온겨?"

방문이 덜컹하고 열리며 머리가 허옇게 센 중늙은이가 얼굴을 내밀었다. 소갈증(당뇨병) 때문에 시력을 거의 잃어버린 삼식의 어미였다.

"엄니, 이 아씨는 앞으로 우리랑 같이 살 분이에요."

삼식에게 수련은 평소 감히 얼굴도 함부로 쳐다볼 수 없는 양반집 아씨마님이다.

삼식으로부터 자초지종을 들은 삼식 어미는 잘 보이지 않는 눈을 크게 뜨고 수련의 손등을 쓰다듬으며 '이렇게 고마운 일이 있나' 만 연발했다.

다음 날부터 수련은 쓸고, 닦고, 치우기 시작했다. 삼식도 수련이 시키는 대로 부서진 것은 고치고, 기울어진 곳은 바로 세우며, 낡은 짚은 새 것으로 갈았다.

사흘을 북새통을 지기니 드디어 집 모양이 사람 사는 꼴이 되었다.

수련은 기회가 있을 때마다 스스로 되뇌었다.

'너는 평민이다. 이제는 더 이상 양반이 아니다. 내려놓아라. 다 내려놓아라.'

시간이 지날수록 몸은 고달프지만 마음은 어느 때보다 편안해짐을 느끼게 된 수련은 자신이 원래 있어야 할 곳이 이곳이 아니었나, 하는 생각마저 들었다.

밤이 이슥해지자 수련은 삼식을 앞에 앉히고 조용히 입을 열었다.

"서방님, 이것을 소금과 바꿔 오세요."

수련이 내민 것은 항상 몸에 지니던 산호 노리개와 옥비녀 등의 패물이었다.

밑천이 짧은 삼식은 고작 하루 팔 물량의 소금만 사다가 한양 인근에다 팔고 있었다. 게다가 몸이 불편한 노모 때문에 당일 거리의 마을 밖에는 돌 수가 없어 이문이 박했다. 그러니 매양 요 모양 요 꼴을 면치 못하는 것이다.

"앞으로는 제가 어머님을 모실 테니 서방님은 걱정하지 마시고 며칠이 걸리든 갯가에서 먼 마을을 찾아 돌아다니십시오. 그리고 가능하면 외상을 주도록 하세요. 한 번 외상을 한 사람은 그 맛을 잊지 못해 계속 서방님을 찾을 것입니다."

수련의 판단은 정확했다. 공짜면 양잿물도 마시고 외상이면 소도 잡아먹는다고 하지 않는가.

외상으로 소금을 들여놓은 사람들은 나중에 갚을 때는 되는 대로 쌀이든 사냥했던 짐승 가죽이든 집어주었다. 이런 가죽들은 대처로 가지고 나가면 값이 쏠쏠했다.

소금은 음식 재료로도 필수였지만 만성 변비의 완화제이

고, 각혈, 토혈, 사혈의 지혈제로 쓰이는 등 가정상비약으로도 두루두루 쓰였기 때문에 산골로 들어갈수록 소금만큼 잘 팔리는 물건이 없었다.

삼식이 이렇게 산골짝을 돌며 소금을 파는 동안 수련은 수련대로 늦은 밤까지 베를 짰다.

길쌈은 조선의 여인이라면 누구나 할 수 있는 일. 다만 허리가 빠지고 엉덩이가 내려앉을 정도로 힘이 든다는 것뿐이다.

한 달이 가고 두 달이 지나자 삼식의 단골은 늘어갔고 재물이 모이기 시작했다. 피골이 상접했던 노모는 수련의 정성 어린 보살핌으로 이젠 제법 살에 윤기가 돌았다.

"네가 하늘에서 내려준 복덩어리여. 고마워, 고맙고도 고마워."

틈만 나면 삼식의 노모는 수련의 손을 잡고 잘 보이지 않는 눈에 눈물을 괴며 치하하였다.

불쌍한 홀어머니의 모습이 행상을 갔다 올 때마다 좋아지는 것을 보는 삼식에게 수련은 우렁각시 이상이었다.

볼 때마다 쓸어주고 핥아줘도 성이 차지 않았고 혹시라도 하늘로 도로 올라가지나 않을까 하는 엉뚱한 걱정도 해보는 삼식이었다. 남편의 따스한 가슴에 기댄 수련은 이런 게 사는 거구나, 하면서도 마음속에 세워둔 계획을 다시 한 번 곱씹었다.

'재물을 모아 어머니를 모셔 오고 삼월이도 찾아와야 한다. 이제 양반은 아니지만 재물이 있다면 그것은 핍박으로부터 이 행복을 지켜줄 방패가 되리라.'

수련은 멀고 먼 섬에서 하루하루를 고통 속에 눈물짓고 있을 어머니를 한시도 잊은 적이 없다.

속량전을 마련하느라 분주한 수련은 자신이 얼마나 상재(商才)를 타고 났는지는 아직 깨닫지 못하고 있었다.

"서방님, 이제 모인 돈으로 나귀를 한 마리 사세요. 그러면 두 배의 소금을 싣고 더 멀리까지 갈 수가 있습니다."

오래전부터 건조 지대에서 야생동물로 살아왔던 나귀는 상당한 시간 동안 먹이와 물을 먹지 않고도 버틸 수 있으며, 체력이 좋아 무거운 짐을 싣고 먼 길을 걸을 수 있었다.

나귀를 끌자 멀리까지 갈 수가 있어 삼식의 단골은 더욱 늘어났고 내륙으로, 골짜기로 들어갈수록 소금값을 비싸게 받을 수 있었다.

이익이 눈덩이처럼 불어나기 시작했다. 쓰러져 가던 오막살이집이 창고와 마방을 갖춘 제법 번듯한 집으로 바뀌었으며 삼식은 두 마리의 나귀에 열일곱 먹은 떠꺼머리 한 녀석을 조수로 데리고 다니게 되었다.

꽃이 피고 눈이 오고, 또 눈이 오고 꽃이 피는 사이, 두 해가 지났다.

지난 해 아들까지 낳은 수련네는 이제 근방에서는 알아줄 정도가 되었다.

"내 다녀오리다. 너무 염려 말고 있으시오, 부인."

행장을 차린 삼식이 수련의 두 손을 잡았다 놓으며 말했다. 수련의 모친을 모시러 제주도로 떠나는 길이다.

"부디……."

눈물이 앞서 말을 잇지 못하는 수련이었다.

얼마나 기다렸던 날인가. 남편을 보내고 난 수련은 두 사람이 무사히 돌아오기만을 천지신명께 빌었다.

하지만 하늘은 한 사람에게 모든 것을 주지는 않는다. 호사다마란 말도 있지 않은가. 삼 년보다 긴 세 달이 지나고 초췌한 모습으로 돌아온 삼식의 말에 수련은 까무러치고 말았다.

지난해 수련이 아들을 낳을 즈음 어머니가 돌아가셨다는 것이다.

하나를 주고는 하나를 거두어 가는 하늘이었다.

수련의 어미는 귀양 갔던 남편이 사약을 받고 죽자 아무런 희망이 없어졌다. 넋이 빠지고 몸만 허깨비처럼 따로 놀던 그녀는 얼마 안 있어 남편을 따라가 버렸다.

수련은 몇 날 며칠을 앓았다. 베갯머리를 잠시도 떠나지 않은 삼식 덕분에 열흘 만에 수련은 반정신이 들었다. 그때 칭얼대며 가슴을 파고드는 아이의 얼굴에서 어머니가 보였다.

그래, 같이 있는 것이다.

그날로 수련은 자리를 차고 일어났다.

"어흠, 흠, 흠."

장석구는 헛기침을 두 번 하고는 땅바닥에다가 시원하게 가래침을 뱉었다. 기분이 좋은 것이다.

좀 전에 어리숙한 농투성이한테 엄청나게 바가지를 씌웠다. 노모의 환갑 빔으로 비단을 끊으러 온 자인데 싸구려 비단을 중국산 최고급으로 속여 팔아먹었다.

세곡선을 일부러 침몰시키고 또 세곡에 물을 부어 곡식을 횡령하기를 두꺼비 파리 잡아먹듯이 해치운 장석구에게 김자홍이 시전 가게 중 포목점 하나를 맡겼다.

거리의 무뢰배로만 살아오던 장석구가 비록 월급쟁이일지언정 점주가 된 것이다.

"이 손님이 세모시를 찾으십니다요."

여리꾼(현대의 삐끼)이 또 손님 하나를 물어왔다.

"세모시? 잠시만 기다려 보슈."

장석구는 안으로 들어가서 얼른 세모시 한 필을 들고 나왔다.

오늘날과 달리 비단이나 신발 등의 물품을 파는 큰 상점은 폐쇄적으로 운영되었는데 이들은 물건을 안에 재어놓고 손님이 원하는 것만 들고 나와서 보여주었다.

"이것 말고 다른 건 없소?"

두어 번 뒤적여 보던 손님이 그다지 마음에 차지 않는 모양이었다.

"이게 제일 좋은 거요. 다른 건 없수."

장석구의 퉁명스러운 말에 잠시 망설이던 손님이 하는 수 없다는 표정을 짓더니 셈을 하고 나갔다.

이 당시 조선의 풍속으로는 손님은 장사꾼에게 명확하게 어떤 물품을 원하는지 얘기해야 하며, 가격은 깎을 수 있지만 물건의 품질이 좋으니, 나쁘니 평하는 것은 금기 사항이었다.

장석구는 아침에 마수걸이(첫 거래)를 상주가 하더니 역시 오늘은 재수가 좋다는 생각이 들었다.

오늘날도 그런 경향이 있지만 장사꾼들은 마수걸이를 대단히 중요하게 여겼다. 만약 첫 손님이 가격을 깎거나 여자인 경우에는 재수가 없다고 봤고, 반대로 상주(喪主)나 임신부가 오면 그날 장사가 잘될 거라 생각했다.

장석구의 포목점 옆은 유기점으로 양푼, 제기, 바리, 향로, 주발, 종지, 탕기, 요강 등을 내놓고 있었으나 그다지 손님이 드는 것 같지가 않았다.

장석구는 흥, 하고 한번 코웃음을 치고는 괴춤에 차고 있던 두 자(약 60㎝) 남짓한 담뱃대를 물고 부싯돌로 맵시 있게 불을 붙였다. 배운 지 얼마 되지 않는 이 남초(南草: 담배)는 요즘 장안의 한량들에게 유행하기 시작한 최첨단의 고급문화다.

기방에서 비스듬히 기대어 이놈을 물면 한번 피워보고 싶은 마음에 기생들이 온갖 애교를 부리던 모습이 선하게 떠올라 장석구는 슬그머니 웃음을 지었다. 이런 고급문화를 향유하는 자신이 무척 대견하게 느껴져서 한 번 더 헛기침을 했다.

일본으로부터 전래된 지 별로 안 된 담배는 남쪽에서 왔다고 해서 남초라고 했고 약초로 인식되어 남령초(南靈草)라고도 했다.

아직 보급 초기라 가격이 매우 비싸서 담배 한 근 값이 은한 냥이나 되었다.

장석구가 비록 점주를 맡기는 했으나 비싼 담배를 맘 놓고 피울 처지는 못 되는데도 이렇게 담뱃대를 물고 여유를 부릴 수 있는 이유는 밤마다 모시고 다니는 김달근이 있기에 가능했다.

유유상종이라고 김달근이 보기에 시정잡배 출신으로 주먹도 쓰고 밤거리에 밝은 장석구는 데리고 다니기에 안성맞춤이었다.

오늘도 새로 문을 연 기방에서 회동이 있다.

김달근은 수련을 내친 후부터 주색잡기에 더 거리낄 게 없어졌고, 장석구 또한 술도 얻어먹고, 기생도 품고, 비싼 담배도 얻어 피울 수 있는 달근은 복음 그 자체였다.

"내 점심 먹고 올 테니 가게 잘 보고 있거라."

한껏 거드름을 피우며 일꾼들에게 고함을 지르고는 뒷짐을 지고 양반걸음을 흉내 내 팔자걸음으로 휘적거리며 붐비는 시전 골목을 헤쳐 나갔다.

모퉁이를 돌아 해반주그레한 얼굴의 주모를 보러 자주 들리는 주막집 골목으로 들어선 장석구의 눈에 면포 두 필을 팔려고 쭈그리고 앉아 있는 한 사내의 모습이 들어왔다.

갑자기 장석구의 눈꼬리가 치켜 올라갔다. 밥 두 그릇 먹는 며느리를 본 시어미 상이다.

"너 이놈, 지금 여기서 뭐 하고 있는 거여?"

대뜸 호놈이다.

"예? 저… 아버님이 편찮으셔서……."

놀란 사내의 더듬거리는 말이 채 끝나기도 전에 장석구의 발길이 사내의 가슴팍을 파고들었다.

"어이쿠!"

엄장 큰 장석구의 발길질에 체수도 작은 사내는 속절없이 나뒹굴었다.

갑자기 토사곽란을 하는 아비의 약값을 마련하느라 아내가 짠 면포를 급히 들고 나왔다가 지금 봉변을 당하고 있는 것이다.

자빠진 사내를 서너 번 더 모질게 밟고 난 장석구는 사내가 펼쳐놓았던 면포 두 필을 집어 들었다.

"죽고 싶어서 환장을 했나, 어디서 개뼈다귀 같은 게 난전을 벌이고 있어."

장석구는 분이 덜 풀려서 씩씩거리고 있는데 구겨진 종잇장처럼 널브러져 있던 사내가 필사적으로 기어와서 장석구의 다리를 끌어안았다.

"아이고, 그거 없으면 우리 아버지 죽어요. 제발 한 번만 봐주세요."

사내의 머릿속에 골방에 엎어져서 자신이 돌아오기만 기다리며 숨을 헐떡거리고 있을 아비의 모습이 떠올랐다.

"허, 이놈이 아직도 정신을 못 차렸네. 옛다, 이놈아."

잡힌 발을 빼낸 장석구는 이미 상투가 다 풀어져 낮도깨비 형상을 하고 있는 사내의 면상을 냅다 차버렸다.

"아고고고고."

코뼈가 내려앉았는지 코피가 터진 사내가 숨넘어가는 소리를 지르며 뒤로 벌렁 자빠졌다.

"에이, 퉤!"

가래침을 걸게 뱉은 장석구가 면포를 옆구리에 끼고 사라지고 나자 온통 피 칠갑을 한 사내는 짚신짝을 내려치면서 대성통곡을 터뜨렸고, 그제야 구경하던 사람들이 두런두런 장석구를 욕하기 시작했다.

난전을 못 열게 할 수 있는 시전 상인들의 권리, 금난전권(禁亂廛權). 편하게 세금을 걷고자 하는 관리들과 대자본을 소유한 상인들의 유착이 만들어낸 막강한 권한이다.

육의전이나 시전 상인은 조정에 일정한 세금을 납부하는 대신 도성안과 도성 밖의 십 리 안에서 일반 상인들의 상업 활동을 막음으로써 경쟁을 배제하고 막대한 이윤을 독점하였다.

이 금난전권은 시간이 지날수록 조선 상업 발달의 큰 걸림돌로 작용하게 된다.

한양으로 들어가는 길목인 동대문이나 남대문 근처에서는 좀 전에 얻어터진 사내같이 포목 두어 필이나 계란 몇 꾸러미를 팔아보려던 사람들이 시전 상인에게 물건을 빼앗기거나 두들겨 맞아 억울해 우는 소리가 끊이질 않았다.

점차 금난전권에 대한 백성들의 불만이 고조되자 조정에서는 일반 백성들이 생계유지 차원에서 펼친 소규모 물품에 대해서는 난전으로 단속을 하지 말라고 했지만 전혀 소용이 없었다.

개장국을 두 그릇이나 비운 장석구는 길게 트림을 했다.

몸도 풀고 면포 두 필도 거저 챙겼으니 역시 오늘은 운이 좋은 날이라는 생각이 다시 한 번 들었다. 게다가 오늘 밤에는 김달근과 함께 기방에 갈 예정까지 있지 않은가.

요즘은 하루하루가 그야말로 '꽃피는 봄날' 이고 '신나는 달밤' 이다.

장석구는 자신의 팔자가 이제서야 펴지기 시작하는가 보다, 하면서 담배 연기를 맛있게 뿜어냈다.

16.
고구마와 울릉도

들국화라고도 불리는 금불초(金佛草)가 노란 꽃잎을 산들바람에 가볍게 떨고 있었다.

가을 추수가 끝난 들판은 홀로 선 허수아비만 고즈넉하다.

큰 비나 가뭄이 없어 다행히 올해 농사는 평년작을 웃돌아 농부들은 꺼멓게 썩은 이빨을 드러내며 즐거워했다. 하지만 이들의 기쁨은 잠시뿐, 이것 내고, 저것 뜯기고 나면 남는 건 한숨뿐인 게 조선 백성들의 실상이었다.

왜 조선 백성들이 헐벗고 가난을 면치 못했을까?

이 당시 농토의 대부분은 양반과 일부 지주 세력이 차지하고 일반 백성들은 거의 소작을 짓는 형편이었다.

바로 이것이 가장 큰 문제였다. 온 식구가 1년 내내 뼛골 빠지게 농사일에 매달려도 생활 형편이 나아지기는커녕 도리어 빚이 늘어나는 어처구니없는 일이 매년 반복되었다. 가을에 추수한 곡식의 절반을 소작료로 지주에게 바치고 나라에도 일정량의 세금을 내야 하니 그 나머지로는 다음 해 추수 때까지 생계를 유지할 수가 없었다. 어쩔 수 없이 양반이나 지주에게 고리대를 빌려서 연명을 하니 고생은 고생대로 하고 빚은 계속 증가했다.

빚이 감당할 수 없을 정도로 커지면 도망을 쳐 유민이 되거나 산적이 되었지만 대부분은 양반가의 노비로 전락했다.

이런 식으로 세금을 부담하는 양인의 수가 줄어들어 나라 역시 가난을 면치 못하는데도 일부 양반과 부유층들만 더욱 부자가 되는 잘못된 순환 고리에 갇혀 있는 것이 작금의 조선 실정이다.

이 고리를 끊을 수 있느냐 없느냐에 따라 조선의 미래가 결정되고 그 역할은 현재 광해에게 맡겨져 있다.

"모든 관리의 녹봉을 5할 인상하고 일체의 감록을 폐지한다."

1613년 가을에 나온 이 조치에 벼슬아치들은 쾌재를 불렀다. 봉급을 50%나 올려주겠다는데 싫어할 사람이 누가 있겠는가. 게다가 툭하면 감록(減祿)이라 하여 녹봉의 반 가까이 차감하던 것도 없앤다고 하니 그야말로 '지화자' 소리가 절로 나왔다.

조선의 관리는 1, 4, 7, 10월에 각 직급에 따라 곡식으로 녹봉을 받았다. 정1품의 경우 한 분기에 쌀 11석, 전미(田米: 밭에서 난 벼) 2석, 콩 4석을 받았고 최하위인 9품은 쌀 2석과 콩 1석을 받았다.

이것을 온전히 받아도 먹고살기 힘들 정도로 적은 양인데 그나마도 중국 사신이 와서, 가뭄이 들어서, 홍수가 나서 등 여러 가지 이유로 감록되었다.

이는 조선의 재정이 그만큼 취약해 관리들 급여조차 제대로 줄 형편이 못 됐기 때문이다.

그러면 이들 벼슬아치들마저도 일반 백성들처럼 헐벗고 굶주렸느냐 하면 그건 아니다. 왜냐하면 이들에게는 '수증(受贈)' 이라는 것이 있었다.

각 지방을 관장하는 수령들은 중앙의 관리들에게 시시때때로 곡식이나 피륙 등의 선물을 보냈다. 명목상으로는 '고향을 빛내줘서 감사하다', '전에 이 지방을 다스릴 때 선정을 베풀어 후임자인 자신이 고마워서' 라는 등의 이유를 대지만 실상은 지방 근무를 마치고 중앙의 벼슬로 올라갈 수 있도록 힘써달라는 뇌물이었다.

중앙 요직에 있을수록 많이 들어오는 것은 당연지사다.

그 물품들이 개인 재산에서 나온 것이라도 뇌물이라서 문제인데 전부 나라 돈이라는 것이 더 큰 문제였다. 지방 관아의 예산이나 현지 백성들의 고혈을 빨아 모은 검은돈이 상납되었던 것이다.

혁은 광해의 이 같은 조치를 보고 고개를 갸우뚱했다. 도자기 수출로 기껏 벌어들인 돈을 왜 하필 안 그래도 잘 살고 있는 양반들을 위해 쓰는가 해서다.

그러나 이어서 나온 발표에 고개를 끄덕였다.

"앞으로 수증을 주거나, 받은 관리는 모두 파직하고 어사부를 신설하여 상시 감독한다."

이제 먹고사는 데 걱정 없이 봉급을 올려줬으니 부정을 저지를 시 강력하게 처벌하겠다는 말이다.

솔직한 말로 도저히 살 수 없을 정도의 녹봉을 주면서 청렴하기를 요구한다는 것은 무리다.

또한 관리들의 부정부패를 놔둔 상태에서는 백성들을 위한 어떤 정책도 효과를 발휘할 수 없다.

봉급 인상으로 좋아라 하던 관리들이 쓴 입맛을 다신 것은 물론이다.

어사부(御史部)는 암행어사제를 상시로 운영하기 위해 국왕 직속으로 신설하여 초대 판서에 광해는 가장 신임하는 허균을 임명했다.

"너희들의 어깨에 이 나라 조선의 앞날이 달렸다. 백성이 곧 하늘이라는 것을 명심하고 성심을 다하여 맡은바 소임을 완수할지어다."

"명심, 또 명심하겠사옵니다, 전하."

조선 팔도에 내려보낼 암행어사들이 광해에게 일제히 머리를 숙였다.

각 도당 3인씩, 거기에 한양을 담당할 1인을 포함한 총 25명의 젊고 기백 있는 관리들이 떠날 채비를 한 채 광해와 허균 앞에 도열해 있었다.

암행어사라면 특별한 경우에 임금이 한두 명을 선정해 민심을 알아보라고 내려보냈었지, 이렇게 스물다섯 명이나 되는 인원이, 그것도 동시에 파견되는 것은 개국 이래 처음 있는 일이다.

이들에게는 두 개의 유척(鍮尺)과 봉서(封書) 그리고 암행어사를 상징하는 마패가 주어졌다.

마패는 우리가 흔히 보았듯이 말이 그려진 패로 암행어사에게는 두 마리의 말이 그려진 이마패가 지급된다. 그 이상의 말을 여러 사람이 타고 다닐 경우 신분이 탄로 날 가능성이 높았기 때문이다.

이제 이들은 왕명을 받들어 민심을 살피고, 백성들의 어려운 일을 해결해 주며, 탐관오리를 적발하여 처단하는 임무를 수행해야 한다.

고개를 숙이고 있는 김석균의 가슴은 어느 때보다 심하게 뛰었다. 책상에 앉아 문서만 쓰는 답답한 일이 아니라 실제 백성들과 부대끼고 그들의 억울한 사정을 듣고 해결해 주는 일이다.

'암행어사 출두야'를 외치며 마패를 하늘 높이 쳐들고 당당히 동헌으로 입장하는 자신의 모습을 상상하자 가슴이 찌릿해 오면서 슬며시 입이 벌어졌다.

자신이 암행어사로 발탁된 사실을 알고 설레는 마음에 여러 날 잠을 설치기까지 했다.

아내 정씨는 몇 달 동안이나 풍찬노숙(風餐露宿: 고생스러운 생활)을 해야 하는 암행어사의 직무를 걱정했지만 김석균의 피는 아직 뜨거웠다.

광해에게 숙배를 드린 25명의 어사는 제각기 흩어져 도성을 벗어났다.

남대문을 나온 김석균은 아무도 없는 외진 곳을 찾아 품속에서 봉서를 끄집어냈다.

봉서는 암행어사가 가야 할 지역과 할 일이 적혀 있는 문서로서 반드시 도성을 벗어난 후에 개봉하여야 한다.

김석균에게 배정된 곳은 강원도 관서 북부 지역이었다. 험한 지형이 많아 고생깨나 해야 하는 곳이다. 김석균은 숨을 한 번 크게 내쉬고 신들메을 고쳐 매었다.

암행어사의 임무를 부여받은 이상 집에도 못 들리게 되어 있다.

가슴을 한 번 쫙 펴고는 김석균은 힘차게 발을 내디뎠다.

겨울이 지나가고 졸음이 아슴아슴 올 만큼 날은 따듯해졌지만 먹을 것이 없었다.

이제 겨우 이삭이 패려는 보리를 안타까운 시선으로 바라보던 굶주린 백성들은 힘없는 발길을 돌려 산으로 들로 입에 넣을 수 있는 것을 찾아 나섰다.

보릿고개. 여름 곡식인 보리가 채 여물지 않은 상태에서 지난 가을 수확한 양식이 다 떨어진 4~5월의 춘궁기를 이르는 말이다.

이 고난의 시간은 1970년대가 되어서야 겨우 해결이 되었으니 그동안 겪은 백성들의 고통이 어떠했겠는가.

"밥 좀 줍쇼."

아침 식사를 마친 혁이 입궐 준비를 하는데 밖에서 수런거림과 함께 거지들이 구걸하는 목소리가 들려왔다.

"아이구, 이제 그만 좀 와. 우리라고 뭐 먹을 것을 재놓고 사는 줄 알아?"

수원댁의 타박하는 고음이 이어 들렸다.

"고맙습니다요. 복 받으실 거구만요."

말은 그렇게 하면서도 마음 약한 수원댁은 오늘도 거지들의 쪽박에다 음식을 좀 덜어준 모양이다.

요즘 같은 때는 혁의 밥그릇에서도 쌀은 아예 찾아볼 수가 없다. 보리나 콩, 좁쌀 등으로 지은 밥을 먹었다.

명색이 관원의 밥상이 이럴진데 일반 백성들의 사정은 말해 무엇하겠는가.

먹어도 죽지 않는 나물은 모조리 뜯어 와서 삶고, 너도나도 산으로 올라가 소나무 껍질을 벗긴다.

송기죽. 소나무의 속껍질을 벗겨 그것으로 끓인 죽이다. 말이 좋아 죽이지 나무껍질을 삶은 것이다. 이것이나마 먹을 수 있으면 다행이었다.

나물도 자취를 감추고, 소나무 껍질까지 다 먹어치운 백성들은 굶주림에 못 이겨 나중에는 흙을 끓여 먹었다.

펄벅(Pearl Buck) 여사의 소설 『대지(大地)』를 영화화한 것에도 굴뚝에서 연기가 오르는 주인공 왕룽의 집에 곡식이 남아 있는 줄 알고 쳐들어온 굶주린 이웃들이 왕룽과 아내 오란이 쭈그리고 앉아 끓이고 있는 음식이 흙이란 것을 알고 고개를 떨구는 장면이 나온다.

'보릿고개 삼 년에 북망산천 넘어간다' 라는 말이 있을 정도로 봄은 절망의 계절이었다.

이런 백성들에게 나라에서는 시늉뿐인 구황곡과 약간의 구황 소금을 나누어주는 게 다였다. 가난한 나라가 해줄 수 있는 것은 거의 없었다.

'찢어지게 가난하다' 란 말은 '똥구멍이 찢어지게 가난하다' 란 말로 먹을 게 없는 백성들이 솔잎을 따서 그것을 가루 내어 끼니를 대신하면 지독한 변비가 오기 때문에 생긴 말이다.

소금에는 변비를 완화해 주는 효능이 있다. 또한 소나무 껍질이든 끓인 흙이든 소금이라도 넣지 않고는 도저히 목구멍으로 넘길 수 없었다.

나라에서는 가을날 산에 떨어져 있는 도토리를 주워 모아 보릿고개를 대비하라는 공문을 전국적으로 내려보내기도 했다.

그렇지만 사람이 다람쥐 새끼도 아닌 마당에 이게 제대로 된 구황작물이 될 턱이 있겠는가.

솔잎, 소나무 껍질, 도토리 외에도 느릅나무 껍질, 칡뿌리, 쑥 등이 구황 식품으로 사용되었다.

'아직 감자나 고구마가 이 나라에 안 들어온 것인가?'

궁궐을 향해 부지런히 걸어가며 혁은 생각에 잠겼다.

만약 둘 중에 하나라도 있다면 굶주린 백성들에게 얼마나 큰 도움이 될지는 말할 필요도 없다.

하다못해 옥수수라도 있다면 도움이 되지 않겠는가, 하는 생각이 들었지만 조선으로 온 이래로 아직 감자나 고구마는커녕 옥수수조차 구경하지 못했다.

그러나 옥수수는 혁이 몰라서 그렇지 임진왜란 때 원병으로 온 명나라 군사들이 비상식량으로 들고 와서 강원도 산간 지역에서 화전민 등에 의해 재배되고 있었다.

다만 극히 일부 지역에 불과할 뿐, 아직 대중화되지 못한 상태다.

16세기 초 포르투갈인들에 의해 명나라에 옥수수가 전래되었다. 생김새는 수수 알과 흡사한데 옥처럼 반짝반짝 윤이 난다 하여 옥수수라 이름 붙여졌고, 양자강 이남인 강남에서 들어왔다 하여 강냉이라고도 불렀다.

대표적인 구황작물인 감자와 고구마가 조선에 들어온 게 언제인지는 모른다. 다만 한 가지 혁이 기억하는 것이라고는 조엄(趙曮)이란 사람이 대마도에서 고구마를 들여왔다는 사실이다. 감자는 추운 지방에서 잘 자라는 만큼 중국에서 들어왔을 것으로 짐작되었다.

조엄이 대체 언제적 인물인가?

"내는 첨 들어오는 이름이대이."

"금시초문일세."

방덕수와 허균의 대답이다.

이들이 모른다면 틀림없이 후세의 인물일 것이다. 그렇다면 고구마는 아직 조선에 들어오지 않은 게 분명하다.

'없으면 내가 직접 들여오면 되지 않는가.'

고구마와 감자의 존재를 알고 있는 이상 흙을 먹고 있는 백성들을 그냥 보고만 있을 수는 없다.

방법을 찾아봐야 했다.

"글쎄요, 이렇게 생긴 작물은 태어나서 처음 보는데요."

조엄이 대마도에서 고구마를 들여왔다면 그곳 사람들은 고구마를 알고 있으리라는 생각에 평소 거래하던 대마도 상인인 사카다 고지를 찾았으나 고구마 그림에 대한 그의 대답은 혁을 실망케 했다.

본토는 어떤지 몰라도 쓰시마에는 없는 게 확실하단다. 쉰 살이 넘은 그가 모른다면 조엄이 대마도에서 가져왔다는 자신의 기억을 의심해 볼 수밖에 없다.

'아닌가…….'

기억하고 있는 유일한 단서가 틀리자 혁은 힘없이 팔을 늘어뜨렸다.

혁의 기억대로 고구마는 조엄이 일본에 통신사로 다녀오면서 대마도에서 구한 것은 맞다. 다만 그 시기가 영조 40년(1764년)이고 대마도에 고구마가 전래된 때가 1715년, 즉 앞으로 정확히 백 년은 더 있어야 했기에 대마도 상인조차 고구마의 존재를 모르는 것이다.

아무런 성과를 거두지 못하고 털레털레 한양으로 올라온 혁이 마지막 기대를 걸고 찾아간 이는 내의원의 의녀 은비였다.

"소녀가 의서들을 뒤져보겠습니다."

의서에는 온갖 동식물과 광물들의 효능에 대해 기술되어 있느니만큼 혹시 감자나 고구마에 대한 기록도 있을지 몰라 은비를 만난 혁이다.

정신없이 바쁘게 지내고 있는 혁에게 은비로부터 연락이 온 것은 그날 이후 거의 한 달이 지나서였다.

"본초강목에 감저(甘藷)에 대한 기술이 있습니다."

『본초강목(本草綱目)』은 1596년 명나라 이시진에 의해 간행된 의학서로 허준의 『동의보감』과 함께 최고의 동양 의학서로 꼽히는 책이다.

거기에 '감저는 단맛이 나며 독이 없다. 허핍(虛乏)한 것을 보하며 힘이 나게 한다. 비장과 위장을 튼튼히 해주며, 신음(腎陰)을 강하게 해주는데 마[山藥]와 효과가 서로 같다'라고 적혀 있었다.

"어디에서 재배되고 있다던가?"

귀가 번쩍 뜨인 혁이 물었다.

"그런데 그게……."

재배지에 대한 기록은 없었다. 또 막혀 버렸다.

거의 포기 단계에 이른 혁에게 뜻밖의 낭보가 날아든 것은 다시 한 달이 더 지났을 즈음이었다.

"감저? 알다마다요."

혁에게서 최고의 구황작물로 감자와 고구마가 있다는 사실을 들은 허균이 행여나 하고 정례적으로 조선에 온 유구국 사신들에게 물어본 결과, 알고 있다는 말을 들은 것이다.

아니, 아는 정도가 아니라 유구국은 전국적으로 이 감저를 재배하고 있단다.

사신은 돌아가는 대로 반드시 보내주겠다고 다짐했다. 유구국에 있어 일본의 침략을 막아준 조선은 하늘 같은 은혜를 베푼 나라가 아닌가. 지체한다는 것은 안 될 말이다.

오늘날에도 감자는 전 국민이 온갖 요리 방법으로 맛있게 먹는 음식이다. 이것을 전국적으로 재배한다면 소나무 껍질을 벗기고, 풀뿌리를 캐고, 흙을 끓여 먹는 일은 사라지리라.

세 달이 지나고 감저를 실은 유구국의 배가 동래부에 도착했다.

상자를 열어본 동래부사 박경업(朴慶業)이 와락 미간을 구겼다. 들어 있는 열 개 중 일곱 개는 이미 썩어 곰팡이가 피었고 나머지 세 개에서도 한 개는 반쯤 상했다. 아마도 습도 높은 바닷바람 탓인 듯하다.

그런데 거기에 든 것은 감자가 아니었다. 길쭉하고 연보랏빛을 띤 것, 고구마였다.

감저(甘藷)는 당연히 감자인 줄 알았지 고구마의 한자 표기라는 것을 혁도 몰랐던 것이다. 아직 조선에는 감자도 고구마도 들어온 적이 없으니 누가 그것을 알겠는가.

감자는 한자로 북저(北藷) 또는 마령서(馬鈴薯)라 한다.

감저가 고구마든 감자든 그게 무슨 상관이랴. 누구 말마따나 검은 고양이든 흰 고양이든 쥐만 잡으면 되는 것이 아닌가.

유구국에 고구마가 전래된 때는 1605년이었고 달콤한 맛에 반한 유구국 백성들은 너도나도 재배해 식량으로 삼고 있었다.

고구마는 왜음(倭音)인 고귀위마(古貴爲麻)에서 유래된 것인데 이제 조선은 오히려 일본보다 앞서 고구마를 대량 재배할 수 있게 되었다.

안데스 산맥의 고원지대가 기원인 감자는 1700년대 중, 후

반 중국 전역으로 퍼졌다가 1800년대 초가 되어서야 조선으로 들어오게 된다.

두 개의 멀쩡한 고구마는 유구국 사신이 첨부한 재배 방법에 따라 2~3치의 길이로 잘라 동래부 인근의 볕이 잘 드는 밭에 심어졌다. 오늘날에는 고구마 순을 심어 재배하지만 당시는 그런 방법을 몰라 씨고구마를 땅에 직접 심었다.

이제 몇 달 후면 그 결과가 나올 것이다.

허균으로부터 자세한 보고를 들은 광해 역시 관심을 기울이게 되었다. 재배가 성공한다면 굶주린 백성들을 구할 수 있는 획기적인 식품이 될 터이다.

"싹이 났다고 하더냐?"

"그렇습니다, 전하. 드디어 싹을 틔웠다고 하옵니다."

"허허허, 그것참……."

내관의 말에 흐뭇한 미소를 짓는 광해였다.

왕이 지대한 관심을 기울임에 따라 동래부에서는 보름에 한 번은 보고서를 올려야 했고, 동래부사는 눈 뜨면 제일 먼저 하는 일이 고구마밭을 둘러보는 것이었다.

"감저 스무 개를 캤다 하옵니다."

양력 10월이 되어 드디어 조선에서의 첫 고구마 수확이 이루어졌다.

20개라는 초라한 산출이지만 그래도 10배의 생산량이다. 이렇게 매년 열 배로 불어난다면 몇 년 후면 조선 백성 누구나 고구마를 맛볼 수 있게 될 것이다.

"부사영감, 큰일 났습니다."

숨을 헐떡이며 달려온 비장(裨將)의 얼굴이 사색이다.

"무슨 일이길래 이리 호들갑이냐?"

동래부사 박경업이 미닫이문을 급히 열며 얼굴을 내밀었다.

"감저가… 감저가… 전부 사라졌습니다."

"무어라!"

이번에는 박경업의 얼굴이 누렇게 되었다. 임금이 지극히 관심을 기울이는 감저 농사가 아닌가.

"객사에 보관해 놓은 감저가 밤사이에 온데간데없어졌습니다."

고구마는 추운 데 놔두면 쉽게 상하기 때문에 객사 하나를 비워 전용 보관 창고로 쓰는데 몽땅 도둑맞아 버렸다.

동래부사 박경업은 눈앞이 노래졌다. 책임을 다하지 못한 자신은 최소한 파직 감이다.

"어서 찾지 않고 뭘 하고 있는 것이냐. 전 군졸을 풀어서라도 찾아내어라, 빨리!"

동래부는 비상이 걸렸고 난리법석을 떤 끝에 그날 저녁나절이 되어 도둑을 잡았다.

범인은 다름 아닌 동래부 소속의 만돌이라는 관노였다. 배가 고파서 다 먹었다는 것이다.

박경업은 털썩 주저앉고 말았다.

최고의 구황작물로 수많은 조선 백성의 굶주림을 덜어줄 씨고구마가 사라져 버렸다.

새로 유구국에 부탁하고 뱃길을 무사히 통과해서 다시 재배하려면 몇 년이 소요된다.

이런 사항을 임금에게 보고할 생각을 하니 박경업은 정신이 아득했다. 그때였다.

"영감, 영감, 이걸… 이걸 찾았습니다."

허겁지겁 달려온 비장의 양손에 각각 한 개씩의 고구마가 들려 있었다. 먹다가 남은 것을 숨겨놓았던 것이다.

동래부사는 한숨을 쉬었고, 이로써 고구마의 보급은 한 해를 지체하게 되었다.

임금에게 올릴 보고서 종이를 펼쳐놓은 박경업은 지금 붓을 들었다, 놓았다를 세 번째 되풀이하고 있었다. 사실대로 노비가 먹어치우는 바람에 한 해가 지체되었다고 하면 분명 관리를 소홀히 했다는 비판을 면치 못하리라.

이윽고 결심이 선 박경업이 써 내려간 내용은 엉뚱하게도 울릉도에 관한 얘기였다.

"감저는 보관상의 문제로 증식이 한 해 지연되는 일이 발생하였사오나 이미 재배법을 상세히 익혔으므로 내년부터는 별 문제가 없을 것으로 사료되옵니다. 정작 아뢰올 중요한 일은 왜국에서 얼마 전 보내온 서찰에 관한 것이옵니다."

교묘하게 고구마 건은 별것 아닌 것으로 치부하고 열흘 전에 도착한 도쿠가와 막부의 서찰에 대해 장황하게 기술하였다.

대마도의 사신이 들고 온 서찰에는 다음과 같은 내용이 적혀 있어 박경업을 경악케 했다.

우리 백성들의 어업 활동을 위해 다케시마에 가서 그 섬의 크기와 지형을 조사하고자 하니 귀국이 우호 관계를 고려해 뱃길 안내자를 보내주기 바란다.

박경업이 놀란 이유는 여기에서 말하는 다케시마(竹島: 죽도)가 당시에는 울릉도를 지칭한 까닭이다. 독도는 마쓰시마, 즉 송도(松島)라고 불렸다.

일본이 독도를 오늘날과 같이 다케시마라 부르게 된 때는 러일전쟁 도발 후인 1905년으로 우리 정부 몰래 독도를 자기네 영토에 편입시킨다는 결정을 하고부터이다.

조선에서는 울릉도는 주로 무릉도(武陵島)라 하였고, 독도는 우산도(于山島)라 칭했다.

이런 터무니없는 요구를 조정에까지 알릴 생각이 전혀 없었는데 고구마 사건을 희석하기 위해 과장된 어투로 보고하고 있다—원래 역사에서는 조정에 보고하지도 않고 '안 된다' 라는 답신을 국서도 아닌 동래 부사 명의로 달랑 보내고 말았다. 만약 이때 국가 차원에서 말도 안 되는 소리 하지 말라고 명확하게 했다면 오늘날의 독도 분쟁이 아예 없을 수도 있었는데 우리로서는 좋은 기회를 놓친 셈이다—.

박경업의 계획은 성공하여 보고서를 접한 조정 대신들은 고구마는 제쳐놓고 울릉도 문제를 논의하게 되었다. 고구마로 인해 역사의 흐름이 바뀌어지는 순간이다. 박경업이 의도한 바는 아니었지만 결과적으로는 다행한 일이 아닐 수 없다.

"무릉도가 우리의 영토가 된 때가 언제요?"

뜻밖의 보고에 광해는 누구에게랄 것 없이 물음을 던졌다.

"김부식의 삼국사기에 의하면 신라 지증왕 13년(512년)에 장군 이사부가 우산국을 복속시켰습니다. 이때부터 무릉도가 우리나라 땅이 되었습니다."

역사에 해박한 허균이 어렵지 않게 대답을 했다.

"한데 어찌하여 저들이 감히 우리의 영토를 조사하느니, 어쩌느니 하는 망언을 한단 말이오?"

임금의 입장에서 자신이 다스리는 땅을 넘보는 자가 있다는 사실은 대단히 불쾌한 일이다.

"전조(前朝: 고려)부터 준동한 왜구의 피해 때문에 공도 쇄환 정책(空島刷還政策: 섬에 사는 사람들을 모두 육지로 데려와 섬을 무인도로 만드는 정책)을 실시하여 무릉도가 비어 있었던 탓으로 보입니다."

조선은 울릉도에 사람이 살게 되면 이를 노린 왜구의 침략을 우려하였고, 도망친 노비, 군역이나 세금을 피하려는 범죄자들이 숨어든다는 이유로 공도 정책을 시행하였다. 나라에서는 3년에 한 번씩 관리를 파견하여 섬의 상황을 살피고 살고 있는 주민들을 육지로 실어 날랐다.

그사이 일본의 어부들은 제 집 안방 드나들듯이 울릉도에 들어가 귀한 산삼을 캐 가고, 지천으로 널린 전복을 마구 채취해 갔다.

특히 오타니(大谷)와 무라카와(村川)의 두 가문은 경쟁하듯이 울릉도의 귀중한 자원들을 도둑질했다. 이들이 도쿠가와 막부로부터 받은 도해면허(渡海免許)를 가지고 오늘날 일본은 울릉도와 독도의 점유권을 막부가 가졌던 것처럼 말하지만 오히려 이것 자체가 독도와 울릉도가 우리의 영토였다는 증거가 된다.

도해면허란 외국에 건너갈 때 허가해 주는 면허이기 때문이다. 자기 나라 바다에 고기 잡으러 나가면서 허락받고 가는 일은 없다.

"지금 상관하지 않고 내버려 둔다면 반드시 뒷날 걱정거리가 될 것입니다. 수군을 파견하고 진을 설치하는 게 옳은 줄 아뢰옵니다."

"무릉도에 사람이 살지 못하도록 공도 정책을 시행한 지 벌써 오래되었는데 왜인 몇이 고기잡이를 온다고 해서 갑자기 철폐하는 것은 바람직하지 않사옵니다. 군사를 섬에 주둔시키면 오히려 양국 관계에 악영향을 미칠 것입니다."

조정 신료들의 의견이 분분하고 제각각이었다.

울릉도에 대해 잘 모른다는 점도 있었지만 임진왜란으로 혼이 난 이 땅의 양반 사대부들이 가급적 일본의 비위를 거스르지 않으려 하는 것도 큰 이유였다.

결론이 나지 않자 광해는 다음 날 다시 토의하기로 하고 마치고 말았다.

광해는 편전에 들어서도 영 기분이 개운치 않았다.

'무릉도… 무릉도라……. 어떻게 하는 것이 옳은가.'

고민하던 광해의 머리에 문득 딴 세상을 살다 온 유혁이라면 무릉도에 대해 자세히 알고 있을지도 모른다는 생각이 들었다.

"여봐라, 어서 가서 유 주부를 데려오라."

아닌 밤중에 불려온 혁이 긴장하여 엎드려 있는데 광해의 물음이 떨어졌다.

"오늘 논의된 사항이 이런데 네 생각은 어떠하냐?"

대전 회의에서 결론 없이 중구난방 떠들기만 했던 것을 간략히 혁에게 일러준 광해가 혁을 내려다보았다.

광해의 설명을 듣자 혁은 곧 무릉도가 울릉도를 지칭한다는 것을 알아챘다.

"그 섬에 절대 왜인들이 들어오게 해서는 안 됩니다."

단호한 혁의 말에 광해가 몸을 앞으로 세웠다.

오늘날 일본이 독도를 가지고 억지를 쓰고 있다는 사실을 모르는 대한민국 국민은 없다. 하물며 울릉도라니!

바다 역시 엄연한 영토이며, 만약 울릉도나 독도가 왜국의 영향하에 들어간다면 조선이 입는 손해가 얼마나 큰지에 대한 혁의 상세한 설명을 들은 광해의 눈꼬리가 올라갔다.

"저런 고얀 놈들이 있나."

옆에 있는 협탁을 두 번이나 손바닥으로 내려친 광해는 다음 날 재차 열린 회의에서 목소리를 높였다.

"무릉도에 즉시 진을 설치하고 판옥선 네 척을 배치하여 우산도까지 상시로 순찰하도록 하라. 만일 우산도 근해까지 와서 고기를 잡는 왜국의 어선이 있다면 모조리 나포하도록 할 것이며 아울러 무릉도는 무릉현으로 지정하여 백성들을 이주시켜 논밭을 가꾸게 하고 파견한 현감은 그들을 보호하도록 조치하라."

초강경 대책이 발효되었고 광해의 특명을 받든 수군이 즉각 푸르른 동해의 파도를 헤치며 울릉도로 향했다.

조선의 정책이 이렇게 바뀐 줄도 모르고 평소처럼 여유작작

하며 독도 근해에 진입한 두 척의 일본 어선이 조선 수군에 의해 나포되어 울릉도에 억류된 것은 이 대책이 나오고 얼마 지나지 않아서다.

조선의 사대부들이 일본과의 다툼을 겁내듯이 백 년에 걸친 피비린내 나는 전국시대를 거쳐 조선과 7년 동안 임진왜란을 치른 일본 역시 막부의 고위 관리에서부터 일반 백성들까지 싸움이라면 신물이 날 지경이었다.

이런 상태에서 조선의 강경 대응은 일본인의 간담을 서늘하게 만들기에 충분했다.

일본은 전통적으로 강자에 약하고 약자에 강한 민족성을 지니고 있다.

조선에서 울릉도까지는 짧은 거리인데 반해 일본 땅에서는 까마득하다는 사실을 잘 알고 있던 막부는 허둥지둥 사과의 뜻을 담은 국서와 함께 재발 방지를 약속했고, 두 척의 일본 어선과 어부들은 한 척당 오천 냥씩 해서 거금 은 만 냥의 벌금을 물고서야 겨우 돌아갈 수 있었다.

앞으로는 울릉도와 독도 근해에서 얼쩡대는 일본 어선은 없을 것이며 이로써 훗날 독도를 일본 땅이라 우길 걱정은 사라지게 되었다.

독도는 울릉도의 부속 섬이다. 그것은 울릉도가 우산국이란 나라였고, 독도의 옛 이름이 바로 우산도라는 사실만 보아도 알 수 있다.

독도가 울릉도의 부속 섬으로 조선의 영토가 확실하다고 선언한 일본 최고 기관의 문서가 있다.

메이지 시대 일본 최고의 권력 기관이었던 태정관(太政官)이 내린 지령문이다.

1877년 내려진 이 문서에는 '다케시마(울릉도)와 1도(독도)는 일본과 아무 관계가 없으니 명심하도록 하라' 라고 쓰여 있다. 그 문서에 포함된 지도인 '기죽도약도' 에는 울릉도와 독도의 모습이 정확하게 그려져 있어 누가 보아도 1도가 독도라는 사실을 알 수 있다.

일본 정부는 자국에 지극히 불리한 증거가 될 이 지도를 깊숙이 숨겨놓고 있었는데, 2005년에 한 양심적인 일본인이 공개함으로써 세상에 알려졌다. 하지만 지금도 태정관 지령문이나 기죽도약도를 보자고 하면 '조사 중이니 보여줄 수 없다' 라는 답변으로 일관하고 있는 일본이다.

17.
포목점을 연 수련

좌찬성 김자홍 대감의 며느리로 있다가 쫓겨난 수련은 소금장수 김삼식을 만나 새로운 삶을 찾았다.

다 쓰러져 가던 오막살이에서 시작한 살림이 이제는 근동에 소문난 알부자가 되었다.

소갈병을 앓던 김삼식의 노모는 뒤늦은 호강을 누리다 수련의 손을 쓰다듬으며 숨을 거두었고, 수련 내외는 며칠 전 삼년상(정확히는 윤달을 제외한 25개월)을 마쳤다.

유교에서 신분과 상관없이 모든 사람에게 강요하던 삼년상은 갓난아기는 최소한 삼 년 동안 부모의 보살핌을 받아야 하므로 그 받은 만큼 보답해야 한다는 공자의 가르침을 따른 것이다.

상을 마치자마자 가장 먼저 수련이 취한 행동은 두고 온 몸종 삼월이를 찾는 일이었다.

살아서는 다시 발을 들여놓지 않으리라 맹세했던 김자홍의 집에 이를 사려물고 찾아간 수련을 맞은 것은 얼음보다 차가운 전 시어미 양 씨의 냉대뿐이었다.

마음 같아서는 박차고 돌아 나가고 싶었지만 일각이 여삼추로 자신을 기다리고 있었을 삼월이를 생각하면 그럴 수가 없다. 애당초 환대를 기대하고 온 것이 아니지 않는가.

"삼월이를 찾으러 왔습니다."

수련은 공손하게 고개를 숙였다.

"우리가 삼월이를 몇 년째 먹여주고 입혀주고 있는데 이제 와서 그게 무슨 해괴망측한 망발이냐. 삼월이가 네가 잠시 맡겨놓은 물건이나 되는 것처럼 말하는구나."

죽도록 일 시킨 것은 뒷전이고 지금까지 마치 호의호식이라도 시킨 듯 시침을 떼는 양 씨였다. 노비는 집안의 큰 재산인데 호락호락 내놓은 리가 없었다.

수련은 조용히 품속에서 종이 한 장을 끄집어냈다. 이럴 때를 대비해 간직해 놓은 삼월이의 노비 문서였다. 제아무리 욕심 많고 뻔뻔한 양 씨라도 소유 관계가 명백히 쓰여 있는 문서 앞에서는 할 말이 없었다.

"독한 년."

씹어뱉듯이 한마디 하고는 양 씨는 방문을 소리 나게 닫아버렸다.

달려 나온 삼월이 수련과 눈물의 해후를 한 것은 물론이다.

이제 집안일은 삼월이에게 맡길 수 있게 된 수련은 오랫동안 생각해 온 포목점을 열기로 하였다.

수련의 부탁을 받고 점포를 알아보러 갔던 삼식이 돌아와 잔뜩 인상을 쓴 채 말했다.

“장사가 안 돼 팔려고 내놓은 포목점이 있습디다. 그런데 얘기를 들어보니 그 집과 좀 떨어진 데서 같은 포목점을 하고 있는 장석구라는 자의 훼방 때문에 결국 문을 닫게 됐다고 하오.”

시장 무뢰배 출신인 장석구는 자신과 안면이 있는 왈짜(깡패)들을 사주해 다른 포목점의 여리꾼에게 무릿매를 내리거나 그 포목점을 찾은 손님에게 겁을 주는 등 여러 가지로 방해를 하여 장사를 못 하게 한 것이다.

당한 쪽에서는 당연히 포도청에 고발을 하였으나 장석구의 뒤에 김자홍이라는 거물이 있다는 것을 아는 포도청의 서리나 사령들이 흐지부지하는 통에 장석구의 행패는 계속되었고 종내는 문을 닫고 말았다.

“임자가 운영을 한다고 그놈이 방해를 하지 않겠소? 오히려 아낙이라 하여 더욱 업신여길 것이 뻔한데…….”

삼식은 못내 걱정스러운 듯 구겨진 얼굴이 펴지질 않았다. 지금까지 수련이 하자는 대로 해서 안 된 것이 없시만 이번 경우는 상대가 달랐다.

삼식으로서는 지금처럼 요족한 살림에다 자신이 계속 소금장사를 하면 평생 배곯을 걱정 없이 살 수 있을 텐데 굳이 위험을 안고 큰 점포를 할 필요가 있느냐, 하는 소박한 생각이었다. 하지만 수련의 생각은 달랐다.

비록 차별받는 여인의 몸으로 태어났지만 차츰 자신이 장사에 재능이 있다는 것을 어렴풋이 깨달으며 그 능력을 마음껏 발휘해 보고 싶었다.

이런 수련의 마음을 모르는 삼식이 만약에 그녀가 김자홍의 며느리였었다는 사실을 알았다면 복수라도 하기 위해 그러는 줄 알고 극구 말렸을 게 분명했다.

“서방님께서 염려하시는 바는 잘 알겠지만 제게도 생각이 있으니 너무 심려치 마세요.”

수련의 생각에 포목점은 자신이 구상해 온 새로운 경영 방식에 가장 적합한 업종이라는 점 때문에 선택을 한 것이지 장석구가 김자홍의 수하라는 사실도 모르는 그녀로서는 복수란 어불성설이었다.

수련이 인수한 포목점을 수리하는 광경을 본 시장 상인들은 저마다 한마디씩 거들었다.

“누군진 몰라도 또 망해먹을 사람이 생겼네그랴.”

“그러게 말일세. 석구 그놈의 행패 얘기도 못 들었나. 몇 달이나 가려나…….”

상인들은 수군대면서도 고개를 갸웃거렸다. 업종을 바꾸는 것도 아닌데 왜 굳이 기존의 점포를 다 뜯어내고 새로 내부 공사를 하는지 의아한 것이다. 게다가 드러나는 내부 모습이 지금까지 볼 수 없었던 독특한 구조라서 더욱 그랬다.

포목점은 손님이 원하는 물건을 뒤쪽에 위치한 창고에서 꺼내서 보여주면 되기 때문에 전면은 주인이나 종업원의 자리 정도만 있으면 충분하다. 그런데 지금 짓고 있는 것은 장방형의 넓은 방 모양으로 마치 큰 주점을 연상케 하는 형태였다.

이런 시장 상인들의 의문은 수련의 포목점 '睡蓮堂(수련당: 연꽃이 피는 집)' 이 문을 열자 경탄으로 바뀌었다.

그 넓은 방에 온갖 종류의 옷감이 빽빽이 진열되어 있었다. 품질 좋은 무명과 삼베는 기본이고, 중국에서 수입된 최고급 비단부터 시작해 국사, 갑사, 은조사, 항라, 충청도 한산모시, 경상도 안동포, 경기도 강화반포, 황해도 해주목, 전라도 강진목, 함경도 육진장포 그리고 강원도의 철원명주까지 한마디로 없는 것이 없어, 들어선 손님은 그 휘황찬란함에 절로 눈이 부셨다.

더욱 놀라운 것은 진열된 각각의 포목에는 가격표가 붙어 있어 물어보지 않아도 한눈에 자신이 사고자 하는 물품의 값을 알 수 있다는 점이다.

수련은 우선 두 가지의 큰 변화를 시도했다.

첫째는 상품의 전시를 통해 구매자가 여러 물건을 직접 보고 선택할 수 있게 함으로써 손님을 끌고 오는 여리꾼이 필요없게 했고, 다음은 정찰제를 시행해 번거롭고 바가지 쓸 여지가 많은 흥정을 없애 버렸다. 덧붙여 점포 간판을 단 것 역시 지금까지 누구도 시행한 적이 없던 일이었다.

기존에 '어디 모서리 돌아가서 처음 있는 포목점', '코 크고 얼굴 넓적한 이가 하는 싸전', 하는 식이었는데 자신의 이름을 당당히 상호화한 것은 파는 상품의 품질을 보증한다는 의미가 내포된 획기적인 시도였다.

이런 독특한 점포가 사람들의 관심을 끌지 않는다면 오히려 이상한 일이다.

"자네, 수련당에 가봤나? 난 그렇게 많은 포목은 난생처음 보았네. 아주 눈이 호강을 했어."

"난 벌써 계추리(경북에서 나는 삼베의 하나) 한 필을 샀다네. 올도 촘촘한 것이 질이 아주 좋은 데다가 값이 다른 점포에서 부르는 것의 절반이더군. 나도 모르게 덥석 집어 들었지. 꼭 횡재한 기분이야."

그때 볼멘소리가 하나 끼어들었다.

"아, 난 들어가 보지도 못했네. 점심때 갔는데 남정네는 출입 금지라는 거야."

"허허, 자네 그걸 몰랐구먼. 오시부터 신시까지는 아낙들만 들어가게 한다네."

수련은 옷감의 주 수요자인 여성들이 직접 점포에 내왕하여 마음 놓고 구경하고 물건을 고를 수 있게끔 오전 11시부터 오후 5시까지의 황금 시간대를 여성 고객을 위해 할애했다.

점포 가운데에는 상담이나 차를 마시며 한담을 나눌 수 있는 탁자도 마련하여 구경하다 지치면 다리쉼을 하며 여유 있는 쇼핑이 되도록 배려했다.

"마님, 오늘도 수련당에 가시려고요?"

"그럼 답답한데 집 안에 틀어박혀 있으면 뭐 하겠느냐. 가서 새로 들어온 비단도 보고 차도 마시면 하루가 순식간에 가 버리지 않느냐. 어서 차비를 해라."

수련당은 무엇보다 바깥 나들이를 마음대로 하지 못하던 사대부 여인들에게 폭발적인 인기를 얻었다. 여자들만의 공간을 만들어주니 남편 눈치 볼 필요 없이 마음 놓고 다닐 수 있어 숨통이 트였다.

장안에서 내로라하는 대갓집 마님들 사이에서 수련당은 이제 바쁜 일 없으면 한 번씩 들러야 하는 곳으로 인식되었으니 물건이 얼마나 잘 팔렸겠는가.

수련이 상품 안내 및 접대 역으로 세 명의 처자를 고용한 것은 도저히 혼자서는 밀려드는 손님을 감당을 할 수 없었기 때문이다. 점포 옆의 공터를 사들여 대갓집 마님들이 가마를 이용하기에 불편함이 없게 하고 공터 끝에 차일을 치고 넓은 평상을 깔아 교군들이 쉴 수 있는 장소를 만든 것도 함께 시행한 일이다. 오늘날의 전용 주차장에 기사 대기실인 셈이다.

이제 수련당은 명실상부한 장안의 명물이 되어갔다.

"이런 빌어먹을, 네놈들은 밥 처먹었으면 그 값을 해야 할 것 아냐?"

장석구는 부리는 여리꾼들을 모아놓고 분통을 터뜨리고 있었다.

"도대체 며칠째 공치는 줄 알기나 알어? 이 밥버리지 같은 놈들아!"

화를 내면 낼수록 더 울화가 치밀어 장석구는 시뻘겋게 달아오른 얼굴로 고개를 떨구고 있는 수하 것들을 쏘아보았다.

손님이 점점 줄더니 요 근래는 아예 싸구려 무명 한 필도 못 파는 날이 허다해졌다.

"그게… 아무리 싸게 해준다고 꼬셔도 수련당에서 사겠다면서 거들떠보질 않는뎁쇼."

"예, 맞아요. 거기 가면 물건도 직접 고를 수 있고 값도 싼데 뭐 하러 우리 가게를 가겠냐고……."

한 녀석이 입을 열자 너도나도 불만들을 떠들어댔다.

"시끄러! 이것들이 죽으려고 환장을 했나. 그러니까 니들이 더 뛰어야 될 거 아냐."

장석구라고 수련당 때문이라는 것을 모를 리가 없다.

망한 포목점을 어떤 여자가 인수했다는 말을 처음 들었을 때 코웃음을 쳤던 장석구다. 그까짓 것 또 망하게 하는 것쯤이야 자신에게는 손바닥 뒤집기보다 쉬운 일이었다.

그런데 사태가 전혀 예상치 못한 방향으로 흘러갔다.

어제는 선배인 차호성에게 불려가 계속 실적이 이랬다가는 김자홍 대감이 가만있지 않을 것이라는 경고까지 들었다. 무슨 수를 내야 한다.

장석구는 담배에 불을 붙여 물며 안 그래도 험악한 인상을 더욱 구겼다. 잘못하다가는 이 맛있는 담배도 못 피우게 될지 모를 일이다.

"니미럴, 수련당이라……."

자근자근 씹듯이 중얼거린 장석구는 잇새로 가래침을 찍 하고 내뱉었다.

"손님, 이 비단으로 하시려고요?"

수련당의 판매원 하나가 사십 줄에 막 접어든 남루한 차림의 아낙에게 말을 붙였다.

이 여인이 아까부터 저가의 국산 비단 앞에 서서 만져보기도 하고 돌아섰다가 또 와서 서성이길 여러 번이라 수련도 유심히 보고 있던 참이었다.

"아니, 그게 아니라… 저기 한 필은 많고, 혹시 반 필만 살 수는 없는지……."

오는 시아버지의 환갑에 비록 좋은 것은 아니더라도 비단 옷 한 벌을 지어드리고 싶어 내외가 오래전부터 아끼고 아껴 돈을 모았지만 한 필을 살 돈이 안 되었던 것이다.

"아, 그건 안 됩니다. 반을 나눠 팔면 남은 비단은 팔 수가 없게 됩니다. 모든 옷감은 한 필씩 팔기 때문에……."

"됩니다."

이들의 대화를 듣던 수련이 서둘러 다가왔다. 아낙의 얼굴은 순간 환해졌고 안내원은 난감한 표정으로 수련을 쳐다봤다.

"어서 이분께 반 필을 잘라 드려. 그리고 앞으로는 단 1척(尺: 1/35필)이 필요한 손님께도 나누어서 드리도록 해."

일찍이 장석구의 판매 행태에서 보았듯이 장사란 흥정을 잘해 최대한 많은 이문을 남기는 것이 최선의 방법으로 여겨지던 시절이었다.

그러나 길게 바라본다면 그게 다가 아니다.

한 필 단위로 팔면 편하기는 하지만 꼭 한 필이 필요한 손님만 있는 건 아니라는 사실을 수련은 깨달았다. 고객 입장에서 생각해야 한다는 현대 상업 마인드의 탄생이었다.

"손님, 죄송하지만 지금은 남정네들이 들어올 수 있는 시각이 아닙니다. 이따 유시 이후에 와주십시오."

수련당에 들어서는 사내에게 말하는 안내원의 목소리가 떨렸다. 네 명의 사내가 하나같이 생김이나 껄렁대는 모습이 대단히 불량해 보였던 까닭이다.

"허, 내가 물건을 팔아주러 왔는데, 뭐? 이따가 오라구? 니가 뭔데 오라 마라 해? 칵~ 퉤!"

안내하던 처녀 아이는 사색이 되었고, 때아닌 소란에 수련당 안의 시선이 전부 이들에게 쏠렸다.

"물건 때깔도 좋고 아낙네들의 때깔은 더 좋구먼."

앞장선 놈이 뒤따르는 녀석들을 돌아보며 한마디 하자 자기네들끼리 왁자지껄하며 웃음을 터뜨렸다.

장석구가 보낸 무뢰배들이다. 이 시각에 수련당에는 여자들밖에는 없을 것이니 마음껏 난장판을 벌이라고 주문했던 것이다.

수련이 반사적으로 이들에게 다가가려고 할 때 날카로운 고함 소리가 터져 나왔다.

"웬 놈들이 이런 무례를 저지르는 것이냐?"

탁자를 걷어차기도 하고, 진열된 옷감을 집어 던지던 녀석들이 소리친 이를 바라보니 늙었으되 한눈에도 귀한 집안 사람이라는 느낌이 물씬 묻어났다. 순간 찔끔하였으나 본디 막 살아온 놈들이었다.

"거 누군데 호놈이 낭자한 거요?"

배에 힘을 주고 대거리를 했다.

"아무리 시장에서 행패나 부리는 왈짜들이라고는 하나 네 놈들이 감히 정경부인 마님 앞에서 이런 행티를 저질러?"

처음 소리친 귀부인 옆에서 한 여인이 매섭게 치켜뜬 눈을 부라리며 호통을 쳤다.

정경부인이라면 삼정승을 비롯한 이 나라 최고위직의 부인을 일컫는 말이 아닌가.

앞장섰던 녀석이 정경부인이라는 말에 순간 숨을 삼켰다. 아무리 무식한 놈들이라 해도 정경부인이라면 자신들과 같은 떨거지 목이야 열 개라도 순식간에 떨어뜨릴 수 있는 위치라는 것쯤은 알고 있었던 것이다.

이때 점포의 소란을 전해 들은 교군들이 달려왔다. 대갓집 교군이라면 시정의 무뢰배 못지않게 힘깨나 쓰고 주인 위세를 빌려 큰소리를 치는 자들이다.

가마 한 대당 2~4명의 교군이 필요하니 달려온 숫자만 하더라도 십여 명으로 왈짜패들을 압도했고, 이미 기가 꺾인 이들은 대항할 엄두도 내지 못하고 때리는 대로 맞는 수밖에 없었다.

기세 좋게 쳐들어왔던 네 놈이 초주검이 된 채 널브러졌다.

"그놈들을 결박하여 포도청으로 넘겨라."

정경부인 마님의 싸늘한 한마디가 떨어졌다.

우의정 부인한테 때깔이 좋다느니 뭐니 했으니 곱게 나오기는 애저녁에 틀린 일이다.

이제 높고도 높은 마님들이 드나든다는 소문이 곧 짜하게 퍼질 테니 어떤 무뢰배라도 수련당에서 감히 행패를 부리려는 놈은 없을 것이다.

소문을 들은 장석구가 좌불안석으로 동동거리는 것은 당연한 일. 만약 그놈들이 자신이 시켰다고 털어놓으면 오라를 든 포도청 사령들이 곧 들이닥칠 게 분명하다. 그렇다고 가게를 버리고 도망칠 수도 없는 장석구가 손을 떨며 담배만 죽이다가 슬그머니 포도청을 향해 길을 나선 것은 어스름이 내린 저녁 무렵이었다.

포도청은 한양에 두 개가 있었는데 좌포도청이 현재의 종로 단성사 위치에 있었고, 우포도청은 동아일보사 자리에 위치했다.

장석구가 찾아간 곳은 점포가 있는 종로 시전에서 얼마 떨어져 있지 않은 좌포도청이었다.

한참을 기웃거리다 안면 있는 사령을 발견한 장석구는 재빨리 뭔가를 찔러주며 면회를 신청했다.

"곧 대감마님께서 꺼내주실 거야. 그러니 조금만 참아. 알아들었어?"

포도청에 끌려오자마자 교군들을 통해 저간 사정을 들은 포도대장이 오부지게 한 번 더 두들겨서 거의 인사불성이 된 왈짜패들에게 장석구가 강다짐을 놓았고, 평소 김자홍 대감과의 안면을 과장해서 떠벌리던 장석구의 말을 자주 들었던지라 오락가락하는 정신 속에서나마 네 놈은 고개를 끄덕였다.

이들을 면회하고 나온 장석구는 근처에 쫄랑거리며 다가온 비루먹은 개새끼를 냅다 걷어차니 날벼락을 맞은 개는 죽는다고 깨갱거리며 도망을 쳤다.

물론 장석구는 김자홍에게 보고할 생각은 털끝만큼도 없었다. 그 말을 들은 김자홍이 어떤 표정을 지을지 뻔하기 때문이다.

수련은 예상대로 여성이 주 고객층을 형성하자 포목점 옆에 노리개, 은장도, 비녀 등 여성 장식품을 전문으로 파는 방물점을 차렸다. 수련당을 찾던 마님들은 마음 놓고 들를 곳이 또 한 군데 생겼다는 사실에 열렬히 환호했다.

이제 시장 상인들도 감을 잡았는지 수련의 점포 옆으로 슬슬 여성과 관계된 가게들이 들어오기 시작했다. 먼저 다리점(머리 장식용 가발 상점)이 자리를 잡았고, 운혜, 당혜, 수혜 등 이른바 '꽃신' 이라고 불리는 여성용 고급 신발을 취급하는 신전이 찾아들었다.

양반 마님들 전용의 고급 식당이 문을 열었고, 좀 떨어져서는 교군 등 하인들을 상대하는 주막도 번창하기 시작하여 종로 시전에서는 수련당을 중심으로 한 지역이 가장 번화한 곳으로 변모되기 시작했다.

"임자는 수련당이라고 들어보았소?"

사랑방에서 차호성 등 차인들로부터 보고를 받고 내당으로 들어온 김자홍이 쓴 약을 삼킨 표정으로 아내 양 씨에게 물었다.

"그럼요. 요즘 수련당 모르는 양반집 아낙이 어디 있으려고요. 저도 근간에 한번 가볼 생각입니다. 물건도 물건이지만 온갖 나라 돌아가는 사정을 알려면 거기를 가야 한답디다."

"그럼 그곳을 누가 하는지도 알고 있소?"

무슨 뜬금없는 소리인가 하는 얼굴의 양 씨를 보며 김자홍이 짧게 한숨을 내쉬었다.

"우리 며느리였던 수련이 바로 그 점포 주인이라오."

"예에? 그 수련이 그 수련이라고요?"

처음에는 믿기지가 않다가 갈퀴로 돈을 긁다시피 하고 있는 장안 최고 화제의 인물이 바로 자신이 쫓아낸 며느리라는 사실에 서서히 배가 아파오는 양 씨였다.

"달근이 이놈은 또 기방에 처자빠져 있는가?"

아들이 이 시간이면 어디 가 있는지 잘 알면서 김자홍은 괜히 목청을 높였다가 장죽으로 애꿎은 재떨이만 때렸다.

이제 수련당과 그 옆에 개설한 방물점은 궤도에 올랐다. 지금 수련은 제2의 수련당을 어디에 만들 것인지 고민하고 있는 중이다.

한양에는 3개의 큰 시장이 있었으니 현재 수련당이 있는 종로 시전과 칠패(현 남대문시장), 그리고 이현(광장시장 자리)이었다.

분점을 내는 거라 칠패나 이현 중 어디에 내도 크게 부담은 없었으나 믿고 맡길 만한 사람이 없다는 점이 문제였다.

믿는 걸로만 따지자면 몸종이었던 삼월이가 떠오르지만 지금 삼월이는 수련네 가정사를 도맡고 있는 데다가 무엇보다도 장사 경험이 전무하다는 것이 걸렸다.

이런저런 고민을 하던 수련이 생각보다 시각이 많이 된 것을 깨닫고 서둘러 점포를 나가려다가 구석에서 비치는 희미한 불빛에 걸음을 멈추었다.

슬며시 다가가보니 모든 점원이 퇴근한 시각에 한 여점원이 무언가를 열심히 쓰고 있는 것이 보였다.

평소 손님 대하는 것이 싹싹하고 일도 성실해 수련이 눈여겨보던 경옥이란 아이다. 일에 열중했는지 수련이 등 뒤에까지 다가와도 전혀 알아차리지 못하고 있었다.

비록 어두침침한 불빛이었지만 그녀가 쓰고 있는 것이 숫자라는 게 확연히 수련의 눈에 들어왔다. 아무도 없는 점포 구석에서 조그만 서책에다 세필로 빼곡히 회계장부처럼 숫자를 적고 있는 여점원의 모습은 의아심을 자아내기 충분했다.

"여기서 지금 무얼 하고 있느냐?"

"아, 주인마님!"

갑자기 나타난 수련을 보고 화들짝 놀란 경옥이 벌떡 일어났다.

"네가 쓰고 있는 게 무엇이냐?"

"별거 아닙니다, 마님."

당황하는 경옥의 모습에 수련의 마음속에는 의혹의 그림자가 짙게 피어올랐다.

"이리 내보거라."

단호한 수련의 명에 경옥은 쭈뼛거리며 손바닥만 한 서책을 내밀었다.

그것을 펼쳐본 수련은 눈이 휘둥그레졌다.

거기에는 경옥 본인이 판매한 건수에 대한 세세한 분석이 적혀 있었다. 판매 일자와 물품 목록뿐만 아니라 손님의 구매

사유가 자신을 위한 것인지, 가족의 치장을 위해서인지, 아니면 친척의 잔치 때문인지 등 그 구입 동기까지 깨알 같은 글씨로 적혀져 있어 수련이 적고 있는 녹심첩(단골 고객 명부)만으로는 알 수 없는 고객의 구매 성향까지 파악할 수 있도록 되어 있었다.

수련도 이런 방법은 한 번도 생각해 본 적이 없었다.

"이것을 적은 이유가 무엇이냐?"

잠시 망설이던 경옥이 또렷한 목소리로 말했다.

"손님들마다 좋아하시는 옷감이 다르므로 그것을 기억할 수 있다면 그 손님에 맞는 물품을 미리 준비할 수도 있고, 또 어떤 일로 언제쯤 구매한다는 것을 알면 나중에 판매를 할 때 많은 도움이 되리라 생각했습니다."

일개 점원의 입에서 나온 것이라 믿기 어려운 말이었다.

오늘날 고객들의 구매 성향을 데이터베이스화하여 이른바 '맞춤 서비스'를 하는 것을 생각해 보면 쉽게 이해할 수 있다.

"그리고?"

"대갓집 마님들의 중국 비단 구입이 늘어나고 있습니다. 아마도 다음 달에는 더 많은 고급 비단이 필요하지 않을까 생각해 봤습니다."

임진왜란의 상처가 점차 아물고 자기와 인삼 판매로 들어오는 은이 증가하면서 경기가 서서히 살아나자 이즈음 양반들 사이에는 사치 풍조가 조금씩 일고 있었다. 서책에 쓰인 수치로 이 아이는 그 판매 추세를 정확히 읽고 있다는 말이다.

"음… 그 생각을 정녕 네가 했단 말이지."

수련은 이제 겨우 스물 몇 살에 불과한, 그것도 고작 점원 신분인 아이가 그런 생각을 해냈다는 사실에 감탄이 절로 나왔다.

"네가 경옥이지. 올해 몇 살이더냐?"

"스물셋입니다, 마님."

"부모와 형제들은 무엇을 하느냐?"

"소녀의 아비는 마포에서 고기를 잡는 어부이옵고, 형제자매는 없습니다."

"적은 나이가 아닌데 왜 시집갈 생각을 하지 않았느냐?"

"소녀가 시집을 가버리면 늙어가는 아비 어미만 외롭게 남게 되는 게 마음에 걸리고 무엇보다도 시집을 가봤자……."

순간 그녀가 말을 끊은 것은 주인마님 앞에서 너무 당돌한 언사인 듯싶어서였다. 물론 이어질 말은 조선의 여느 여인네들처럼 남편과 시집 식구를 봉양하고, 줄줄이 나올 아이들 키우다 보면 어느새 인생이 끝나 버리고, 남는 것은 호호백발에 골병 든 몸뚱이뿐일 텐데 뭐 하러 시집을 가겠느냐는 것이리라.

장님 3년, 벙어리 3년, 귀머거리 3년이라 불릴 정도로 고생뿐인 시집을 조선의 여인들이 가는 것은 여자 혼자서는 먹고 살 수가 없다는 이유도 큰 비중을 차지한다.

조선에서 여자의 몸으로 할 수 있는 사회적인 일은 거의 없다고 봐도 무방하다. 하지만 수련당에서 일하고 있다면 얘기가 다르다. 이곳의 점원들은 힘 센 장정이 하루 종일 논밭 일을 해야 손에 쥘 수 있는 만큼의 급여를 받고 있으며, 매일 점심도 먹었다. 힘든 농사일을 하는 것도 아닌데 점심까지 먹는다는 것은 상상도 못 했기에 점원들은 가게 일을 자신의 일처럼 여기고 있었다.

"시집은… 갈 생각이 없습니다. 저는 지금 이 일이 정말 정말 좋습니다, 마님."

수련은 경옥의 얼굴을 찬찬히 들여다보았다. 도톰한 입술에 눈매가 귀여운 아이다.

"너는 내일부터 방물점을 맡아 일해보거라."

"……?"

처음에는 무슨 말인지 몰라 눈만 껌벅거리던 경옥이 수련의 말뜻을 이해하자 얼굴이 달아올랐다.

"마님, 제가 어떻게 그런 일을……!"

"괜찮다. 너 정도의 열성이라면 충분히 할 수 있을 게다."

수련당 2호점을 맡기려면 점포 운영 경험이 필요했다.

파격적인 조치로 흥분에서 아직 깨어나지 못한 경옥을 남기고 수련이 나가 버리자 다시 어둠 속엔 적막만이 남았다.

서책을 집어 드는 오른손이 덜덜 떨려 두 손을 마주 잡아 가슴에 대는 경옥이었다. 조그맣게 일렁이는 촛불 앞에서 경옥의 가슴속은 뜨거운 감격으로 물결치고 있었다.

18.
화약 무기와 군포

아직은 한낮이라 창날 같은 햇살이 대지에 사정없이 내리꽂히고 있었다.

갓을 젖혀 흐르는 땀을 닦는 혁의 눈에 비친 초가삼간의 모습은 6년이 지났지만 달라진 곳은 없어 보였다. 아니, 자세히 살펴보니 조금은 변한 듯했다.

담장은 손을 보지 않아 허물어진 부분이 그대로 방치되어 있고, 처음 이용해 보고 충격에 빠졌던 측간 옆에는 예전에 보지 못했던 오줌장군이 허옇게 버캐가 낀 채 마치 측간의 주인은 자신인 양 떡하니 자리를 잡고 있었다.

갈아주지 않아 회갈색으로 변해 버린 지붕의 짚 더미는 을

씨년스러움을 더하고 있어, 쳐다보는 혁의 마음마저도 허허롭게 만들었다.

지금 혁은 조선으로 처음 떨어진 6년 전 그 장소에 와 있다. 노인 내외는 밭에 일하러 갔는지 아무도 없는 집 마당에 홀로 서서 그때의 충격을 잠시 떠올리던 혁은 항상 열려 젖혀져 있는 듯한 사립문을 다시 나와 밀린 숙제를 하는 기분으로 문 앞을 천천히 맴돌았다.

한 발, 한 발 정성을 다해 혹시 밟지 않고 지나가는 곳은 없는지 온 신경을 모아 여러 바퀴를 돌았지만 역시 기적은 일어나지 않았다. 하지만 앙금처럼 마음속에 남아 있던 '그때 좀 더 찬찬히 더듬어볼 것을' 하는 미련은 이제 사라졌다. 아쉽게도.

"저기, 누구신지?"

그날 그때처럼 갑자기 들려온 소리에 고개를 돌린 혁의 눈에 노부부의 더욱 작고 초라해진 모습이 들어왔다. 조선이라는 삭막한 신천지에서 처음 만난 사람, 양춘만 내외다. 반가웠다.

"영감님, 저 모르시겠습니까?"

웃음 띤 혁의 물음에 노인은 눈만 멀뚱거린다.

큰 갓에 도포를 잘 차려 입은 양반이 자신을 찾아올 리가 만무했다. 게다가 이제 상투에 수염까지 기른 혁의 얼굴을 얼른 못 알아보는 것이 당연한 일인지도 모른다.

그때 뒤에 웅크리고 서 있던 노파의 입에서 감탄이 터져 나왔다.

"아! 그때 그 총각, 쌀가마니 들여준 총각 맞지요?"

쌀과 콩을 들여놔 준 게 가장 기억에 남았던 모양이다. 그제야 노인도 혁을 알아보고 입이 벌어졌다.

"아이고, 맞네, 맞아."

혁 못지않게 반가운지 손뼉을 두 번이나 쳤다.

처음 무밥이란 것을 먹었던 방에 혁을 앉힌 양춘만은 서둘러 옆방으로 가더니 보따리에 싸인 무언가를 가슴에 안고 왔다.

"이것을 놓고 가셔서 계속 마음에 걸렸는데, 이제야 전해주게 되었습니다."

혁의 양복이었다.

조심해서 보관했는지 좀도 슬지 않고 그대로였다. 양복에 묻은 흙 자국을 본 혁의 가슴이 저려왔다. 그날의 기억이 독한 고량주라도 삼킨 것처럼 싸하게 위를 찔렀던 것이다.

'아, 이것을 여태 잊고 살았구나.'

앞으로도 결코 입어볼 기회가 있을 것 같지 않았지만 현대의 추억이 서려 있는 소중한 물건이다.

양복 보따리를 옆에 놓은 혁이 노인을 찬찬히 쳐다보았다. 검던 얼굴은 땡볕에 더 익었고 깊어진 주름 탓에 6년보다 훨씬 많은 세월이 스쳐 지나간 듯했다.

"요즈음 어떻게 지내십니까?"

혁의 물음에 한숨이 먼저 나오는 양춘만이었다.

"우리네 생활이야 매양 똑같지요. 그냥 그렇게 사는 거지, 뭐 특별한 게 있겠습니까."

임진왜란 때 하나 있던 아들이 죽은 후 삶의 희망이 없어졌다던 그이다.

"영감님, 채소를 납품하는 공인(貢人)을 해보시겠습니까?"
혁이 준비해 온 말을 꺼냈다.
대동법 시행 이후, 채소, 과일, 기름, 땔감 등등 온갖 종류의 현물 공납이 쌀로 이루어져 이 쌀을 가지고 궁중에서 필요한 여러 가지 물품을 조달해 주는 사람이 필요했다. 이들이 바로 특권적 어용상인인 공인이다.
실무 책임자인 혁은 사옹원이 필요로 하는 채소의 납품을 담당하는 공인을 선정할 수 있었고, 어떻게 보면 생명의 은인인 양 노인에게 늦게나마 보답을 해주고 싶었다. 그리고 평생 채소 농사를 지어 그것에 대해서는 누구보다 잘 알고, 성품도 성실한 그라면 차질이 없을 것이라 생각했다.
"공인을요?"
양 노인이 두 눈을 크게 떴다.
높은 벼슬아치와 끈이 닿아 있고, 많은 재산을 가진 시전 상인이나 맡을 수 있는 자리가 아닌가.
자신이 공인을 맡는다면 마을에서 재배하는 채소의 판매는 더 이상 걱정할 필요가 없다. 시전 상인들에게 도매로 넘기는 것보다 훨씬 좋은 값을 받을 수 있을뿐더러 나라에서 책정한 가격보다 싸게 구입하면 중간 마진까지 생긴다.
양 노인은 크게 숨을 들이마셨다. 살다 보니 이런 일이 다 생기는구나 싶었다.
"고맙습니다, 나으리. 이 은혜 잊지 않겠습니다."
이제 동네 사람들은 물론이거니와 거드름 피우며 큰소리만 치던 아전들도 자신의 눈치를 볼 것이다. 그만큼 영향가 있는 자리라는 말이다.

양 노인은 하루아침에 하늘 색깔이 달라 보였다. 아들이 죽은 후 처음으로 다시 열심히 살아볼 의욕이 생겼다.

성문이 닫히기 전에 돌아가야 된다는 혁을 마중하고 아직도 상기된 얼굴을 한 채 집으로 가고 있는 양 노인을 불러 세우는 이가 있었다. 중갓을 쓴 도포짜리인데 눈매가 매섭게 생겼다.

"방금 간 사람이 사옹원에 있는 유 주부가 맞지?"

"예, 그렇습니다만 뉘신지?"

혹시라도 이제 은인이 된 혁에게 폐가 되는 일이 있으면 안 되겠기에 양 노인의 대답은 조심스러웠다.

"아, 나는 사헌부에 있는 서리인데, 뭐 좀 알아볼 것이 있어서 그러네."

그는 유혁의 승진 관계로 조사차 나왔다고 한다.

조선 시대의 인사 절차는 이조판서의 인사 안을 임금이 결제하는 형식이다. 그런데 5품 이하의 중, 하위직의 인사에는 반드시 사헌부와 사간원 대간의 동의가 필요했다. 이를 서경(署經)이라 하였다. 즉, 아무리 임금이 인사 발령을 내고 싶어도 대간이 반대하면 불가능하다는 말이다.

왕권을 견제하기 위한 장치로서 오늘날의 인사 청문회를 연상하면 된다.

대간들은 인사 대상자의 품행을 살필 뿐만 아니라 3대에 걸친 가계까지 세세히 검사를 하여 하자가 있는지를 판단했다.

"한마디라도 거짓이 섞여서는 아니 될 것이네."

서리의 으름장에 양 노인은 자신이 말을 잘못해서 혁에게 피해가 가지 않도록 온 정신을 모아 기억나는 대로 세세히 털어놓았고 사헌부 서리라는 자는 양 노인의 한마디 한마디에 눈을 번뜩였다.

"무어라? 이 나라가 조선인 줄도 모르더라고?"

좌포도대장 정항으로부터 보고를 받는 이이첨의 표정은 먹이를 발견한 매의 형상이 되었다.

한희길이 죽자 이이첨은 정항을 다시 불러 포도대장을 맡겼다. 시중의 동향을 파악하기 위해서는 반드시 심복을 앉혀야 한다는 사실을 이이첨은 잘 알고 있었다.

"그뿐만 아니라 그 해에 대행 대왕께서 붕어하신 것도 모르고 있었다 합니다."

"허, 그런 해괴한 일이 있나. 온 나라의 백성들이 비탄에 잠겨 있었거늘, 붕어 사실조차 몰랐단 말이지? 도대체 그놈의 정체가 무엇이란 말인가?"

수염을 매만지던 이이첨의 오른손이 마치 낚싯대를 통해 전해지는 잡힌 물고기의 요동을 즐기는 것처럼 가볍게 떨렸다. 드디어 꼬투리를 잡았다.

요즈음 되는 일이 없어 매사에 짜증만 나던 이이첨의 얼굴에 모처럼 희미하게 웃음기가 떠올랐다.

반대파인 서인을 일거에 몰아내고 영창대군과 대비까지 한 몫에 엮을 수 있는 절호의 기회가 어이없이 무산된 이이첨의 심기가 불편한 것이 당연했다. 저들을 몰아내고 자신은 왕권을 강화한 일등 공신이 되어 더욱 권세를 휘두를 수 있었다—실제 역사에서는 그렇게 되었다—.

'잘나가다가 막판에 그렇게 꼬일 줄이야…….'

아무리 머리를 싸매봐도 거기서 광해가 죄인의 말을 듣지 않고 도리어 한희길을 잡아 족치리라고는 상상도 할 수 없는 일이었다. 귀신이 곡할 노릇이다.

그렇게 신경질만 나던 상황에서 무언지 모르게 마음 한구석을 불편하게 만들던 유혁의 꼬리가 잡혔다.

정체 모를 불안감은 더 자라기 전에 그 싹을 자르는 것이 최선이다.

"그렇다면 그놈은 외국의 첩자가 아닌가?"

"글쎄, 그것은 아직……."

임금의 아낌을 받고 있는 유혁을 일거에 '외국의 첩자'로 몰아붙이기는 좀 찜찜한 정항이 말끝을 맺지 못했다. 물론 이이첨도 시골 노인의 몇 마디 말로 혁을 첩자로 단정하기는 어렵다는 것을 모르는 바는 아니다.

저번에도 왜관에서 혁이 양이(洋夷)를 만났다는 첩보에 옳다구나, 하고 외쳤다가 그 만남이 새로 개발한 자기의 교역 때문이었음을 당시 통사를 다그쳐 알아내고는 얼마나 실망을 하였던가.

"그놈의 동태를 더욱 면밀히 관찰하게. 확실한 증좌를 잡아야 할 것이야."

독사같이 눈을 날카롭게 뜬 이이첨이 차갑게 말했다.

"젠장할, 더러버서 몬 해먹겠다."

자리에 앉자마자 방덕수가 예의 그 유창한 사투리로 투덜거렸다.

한잔하자는 방덕수에게 끌려, 동네 단골 주막의 평상에 혁은 엉덩이를 붙였다.

"아, 똥 묻은 흙도 재산이라꼬 안 내놀라 칸다 아이가. 하여튼 양반이라 카는 것들이 더 하다카이."

방덕수는 종사관으로 승진하면서 올해(1614년, 광해군 6) 기존의 조총청에서 확대 개편된 화기도감에서 근무하게 되었다.

그가 하는 일은 화약의 재료가 되는 염초(질산칼륨)가 많이 함유된 염초토를 채취하는 것인데 이게 지금 잘 안 되고 있었다.

염초토는 오래된 집 안의 마루 아래나 담벼락 밑에 많으며, 특히 측간 근처의 응달진 곳에 있는 흙이 가장 좋다. 이런 흙을 채취하려면 아무래도 집이 큰 양반네 측간 근처를 뒤져야 한다.

그런데 이 냄새 나는 흙마저도 자기 것이니 못 가져가게 하는 양반들을 보며 울화가 치밀었다. 비록 지저분한 흙일지언정 화약 제조에 필수적인 것이고, 이 염초토를 채취하는 업무를 책임진 방덕수의 입장에서는 비협조로 일관하는 양반들의 행태가 기가 찼다.

임진왜란 때 엄청난 고통을 겪은 데다 지금 만주에서는 여진족이 날로 세력을 확장하고 있는 판국에 무엇보다도 시급한 것은 군비 강화인데도 말이다.

이런 보고를 접한 광해 역시 기가 차기는 마찬가지였다.

'솔선수범을 보여도 시원치 않을 판인데, 이자들이…….'

광해의 눈꼬리가 치켜 올라갔다.

"염초토를 채취하는 데 협조하지 않는 자는 지위 고하를 막론하고 엄벌에 처하라."

드디어 뜨거운 콧김을 몇 번 내뿜은 광해의 불호령이 떨어졌다.

이제 염초토를 긁어가느라 병사들이 부산을 떨어도 이를 바라보는 양반들은 이맛살만 잔뜩 찌푸렸지 왕의 엄명에 감히 어쩌질 못했고 방덕수는 시름을 덜었다.

갈수록 화약 무기의 중요성이 더해가자 광해는 조총의 개발, 생산과 화약 제조를 전담하는 부서를 만들었다. 늦은 감이 없지 않지만 임진왜란을 통해 알게 된 화약 무기의 가공할 위력은 조선의 군사 체계의 근간을 흔들고도 남았다.

조선은 전통적으로 수비에는 활을, 공격에는 기마병을 전투의 기본으로 삼고 있었다. 그런데 왜군의 조총 앞에 조선의 이런 체계는 무참하게 붕괴되어 버렸다.

조총의 약점 중 하나는 재장전하는 데 시간이 많이 걸린다는 점이다. 임진왜란 때 신립이 탄금대 벌판에서 기마 돌격 전술을 펼친 데는 조총의 이런 약점을 노린 측면이 없지 않았다. 그러나 이미 왜군은 이 약점을 극복할 전술 개발을 완료한 상태였다.

먼저 조총 부대를 세 개의 조로 나눈다. 제1조가 사격을 하고 나면 뒤로 빠져서 장전을 하고, 그 사이 제2조가 사격을 하고 뒤로 가고, 제3조가 사격을 하고 나면 재장전을 마친 제1조가 다시 사격을 하는 순환 방식(삼단 사격)을 개발했던 것이다.

이런 왜군의 전술에 오로지 앞만 보고 돌격을 감행하는 조선의 기마병은 지리멸렬하고 말았다.

"그래서 화약 제조는 이제 문제가 없는 건가?"

혁은 화약이나 조총 등 조선의 군사 문제에 대해서는 잘 모른다. 그쪽 방면의 일은 근처에 가본 적도 없다.

"염초는 쪼매 나아졌지만, 유황 이기 또 문젠기라."

당시의 화약은 오늘날의 무연화약과 달리, 포나 총을 쏘면 허연 연기가 구름처럼 피어나는 흑색화약이었다. 이 흑색화약을 제조하려면 숯, 염초 그리고 유황이 필요하다.

염초 1근에 숯 3냥과 유황 1냥 3전을 섞는데, 이 비율을 제대로 맞추지 않으면 폭발력이 떨어지거나 아예 폭발이 안 될 수도 있다.

세 가지 재료 중에서 숯은 버드나무를 구우면 되니 상관이 없고, 염초는 비록 구하는 과정이 번거롭기는 하지만 어떻게든 구할 수가 있는 반면, 가장 큰 문제는 조선에서 생산되지 않는 유황에 있었다.

유구국에서 진상 형식으로 보내오는 유황이 있지만 워낙 거리가 멀고 뱃길이 험해 그 양이 얼마 되질 않는다. 하는 수 없이 유황이 풍부한 일본에서 수입을 해야 하는데, 유황이 화약 제조에 필수적인 전략 물자라는 사실을 잘 알고 있는 일본이 싸게 팔 리가 없었다.

조선으로서는 안 그래도 어려운 살림에 유황 구입에 지출되는 막대한 은이 여간 부담스러운 게 아니었다. 그런 연유로 조선 조정에서는 전국에 걸쳐 필사적으로 유황 광산을 찾고 있으나 아직 성과를 올리지 못하고 있는 실정이다.

"조총 개발은 어떻게 되고 있나?"

혁도 방덕수를 통해 조선이 화약 무기 개발에 열을 올리고 있다는 말을 들은 적이 있었다.

"개발이라 카기는 쫌 그렇고, 김충선 영감의 지시로 왜국의 조총을 분해해가꼬 그대로 빼끼는 기라."

총 제조 기술이 열악한 조선으로서는 일본 조총의 복사품이라도 만들기 위해 애쓰고 있다는 말이었다.

화기도감의 책임자로 임명된 김충선은 본명이 사야가(沙也可)로서, 임진왜란 당시 적장 가토 기요마사의 선봉장으로 출전하였다가 조선의 뛰어난 문물에 감탄하여 귀순한 항왜(항복한 왜군)였다.

조총병 출신인 그의 능력을 높이 산 조정에서는 김충선이라는 이름을 하사하고, 그를 조총 개발과 사격술 전수에 활용하고 있었다.

명나라의 중국 통일을 촉진시켰고 서구의 기사 제도를 무너뜨린 것이 바로 화약 병기이다. 그런데 화약 병기의 역사를 살펴보면 일본에 비해 월등히 앞섰던 나라가 바로 조선이었다. 아니, 앞선 정도가 아니었다.

세종대왕 때 조선은 세계 최초의 로켓 무기인 신기전을 만드는 수준이었던 반면 이 당시 일본은 화약이란 것이 뭔지도 몰랐다.

문종 때는 오늘날의 다연장 로켓포와 비견할 화차를 제조하기까지 하는 등 고려 말 최무선으로부터 이어진 화약 기술은 화약의 종주국인 중국에 버금갈 정도였다.

그렇지만 조카를 죽이고 왕위에 오른 세조는 이 가공할 위력의 무기로 인해 찬탈한 자신의 자리가 위협받을 수 있다고 판단하여 화약 무기 개발과 사용을 억압하였고, 이후로 조선은 점차 화약 무기와는 멀어져서 다시금 옛날로 돌아가 칼과 활을 주 무기로 삼게 되었다.

이 사이 서양에서 화약 기술을 전수받은 일본은 임진왜란 때 철저히 조선을 유린할 수 있었다.

일본이 조총을 보유하게 된 과정도 그리 쉬운 건 아니었다. 그 계기가 된 사건은 70년을 거슬러 올라가 1543년에 일어났다.

명나라의 무역선이 나가사키 남쪽에 있는 섬, 다네가시마(種子島)에 표류해 온 것이다.

다네가시마는 오늘날 일본의 우주 센터가 있는 곳으로 당시 이 섬의 영주였던 토키타카는 무역선에 탄 포르투갈 상인이 가지고 있던 조총을 본 순간 단박에 매료되고 말았다.

그는 한 자루에 당시 은화 2,000냥(현재가 8억 원)이라는 엄청난 바가지를 써가며 조총 두 자루를 구입하였고, 일본의 모든 기술을 동원해 이 조총을 복제하려고 사력을 다하였다.

그러나 총구의 뒤를 막아주는 나사를 만드는 핵심 기술은 도저히 알아낼 수가 없었다. 이 나사가 없으면 발사 시 생기는 화염이 뒤로 쏟아져 나와 총을 쏜 사람이 오히려 중상을 입게 된다.

영주 토키타카는 결국 자신의 딸을 포르투갈 상인에게 주고 그 기술을 터득함으로써 일본은 조총의 대량 생산이라는 역사적인 성과를 거두었다.

방덕수의 말을 들으며 답답한 마음에 혁은 '현대의 기관총 몇 자루만 있으면' 하는 엉뚱한 상상을 해봤으나 부질없는 생각이었다.

"그래도 인자 삼수병의 삼분지 일은 조총으로 무장했다 아이가."

말하는 방덕수의 얼굴에 군인으로서의 자부심이 피어났다.

"그럼 나머지는?"

방덕수의 설명이 마치 나머지 삼분지 이는 맨손으로 싸운다는 말처럼 들려 엉겁결에 혁이 물었다.

"말 그대로 삼수병이니까 조총을 가진 포수와 활을 쏘는 사수, 그라고 창칼로 무장한 살수로 구성되는 기라."

방덕수는 지금 임진왜란 후 신설된 직업 군대인 훈련도감의 구성을 설명하고 있었다.

"전부 조총으로 무장하면 좋을 텐데 왜 삼분지 일만 조총을 가졌지? 조총이 충분치 않아서 그런 건가?"

혁의 단순한 생각에 전부 총으로 무장하면 훨씬 강력할 텐데 왜 반도 안 되는 삼분지 일만 총을 가진 포수인 것이 의아했다.

"사수는 기존에 활 쏘는 병사들이 많아서 그런 거고, 창칼을 가진 살수가 없으면 안 되는 거는 적이 가찹게 왔을 때 총을 가진 포수는 도망가는 거 말고는 할 게 없는 무용지물이 되기 때문이라."

"왜, 총검으로 백병전하면 되잖아?"

현대의 군대밖에 모르는 혁이 무심코 말했다.

총을 쏠 수 없을 정도로 적이 가깝게 다가오면 총검을 꽂고 싸우는 게 군대를 다녀온 남자라면 누구나 당연히 떠오르는 생각일 것이다. 그래서 허구한 날 총검술 훈련을 하지 않는가.

"총검? 총검이 뭐꼬?"

바로 물어오는 방덕수를 보며 '아! 아직 총검이 만들어지기 전이구나' 하는 생각이 비로소 혁의 머리를 스쳤다.

"음, 그게 뭔가 하면……."

혁은 잠시 예전의 군대 시절을 떠올리며 어떻게 설명을 해야 하나 망설였다.

"한 자(약 30㎝) 정도 길이의 칼을 허리에 차고 다니다가 근접전을 할 때 이걸 총에다 끼워 총을 창처럼 사용하는 거지."

혁의 말이 끝나자마자 방덕수가 눈을 번쩍이며 혁의 손을 덥석 잡았다.

"야야, 쫌 더 자세하게 말해바라."

혁은 총검의 대략적인 형태와 검을 총에 탈, 부착하는 방법 등 아는 대로 설명해 나갔다.

설명을 듣는 방덕수의 얼굴이 점점 달아올랐다.

"니가 말한 대로 하면 살수가 따로 필요 없다 아이가. 그러면 전부 포수로 구성할 수 있고… 그러면 이게… 이게 엄청난 긴데."

흥분한 방덕수가 혼잣말로 중얼거렸다.

"그런데 니는 그런 걸 어데서 봤노?"

방덕수의 갑작스러운 물음에 혁은 가슴이 덜컥했다.

이런 물음이 나올 줄 미처 생각지 못한 혁이 우물쭈물하는 사이 방덕수가 벌떡 일어났다.

"내 이럴 때가 아이다. 김충선 영감 보러 지금 가야겠대이. 총검? 그거 만들면 포수가 지금의 두 배가 되는 기라. 화력이 두 배가 된단 말이다."

방덕수는 손가락 두 개를 펼쳐 보이며 허둥지둥 뛰어나갔다.

혁은 방덕수의 정신없는 행동에 잠시 얼이 빠져 있다가 천천히 허공으로 시선을 돌렸다. 어쩌면 자신이 무심코 뱉은 한마디가 조선의 군사력 증강에 획기적인 도움이 될지도 모른다는 생각이 들었다.

'현대 지식의 위력은 상상 이상일 수도 있다. 그렇다면 내가 알고 있는 것 중에 이 시대에 도입할 수 있는 게 또 무엇이 있나?'

그러다가 혁은 고개를 절레절레 흔들었다. 이곳에 오기 전까지 했었고 가장 자신 있는 일이 선물, 옵션 투자란 생각이 들어서였다.

조선은 지금 대동법의 실시로 가내수공업이 겨우 싹을 틔우고 있는 시기다.

'그런데 주식회사를 만들고 주식을 상장시킨 다음, 파생 상품에 투자한다?'

살아생전에는 불가능한 일이다.

이런 전문 지식이 아니더라도 현대의 여러 제도 중에는 도입하고 싶은 것이 무진장이다. 하지만 그것이 교육제도이든 의료제도이든 아니면 정치제도이든 간에 하루아침에 이루어질 수 있는 것이 아닐뿐더러 혁의 현재 위치를 고려하면 요원한 일이다.

'백성들의 굶주림을 면하게 하는 것이 무엇보다 시급한 일이다. 그렇지만 조선은 농토도 적고, 자원은 한정되어 있다.'

그것은 즉 답을 밖에서 구해야 한다는 말이다.

'도자기와 인삼 말고 또 무엇이 있을까?'

혁은 자신이 알고 있는 지식이 너무나 적다는 사실에 미간을 잔뜩 찌푸렸다.

충청도 괴산에 사는 나이 서른 살의 김무필은 작년에 늦깎이 장가를 가 아직 신접살림의 단꿈에서 빠져 나오지 못하고 있었다.

병들어 골골하는 홀아비를 모시면서 서른이 되도록 한눈팔지 않고 열심히 일해 제법 농토도 장만하고, 밥 걱정은 면하게 되어 드디어는 열 살이나 어린 신부와 혼례를 치렀고, 떡두꺼비 같은 아들도 낳아 곧 첫돌을 바라보고 있었다.

안타까운 것은 아들을 낳자마자 시난고난하던 아비가 세상을 버렸다는 사실이지만 인간사 회자정리(會者定離)요, 생자필멸(生者必滅)이 아닌가.

무럭무럭 자라며 재롱을 부리는 아들을 바라보는 무필의 입이 헤벌쭉 벌어졌다.

"허, 이놈이 갈수록 날 닮아가네. 이 고추 튼실한 것 좀 봐. 너 이놈 커서 여자 여럿 울리는 거 아녀."

두 손으로 번쩍 들어 흔드니 아이가 까르르 웃는다. 베를 짜면서 아비와 아이가 노는 모습을 보는 무필의 처 보령댁의 얼굴에는 솜사탕 같은 미소가 피어올랐다.

"임자도 좀 쉬엄쉬엄 혀. 그러다 엉덩이 짓무르것어."

베틀에서 쉴 새 없이 손을 놀리는 어린 아내에게 무필이 애처로운 시선을 보냈다.

"조금만 더 하면 돼요. 이방어른이 곧 군포 내라고 했다면서요."

군포란 말이 나오자 지금껏 웃음 짓고 있던 무필의 인상이 찌그러졌다.

"이방어른? 흥, 그놈도 아주 잡놈이여."

코웃음 치며 욕을 했지만 억울한 마음은 쉽게 풀리지 않는다.

작년에 아비 몫까지 네 필을 내던 군포가 아비가 죽은 올해에도 똑같이 네 필을 내라고 해서다.

동네에 군포를 안 내고 도망간 사람이 여럿이라 남아 있는 사람들이 그 사람들 것까지 물어내야 하는 이른바 동징(洞徵) 때문이다.

올해 초, 고을을 다스리는 사또가 바뀌었다. 전임 사또는 청백리로 소문이 날 정도여서 아전들이 감히 수작을 부리질 못했는데, 새로 온 사또는 욕심이 많다는 소문이 돌아 은근히 불안하더니 아니나 다를까 이전에 없던 동징이라는 것이 떨어졌다.

조선의 양인 남자는 기본적으로 16세부터 60세까지 군역의 의무를 졌다. 현재와 달리 1년에 2~6개월 정도를 근무했지만 워낙 오랜 기간 군역에 매어 있었기 때문에 엄청난 고역이었다.

전부 군대에 가면 농사지을 사람이 없으므로 세 명중 한 명이 실제 복무를 하고, 나머지 둘은 군포를 냄으로써 군역을 대신했다.

그런데 지방의 재정이 악화되면서 장정들에게서 군역 대신 베 두 필을 받고 군역을 면제해 주는 방군수포(放軍收布)가 제대로 지켜지지 않고, 지방 관리들의 수탈 수단으로 변모되어 갔다. 즉, 온갖 명목을 갖다 붙여 월등히 많은 양의 군포를 강제로 징수하였던 것이다.

"김 서방, 안에 있는가?"

밖에서 김무필을 찾는 칼칼한 목소리가 들려왔다. 호랑이도 제 말하면 온다는 말처럼 이방이 찾아왔다.

앞에 없을 때야 잡놈이니, 뭐니 해가면서 욕을 할 수 있지만 평범한 농투성이한테 마을의 대소사를 실질적으로 관장하는 이방은 기실 호랑이만큼이나 무서운 존재였다.

"아이구, 이방어른 오셨어유."

얼른 뛰어나가 사령 한 놈을 대동하고 온 이방 앞에 공손하게 허리를 숙이는 무필이었다.

"일전에 말한 대로 군포 때문에 들렀네."

쥐털 같은 수염을 만지작거리며 이방이 거만하게 내려다보았다.

"예, 안 그래도 안사람이 밤을 새워가며 네 필을 짜놨으니 곧 갖다 바치겠구만유."

무필이 속은 쓰렸지만 웃음 띤 얼굴로 말했다.

"뭔 네 필?"

이방이 무슨 엉뚱한 소리냐는 표정으로 무필을 바라봤다.

"제 거에다가 동네에 할당된 것까지 네 필 맞잖어유?"

"자네 아들 거는? 그건 왜 계산에서 빼는겨?"

"예에?"

"아, 아들을 낳았으면 응당 그 몫까지 내는 게 당연하지 않은감?"

"아니, 아직 돌도 안 된 아기한테 무슨 군포를 내라는 말씀이래유?"

어처구니가 없어진 무필이 항의를 했지만 이방은 눈도 깜짝하지 않았다.

"입 아프게 여러 말 할 것 없네. 자네 아들은 이미 군적에 올랐으니 그리 알게."

무필은 입만 벌린 채 말이 나오지 않았다.

이는 소위 황구첨정(黃口簽丁)이라 하는 것이다. 14세 이하의 소년은 군적에 올리지 못하게 되어 있으나 이를 무시하고 심하게는 태어난 지 3일 된 갓난아기를 군적에 등재하고 군포를 강제로 거두었다.

"거기다 자네 아비 몫의 두 필도 잊지 말게."

무필의 두 눈이 더 이상 커질 수 없을 만큼 커졌다.

"그건 또 무슨 소리래유? 울 아버지 올 초 돌아가셨잖아유. 아, 이방어른께서두 초상 칠 때 와보셨지 안남유?"

기가 찬 무필의 목소리가 저도 모르게 떨려서 나왔다.

"그걸 누가 모르나. 근데 아직 군적에서 빠지질 않았어. 그러니 어쩌겠나. 내는 도리밖에."

이방은 당연하다는 듯이 예의 쥐털 수염을 만지며 말했다. 백골징수(白骨徵收)였다. 군적을 관리하는 아전들이 수탈할 목적하에 군적을 조작하여 죽은 사람에게도 군포를 징수하는 것을 말한다.

"그리고 자네, 김점필이 알지?"

"……."

무필은 이방이 또 무슨 소리를 하려는지 몰라 선뜻 말이 나오질 않았다.

김점필은 이 동네에 살다가 얼마 전 도저히 못 살겠다며 밤봇짐을 싼, 먼 친척뻘 되는 이다. 촌수로는 한 8촌쯤 될 터이다.

"자네 친척인 거 다 알어. 그치가 도망갔으니 친척인 자네가 그치의 몫을 내야 돼."

이것을 족징(族徵)이라 한다. 정신이 아득해진 무필은 자리에 털썩 주저앉고 말았다.

무려 10필을 바쳐야 한단다.

이것을 내려면 소를 팔든지 아니면 땅뙈기라도 팔아야 된다. 그렇지 않으면 고리의 빚을 내야 하는데, 그것도 종국에는 비싼 이자 때문에 파산 지경에 이르는 길이다.

구름 한 점 없는 맑은 하늘에 갑자기 천둥 같은 소리가 울렸다. 좀 전까지 느끼던 행복이 무너지는 소리였다. 무필은 머릿속이 하얗게 되면서 아무 생각도 들지 않았다.

할 말 다 마친 이방은 넋이 빠져 있는 무필을 뒤로하고 쥐털 수염을 떨며 돌아섰다.

이렇게 강탈하다시피 거두어들인 군포는 1차로 아전들이 횡령을 했다. 별도의 급여가 없는 고을 아전들은 이런 식으로 백성들의 살을 뜯어먹고 살았기 때문에 항상 원성의 대상이 되었다. 민란이 일어나면 가렴주구를 일삼은 고을 수령과 함께 척살 일 순위가 되는 것은 이런 이유 때문이다.

아전들이 자기들 몫을 떼고 나면 수령이 또 자기 주머니를 채우니, 군포 징수의 폐해는 재정이 열악해지고 양인들의 생활은 피폐하게 만들어 조선 사회가 무너지는 데 큰 이유가 되었다.

방에서 남편과 이방의 대화를 들은 나이 어린 새댁은 마당에 주저앉은 남편을 끌어안고 같이 울음을 터뜨렸고, 안방에는 갓난쟁이가 엄마 찾아 우니 온 집 안에 울음소리만 낭자하였다.

이 광경을 마당 구석에 서 있는 감나무만 무심히 쳐다보고 있었다.

19.
인삼 열풍이 일다

"내 자네 덕에 칭찬 억수로 들었대이."

혁이 말해준 총검 아이디어로 화기도감 책임자인 김충선 영감으로부터 큰 칭찬을 들은 방덕수가 고맙다고 치하를 하고 있었다.

조총 부대의 전력을 두 배로 향상시킬 수 있는 방안이니 김충선으로서는 귀가 번쩍 뜨일 만도 할 것이다. 지금 화기도감에서는 총에 부착할 수 있는 실용적인 총검을 만들기 위해 장인들이 날밤을 새우고 있다고 한다.

"근데 마치 내 생각인 거매로 말하고 나니까 무지 쑥스럽더구먼, 하하하."

“나야 무심코 한 말이지만 자네가 그 필요성을 깨달았으니 자네의 공이라 할 수 있네.”

“그래 말해주이 고맙네, 하하.”

방덕수는 신이 나는지 연신 함박웃음이었다. 하지만 혁은 혹시 방덕수가 어디서 그런 총검을 봤냐고 또다시 물어올까 봐 불안했다. 그래서 얼른 말머리를 돌렸다.

“그런데 자네 집안은 대대로 무인 집안인가?”

방덕수의 호탕한 성품이 무인 기질인 것 같아 혁이 물은 것이다.

“아이다. 내만 별종이고, 다들 문과를 보고 출사했는기라. 부친도 그렇고, 형님도 글타.”

그의 아비 방우성은 경상도 봉화 현감을 끝으로 벼슬을 그만두었고, 형인 방용수는 멀리 평안도 은산에서 고을 수령을 하고 있단다. 그리고 대대로 문과 쪽 벼슬을 했는데 자신만 유독 어릴 때부터 뛰노는 것을 좋아해 결국 무과를 선택했다는 말을 덧붙였다.

방덕수의 말을 들은 혁이 자신도 모르게 입술을 삐죽이며 쓴웃음을 지었다. 문득 ‘천방지축마골피’라는 말이 생각나서였다.

현대에 살 때 어쩌다 한 번씩 접하게 되는 말. 천하의 상놈 성이라고 흔히 일컬어지던 성씨, 천방지축마골피. 그런데 그 성 중 하나인 방덕수가 대대로 벼슬을 한 양반 집안이라 얘기하고 있다.

상놈이 벼슬을 한다? 물론 말이 안 된다.

조선 중기인 현재 전체 인구의 절반가량이 노비나 백정 같은 천민이다.

천민은 당연히 성이 없다.

혹여 백정인 임꺽정이 왜 성이 있느냐고 의아해하겠지만 임꺽정의 임은 성이 아니다. 그냥 이름이 '임거칠정' 인데 이걸 한자로 쓰다 보니 임(林) 자가 마치 성처럼 보일 뿐이다. 임꺽정의 형 이름은 '가도치' 다. 물론 성이 없이 그냥 가도치다.

조선 초기에는 전체 인구의 약 10% 정도만이 성을 가지고 있었다. 그러다가 임진왜란을 겪으면서 성을 가진 자가 급증하게 되었다. 나라 꼴이 엉망이 되어 족보의 위조가 만연하였기 때문이다.

족보를 가진다는 것은 곧 양반이 됨을 의미했다.

양반만 되면 누구나 가장 하기 싫어하는 군역의 부담에서 벗어날 수 있을 뿐만 아니라 사회 지배층으로서의 많은 권한도 누릴 수 있었다.

이에 수많은 천민과 평민이 위조에 나서 없던 족보가 마구 생겨났다. 거기에 변변치 않은 조상을 둔 양반들은 이름만 들어도 고개가 절로 끄덕여지는 저명한 인물로 조상을 바꿔치기 했다.

문벌의 중요성이 갈수록 커진 탓이다. 게다가 재정이 위태로울 지경이 된 조정에서는 돈만 내면 벼슬을 주는 공명첩(벼슬만 적혀 있고 이름은 비어 있는 관직 임명장)을 남발하였다.

당연히 논 팔고, 땅 팔아 성을 얻는 자들이 늘어났고, 이들은 비록 정식 벼슬은 못 한다 할지라도 양반 행세는 하고 싶어

하는 게 당연했다. 그리고 갑오개혁 때 노비 제도가 폐지되고, 일본이 국권을 강탈한 시기인 1909년에 민적법이란 것이 강제로 시행되었다. 이 법에 따라 호적 신고를 하는 과정에서 조선의 모든 상놈들이 성씨라는 것을 갖게 된다.

그러면 상놈들은 어떤 성을 갖고자 했을까?

누구나 듣고 고개를 갸우뚱거리는 특이한 성을 짓는다면 성씨를 얻은 보람도 없이 그저 '나는 상놈이다' 라고 광고하는 효과밖에 없다. 더군다나 조선은 법적으로 새로운 성씨를 만드는 것이 불가능했다.

그래서 전체 인구의 50%를 차지하던 조선의 상놈들은 모래밭에 물 스며들듯이 누구나 인정하는 양반 대성(大姓) 아래로 몰려들었다.

왕족 성이면 더 좋았다. 하지만 감히 전주 이씨로 지을 수는 없었던지라 과거의 왕족, 가야나 신라의 왕족을 택했다.

그 결과 수많은 가짜 김해 김씨, 경주 김씨, 밀양 박씨가 탄생했다.

게다가 조선이 망하게 되자 전주 이씨도 선택하는 데 아무런 문제가 없게 되었다. 또 엄청난 수의 상놈이 전주 이씨와 60년 세도정치를 휘두른 안동 김씨로 묻어 들어갔다.

김수로왕이나 박혁거세, 그리고 이성계의 직계 자손들로서는 심히 억울한 일이겠지만 김해 김씨 446만, 밀양 박씨 310만, 전주 이씨 263만, 경주 김씨 180만, 경주 이씨 140만 명인 것이 무엇을 의미하는지는 미루어 짐작할 만하다.

조선을 점령한 일본은 민적법을 시행하는 과정에서 천민들이 신청하는 대로 왕족 성씨나 양반 대성을 모두 받아주었다. 이는 조선의 양반들이 씨족별로 단합하는 것을 막고, 천민들을 양민화시켜 조세 수탈 대상을 늘이기 위한 식민 통치 정책의 일환이었다.

우리나라 사람 둘 중 한 명은 김씨, 이씨 아니면 박씨인 것은 누구나 잘 아는 사실이다. 그렇다면 이들 세 성씨가 특히 생식 능력이 탁월한 것일까?

지구상에서 이렇게 소수의 성씨가 전 국민의 절반에 육박하는 나라는 우리 말고 또 한 나라가 있다. 베트남이다. 베트남에는 '응웬(Nguyen)'이라는 하나의 성씨가 전 인구의 40%를 차지한다.

응웬씨가 원체 정력이 출중해서? 물론 아니다.

베트남의 마지막 왕조는 '응웬 푹 아인(阮福映)'이 세운 '응웬 왕조'다. 왕은 자신을 따라 새로운 왕국을 세우기 위해 남쪽으로 내려온 백성들에게 성을 응웬으로 바꿀 수 있도록 허락하였고, 이에 수많은 백성은 앞다투어 왕족 성씨인 응웬으로 갈아탔다. 또한 왕들은 재임 중 공을 세운 이들에게도 응웬 성을 하사하였다.

이것이 베트남 인구의 40%를 한 성씨가 차지하는 이유다. 즉, 여기도 자연스러운 번식으로 그렇게 된 게 아니라는 말이다.

중국에 '장삼이사(張三李四)'라는 말이 있듯이 가장 많은 성인 장씨와 이씨, 거기에 비단 장수로 유명한 왕씨를 합쳐도 20%가 채 안 되고, 일본은 자기 마음대로 성을 만들어 성씨가 무려 13만 개에 달하므로 말할 필요도 없다.

미국은 3대 성인 스미스, 존슨, 윌리엄스를 합쳐도 전체 인구의 3%가 안 되며, 독일 역시 뮐러, 슈미트, 슈나이더의 3대 성씨가 2%에 불과하다.

이렇듯 거족 대성 아래로 숨어든 이 땅의 상놈들은 자신들에게 쏠릴지 모르는 의혹의 시선을 돌리기 위해 희생양을 만들어냈으니, 그것이 바로 '천방지축(추)마골(갈)피' 다.

이 성들은 대부분 고려 시대부터 존재했던 성씨다. 즉, 오래된 양반 가문이란 뜻이다.

지(池)씨는 고려 때부터 무인 가문으로 이름을 떨쳤다. 상원수 지용수 장군, 충의군 지용기 장군, 조선의 병조판서 지여해, 충정절제사 지정 등 수많은 무인이 배출되었다. 또한 태조 이성계의 첫째 사돈이 찬성사 지윤(池奫)이었다. 지씨가 상놈 성씨라면 왕이 고르고 골라 하필 상놈과 사돈을 맺었다는 말인가?

이순신 장군의 처가는 방씨다. 장인이 방진(方震)으로 보령현감이었다. 이순신이 무과에 합격할 수 있었던 데는 장인의 격려와 경제적 후원이 큰 힘이 되었다. 방씨 문중의 문, 무과 과거 급제율은 웬만한 대성(大姓)을 능가할 정도로 명문가였다.

그 외 조선의 개국 공신인 마천목은 1416년 도총제를 거쳐 군부판사가 되었고, 후에 영의정이 추증된다. 역시 개국 공신인 피득창은 병조판서를 지냈다.

오늘날 전 국민이 족보상 왕족 아니면 양반이다.

이 말은 군대로 치면 병사는 하나도 없고, 전부 별을 단 장군들만 있는 군대요, 회사라면 사원 한 명 없이 모조리 회장하고 사장만 득시글거리고 있다는 말이다.

이것이 과연 자연스러운 것일까? 불편한 진실이 아닐 수 없다.

"뭔 생각을 그리 골똘히 하노?"

마치 저 먼 데서 들려오는 듯한 방덕수의 텁텁한 목소리에 혁은 긴 상념에서 깨어났다.

"아저씨, 우리 아버지 좀 살려주세요, 흐흐흑."

"허허, 또 왔구나. 사치코야, 내가 몇 번을 말했니. 너희 아비 병은 어떤 약재를 써도 안 된다고. 백약이 무효야. 방법이 있다면 조선의 인삼을 구하는 것뿐인데… 그게 좀 귀해야지……."

오늘도 한 사발이나 되는 피를 토한 아버지를 보살피던 사치코는 방법이 없다는 것을 알면서도 답답한 마음에 동네 의원에 와서 하소연을 하였다. 그러나 여전히 돌아온 대답은 조선의 인삼 이외에는 살릴 수 있는 방도가 없다는 말뿐이었다.

하지만 병든 아비를 모시고 사는 열다섯 살밖에 안 된 여자아이가 그 비싼 인삼을 살 방법은 어디에도 보이지 않았다.

"쿨럭, 쿨럭."

또 기침을 하는 아버지의 입에서 핏덩이가 뭉쳐 나왔다.

"아버지!"

고꾸라지는 아비를 부축하던 사치코는 입술을 깨물었다.

"저 여기서 일하게 좀 해주세요."

고심 끝에 사치코가 찾아간 곳은 에도의 아사쿠사 거리에 있는 요시하라. 유곽이 줄지어져 있는 유명한 환락가다.

"너 여기가 뭐 하는 덴 줄은 알고 왔니?"

계산을 보던 노파가 사치코를 힐끗 돌아보고는 무표정하게 물었다.

"아… 알아요. 저기… 돈이 필요해요. 우리 아버지 병을 고치려면 돈이 있어야 돼요. 그래서……."

"허어, 효녀로구나. 그러면 어떻게 한다……."

노파는 사치코의 어린 얼굴을 잠시 살피더니 청소하고 있는 아낙에게 소리쳤다.

"이봐, 이 애 데리고 가서 옷 갈아입히고 일할 수 있게 준비 좀 시켜."

이것은 한 소녀가 병든 아버지의 치료를 위해 유곽에서 몸을 판 돈으로 인삼을 샀다는 내용의 유명한 일본 만담이다.

또 일본의 국민 문학인 『주신구라(忠臣藏)』에는 다 죽어가는 사람이 마지막으로 조선의 인삼을 먹고 기사회생한다는 내용이 나온다. 그런데 그 인삼값이 엄청나게 비싸서 인삼 사느라 진 빚을 갚지 못해서 결국 목을 매 죽는다는 우스개 이야기로 끝난다. 그래서 나온 게 '인삼 먹고 목맨다'라는 일본 속담이다.

혁의 예상대로 홍삼의 개발은 일본에서도 엄청난 인삼 열풍을 일으켜 일반 서민들까지도 인삼의 효능에 거의 미신에 가까울 정도로 열광하게 되었다. 즉, 인삼은 죽어가는 사람도 살릴 수 있는 만병통치약으로 인식되기에 이르렀다.

"줄을 서시오, 줄을."

하야시 나오쓰구는 오늘도 북적거리는 인파를 보며 목청을 높이고는 '도대체 언제가 되어야 이 사람들이 차례로 줄을 설까' 하는 생각을 하며 혀를 찼다.

에도의 긴자(銀座)에 위치한 인삼좌에는 이른 아침부터 인삼을 사기 위해 모여든 사람들이 인산인해를 이루고 있었다. 물론 언제나 제일 앞자리는 칼을 찬 사무라이들이 차지한다.

조선의 양반 계급에 해당하는 사무라이들은 늦게 와서도 당연하다는 듯이 앞자리에 섰고 이를 제지하는 사람은 없었다.

그러나 이들의 거들먹거리는 모습을 보는 이곳 인삼좌 관리 책임자인 하야시 나오쓰구의 눈초리는 곱지 않았다. 하루에 팔 인삼 물량은 정해져 있는데, 일찍 오고도 이들 때문에 인삼을 사지 못한 일반 백성들의 원성을 들어야 하는 것은 자신인 까닭이다.

어제도 고위 관리의 노복 한 명이 인삼을 사지 못하자 이대로는 주인을 볼 면목이 없다면서 할복을 하려는 것을 간신히 말리지 않았던가.

물량을 더 달라고 쓰시마 도주에게 몇 번을 말했지만 돌아온 답은 당장은 어렵다는 말뿐이었다. 자신들도 조선에 여러 차례 호소했지만 전체적으로 물량이 달리기 때문에 어쩔 수 없다는 대답만 되돌아온단다.

그러는 사이 인삼의 가격은 천정부지로 뛰었다. 아무리 막부에서 거래의 공정을 도모하고 지나친 영리 추구를 막는다고는 하지만 기본적으로 수요와 공급이 맞지 않으니 값이 오르는 것은 당연했다. 연초에 근당 은 30냥 하던 것이 겨울을 앞둔 현재 50냥에 육박하고 있는 실정이고 앞으로도 계속 오를 거라는 것에 대해 아무도 의심하지 않았다.

조선에서 가격을 올린 것이 아니라 내상과 쓰시마 상인들이 중간 마진을 올려서 그리된 것으로 나오쓰구는 알고 있다. 한정된 물량이라 가격을 올려도 파는 데 전혀 문제가 없다는 점을 이용하고 있는 것이다.

더욱 심각한 사회문제로 떠오른 것은 인삼값이 오르자 가짜 인삼이 횡행하고 있다는 사실이다.

도라지 껍질을 가공하여 인삼 형태를 만든 다음, 조각난 삼을 아교로 붙여 진짜 인삼처럼 만들거나 하나의 인삼을 잘라 갈라진 부분에 잔뿌리를 붙여 두 개의 삼으로 만드는 방법을 많이 썼다.

또 꿀에 담가 무게를 불리는 방법도 쓰였고, 가장 악랄한 것은 인삼 속을 파내고 납으로 채우는 방법이다.

이런 짓을 하다가 적발되면 물론 사형이지만 인삼이 워낙 고가여서 좀처럼 인삼 범죄가 줄지를 않고 있는 실정이다.

"나쁜 놈들, 퉤~!"

그들의 행태가 못마땅해 침을 뱉는 나오쓰구지만 한편으로는 이렇게 인삼이 달린다면 그럴 수도 있겠다, 하는 생각도 들었다. 그 역시 돈이 된다면 뭔 짓인들 마다하지 않는 인간이었다.

심각한 얼굴로 장부를 뒤적거리고 있는 이는 막부의 재정

담당관인 혼다 히데마사다. 뛰어난 두뇌에 숫자에도 밝아 35세라는 젊은 나이에 막부의 재정 기획을 하는 중요한 자리에 올랐다.

"이거 너무 심한데……."

그가 혼잣말로 중얼거리는 이유는 조선으로부터 수입되는 인삼 대금을 보아서다. 엄청난 양의 은이 인삼대로 지출되고 있었다. 게다가 매년 그 양이 늘어나는 추세라는 것이 더욱 문제였다.

"이봐, 자네 이 자료 봤어?"

혼다 히데마사는 자신의 직속 부하는 아니지만 조선에서의 물품 수입을 관장하는 고구리 다이로쿠에게 장부를 들이밀며 물었다.

"아, 이거요. 조선에서 인삼 수입한 것 아닙니까?"

뭐, 별것도 아닌 것 가지고 그러냐는 듯이 대꾸하는 고구리 다이로쿠였다.

"금액이 너무 크니까 그렇지."

혼다의 인상은 여전히 굳은 채로 펴지지 않았다.

"하지만 아픈 사람들이 조선 인삼만 찾으니 어쩌겠어요. 그리고 잘 아시다시피 우리 일본인들이 약을 좀 좋아합니까?"

다이로쿠의 말대로 일본인은 원래 약을 좋아하는 민족이다. 그것은 예로부터 전국 각지에 수많은 약사당이나 약사여래상이 있는 것만 보아도 알 수 있다.

"수입 대금으로 나가는 은이야 또 파내면 되는데요, 뭘."

인삼 대금으로 지불하는 은이야 일본의 특산물로 매년 엄청나게 채굴되고 있는데 무슨 문제가 있겠느냐는 대답이다.

다이로쿠의 이런 말도 일리가 없는 것은 아니었다. 당시의 일본은 세계 굴지의 은 생산 국가였다.

산출량이 동아시아 최대를 자랑하고 있었던 17세기의 일본은 이 은을 배경으로 겐로쿠(元祿) 문화라는 화려한 문화를 꽃피웠다.

이 시기에 화폐로 사용한 은화는 게이쵸우(慶長)은이라는 순도가 80%짜리 고급 은화였다.

일본이 이런 은 생산국이 된 배경에는 잘 알려지지 않은 사실이 한 가지 있다.

바로 두 명의 조선인이다. 양인 김감불(金甘佛)과 노비 김검동(金儉同)으로 이들이 세계 최초로 연은분리법이란 것을 개발하였다.

은 광산에서 채굴되는 광석에는 다량의 납이 들어 있기 때문에 은과 납을 분리하는 기술이 없이는 은 생산을 증대시킬 수 없다. 그런데 김감불과 김검동이 그 기술을 개발하였던 것이다.

이 기술을 조선에서 전수받은 일본은 은 생산을 비약적으로 늘릴 수 있었다. 그런데 어처구니없게도 조선은 이런 귀중한 기술을 보존, 전승하기는커녕 금방 잊어버리고 만다. 『선조실록』에 보면 조선은 이미 이 기술을 잊어먹었다는 내용이 나온다.

"자원이라는 게 자꾸 파내면 결국은 없어지는 법. 언제까지나 은이 지금처럼 나온다고는 생각 말게. 그런데 인삼이라는 것이 조선에서만 나나?"

혼다는 언젠가는 은이 고갈될지도 모른다는 생각이 들었다. 혼다의 우려대로 얼마 있지 않아 생산량이 줄어들기 시작하더니 약 100년 후인 1708년에 이르러서는 거의 자취를 감추게 된다.

"그렇지는 않아요. 인삼은 우리 일본에도 나고, 중국도 자생하는 삼이 있습니다. 그런데……."

"그런데?"

"약효가 신통치 않아요."

명색이 약초라는 것이 약효가 시원찮으면 무슨 의미가 있겠는가.

다이로쿠의 말마따나 일본에도, 중국에도 나는 삼이 있었다. 일본에는 북쪽 끝 홋카이도부터 남쪽의 오키나와까지 광범위하게 자생하는 죽절삼이라는 것이 있으나 약효가 별로 없다. 중국은 삼칠삼이라 하여 운남성과 광서성 서남부 지역에서 자라는 당근 모양의 삼이 있지만 역시 약효가 문제였다.

"음, 그러면 결국 인삼은 오로지 조선 삼만이 약으로 쓸 수 있다는 말이군."

혼다의 입에서 안타까운 신음이 나왔다. 약효가 있는 삼이 일본에서도 난다면 이 많은 인삼 대금을 절약할 수 있을 텐데 하는 아쉬움에서다.

그때 불현듯 뇌리를 스치는 생각이 있었다.

"이봐, 만약 조선의 인삼 모종을 가져와 이곳에 심으면 어떨까?"

"예에?"

상상도 해본 적이 없는지라 다이로쿠는 눈을 크게 떴다가 이내 고개를 갸웃거렸다.

"글쎄요. 기후와 토질이 다른데 될까요?"

혼다 역시 자신은 없었다. 귤화위지(橘化爲枳: 강남의 귤을 강북에 심으면 탱자가 된다)라는 말도 있지 않은가. 그렇지만 그냥 불가능하다고 치부해 버리기에는 너무 아쉬움이 남았다.

'음, 어떻게 안 될까.'

일본의 조선 인삼 재배라는 원대한 계획이 움트는 순간이었다.

"어제도 내상의 김만복이가 다녀갔네. 대마도로 넘기는 인삼 물량을 늘려 달라고 두 시각 동안이나 붙잡고 하소연하더군. 그래서 나한테 말해봤자 소용없으니 혁이 자네한테 가보라고 했네. 어쨌든 왜국에서는 인삼 때문에 난리가 아니라는군. 왜놈들도 좋은 건 알아가지고서는……."

증포소에 들어서는 혁을 보자 박삼구가 어제 있었던 일을 주절거렸다.

조선에서 왜국이라 부르는 일본은 서기 710년경에 정식으로 국호를 일본이라 정했다. 일본에서는 '니폰'으로 읽었고, 중국식 발음으로는 '지펀'이다. 그래서 서양에는 '저팬'으로 알려진 것이다.

하지만 조선에서는 언제나 왜국이요, 왜놈이다. 고려 때부터 이어진 왜구의 침탈과 임진왜란으로 인한 상처가 그만큼 크고 깊기 때문에 어쩔 수가 없다.

“나한테 온다고 별수가 있나. 전체 물량이 그런 걸. 만상에서도 명나라 약종상들이 재고가 다 떨어져 아우성치고 있다고 독촉한다지만 지금으로서는 기다리는 방법밖에는 없다고 말했네.”

혁도 이곳저곳에서 들어오는 재촉 때문에 지친 얼굴로 의자를 끌어당겨 털썩 주저앉았다.

송상에서 네 번째 인삼밭의 소출까지 나오고 있지만 중국과 일본에서 일어나고 있는 인삼 열풍의 수요를 충당하지 못하고 있는 실정이었다.

홍삼용으로 조정에 납품을 하니 마니 다투던 송상은 지금 인삼의 독점 납품으로 돈을 다래끼로 퍼 담으면서 벌린 입을 다물지 못하고 있었다.

뒤늦게 인삼이 황금 알을 낳는 거위라는 사실을 깨달은 경상이 인삼 재배에 열을 올리고 있으나 기술이나 품질 면에서 아직 송상에 한참 못 미치는 상태였다.

내상과 만상은 각각 대중국 인삼 무역과 대일본 무역을 담당하여 한 근이라도 더 할당받으려고 눈에 불을 켜고 있는 상황이다. 할당받는 만큼 남는 장사니 누구라고 안 그러겠는가.

내상의 김만복은 자기 수출뿐만 아니라 인삼 수출까지 틀어쥐어 마침내 내상의 대방 자리에 올랐다. 혁을 만난 후 일개 차인 행수에서 일약 대방까지 올라간 김만복은 사람 팔자 알 수 없는 거라면서 요즘도 가끔 잠자리에서 허벅지를 꼬집어본다.

인삼 수출의 호조로 내수사의 자산은 눈덩이처럼 불어나 거만금에 이르게 되었다. 이제 이 자산을 어떻게 활용하느냐가 관건이 될 것이다.

"인왕산 아래에 두 개의 궁궐을 짓도록 하라. 그리고 그 이름을 각각 경덕궁(현 경희궁)과 인경궁(지금은 없어짐)으로 한다. 영건의 총감독으로는 상선 조귀수를 임명하노라."

겨울을 앞두고 떨어진 광해의 영에 조정 신료들은 크게 동요했다. 궁궐을, 그것도 두 개나 동시에 짓는다는 게 어디 보통 일인가.

"궁궐을 두 채나 더 짓겠다는 것이 어디 될 말인가?"

"어불성설일세. 주상이 실성을 하지 않고서야 어찌 그런 일을 벌인다는 겐가."

궁궐 건설은 곧 왕권 강화를 의미한다. 이를 곱게 받아들일 신료들이 아니었다.

각 지방에서도 반대 상소를 올리기 위해 먹을 갈기 시작했다.

이렇게 들썩이던 나라가 다음에 나온 발표에 이내 잠잠해져 버렸다. 궁궐 건설은 국고를 한 푼도 축내지 않고 전액 왕실 재산인 내수사 자산으로 한다고 공표한 까닭이었다.

내 돈 내가 쓰는데, 누가 뭐라 할 것인가.

광해가 대역사를 겨울 초입으로 잡은 것은 농사가 모두 끝나 백성들이 하는 일 없이 집에서 노는 시기여서다.

조선의 농부들은 추분 경에 가을보리를 파종하고 상강 무렵 들깨와 늦곡식을 수확하고 나면 이듬해 입춘까지는 특별히 하는 일없이 집에서 멍석을 짜거나 이엉을 엮으며 대부분의 시간을 보낸다. 이런 때 만약 노임을 받으며 할 수 있는 일이 있다면 많은 유휴 인력의 활용 방안이 된다.

조선판 뉴딜 정책이다.

"자네 들었나? 겨우내 궁궐 축조 공사를 벌이는데 일당으로 쌀 석 되를 주고 점심도 준다는구먼."

"엉, 그래? 그럼 가서 일해야지. 아, 하루에 쌀 석 되가 뉘 집 애 이름인가. 집에서 놀면 쌀이 나오나, 밥이 나오나? 어서 가세."

한양 인근의 백성들이 궁궐 공사 현장으로 몰려들기 시작했다.

겨울 내내 열심히 일한다면 내년 봄, 보리 수확 때까지 겪게 되는 지긋지긋한 춘궁기를 면할 수 있었다. 보릿고개를 안 겪을 수 있는 방법이 생겼다는 말이다.

아직 얼지는 않았지만 쌀쌀해지는 날씨로 딱딱하게 굳은 땅에 팥죽 같은 땀을 흘리며 곡괭이질을 하는 사람들의 얼굴은 생기로 빛났다.

먹을 것이 없어 물만 들이켜 맹꽁이처럼 배가 볼록하게 튀어나온 자식과 누렇게 부황이 든 아내의 얼굴을 보며 태산 같은 한숨만 짓던 이 땅의 가난한 가장들의 어깨에 힘이 들어갔다.

찬바람이 불면서 썰렁해지는 한양 골목골목의 주막들도 때 아닌 대목을 맞아 즐거운 비명을 지르고 있었다. 엄청난 수의 백성들이 몰려들었으니 텅텅 비었던 봉놋방이 미어터지게 되었고 하루 일이 끝나고 둘러앉아 마시는 한 사발의 막걸리에 주모는 잠시도 엉덩이를 붙일 틈이 없었다.

예정보다 빠르게 공사는 진척이 되고 모두들 신이 나는 판국에 떨떠름한 심기를 감추지 못하고 있는 부류도 있었으니, 일부 양반들과 지주들이다.

"헴~ 쓰잘 데 없는 일은 벌여가지고……."

영 속이 좋지를 않았다.

이런 식으로 가다가는 내년 봄에는 양식을 빌리러 오는 놈들의 숫자가 팍 줄 것이 분명하다.

봄에 쌀 한 가마니를 빌려주면 가을에 두 가마니를 받는다. 그것보다 더 좋은 방법은 쌀값이 비싼 봄에 은자나 포목으로 빌려주었다가 쌀이 일시에 쏟아지는 가을에 쌀로 상환을 받으면 세 배의 이득을 취할 수 있다. 이자를 두 배를 받든 세 배를 받든 하루 먹을 게 없어서 구걸하다시피 빌려가는 농투성이들이 감히 어쩌지 못한다.

이런 식으로 가만히 앉아서도 매년 재산이 비탈에 눈덩이 구르듯 불어 왔는데 내년은 영 심상치 않다.

백성들을 위해서 벌이는 일인데도 그것을 보며 심기가 대단히 불편한 이 땅의 부유한 양반들과 지주층이었다.

낮부터 꾸물거리던 하늘이 퇴청할 무렵이 되자 기어이 빗방울을 드리우기 시작했다. 초겨울의 비치고는 방울이 제법 굵었다. 이 비가 그치면 아마 기온이 뚝 떨어질 것이다.

혁은 집으로 향하던 발길을 문득 멈추었다. 반겨주는 사람 없는 컴컴한 집구석에 들어가는 게 영 내키지 않았다.

길게 한숨을 내쉰 혁은 하늘을 한번 올려다보고는 오궁골로 발걸음을 돌렸다. 나미의 따듯한 품이 그리워져서다.

보고 싶고, 가까이 하고 싶은 마음은 항상 간절하지만 그렇다고 그때마다 마냥 갈 수는 없는 노릇이었다. 원래 맨 몸뚱이 하나로 조선에 온 혁으로서는 가진 재산 없이 봉록만으로 모든 것을 해결해야 하는데, 나라에서 주는 관리 봉급이라는 것이 최소한의 생활비밖에 되질 않는다.

가끔 광해가 증포소의 박삼구를 통해 하사하는 금일봉으로 견우, 직녀 상봉하듯이 겨우 나미의 얼굴을 볼 뿐이었다.

하기야 돈이 많다 하더라도 조정 관리가 허구한 날 기방을 드나든다는 소문이 나면 그것도 문제가 된다.

내리는 비로 땅은 이미 질척거려 미끄러운 데다가 마구 버린 오물이 여기저기 지뢰처럼 도사리고 있어 옮기는 한 발짝 한 발짝을 여간 조심하지 않으면 안 되었다.

똥오줌을 길에 함부로 버리는 것은 조선에서는 아주 흔한 일이지만 혁은 좀처럼 익숙해지질 않았다. 나막신 신은 발을 조심해 디뎠지만 하마터면 얼마 되지 않은 싱싱한 놈을 밟을 뻔한 혁이 질겁을 했다. 그러고는 '언젠가는 도로를 포장하고 하수도를 만들어야 할 텐데' 라는 생각이 다시 한 번 들었다.

물론 이 시대에 세계 어디를 둘러봐도 비슷한 풍경일 것이다. 오늘날 유행의 최첨단을 뽐내는 프랑스나 이태리도 이 당시는 건물 이, 삼 층에서 길거리에 그냥 쏟아버리는 오물 때문에 몸살을 앓기는 마찬가지였다.

머리 위로 언제 쏟아질지 모르는 오물을 막기 위해 들고 다니던 것이 파라솔이고, 길에 널린 똥을 피하기 위해 개발된 것이 하이힐이다.

어렵게 오궁골 기방에 도착한 혁이 길게 통자를 넣자 기다렸다는 듯이 나미가 벚꽃같이 화사한 웃음을 머금고 달려 나왔다.

"어서오시와요, 오늘은 왠지 나으리께서 오실 것 같아 점심나절부터 몇 번이나 문밖을 내다봤는지 몰라요."

역시 가까운 사이에는 뭔가 통하는 게 있나 보다.

비록 갈모(비 올 때 갓 위에 덮어 쓰던 고깔같이 생긴 기름종이)를 썼지만 옷은 흠뻑 젖어 살갗에 달라붙는 느낌이 선뜻했다.

물이 뚝뚝 떨어지는 버선과 바지를 나미가 건네주는 새것으로 갈아입고 숯불 화로가 놓인 방에 들어서자 몸보다 마음이 먼저 따뜻해져 왔다.

"오늘 마침 소고기가 들어온 게 있어요. 시장하시더라도 조금만 기다리세요."

말을 마친 나미가 생긋 웃고는 상을 보러 나간다. 오랜만에 보는 나미의 웃는 모습도 좋았지만 소고기라는 말에 혁은 귀가 번쩍 뜨이며 고인 침을 삼켰다.

오늘날이야 돈만 있으면 언제 어디서나 소고기를 먹을 수 있지만 이 시대에는 소고기를 맛본다는 것은 대단히 어려운 일이었다.

나라에서는 엄격히 소의 도살을 금지하고 있었다. 이를 우금(牛禁)이라 하였는데, 주금(酒禁), 송금(松禁)과 함께 조선 시대 3대 금지 사항이다.

주금은 먹을 양식도 부족한 마당에 술을 빚거나 마시는 것은 옳지 못하다 하여 금지한 것이고, 송금은 집이나 배를 만드는 소나무를 함부로 베지 못하게 한 조치를 말한다. 물론 미국의 금주법이 그랬던 것처럼 주금은 잘 지켜지지 않았다.

농사를 짓는 데 있어 거의 절대적이라 할 만큼 소의 비중은 막중했다. 소 한 마리가 장정 여섯 명과 맞먹는 일을 한다. 그래서 농사꾼에게 있어 소는 재산 목록 제1호요, 또 하나의 가족이었다.

아침에 일어나면 제일 먼저 쇠죽을 끓여 소가 그 김이 무럭무럭 나는 쇠죽을 맛나게 먹는 모습을 보아야만 마음이 놓이고 그제야 사람들이 아침밥을 차려 먹었다.

소를 도축할 때는 반드시 소가 늙고 병들었을 때나 가능했으며, 그것도 관청에 신고하고, 세금도 내고 나서야 할 수 있었다. 예외로는 성균관에서 위패를 모신 옛 성현들의 제사를 지낼 때로서 그때는 멀쩡한 소도 도축이 이루어졌다.

그러나 이렇게 도축된 소고기도 유통망이 없어 사고 팔기가 쉽지 않았다. 아직 현방(푸줏간)이 생기기 전이었다.

나라에서는 공식적으로 설 전 3일간만 소고기 유통을 허락했다. 그렇게 해도 양반이나 고기를 구경할 수 있지 일반 백성들은 내장이나 선지만 맛봐도 다행이었다.

혁 역시 일 년에 소고기를 먹는 경우가 손에 꼽을 정도였기에 절로 입맛이 다셔졌다.

"너는 왜 안 먹느냐?"

마치 갓을 거꾸로 뒤집어놓은 듯한 불판(철립) 위에서 지글지

글거리며 구워진 소고기를 계속 혁의 그릇에만 올려주는 나미를 보며 혁이 물었다.

"저는 소고기를 좋아하지 않아서요. 어서 많이 드세요."

또 한 점을 올려주며 나미가 미소를 짓는다.

오늘도 혁이 올지 모른다는 생각에 쌀뜨물로 얼굴을 씻고, 버드나무 목탄으로 정성껏 눈썹을 그린 다음, 홍화 가루로 볼과 입술을 엷게 칠한 나미의 미소는 이슬 머금은 장미보다 아름다웠다.

그녀가 '소 죽은 넋이 씌어 눈이 크다'라는 말을 자주 들어 소고기를 안 먹는다는 사실을 모르는 혁으로서는 '왜 이 맛있는 것을 싫어할까' 하고 고개를 갸웃거렸다. 그리고 그 예쁜 미소도 눈에 안 들어오는지 쩝쩝거리며 씹어 삼키는 데만 열중했다.

돼지, 닭, 말, 양 등 사람이 먹는 여러 가지 고기가 있지만 그중 사람의 혀에 가장 단맛을 내는 것이 소고기라고 한다. 하지만 쌀을 재배하여 100명이 먹고살 수 있는 넓이의 땅에 밀을 심으면 75명이 먹을 수 있고, 만약 소고기를 먹기 위해 목초지를 만든다면 단지 9명만이 먹고살 수 있다고 하니 땅이 좁은 우리나라는 애당초 소고기를 많이 먹기는 틀린 노릇이었다.

"그래, 그동안 어떻게 지냈느냐?"

양껏 배를 채운 혁이 나미를 돌아보며 물었다.

"이제야 그걸 물어보세요?"

미간을 상큼 오므리며 나미가 톡 쏘듯이 말했다. 그 말을 들고서야 먹는 데만 정신이 팔렸었다는 것을 깨달은 혁이 멋쩍게 웃었다.

"하하, 너무 오랜만에 맛있는 걸 먹었더니……. 미안, 미안."

자기도 모르게 현대식 어법이 나왔다.

"노류장화(路柳墻花: 길가의 버들과 담 밑의 꽃은 누구나 꺾을 수 있다는 뜻으로 기생을 의미함) 신세인 소녀의 생활이야 나으리께서 짐작하시는 것과 다를 바 없사오나 머릿속에는 오로지 나으리 생각만 있었사옵니다."

이렇게 말한 나미가 얼른 고개를 숙이는데 귓불이 발갛다.

"정말? 정말로 나만 생각했어?"

혁은 저절로 입이 벌어졌다. 여자들이 남자는 나이가 들어도 여전히 어린애라고 하는 이유는 아마도 이래서인 모양이다. 그러나 나이를 아무리 먹어도 사랑을 속삭이는 남녀의 대화는 유치할 수밖에 없다.

"그럼 제가 나으리께 거짓말하는 것 보셨어요?"

다시 살짝 토라진 체하는 모습이 너무도 귀여워 혁은 소리 없이 벙싯 웃었다.

"오늘 뵈었으니 내일 소녀는 또 나으리 꿈을 꿀 거예요."

스르르 눈을 감은 나미가 달콤한 목소리로 중얼거렸다.

세상에 이런 모습을 사랑하지 않을 남자가 있을까.

엉덩이를 밀어 옆으로 다가간 혁이 나미를 살포시 안았다. 기대어 오는 나미의 머리에서 나는 고소한 동백기름 내음이 혁의 코끝을 살짝 찔렀다.

'귀여운 아이, 참으로 귀여운 아이다.'

"내가 너를 만나려고 조선에 온 모양이다."

"네?"

혁이 혼잣말을 중얼거리자 나미가 고개를 들어 혁을 바라보며 큰 눈을 껌벅거렸다.

그렇지만 혁은 대답하지 않고 살며시 입술을 갖다 대었고 나미는 이내 눈을 감았다.

밖에서는 겨울비가 잦아들기는커녕 더 거세게 대지를 때리기 시작했으나 두 사람의 귀에는 아무 소리도 들리지 않았다. 들리는 것이 있다면 조금씩 거칠어지는 숨소리뿐.

"아, 이대로… 이대로 영원히 있었으면 좋겠어요."

나미의 희열에 찬 목소리가 혁의 귓바퀴를 간질였다.

'나도… 나도 그렇단다.'

이제는 혁도 두 눈을 꼭 감았다. 세상에는 두 사람 말고는 아무것도 존재하지 않는 듯했다.

"나으리, 일어나시와요."

곤하게 자는 혁을 깨우는 나미의 손길이 안쓰러웠다.

밖은 여전히 칠흑처럼 깜깜했다. 그러나 등청을 해야 하는 혁이므로 깨우지 않을 수 없었다.

아침도 먹여 보내야 하므로 혁의 어깨를 흔드는 나미의 손에 조금씩 힘이 들어갔다.

"아니, 이건 밀국수가 아닌가?"

소세를 마친 혁이 나미가 들고 들어온 반상을 보고 놀라서 한 말이다. 거기에는 밀가루 국수가 놓여 있었다.

"허허, 내가 연 이틀 입 호강을 하는군그래."

"저희 집에 자주 오시는 대감께서 밀가루를 보내주셔서 국수를 만들었어요. 이건 저도 좋아해요."

나미가 젓가락을 집어주며 살포시 웃는데 하얀 이가 고르게 빛났다.

밀가루는 중국의 화북 지방에서 대부분 수입해 왔기 때문에 일반 백성들에게 밀가루 국수는 혼례 때가 아니면 먹지 못하는 아주 귀한 음식이었다. 그래서 오늘날 언제 결혼하느냐란 물음으로 '국수 언제 먹게 해줄 건가?' 하고 묻는 것이다.

왕부터 백성들까지 보통 먹는 국수는 메밀국수였다.

"또 언제 오실지……."

혁을 배웅하는 나미의 얼굴이 구름 낀 하늘처럼 어두웠다.

혁은 말없이 나미의 하얀 손을 꽉 잡았다. 자주 오지 못하는 안타까운 마음이 마주 잡은 두 손을 통해 전해지기라도 하듯이.

돌아선 혁이 동이 트지 않아 어제 내린 어둠이 그대로 쌓여 있는 길을 성큼성큼 걸어갔고, 혁의 뒷모습이 사라질 때까지 지켜보던 나미의 큰 눈에는 눈물이 고였다.

20.
차(茶)를 수출하다

시커먼 하늘은 엄마에게 떼를 쓰다 기어코 울음보를 터뜨린 아이의 얼굴 같았다.

혁이 이곳 왜관으로 다시 내려온 때는 막 장마철로 접어드는 시기였다. 살갗에 닿는 바람이 끈적거렸다.

"네덜란드가 왜국에서 구입해 가는 물건이 어떤 것들입니까?"

제임스의 유난히 파란 눈을 쳐다보며 혁이 물었다.

혁이 갤더랜드호의 일등항해사인 영국인 제임스를 다시 만난 이유는 유럽에 팔아먹을 그 무언가가 없나 해서다.

비록 이 시대 사람들보다 많은 앞선 지식을 가지고 있고, 세계사의 큰 줄기를 알고 있는 혁이지만 정작 유럽에 수출할 수 있는 물건은 눈을 부릅뜨고 찾아봐도 도무지 보이지 않았다. 여러 날을 고민해도 '이것이다' 하고 떠오르는 게 없었다. 그렇듯 조선은 모든 것이 부족한 나라였다.

"우리가 사 가는 품목은 크게 두 가지입니다. 하나는 칠기(漆器)이고, 다른 하나는 바로 이것입니다."

제임스의 시선이 혁과 자신 앞에 놓여 있는 찻잔을 향했다. 아니, 정확히는 잔 속에 담겨 있는 연초록빛을 띤 것, 바로 차를 향하고 있었다.

china가 도자기를 뜻하는 말이듯이 japan은 칠기라는 말이다. 그만큼 일본의 칠기는 오래된 전통과 우수한 품질을 자랑했다.

혁의 눈이 반짝한 것은 당연히 두 번째 '차'란 말을 들어서다.

네덜란드가 일본에서 차를 수입해 간 것은 그리 오래되지 않았다고 한다. 그렇다면 조선에게도 기회가 있지 않을까!

현대에 살 때 커피를 좋아하던 혁은 차를 그다지 즐기지 않았지만 그렇다고 유럽 사람들이, 특히 영국인들이 차를 지극히 사랑한다는 사실까지 모르는 건 아니다. 오죽했으면 중국에서 수입하는 엄청난 차 대금 때문에 전쟁까지 벌였겠는가. 그리고 미국독립전쟁도 보스턴차사건이 도화선이 되었다.

차는 일본뿐만 아니라 조선도 얼마든지 재배할 수 있는 상품이다. 지금 마시고 있는 차도 분명 경상도 하동에서 생산한 것이라 했다.

"어떻습니까? 조선의 차 맛이?"

당연히 긍정적인 답이 나올 것이고, 그러면 우리 차를 수입해 가는 게 어떠냐고 할 요량으로 던진 혁의 질문에 잠시 망설이던 제임스가 혁과 찻잔을 한 번씩 쳐다보더니 고개를 양옆으로 흔들었다.

"일본산에 비해 맛이 떨어집니다."

농수산물은 우리 것이 제일 좋다는 편견에 익숙한 혁의 안색이 흐려졌다. 하지만 제임스가 그리 느낀 데는 그럴 만한 이유가 있었다.

일본이 다완을 보배로 여기며 다도(茶道)를 발전시켜 온 반면 고려 때 화려하게 꽃피웠던 차 문화가 숭유 억불 정책을 국시로 하는 조선에 들어와 그 맥이 거의 끊어져 버렸다.

태조 이성계는 차를 대단히 좋아하여 이조 산하에 다방(茶房)이라는 기구를 만들어 차를 권장했고, 이곳에는 차 대접을 전문으로 하는 다모(茶母)까지 두었었다.

그러나 세종 이후에 성리학적 사고가 모든 부문을 장악하면서 불교 정신에 바탕을 둔 차 문화는 급속히 쇠퇴해 갔다.

이런 조선이, 우수한 차를 얻기 위해 온갖 공을 들이고 다도를 통해 최고의 맛을 연구했던 일본과는 많은 차이가 나는 것이 어쩌면 당연한 일이었다.

제임스와 헤어진 혁은 숙소에 들어서도 아쉬운 생각이 머리를 떠나지 않았다.

호주 생활을 해본 혁은 영국이 얼마나 차를 좋아하는 나라인지 너무나도 잘 알고 있었다.

얼리 모닝 티(Early morning tea)로 시작해서 브렉퍼스

트 티(Breakfast tea), 일레븐즈 티(Elevenses tea), 애프터눈 티(Afternoon tea), 하이 티(High tea), 애프터 디너 티(After dinner tea)에 나이트 티(Night tea)까지 처음에는 하루 종일 차만 마시는 사람들로 보일 지경이었다. 식민지였던 나라가 이 정도이니 본국은 어떠하겠는가.

'무슨 방법이 없을까?'

잠은 오지 않고 갈수록 눈만 말똥말똥해진 혁이 머리를 쥐어짰다.

어느덧 사방은 고요해져 멀리 풀벌레 울음소리까지 선명하게 귓속을 파고들었다.

궁즉통(窮則通)이라 했던가. 번개같이 한 생각이 머리를 스쳐 지나갔다.

'그래, 홍차… 홍차다!'

아까 제임스와 같이 마신 차는 분명 녹차였다. 그런데 호주와 영국인들이 환장한 차는 홍차가 아닌가!

그렇다. 당시 네덜란드가 일본에서 수입하고 있던 차나 포르투갈이 최초로 중국에서 유럽으로 실어 나른 차는 모두 녹차였다.

17세기 초반인 현재 홍차(Black tea)라는 말은 아직 지구상에 존재하지 않았으며, 중국 복건성 어느 산골짜기에서 홍차에 가까운 발효차가 처음으로 만들어질 무렵이었다.

'됐다. 홍차로 영국을 공략한다.'

일본산 녹차가 유럽으로 팔려 나가고 있다면 차의 종주국이라 할 수 있는 중국산 녹차는 말할 필요도 없을 것이다. 품질이 떨어지는 조선산 녹차를 들고 뒤늦게 유럽 시장으로 뛰어들어 봐야 재미를 못 볼 것은 확실하다.

그리고 무엇보다도 세계 최고의 홍차 소비국인 영국이 처녀지로 남아 있는 상태가 아닌가.

야심차게 목표를 설정한 혁은 날이 밝자마자 하동으로 향했다. 물론 홍차를 찾기 위해서다. 마땅한 수출품이 없는 조선으로서는 이런 기막힌 시점을 놓쳐서는 안 될 일이다.

"홍차 나무요? 그런 이름은 처음 들어보는데요."

차를 재배하고 있는 농가를 돌며 전부 붙잡고 물어봐도 홍차 나무를 아는 이는 없었다.

'아~ 조선에는 홍차 나무가 없는 것인가.'

낙심천만인 혁이 나무 그늘에 털썩 주저앉으며 탄식을 했다.

이 세상에 홍차 나무라는 것은 없다. 녹차를 발효(산화)시켜 만드는 것이 바로 홍차다.

현대에서 살 때 차에 조금만이라도 관심이 있었다면 이런 무지한 행동을 하지 않았을 테지만 커피만 마시던 혁은 이런 사실을 몰랐다.

이때는 녹차니, 홍차니 하는 말 자체가 없이 그냥 '차' 였고, 그것은 곧 녹차를 의미했다. 그런데 유럽인들조차 1850년경까지 무려 200년 넘게 차를 마시면서도 녹차용 차나무와 홍차용 차나무가 따로 있는 것으로 알았다고 하니 꼭 혁만 탓할 수는 없는 일이다.

게다가 차를 처음 접한 영국인은 어떻게 먹는 건 줄 몰라서 우려낸 찻물은 내버리고 찻잎을 소금과 버터에 발라 먹었으니 이 정도는 오히려 약과라고 하겠다.

실망은 하였지만 이대로 그냥 돌아가기에는 너무나 아쉬웠던 혁이 혹시나 하는 마음에 다시 수소문에 들어갔다.

"우러난 찻물 색이 검붉은 빛을 띠는 것은 없는가?"

만약에 '홍차' 라는 말을 조선에서 아직 쓰고 있지 않다면 이런 물음이 오히려 적당하리라 여긴 것이다.

"그런 차는 없지만 따낸 찻잎을 덖지 않고 그냥 두면 그런 물 색이 나옵니다."

혁의 귀가 번쩍 뜨였다.

콩을 '볶는다' 고 하는 것처럼 나무에서 딴 찻잎을 가마솥에 넣고 더 이상 발효가 되지 않도록 적당히 볶아 익히는 과정을 '덖는다' 라는 표현을 쓴다.

혁이 떨리는 손으로 찻잔을 들었다. 차 재배 농부가 말한 '덖지 않아 시들어 누렇게 변색된 찻잎' 을 우려 만든 차다.

맛을 본 혁의 표정이 복잡하게 변했다.

'이 맛은… 이 맛은…….'

그것은 깔끔한 녹차 맛은 당연히 아니었지만 쓰고 떫은 홍차 맛도 아니었다. 그 중간쯤 가는 애매모호한 그 맛은 바로 우롱차 맛이었다.

차는 발효 정도에 따라 발효도가 0인 녹차부터 100인 홍차가 있고 그 사이에 10~80 정도인 우롱차가 있다.

비록 완벽한 홍차 맛은 아니지만 그래도 이게 어디인가.

두근거리는 가슴을 안고 혁은 다시 제임스와 마주 앉았다. 찻잔을 입에 대고 있는 제임스를 초조하게 지켜보며 그의 반응을 기다렸다. 불과 2~3초밖에 안 되는 그 시간이 두어 시간으로 느껴졌다면 거짓말일까.

"오~ 이거 괜찮은데요. 일본산보다 맛이 낫습니다."

잔을 내려놓은 제임스가 입맛을 다시며 한 말이었다.

'만세!'

속으로 두 손을 번쩍 치켜든 혁의 얼굴이 흥분으로 달아올랐다.

유럽인들의 입맛에는 얕은 맛의 녹차보다는 이 진한 맛이 좋게 느껴진 것이다.

오늘날 전 세계 차 시장의 75%를 점유하는 것이 맛이 진한 홍차다. 녹차가 20%, 그 외 잡다한 차가 나머지를 차지한다. 특히 유럽과 미국 쪽은 거의 홍차 일변도이다.

이리하여 조선도 유럽으로 차를 수출하게 되었다. 그렇지만 새로운 상품의 도입은 조심스러울 수밖에 없었고 신시장 개척의 위험은 상존한다. 제임스의 입맛에 맞았다고 해서 영국인들 전부가 좋아하리라고 단정할 수는 없는 일이다.

갤더랜드호가 조선에서 수입해 간 우롱차는 소량에 불과해 잔뜩 기대했던 혁의 얼굴이 실망으로 물들었다. 그런데 전혀 예기치 못했던 일이 발생하고 말았다.

갤더랜드호가 적도 근처를 지나며 더운 해상의 스콜(열대성 소나기)를 몇 차례 맞아 싣고 있는 우롱차가 완전히 발효되어 홍차가 되어버린 것이다.

"아니, 이런 기가 막힌 맛이 있나!"

"어디 맛뿐인가. 이 향은 또 어떻고."

홍차를 처음 맛본 런던의 귀족들은 저마다 경탄의 말을 쏟아내었다.

혁으로 인해 원래보다 수십 년이나 일찍 홍차가 들어온 영국은 이 새로운 음료에 열광했다.

16세기에 영국의 일 인당 하루 음주량이 3리터였다는 기록이 있는 만큼 술에 만취한 사람이 급증하고 있던 시대였다. 이런 음주 습관을 고치기 위해서는 종교적인 교화도 필요했지만 무엇보다도 술을 대체할 만한 음료의 출현이 절실했다.

영국이 특히 홍차를 좋아하게 된 데는 한 가지 이유가 있었다. 그것은 바로 영국의 수질 때문이다. 영국의 물은 미네랄이 많이 함유된 경수(硬水)이기에 녹차의 떫은맛을 내는 카테킨이 잘 우려지지 않아 녹차 특유의 맛이 나질 않고 김 빠진 느낌이 들었다. 이에 반해 홍차에는 탄닌 함유량이 높아 경수에서도 순하게 우려져 더 좋은 맛을 낸다는 사실이다.

주문량이 10배로 불어났고, 녹차가 완전히 발효가 되면 홍차가 된다는 사실을 비로소 알게 된 혁은 하동뿐만 아니라 전라도 보성의 차밭 확장에 즉시 착수했다.

우리나라의 차 재배지로 보성이 가장 유명하다는 것도 모를 정도로 무식한 혁은 아니다.

당분간의 수출 물량이야 현재 생산량으로도 문제없지만 희망대로 영국에 홍차 문화가 급속히 확산된다면 요구 물량이 대폭 늘어날 것이다. 거기에 대비해야 했다.

혁이 대궐의 음식 재료를 관장하는 사옹원 소속이란 점은 이런 일을 벌이기에 안성맞춤이었다.

이로써 조선의 대외 수출품이 한 가지 늘었으며 아직은 차라는 것은 왕이나 귀족 등 상류층이 주요 소비자인 관계로 수출량이 얼마 되지 않고, 수익도 도자기나 인삼에 비할 바가 못되지만 차 문화가 확산되면 짭짤한 수입원으로 부상할 것이다.

'아니야. 그때까지 기다릴 시간이 없어.'

시간이 흘러가면 차츰 차 소비가 늘어나겠지만 조선의 사정을 감안하면 한가하게 팔짱 끼고 세월아 네월아 할 형편이 아니었다.

이럴 때 필요한 것이 바로 판매촉진책(Promotion)이다.

혁은 우선 차의 수출 단가를 일본산의 절반으로 낮췄다. 신상품의 초기 유통 단계에서는 시장 선점이 무엇보다 중요하다. 설사 일본이 뒷날 홍차를 개발하여 도전해 오더라도 먼저 시장을 장악하고 있다면 크게 영향을 받지 않는다.

"아니, 저게 무슨 뜻이지?"

"글쎄 말이야. 가게에 뭔 산수 문제를 써놓고그래."

런던의 대표적인 차 상점인 트와이닝(Twinings)에 들른 손님들은 판매대 앞에 써 있는 요상한 광고 문구를 보고 수군대고 있었다.

거기에는 큰 글씨로 '2+1' 이라 씌어 있었다.

이 말이 차 두 상자를 사면 한 상자를 덤으로 준다는 사실을 알게 된 사람들은 마치 이런 기회를 놓치면 엄청난 손해를 본다는 듯이 앞다투어 지갑을 열었다.

"어, 여기에는 찻잔이 들어 있네."

"그러게. 그것도 두 개씩이나. 이건 또 뭐지?"

큰 꾸러미의 차와 함께 포장된 자기 찻잔을 본 사람들이 다시 웅성거리기 시작했다.

두 개의 찻잔이 그 물건을 사면 주는 사은품이란 사실에 환호성을 지른 손님들은 다시 지갑을 여느라고 바빴다.

비록 중저가품이지만 평소 동경해 마지않았던 자기 찻잔이 아닌가. 귀족들의 눈에는 별게 아닐지 몰라도 일반인들에게는 귀하디귀한 자기 잔이다.

홍차 판매량이 수직 상승하기 시작했다.

"이보게들, 찻잔 주문이 크게 늘었으니 각별히 신경 쓰게나."

이삼평의 지시에 광주 분원의 장인들이 일제히 고개를 끄덕였다.

차 문화의 확산과 함께 찻잔의 수요가 급격히 증가한 것은 당연한 일이다. 비싸기는 하지만 차는 자기 잔에 따라 마셔야 그 운치와 풍미를 느낄 수 있다는 점은 동양이나 서양이나 다를 바가 없었다. 차 도구의 하나인 찻주전자의 수요 역시 따라 늘었다.

주마가편(走馬加鞭)이란 한자 성어가 있다. 달리는 말에 채찍질을 한다는 뜻으로 일이 될 때 밀어붙이란 말이다.

혁은 현대에서 마시던 차를 생각해 새로운 형식의 차를 시도했다.

"제임스, 이 차 맛을 한번 봐주시오."

혁이 회심의 미소를 지으며 제임스에게 권하고 있는 차는 아이스티였다. 아니, 얼음을 구할 수 없었으므로 급히 떠온 차가운 계곡물로 만든 냉홍차라는 말이 더 정확한 표현이겠다.

차란 항시 뜨거운 물에 우려낸다는 고정관념을 깬 획기적인 시도였다. 푹푹 찌는 한여름에 마시는 한 잔의 시원한 아이스티가 얼마나 맛있는지는 마셔본 사람이라면 모두 공감할 것이다.

그런데 찻잔을 내려놓는 제임스의 표정이 떨떠름했다.

"물론 얼음을 넣어 마시면 훨씬 맛이 있습니다."

뜻밖의 반응에 조급해진 혁이 급히 덧붙였지만 제임스의 표정은 여전히 시큰둥했다.

"차는 역시 뜨겁게 끓여 마셔야 제격입니다."

한참 만에 입을 연 제임스의 말에 답답한 혁이 속으로 가슴을 쳤지만 이는 혁이 영국 사정을 깊이 생각지 않고 벌인 일이었다.

알다시피 영국은 1년 365일 중 200일은 많든 적든 비가 온다. 그렇다고 나머지 날들이 햇볕 쨍쨍한 날이냐 하면 전혀 아니다. 차갑고, 을씨년스럽고, 우중충하다. 거기다 런던의 그 유명한 안개는 음산함마저 느끼게 만든다.

이런 날씨 속에 사는 영국 사람들이 뜨거운 차를 원할지, 차가운 차를 원할지는 너무나 자명하다.

물론 영국도 더운 날은 있다. 하지만 조선이 그렇듯이 이 당시 영국 또한 얼음을 구하기는 대단히 어려운 시절이었다. 제빙기가 발명된 때는 1877년으로 아직도 까마득하다.

아이스티는 1904년 미국 세인트 루이스에서 열린 세계만국박람회에서 처음 선을 보였다.

혁이 너무 앞서 나간 것이다.

아이스티의 도입은 참담한 실패로 끝이 났지만 홍차의 수출량은 계속 증가했다. 여기에는 신대륙에서 대량 재배되어 유럽으로 실려 온 한 상품의 영향이 컸다.

바로 설탕이다.

처음에는 약재로 인식했던 설탕이었지만 그 달콤한 맛에 반한 유럽인들이 모든 음식에 넣어 먹기 시작했다.

떫은 홍차의 맛과 설탕의 달콤함은 환상적인 조화를 이루었다. 여기에 우유까지 넣은 홍차는 한 끼의 식사 역할까지 하게 되었다.

물론 이것 말고도 먹을 게 얼마든지 있었던 귀족들은 우유를 넣지 않았다. 우유를 첨가함으로써 상류층의 기호품에 불과하던 홍차가 일반인들에게도 급속도로 퍼져 나갔다.

비록 아이스티는 실패했지만 혁은 다시 홍차 문화의 저변 확대를 위한 획기적인 상품의 개발에 나섰다. 그것은 뜨거운 차든 차가운 것이든 그 차를 마시던 제임스의 우스꽝스러운 모습에서 떠올린 아이디어였다.

"이것과 똑같이 만들면 됩니다."

100명의 부녀자를 모아놓고 설명하고 있는 혁의 손에는 조그만 비단 주머니가 들려 있었다.

"저래 쪼만해서 뭐세 쓸라카노."

"알라들 장난감 맹그는 갑다."

부녀자들 사이에서 두런거리는 소리가 나왔다.

그 조그마한 주머니 안에 소량의 홍차가 들어 있음은 물론이다.

혁이 '티백'을 발명한 것이다.

차를 수입해 간 네덜란드에서 그것을 마시는 방법과 풍습이 그대로 영국으로 전해졌는데, 찻잔은 손잡이가 없고 받침 접시가 있었다. 뜨거운 차를 찻잔에 받아 받침 접시로 조금씩 옮겨 부은 다음 접시에 입을 대고 홀짝홀짝 소리를 내며 마셨다.

뜨거운 차를 식혀 먹는다는 목적도 있었지만 더 큰 이유는 찻주전자의 부리에 거름망이 없어 따를 때 찻잎이 그대로 쏟아졌기 때문이었다. 접시에 차를 부으면 잎을 거르기 쉬운 까닭에 눈부시게 차려 입은 귀족이든 귀부인이든 이렇게 핥아 먹었다. 그래서 이때는 말 그대로 한 잔의 차(a cup of tea)가 아니라 한 접시의 차(a dish of tea)였다.

혁은 왜관 근처에 사옹원 직영의 티백 공장을 만들고 인근의 부녀자 100명을 직원으로 고용했다.

작은 비단 조각을 바느질하는 이러한 일에는 부녀자의 섬세한 손길이 제격이었다.

이제 하동과 보성에서 재배된 차는 여기로 운반되어 이들이 만든 티백에 담겨 수출될 것이다.

항시 돈 안 되고 표 안 나는 일에 시달리던 조선의 여인들에게 이 티백 공장은 최초로 정상적인 임금 근로자의 길을 열어주었다는 상징적인 의미도 있었다.

앞으로 티백 홍차의 수출이 증가할수록 고용 인원도 함께 늘어날 것이다. 혁은 훗날 이 부녀자 고용 경험을 다른 사업에도 톡톡히 활용하게 된다.

티백은 처음에 삼베로 만들려고 했으나 아무래도 올이 성겨서 차 가루가 새어 나왔다. 그래서 비단으로 한 것인데 우연의 일치인지 1908년에 나온 세계 최초의 티백 역시 비단으로 만든 것이었다.

옷을 해 입는 게 아니기 때문에 가장 저가의 비단을 사용했으며 이 당시 찻잎 500g의 가격이 남자 하인의 1년 치 급여와 맞먹을 정도로 고가였으므로 재료를 비단으로 해도 전혀 문제될 것이 없었다.

고가의 찻주전자나 복잡한 격식 없이 누구나 편리하게 마실 수 있는 이 티백의 발명은 머지않아 돈이 없는 평민층까지 급속히 차 문화를 확산시킬 것이 틀림없다.

오늘날 판매되는 홍차의 형태는 대부분(95%) 티백이다. 격식을 엄격히 따진다는 영국조차도 티백 보급률이 80%를 넘는다.

혁은 현대의 그것처럼 비단 주머니에 실을 매달아 찻물을 우린 다음 편리하게 꺼낼 수 있게 하였고, 실 끝에는 라벨을 붙였다. 거기에는 붉은 인주로 Made in Corea(Chosun)란 글자가 선명하게 찍혀 있었다.

"홍차 물량을 10배로 늘려주시고 그중 7할은 티백으로 만들어주십시오."

제임스가 갤더랜드호 선장인 딜크 드 하아스의 요청을 직접 가지고 왔다. 그들로서도 막 불이 붙은 이런 절호의 기회를 놓칠 수 없었다.

티백의 발명 후, 접시에 차를 따라 핥아 먹던 귀족들이 멈칫했다.

자신들은 명색이 귀족인데 개처럼 홀짝홀짝 소리를 내며 핥아 먹어서야 체면이 서질 않는다.

그제야 '이건 아닌데' 하는 생각을 하며 접시에 따라 마시는 풍습을 바꾸게 된다.

이리하여 티백의 발명은 홍차 문화를 영국뿐 아니라 유럽 전역으로 퍼뜨리는 계기로 작용하였고 조선의 홍차는 날개 돋친 듯 팔려 나가 홍차는 도자기와 인삼에 이어 어엿한 효자 수출품으로 자리 잡게 되었다.

그런데 문제가 생겼다. 수출이 잘되는 것은 좋은데 이제는 생산이 수요를 따라가지 못하는 상황이 발생해 버렸다.

차나무라는 것이 묘목을 심는다고 다음 날 바로 찻잎을 딸 수 있는 게 아니지 않은가.

'이거 큰일인데.'

혁의 표정이 어두워졌다.

어렵게 개발한 수출품이고 세계 최초로 티백까지 발명한 마당에 생산량이 부족해 물건을 못 대는 어이없는 사태가 발생하다니……. 이것이 단지 기회 손실로만 끝난다면 다행이지만 차를 생산할 수 있는 나라는 조선만이 아니다.

네덜란드 상인들이 부족분을 일본이나 중국에서 구하려 들지도 모른다는 말이다. 잘못하다가는 죽 쒀서 옆집 개 주는 꼴이 날 수도 있다.

혁이 연신 발을 동동거리며 해결책을 찾느라 고심하고 있는

데 뜻밖에 허균이 방법을 찾아냈다.

"쌀 대신 차로 세금을 납부해도 되며 군포 역시 차로 대납할 수 있다."

새로운 돈줄로 부상한 차의 생산이 여의치 않다는 혁의 보고에 안타까워하고 있던 광해는 차로 세금을 걷자는 허균의 제안에 무릎을 쳤다.

우리나라는 삼국시대부터 차를 재배한 기록이 있을 만큼 차의 역사가 오래되었을뿐더러 고려 때는 그 전성기라 할 정도로 차 문화가 발달했었다.

비록 조선 시대인 지금 차를 마시는 사람은 소수에 불과하지만 전라도, 경상도, 심지어 제주도에도 수없이 많은 야생 차나무가 자라고 있어 그 수효는 재배 차보다 월등히 많았다. 거기에는 오늘날 뛰어난 맛으로 유명한 작설차의 생산지인 선운사 일대도 들어 있을 만큼 품질 또한 양호했다.

기존에 재배되고 있는 차는 마시기 위해서가 아니라 약재로 쓰기 위한 성격이 강해 양이 얼마 되지 않았던 것이다.

백성들은 주위에 차나무가 있어도 알아보지 못하고 그냥 땔감으로 쓰기도 했던 것이 당시의 상황이었다. 이제 이것을 쌀이나 군포 대신 나라에서 받아준다고 하니 너도나도 눈에 불을 켜고 찻잎을 땄다. 이 조치로 말미암아 백성들은 생필품인 쌀과 포를 아낄 수 있게 되었고, 나라는 수출 물량을 충분히 확보함으로써 모두에게 혜택이 되었다.

평소 차를 마시며 스님들과도 교분이 두터웠던 허균이 이런 사정을 알고 있어서 가능한 일이었다.

뜻밖의 손님이 사옹원으로 혁을 찾아온 것은 고민하던 문제가 깨끗이 해결되어 홀가분한 마음으로 한양으로 올라온 지 얼마 되지 않아서다.

"주머니 차를 사고 싶소."

주머니 차란 물론 티백 홍차를 말한다. 혁이 이것을 만든 당사자란 사실을 알고 사옹원까지 찾아온 이는 여진족의 사신이었다.

"그게 정말입니까?"

혁의 목소리가 흥분으로 떨려서 나온 이유는 찾아온 이가 중원의 떠오르는 실력자, 누르하치가 다스리는 건주여진의 사신이어서였다.

야생 차를 전국적으로 거두어들임으로 해서 이제 물량 걱정은 없어졌다. 그런데 만약 이 교역이 성사된다면 엄청난 수입이 새로 생기는 것뿐만 아니라 누르하치의 여진과 조선이 그만큼 친밀해지게 된다.

미구에 닥칠지 모르는 청나라와의 전쟁을 항상 염두에 두고 있는 혁으로서는 이는 하늘이 내려주신 기회로 생각되었다.

반유목 생활을 하고 있는 여진족의 입장에서는 어디서나 손쉽게 차를 마실 수 있는 티백의 편리함은 이루 말할 수 없을 정도였다.

하지만 이런 중대사는 혁이 단독으로 결정할 수 있는 사안이 아니었다. 조선은 지금까지 여진족의 사신이 가져온 곰이나 사슴 가죽 등의 공물을 받고 면포를 답례품으로 하사하였고, 종성과 경흥 같은 국경 도시에서 소량의 생필품만 거래토록 한 게 전부였지 공식적인 교역 관계를 맺고 있지 않았다.

"불가하옵니다. 오랑캐와 교역이라니요. 천부당만부당한 일이옵니다."

"그렇사옵니다. 만약 우리가 저 오랑캐들과 그런 관계를 맺었다는 사실을 상국이 알게 되면 틀림없이 문책하려 들 것입니다. 몇 푼 이익을 거두자고 그런 위험을 무릅쓸 수는 없는 일입니다. 통촉하시옵소서."

혁으로부터 누르하치의 여진과 가능한 친밀을 유지하여야 한다는 말을 들은 광해로서는 이번의 교역 요청을 일석이조의 기회로 여겨 적극 추진하고 싶었으나 신료들의 강력한 반대에 부딪히고 말았다.

중국의 북방 민족은 고기와 버터 등을 주식으로 먹기 때문에 차를 지속적으로 마시지 않으면 등에서부터 뒷머리까지 열이 나는 배열병(背熱病)에 걸려 시름시름 앓다가 죽게 된다. 따라서 그들에게 차는 생존을 위한 필수품이었다.

차는 남방에서 나는 식물이므로 이들은 차를 구하기 위해 어쩔 수 없이 중국에 복종해야 하는 처지였다.

송나라가 일찍이 차를 이용해 요하의 금나라를 견제하였고 지금 명나라 또한 무순(撫順)에 시장을 열어 차와 곡물을 파는 것으로 여진족들을 억제해 왔다.

만약 여진이 조선에서 차를 구입해 가면 이런 명의 견제책이 상당 부분 힘을 잃게 되므로 속국 처지인 조선이 감히 그런 일을 해서야 되겠느냐 하는 것이 조정 신료들의 반대 이유였다.

한마디로 알아서 기는 것이다.

그렇지만 누르하치의 여진이 차를 가지고 견제할 단계를 넘어선 지 이미 오래되었다는 사실을 꿰뚫고 있는 광해의 입장에서는 참으로 통탄할 일이었다.

"그대들은 노추(奴酋: 누르하치)의 세력이 차 정도로는 어찌해 볼 수 없는 지경에 이르렀다는 것을 모른단 말이오?"

광해가 신료들의 답답함을 질타했으나 저들은 뜻을 굽힐 생각이 전혀 없었다.

"설사 그 세력이 조금 커졌다고는 하나 대명의 위세에 비한다면 땅바닥을 기는 한 마리의 벌레에 불과하옵니다. 우리 조선이 그런 외람된 일을 벌여 상국의 뜻을 거슬러서는 아니 되옵니다. 굽어살피시옵소서, 전하."

이택돈 패거리 몇을 솎아냈다고 해서 사대주의에 찌든 이 땅의 사대부들이 변하였느냐, 하면 전혀 그렇지 않았다. 중원의 정세 변화에 대해 애써 눈과 귀를 막고자 하는 저들에게는 여전히 명나라만이 하늘에 떠서 세상 만물을 비추는 태양이었다.

지금 탑전에서 서인들뿐 아니라 남인들까지 거품을 물고 반대하는 것이 그런 정황을 잘 말해주고 있었다.

이럴 때 광해를 왕위에 올리는 데 공헌을 하였고 현재 임금의 정치적 배경이 되고 있는 북인들이 나서 힘을 실어주어야 한다.

속이 터진 광해가 이이첨에게 눈길을 돌렸다. 하지만 광해의 기대와는 달리 이이첨은 고개를 처박고 입을 열 기미라고는 전혀 보이지 않았다.

광해의 입에서 가느다란 한숨이 새어 나왔다. 대북파의 수장이라는 자가 이러한데 다른 이들이 나서줄 리는 만무했다.

이는 물론 애초에 홍차 수출이라는 것을 들고 나온 장본인이 혁이어서다. 어떻게 해서든 광해와 혁을 떼어놓으려는 마당에 이이첨이 이런 일에 팔을 걷고 나서고 싶은 생각은 손톱 밑의 때만큼도 없었다.

결국 '절대 교역 불가'로 결정이 났고, 여진족의 사신은 대단히 아쉬워하며 발길을 돌려야만 했다.

21.
유생들의 시위와 김석균의 귀환

"이보게, 철기. 자네 소식 들었나?"

"무슨 소식?"

"아, 글쎄 우리 유생들도 군역을 지라고 주상 전하께서 명을 내리셨다는군."

"무어! 아니, 그게 무슨 개뼉다구 같은 소린가? 군역이라니, 우리가 왜 군역을 져?"

김철기는 두 눈이 휘둥그레진 채 펄쩍 뛰었다.

"글쎄 말이야. 이게 무슨 청천벽력 같은 소린지 모르겠어."

소식을 전한 이유봉도, 들은 김철기도 도무지 믿기지 않는다는 표정이었다.

광해 7년 추수가 끝나가는 어느 가을날, 광해는 기존의 군역 제도를 혁신하는 안을 발표했다. 이대로 두어서는 평민 계층의 몰락을 피할 수 없다고 본 것이다.

조선 중기의 군역 부담은 앞서 괴산에 사는 김무필의 경우에서 보았듯이 오로지 평민 계층에만 집중되어 도저히 감당을 할 수 없는 지경에 이르렀다. 양반과 노비 계층은 군역 부담을 지지 않았다는 말이다.

조선의 신분 구조는 '양천제'이다. 즉, 양반과 중인, 평민이 속한 양인 계급과 노비나 기생, 백정 같은 천민 계급으로 나뉜다.

양반도 양인에 속하므로 원래 군역을 지게 되어 있었으나 오늘날 소위 사회 지도층 자녀들의 군 입대율이 현저히 낮은 것처럼 조선의 양반들도 똑같았다.

갖가지 방법을 동원하여 군대에 가지 않았고 그중 가장 좋은 방법이 유생이 되는 것이었다. 나라에서 유생에게는 군역을 면제해 주었기 때문이다.

문제는 국립대학인 성균관의 유생뿐만이 아니라 지방의 향교나 서원에 있는 유생들까지 모두 면제의 혜택이 주어졌으므로 양반 자제라면 누구나 향교나 서원에 적을 두게 되었고 일부 평민들도 향교에 모입(冒入: 들어갈 자격이 없는 사람이 속이고 들어감)하여 군역 도피의 수단으로 삼았다.

김철기나 이유봉같이 상당수 양반 자제들이 서원에 적만 두고 공부는 뒷전인 채 방탕한 짓을 저지르고 다녀도 유생이라는 이유만으로 군역을 면제받았다.

조선의 교육체계는 초등 교육기관인 서당부터 시작한다. 여기서 '하늘 천, 따 지'로 시작하는 천자문을 배우는 것이 공식 교육의 첫걸음이다.

천자문을 떼면 『동몽선습』, 『명심보감』, 그리고 『효경』 등을 배우고, 16세가 되면 향교에 들어가 교생이 되었는데 각 고을의 크기마다 교생 입학 정원이 정해져 있었다.

향교가 공립 중, 고등학교인 반면, 서원은 사립 중, 고등학교 구실을 했다. 그런데 군역을 회피하기 위해 정원 이상으로 향교에 부정 입학을 했고 서원의 경우는 더 큰 문제를 안고 있었다.

처음에는 도학 정치를 담당할 인재 양성을 위해 서원이 설립되었으나 갈수록 당파 정치가 만연해지며 자파의 이익을 위한 여론 형성의 본거지로서의 역할이 무엇보다 중요하게 되었다. 이런 이유로 전국적으로 마구 서원이 건립되어 지역 사림과 중앙 관료와의 연결을 맺는 데 주안점을 두게 된다.

각 당파는 학연을 중심으로 결집되었으므로 지방의 서원과의 연계는 필수적이었다.

북인들은 경상남도 일대의 조식(曺植)과 그 제자를 모신 서원과 연결되고, 남인은 경상북도 일대의 이황(李滉)과 그 제자, 그리고 이이(李珥)와 성혼(成渾)의 제자들이 중심이 된 서인은 경기와 충청, 전라도 지방의 서원들과 연결되어 그 지역을 제각기 자신들의 세력 기반으로 삼았다. 즉, 좋은 뜻으로 세워지기 시작한 서원은 결국 학연을 이용한 정치적 도구로 전락하였던 것이다.

예납(禮納)이라 하여 쌀과 포를 받고 자격이 안 되는 자들의 입학을 받아주는 등 갈수록 폐해가 늘어갔다.

서원의 수도 선조 때에 이미 124개소에 이르렀고 광해 조에 와서도 증가일로에 있었다.

이에 광해는 국립대학인 성균관의 유생을 제외한 향교와 서원의 유생에게 부여하던 군역 면제의 특권을 폐지하려 했다. 그러자 지금까지 특별 대우를 받았던 유생들이 벌 떼같이 일어나 반발을 하였고 지방 서원의 사주를 받은 성균관 유생들 역시 반대 움직임을 보이기 시작했다.

이들 또한 서원 출신이 대부분이며 끈끈한 학연, 지연으로 연결되어 있었다.

"공부하는 유생들에게 군역을 지우는 것은 말이 안 되지."

"그럼, 사대부는 사대부의 역할이 있고 평민은 평민이 해야 할 일이 있는 법. 어찌 같이 취급을 한단 말인가. 언어도단이로세."

성균관의 유생들이 제각기 한마디씩 하고 있는데 누군가가 외쳤다.

"자, 자, 이러고 있을 게 아니라 식당으로 모입시다."

"그래, 모두들 식당으로 가자고."

웅성대던 유생들은 식당으로 모여들었다. 전원 기숙사 생활을 하는 유생들이기에 이들이 모두 모이는 장소는 자연스럽게 식당이 되었다.

"여기 이렇게 모인 이유는 우리 모두의 뜻을 하나로 모으기 위해서입니다. 기탄없이 의견들을 개진해 주시기 바랍니다."

한 유생이 벌떡 일어나 모두 발언을 하였으니 재회(齋會: 총학생회)의 대표인 석명석이었다. 그러자 다른 이들에 비해 좀 나이가 들어 보이는 유생이 일어났다.

"비록 우리 성균관 유생은 제외되었지만 전국의 유생들에게 군역을 부담시킨 이번 조치는 심히 문제가 있다고 생각합니다. 학생이 공부를 안 하면 나라 꼴이 어떻게 되겠습니까? 주상께서 경연을 멀리하신다고 우리 유생들마저 공부를 못 하게 하신다면 성현들께서 땅을 치실 일이 아니겠습니까?"

경상도 유생인 이만복의 발언은 은근히 광해를 폄하하면서 좌중을 선동하는 발언이었다.

여기저기서 '옳소, 옳소' 하는 소리가 터져 나왔다.

이만복은 어제 자신이 공부하였던 서원에서 급히 올라온 한 통의 서찰을 받았다. 거기에는 이번 조치를 어떻게든 철회시킬 수 있도록 노력하라는 당부가 써져 있었다.

만약 이 조치가 그대로 시행된다면 서원들의 영향력은 크게 줄어들 것이 분명하므로 전국의 서원들은 절대 수긍할 수 없다는 입장이었다.

"맞습니다. 이대로 이런 말도 안 되는 조치가 시행되게 두어서는 안 됩니다. 지방에서 열심히 학문을 닦고 있는 유생들은 답답한 마음은 있지만 지역적인 한계로 벙어리 냉가슴만 앓고 있는 실정입니다. 이럴 때 우리 성균관 유생들이 나서 주상의 그릇된 생각을 고치도록 해야 합니다."

시종 강경 일변도의 발언이 이어졌고 가물에 콩 나듯이 군역 문제는 단순한 사항이 아니기 때문에 보다 신중할 필요가 있다는 의견이 나왔지만 이미 흥분으로 출렁이는 분위기를 바꾸기에는 역부족이었다.

“그럼 우리 유생들의 입장은 이번 조치의 전면 철회로 하겠습니다. 이의 없으시죠?”

‘좋습니다’, ‘옳소’ 하는 소리가 울려 퍼졌다.

찬성 의견이 과반수를 넘으면 안건이 통과된다. 다음은 소두(疏頭)라 불리는 대표자를 뽑는 일이다.

“그냥 재회의 대표에게 맡깁시다.”

누군가 의견을 내어 반대 없이 기존 재회에서 소두를 겸하기로 결정되었고 처음 강성 의견을 내어 분위기를 몰아간 이만복도 소두에 뽑혔다.

즉시 문안이 작성되고 모든 유생이 여기에 서명을 하였다. 이를 유소(儒疏)라 부른다. 이제는 반대 의견이 있었던 사람이라도 자신의 의견을 접고 이 유소에 따라야만 한다.

다음 일은 대궐까지 행진하여 임금에게 이 소장을 들이대고 대답을 듣는 일이다.

“이봐, 유생들이 시위를 결정했대.”

“뭐? 아이고, 큰일 났네.”

성균관이 있는 명륜동에서 대궐까지는 거리가 좀 되었는데 그 사이에 있는 상점들에게는 지금 비상이 걸렸다.

유생들이 행진을 시작하기 전에 성균관 소속의 노비들이 길을 청소하고 상가를 철수시키면서 마구 약탈을 저질렀고, 구타도 서슴지 않았기 때문이다.

허겁지겁 가게 문을 닫는 상인들의 얼굴에는 불만의 기색이 역력했다. 하루 장사를 망치는 것도 문제지만 이들 유생들이 시위를 벌이는 이유가 군역 문제인 까닭이다.

안 그래도 모든 특권을 독점하는 양반층이 군역 부담 때문에 몰락해 가는 평민들을 위해 임금께서 고심 끝에 내놓은 조치를 반대하고 나서는 것을 바라만 보고 있자니 속이 대단히 착잡했던 것이다.

모든 상가가 철수하고 깨끗하게 비질이 된 거리를 보무당당하게 나아가는 유생들의 행진은 위세가 등등했다. 이들의 표정에는 자신들이 이 나라 최고 지성인이라는 자부심과 자기들이 아니면 누가 이 나라의 잘못된 행태를 바로잡을 수 있겠느냐는 자만심이 복합적으로 얽혀 있었다.

대궐에 다다르자 열을 맞추어 앉았다. 지금부터는 왕의 대답이 있을 때까지 기다려야 한다.

만약 대답이 늦어지면 그 자리에 간이식당까지 만들어 장기전에 돌입하게 된다.

가을의 하늘은 짙푸르렀으며 산들바람은 노랗고 빨간 단풍 내음을 싣고 부드럽게 코끝을 스쳤다.

농성을 벌이기에 이보다 좋은 날씨는 없다. 마치 가을 소풍을 나온 학생들처럼 유생들의 얼굴에는 웃음기마저 감돌고 있었다.

한편 성균관 유생들의 시위 소식을 접한 광해는 내심 당황했다. 지방 향교와 서원의 유생을 대상으로 하였는데 정작 제일 먼저 반대 행동을 취한 것이 성균관이어서다. 이들이 지방의 서원들과 끈끈한 학연으로 연결되어 있다는 점을 간과한 것이다.

그렇지만 지금의 군역 제도를 이대로 두어서는 안 된다는 생각에는 변함이 있을 수가 없었다. 아무리 유생들이 반대해도 반드시 관철시켜야 했다.

"주상께서 우리의 의견을 거부하셨소."

소두인 석명석이 발표를 하자 유생들은 바닥에서 몸을 일으키며 웅성거리기 시작했다.

"이제 우리는 우리의 뜻을 관철시키기 위해 권당(捲堂)에 돌입하게 됩니다. 모두 힘을 합칩시다."

석명석에 이어 이만복이 큰 소리로 외치자 여기저기서 동조의 목소리가 터져 나왔다.

권당이란 유생들이 식당에 들어가지 않는 것으로 단식투쟁이며 동시에 수업 거부였다.

이렇게 해도 임금이 자신들의 의견을 받아들이지 않으면 마지막으로 성균관을 나와 아예 집으로 가버리는 공관(空館: 동맹휴학)을 행하게 된다.

오늘날에도 최고 지성인이라는 대학생들의 시위가 상당한 의미가 있듯이 성균관 유생들이 공관에까지 이르렀다는 것은 왕의 통치력에 심각한 결함이 있는 것으로 비춰지기 때문에 임금에게는 대단한 압박이 되었다.

"허어, 참. 이런 일이 있나."

속이 탄 광해는 혀를 찼다.

편협한 생각에 사로잡힌 저 철없는 것들을 모조리 싸잡아 처넣고 싶은 마음은 굴뚝같았지만 그랬다가는 일이 엉뚱한 방향으로 걷잡을 수 없이 흘러갈지도 모른다.

"전하, 이번 조치를 몇 해만 유예하심이 좋을 듯싶사옵니다."

재작년에 죽은 이덕형 대신 영의정을 맡은 이항복의 고심 어린 충언이었다.

몇 번 더 신음을 뱉은 광해가 결국 조치를 3년간 유예한다고 물러서고 말았다.

"고생 마이 했제?"

"고생은 뭘……."

"자, 내 술 한 잔 받게."

작년 가을에 암행어사로 떠났던 김석균이 돌아왔다.

혁과 방덕수가 늘 어울리던 동네 주막에서 환영의 술자리를 열었다.

일 년 넘게 제대로 된 식사나 잠자리 없이 고생한 티가 김석균의 핼쑥하고 까매진 얼굴에 역력했다.

"그래, 돌아보이 어떻더노?"

막걸리 한 잔이 들어가기가 무섭게 방덕수가 물었다. 혁도 지방을 돌며 백성들의 생생한 삶의 현장을 살핀 김석균의 감상이 궁금해 귀를 세우고 더 다가가 앉았다.

"어렵게 살더라."

한 잔을 단숨에 마신 김석균의 첫마디였다.

이 당시 일부 지주를 빼고는 제대로 밥 먹고 사는 백성들이 몇이나 되었겠는가.

공부만 하던 김석균의 눈에 비친 백성들의 삶은 비참했고,

그 자신은 별 도움이 못 된다는 사실에 절망감을 느낀 것도 여러 번이었다.

하지만 그것이 어느 날 갑자기 되는 것도 아니요, 어느 누구 한 사람의 힘으로 될 일도 아니었다. 서서히 자신과 같은 사람이 점진적으로 개선해 나가야 할 일이라고 자위할 수밖에 없었다.

"시장이 많이 활성화되었더군. 이제 어디를 가도 장이 안 서는 곳이 없게 되었어."

처음으로 조선에 시장이 열린 때는 성종 원년인 1470년으로 널찍한 나주평야를 끼고 서해안과도 인접하여 곡식과 해산물이 풍부한 지역인 전라도 나주, 무안 지역이 시장의 효시였다.

초기에 조정에서 백성들이 농사짓는 일에 게을리한다고 억압하였지만 물품의 교환은 사람의 생활에 있어 지극히 자연스러운 일. 조선 중기인 이때 시장은 전국적으로 개설되었고, 그것도 처음에는 한 달에 두 번, 즉 15일 장에서 10일 장으로, 다시 오일장으로 변화해 왔다.

"그런데 장은 이렇게 활발해졌는데 여전히 쌀과 면포로 거래를 하는 게 여간 불편해 보이질 않더군. 아무래도 동전 유통을 나라에서 적극 검토할 시점이 아닌가 싶어."

김석균의 예리한 지적이었다.

고려 때부터 드문드문 발행을 했던 동전이나 저화 같은 화폐는 번번이 유통에 실패하여 17세기에 들어선 이때에도 조선은 여전히 쌀과 포를 화폐로 사용하고 있었다.

임진왜란 당시 들어온 명나라의 상인과 병사들에 의해 은

이 화폐로서 일부 역할을 하고 있지만 거국적으로 유통될 수 있는 독자 화폐의 필요성이 절실한 상황이었다.

"또한 장이 서면 지방의 관청에서 장세를 걷는데 이게 백성들이 물건을 사고파는 데 여간 지장이 되는 게 아니야. 지방관아에서는 관청 운영비 조로 거두고 있지만 내가 보기에는 아전들과 수령이 사사로이 착복하고 있어. 그래서 조정에 이 장세 폐지를 건의해 볼 작정이네."

그야말로 책상물림이었던 김석균의 이번 암행어사 행보는 세상을 보는 그의 안목을 한 단계 높여주었다.

혁은 꼬장꼬장하기만 했던 김석균이 이렇게 변한 것이 반갑고 기특해 빙그레 웃음을 지었다.

"이제는 양반들도 일을 해야 된다고 생각지 않나?"

김석균의 변화에 고무된 혁이 평소 하고 싶었던 말을 슬쩍 꺼냈다.

"……?"

두 사람 다 말 없이 혁을 멀뚱히 쳐다보는 것이 영 의외라는 표정이다. 하지만 이왕 내친걸음이라 혁은 계속했다.

"내 생각은 양반이라고 손에 땀을 흘리며 하는 노동을 백안시할 이유가 도대체 무엇인가 말일세."

양반이 농업이나 상공업에 종사한다면 천해졌다고 하여 교류나 혼인에 막대한 지장이 있어 설사 뜻이 있는 양반이라 할지라도 실행은 여간 어려운 게 아니었다.

혁이 말을 마치고도 두 사람은 한동안 생각에만 잠겨 있더니 방덕수가 떠듬거리며 입을 열었다.

"그래, 머 그 생각이 틀렸다는 거는 아이고……. 근데 그게 쉽진 않을 거 같은데……."

"물론 어렵겠지. 그렇지만 지금처럼 성리학만을 절대적 진리로 신봉하지 말고 양명학도 연구하고, 무엇보다도 서양의 발달한 문물을 받아들인다면 차츰 변화되어 나가지 않겠나?"

"아이구, 야야, 목소리 낮차라."

방덕수가 기겁을 하고 손사래를 쳤고 김석균의 낯빛도 하얗게 변했다.

방문을 열고 주위를 둘러본 방덕수가 아직 이른 시간이라 이들 세 사람 외에는 아무도 없는 것을 알고는 길게 숨을 내쉬었다.

"하아, 양명학도 모자라 서양의 문물이라니. 하여튼 니도 똥배짱 하나는 알아줘야 되겠대이."

양명학이란 명나라 중기에 태어난 왕수인이 주창한 유학의 한 갈래로서 성리학의 관념론을 철저히 배격하고 '지행합일', 즉 실천을 강조했다. 또한 그는 성리학을 부정하면서 예의의 간소화와 사민평등을 주장하였다.

그러나 성리학을 건국의 이론적 배경으로 삼고 있는 조선에서는 아직 허균이나 지봉유설의 저자인 이수광(李睟光) 정도만이 부분적으로 거론할 뿐 비주류로 평가받는 상태이고, 서양의 학문이란 감히 입에 담을 수도 없는 패덕한 오랑캐의 학문이요, 사이비 이론으로 취급되고 있는 실정이었다.

"말조심하게. 잘못하다가는 사문난적(斯文亂賊: 성리학적 사상에 반하는 논리를 펴는 자)으로 몰리네."

김석균이 심각한 얼굴로 혁에게 이른 말이었다.

성리학만이 절대 진리인 현 상황에서 만약 사문난적으로 몰리면 그야말로 약도 없다.

"내는, 자 말하는 거 보다 보면 가끔 딴 세상에서 살다 온 거 아닌가 하는 생각이 들 때가 있대이. 하하, 참."

방덕수가 어이없다는 듯 헛웃음을 쳤고, 순간 혁은 속이 뜨끔했다.

그렇지만 이런 자리가 또다시 만들어지기는 쉽지 않을 것이다. 천천히 술을 따른 혁이 다시 입을 열었다.

"석균이 자네가 보았듯이 이 조선 천지는 헐벗고 굶주린 백성들로 가득 차 있다고 해도 과언이 아닐세. 그런데 과연 '공자 왈, 맹자 왈' 로 이들을 구제할 수 있다고 보는가?"

"허허, 이 사람이 참……."

김석균이 난감한 표정으로 혁을 쳐다보았다. 조선의 모든 선비가 우러러 받드는 대성인인 공자, 맹자를 이웃집 개 부르듯이 하는 혁의 행동에 아연했던 것이다.

"그럼 니는 우째야 한다는 말이고? 참말로 서양의 학문이라도 들여와야 된다는 기가?"

혁이 그냥 하는 소리가 아니라는 것을 깨달은 방덕수가 정말로 궁금하다는 표정으로 물었다.

"내 말은 실생활에 정말로 쓰이는 학문이 필요하다는 말일세. 가령 사람의 목숨을 살리는 의학, 외국의 문물과 정보를 얻는데 필수인 어학, 새로운 기계나 공구를 만들 수 있는 공학, 상업 발달을 위해 꼭 필요한 회계학, 시시비비를 명확히 가려주는 법학 등 일일이 꼽자면 한도 없을 것이네. 그런데 이런 모든 분야는 다들 알다시피 중인들이나 취급하는 잡학으로 분류되어 천시받는 게 작금의 조선이 아닌가? 이래서는 안 된다는 말이야. 성리학이 쓸모없는 학문이라는 것이 아니라 정신세계만 강조하는 성리학은 반쪽짜리 학문이며, 백성들의 생활에는 전혀 도움이 안 되는 양반들만의 철학에 불과하다는 말일세."

조선에 온 이래로 수없이 고민하고 가슴에 쌓아두기만 했던 생각을 혁은 단숨에 내뱉었다.

"……!"

너무나 엄청난 말을 들은 두 사람은 숨쉬는 것도 잊은 듯 눈만 동그랗게 뜬 채 말이 없었다.

아무도 입을 여는 사람이 없자 밖에서 휘몰아치는 북풍 소리가 처음으로 귀에 들어왔다.

"니 대단하대이. 어떻게 그런 생각을 다 했노? 난 여즉까지 살면서 한 번도 몬 해봤는데."

방덕수가 약간의 감탄을 섞어 말문을 열었지만 김석균은 새파랗게 질린 채 여전히 말이 없었다. 소탈하고 무인인 방덕수에 비해 성리학만을 진리로 지금껏 공부해 온 김석균이 받은 충격이 훨씬 클 것이다.

만약 처음 만났을 당시의 김석균이었다면 자리를 박차고 일어났을 뿐만 아니라 혁이 사문난적의 무리라고 야단이 나고도 남았을 것이다.

그러나 오랜 사귐으로 혁의 성품을 알고 있을뿐더러 이번 암행어사의 경험은 확실히 그의 식견을 넓혀놓았다. 혁의 말에 분명히 생각해 볼 여지가 있었다.

"자네 말도 일리가 있네. 허나 오늘날 조선이 이만큼 기틀을 잡은 것도 따지고 보면 성리학을 건국 이념으로 채택했기 때문이 아닌가. 그리고 어리석은 백성들을 교화하기 위해서는 먼저 사대부들의 정신 자세와 행동거지를 바르게 하는 학문이 필수인데 그것이 바로 성리학이 아니고 무엇인가?"

한참 만에 얼굴을 푼 김석균의 말이었다.

"성리학의 공이 전혀 없다고 말하는 것은 아닐세. 분명 조선 초에는 많은 도움이 되었다는 것을 부정하고 싶은 생각은 없어. 그러나 지금 조선의 실정을 살펴보게. 과연 아직도 성리학이 백성들에게 유용한 학문이라고 생각하는가?"

성리학에 대한 혁의 생각은 현대에 살 때부터도 비판적이었고 여기에 와서 현실을 몸소 겪은 지금은 그 생각이 더욱 확고해졌다.

역사적으로 볼 때 14세기의 성리학은 조선 건국의 이념으로서의 논리를 제공했고, 15세기에는 도학적 방향에서 다루어져 개혁 정치를 펴는 데 도움이 되었다. 16세기에 들어와서는 철학적 의미가 강조되어 사림 정치가 꽃필 수 있게 하여 그 절정기를 맞았다.

그러나 16세기 말부터는 공리공론에 빠졌고 당파 정치의 도구로 이용되는 등 그 부작용이 드러나고 있었으며, 그 폐해는 시간이 지날수록 심해져 갔다.

"이왕 말이 나왔으니 하는 말인데 조선은 그 참혹한 임진왜란을 겪고도 문(文)만 숭상하고 무(武)를 천시하는 폐단을 버리지 못하고 있어. 이렇게 계속 문약(文弱)으로 흐른다면 다시 국난이 닥쳤을 때 어떻게 이겨낼 수 있겠나?"

혁은 머지않은 장래에 닥쳐올지도 모를 병자호란을 떠올리며 강한 어조로 말했다.

조선은 임진왜란 때 그렇게 당하고도 여전히 국방 대책은 한심하기 짝이 없었다. 쓸 만한 군대는 찾아보기 어려웠고 잘못된 군역 제도로 백성들은 신음하고 있는 상황이다.

그나마 제대로 된 군대라고는 중앙의 훈련도감 하나가 전부라 해도 과언이 아니었으니, 또 전쟁이 난다면 임진왜란의 재판이 될 수밖에 없을 것이다.

실제로 병자호란이 일어났을 때 그러하였다.

거기다 무반의 고위직은 문반 관료가 겸직하고 있는 상황도 전쟁 전과 하등 달라지지 않았다.

"그래, 그거는 니 말이 백번 맞대이. 바꿔야지. 하모, 바꿔야 하고말고."

문무 차별 얘기가 나오자 방덕수가 대번에 동의를 하고 나섰다. 아마 방덕수가 아니라 어떤 무반 관료라 하더라도 혁의 말에 동조하지 않는 이는 없을 것이다.

지나친 문반 우대 정책은 나라를 약하게 만든 명백한 폐단이었다.

"으음……."

대꾸는 못 하고 잔뜩 얼굴을 구긴 채 신음 소리만 뱉어내는 김석균이었다. 물론 문반으로서 달리 생각하는 바가 없지는 않겠지만 혁의 말이 워낙 정곡을 찌르는 내용이라 반박하기가 쉽지 않았다.

"내 말이 너무 심했나? 하하, 그냥 '이런 생각을 하는 이도 있구나' 하고 가볍게 넘어가게나."

혁이 간만에 만들어진 자리의 분위기가 너무 무거워진 듯해 웃음으로 마무리 지으려고 하자 김석균이 정색을 하고 한마디를 더 했다.

"나도 한번 깊이 생각해 보겠네. 허나 어디 가서 절대로 그런 식으로 말하지 말게. 조정을 비방하는 것으로 오해를 살 수도 있는 일이야. 우리끼리 있는 자리라 망정이지 정말 큰일 나네."

김석균의 염려처럼 혁이 한 말은 체제 비판으로 비춰질 수 있는 지극히 위험한 발언들이었다.

"야가 얼라가? 아무 데서나 그카게. 우리니까 믿으며 한 말이제. 자, 자, 그건 그거고, 뭐 또 재미있는 건 없드나?"

쾌활한 성격의 방덕수가 각자의 잔에다 막걸리를 그득하게 따르면서 화제를 돌렸고, 잠시 생각하던 김석균이 슬쩍 입가에 웃음을 띠었다.

"재미있다기는 좀 그렇고… 난 우리 조선 사람들이 그렇게 욕을 많이 하는지 요번에 알았네. 아주 욕을 입에 달고 살더구먼. 일할 때도 욕이고, 쉴 때도 욕이고, 하물며 밥 먹을 때도 욕을 하는데… 그것참."

"밥 물 때도?"

"응, 예를 들면 '우라지게 뜨겁네, 씨부랄 것' 하기도 하고,

'이런 육실허게 짜네' 라고도 하더군."

김석균이 목소리까지 흉내 내자 셋은 웃음을 터뜨렸다. 무거웠던 분위기는 다시 잠자리 날개처럼 가벼워졌다.

"맞다, 군졸들도 보믄 맨날 욕이라. '염병하네', '경을 칠 놈' 은 기본이고, '병신, 육갑하네', 카는 소리도 내 숱하게 들었다 카이."

방덕수의 흉내는 김석균보다 훨씬 와 닿아 더 큰 웃음이 터져 나왔다.

당시 조선 사람들이 욕을 많이 한 것은 사실이다. 삶의 스트레스를 욕으로 푼 것이다.

'우라질' 은 '오라질' 의 변형으로 '오라' 는 죄인을 묶는 붉은 줄을 말한다. 즉, '오라질 놈' 이라 함은 '죄를 지어 묶여갈 놈' 이란 말이다.

'육실할 놈' 은 '시신을 갈기갈기 찢는 형을 받을 놈' 이란 말로 엄청난 욕이다.

'염병할 놈' 에서 염병이란 잘 알다시피 장티푸스를 가리키는 말이다. 즉, '장티푸스에 걸려 뒈져라' 란 뜻이고 '병신 육갑한다' 의 육갑은 육십갑자의 준말로 생년월일로 점을 치는 것을 말한다. 따라서 '병신 육갑한다' 라는 말은 자기 몸도 가누지 못하는 병신이 남의 인생을 점친다는 조롱의 의미가 담겨 있다.

이외에도 흔히 듣는 '엿 먹어라' 라는 욕이 있는데, 여기서 엿은 울릉도 호박엿같이 먹는 엿이 아니라 여성의 성기를 의미한다.

옛날에 이 마을 저 마을 돌아다니는 남사당패가 낮에는 사람들을 불러 모아 공연을 하고 밤에는 몰래 매춘을 했는데 이때 사용하던 은어가 바로 '엿'이었다. 즉, '엿 먹어라'는 '못된 여자한테 걸려 된통 당해라'라는 뜻이다.

제법 늦은 시간까지 흥겹게 술을 마신 혁이 집에 돌아온 것은 거의 인정이 치기 직전(밤 10시)이었다. 인정(人定)이 28번 울리고 나면, 다음 날 새벽 4시에 파루(罷漏)가 33번 칠 때까지 통행금지 시간이다.

이때 나다니다 순라꾼에게 붙잡히면 10대부터 30대까지—깊은 밤에 걸릴수록 많다—매를 맞기 때문에 일찍 일찍 귀가해야 한다.

술을 깨기 위해 얼음같이 찬물에 세수를 한 혁이 방에 들어와 벽장 깊숙이 숨겨둔 책을 꺼냈다.

네덜란드 상선의 항해사인 제임스에게 부탁하여 몰래 들여온 과학 서적이었다.

물리, 화학, 수학, 기계공학 등 최근래 영국에서 발간된 과학 관련 책을 구해달라고 제임스에게 요청하였고, 같이 홍차의 수출을 진행하며 친해진 제임스는 여러 권의 책을 전해주었는데, 그중에는 무척 어렵게 구한 책도 있다고 했다.

요즘 혁은 밤잠을 줄여가며 이 책들을 우리말로 번역하는 일에 몰두하고 있었다.

전문용어가 많아 번역에 애로 사항이 적지 않았지만 그 당시의 영국보다 월등히 발달한 문명사회에서 교육을 받은 혁이 아닌가. 그리고 제임스가 보내준 책 중에는 비록 고어가 많고 저열한 수준이지만 영어 사전이 들어 있어 상당한 도움이 되었다.

앞으로 140년이 지나면 사무엘 존슨이 제대로 된 근대적 영어 사전을 발간할 것이다. 그전까지는 영국도 이런 허접한 사전을 쓸 수밖에 없었다.

어찌 되었든 비록 빠른 진도는 아니더라도 혁이 정성을 다해 번역한 종이가 한 장 한 장 쌓여가고 있었다.

혁이 이 작업을 하는 이유는 오랜 숙고 끝에 내린 결론 때문이었다. 조선이 산업사회로 나아가기 위해서 반드시 필요한 것, 바로 증기기관의 발명을 위해서였다.

땅이 좁고 모든 물산이 풍족하지 못한 조선으로서는 증기기관을 이용한 산업화가 필수 불가결하다. 그렇지만 현재 조선의 과학 수준은 증기기관은커녕 조총 하나도 제 손으로 못 만들어 항복한 왜인에 의존하고 그나마도 일본의 것을 분해해 복사품이나 만드는 형편이 아닌가.

세종대왕 때 그렇게 발달했던 과학기술이 그 후 아무도 관심을 기울이지 않고 오로지 옛 성현의 말씀만 밤낮으로 외우고 있다 보니 과학 분야는 허허벌판이 되고 말았다.

그래서 혁은 발달한 유럽의 과학 지식을 들여오기로 마음먹었던 것이다. 이 서적들이 모두 번역되고 조선 최고의 과학자와 기술자들을 선발하여 교육을 시킨다면 꼭 불가능한 것도 아니라는 것이 혁의 생각이었다.

손재주라면 국제 기능 올림픽을 1977년부터 무려 14번이나 연속 제패하여 전세계가 인정한 민족이 아닌가.

조선에서 증기기관이 발명되는 날 조선은 세계 제일의 강대국으로 우뚝 서리라는 것이 혁의 기대였고 그 생각을 할 때마다 가슴이 벅찬 감동으로 요동쳤다.

졸린 눈을 애써 뜨며 혁은 한 자 한 자 써 내려갔고, 밖에서는 문풍지를 스치는 바람이 짐승 울음 같은 소리를 냈다.

혁이 조선에 온 여덟 번째 해가 그렇게 저물어가고 있었다.

22.
형(刑)을 받다

"그 말이 어김없는 사실이렸다?"

"그러믄요. 제가 어느 안전이라고 허튼소리를 하겠사옵니까."

이이첨은 앞에 고개를 숙이고 있는 내관의 뒤통수를 뚫어져라 쳐다보았다.

병진년(1616년, 광해 8) 새해를 맞아 덕담들이 오고 가는 풍성한 분위기와는 전혀 딴판으로 대사헌 이이첨의 대저택에는 싸늘한 냉기가 뿜어져 나오고 있었다.

대전 내관을 보필하는 한 젊은 내시가 이이첨을 찾아와서는 자신이 대전 내관으로부터 들었다는 말을 이이첨에게 고하고 있었다.

"뭐? 폐모살제는 안 된다고? 하아, 요런 맹랑한 놈을 봤나."

혼잣말을 중얼거리는 이이첨의 두 눈에서는 파란 불꽃이 일었다.

혁이 광해에게 '절대 폐모살제가 있어서는 안 된다' 고 읍소했던 상황을 밖에서 들은 대전 내관이 처소로 돌아와 무심히 중얼거린 것을 이 젊은 내시가 들은 것이다.

처음에는 무슨 그런 끔찍한 소리가 있나 했다가 강변칠우 사건의 국문이 있은 지도 한참이 지난 지금에서야 그게 그렇게 연결될 수가 있다는 사실을 비로소 깨닫고 이마를 친 내시였다.

사안의 중요성을 본능적으로 느낀 이 젊은 내시는 조정의 실세인 이이첨을 찾았다. 내시들 입장에서도 출세를 위해서 조정 실력자와의 유대는 대단히 중요한 문제였다.

이이첨은 굳어진 얼굴로 천천히 고개를 끄덕였다. 드디어 의문이 풀렸다. 완벽하게 꾸민 자신의 계략이 어이없게 실패로 돌아간 원인이 바로 유혁이라는 애송이 때문이라는 게 밝혀진 것이다.

'아니, 애송이가 아니지. 놈이 폐모살제를 운운했다는 것은 먼 앞날을 내다봤다는 건데, 그렇다면 그놈이 탁월한 정치적 안목을 지녔다는 말이 아닌가. 이놈을 그냥 두었다가는……!'

혁을 살려두어서는 안 되겠다는 생각이 이이첨의 머릿속을 시커멓게 물들여 갔다.

"그 말을 어디 가서 흘리는 일은 없겠지?"

이이첨이 날카로운 눈으로 젊은 내시를 쳐다봤다.

"그러문입쇼, 영감. 저희 내관은 항상 이것을 몸에 지니고 다닙니다요.”

젊은 내시가 허리춤에서 슬쩍 꺼내 보인 것은 내시들에게 경각심을 불러일으키기 위하여 항시 차고 다니게 한 작은 나무패였다.

거기에는 ‘입은 화(禍)의 문이요, 혀는 몸을 베는 칼이다. 입을 닫고 혀를 깊이 간직하면, 몸이 편안하여 어디서나 굳건하리라’ 라는 문구가 새겨져 있었다.

나무패를 일별한 이이첨이 말없이 서랍을 열더니 묵직해 보이는 주머니를 꺼내 내시 앞으로 던졌다.

“차후 또 이런 일이 있으면 즉시 달려와야 할 것이야.”

“여부가 있겠습니까요, 영감.”

젊은 내시는 주머니를 집어 들며 비열한 웃음을 지었다. 하지만 두 사람은 입을 함부로 놀리지 말라는 나무패를 지닌 내관이 왕 앞에서 일어난 비밀을 이미 고자질했다는 사실은 전혀 의식하지 않았다.

이이첨이 옆에 놓인 장죽을 천천히 집어 들자 방 안 분위기 때문에 미동도 않고 앉아 있던 좌포도대장 정항이 잽싸게 불을 붙였다.

“도대체 자네는 뭐 하는 사람인가?”

이이첨의 칼날 같은 눈빛이 이번에는 담뱃불을 붙여준 정항에게로 향했다.

“예?”

뱀 만난 개구리마냥 정항이 겁먹은 눈을 크게 떴다.

“지금까지 유혁이란 놈이 외국의 첩자라는 증거 하나 제대로 못 찾아내고도 그 뻔뻔한 낯짝을 들고 있으니 하는 말이야."

힐난하는 이이첨의 날 선 목소리가 얼음송곳처럼 정항의 폐부를 찔러왔다.

"송구합니다요, 영감."

정항은 겨드랑이에서 식은땀이 흐르는 것이 선뜻하게 느껴졌다.

"이제 그따위 소리는 듣기 싫네. 당장 그놈을 엮어 넣을 증거를 찾아내. 못 찾겠으면 만들어서라도 내 앞에 가지고 오란 말이야. 알아듣겠나?"

"예, 명심하겠습니다요, 영감."

정항은 이번이 마지막 기회라는 것을 알 수 있었다. 만약에 만족할 만한 결과를 못 내놓으면 자신의 관직 생활은 그걸로 끝이 날 것이다.

이이첨은 충분히 그렇게 하고도 남을 인간이다. 정항은 이를 악물었다.

겨울이라 이른 퇴청—조선의 관리는 해가 짧은 겨울에는 신시(오후 3~5시)에 퇴근한다—을 한 혁이 수원댁이 지어준 저녁을 푸짐하게 먹고는 벽장문을 열었다. 번역 일을 하려는 것이다.

그런데 어제 일을 마치고 분명히 넣어둔 책들이 하나도 보이질 않았다. 어두운 구석까지 손으로 더듬어보았지만 번역해놓은 종이까지 온데간데없었다.

당황한 혁이 어쩔 줄 몰라 하고 있을 때 밖에서 난데없는 고함 소리가 들려왔다.

"죄인 유혁은 어서 나와 오라를 받아라!"

'죄인……!'

문을 벌컥 열어젖히니 네 명의 나졸을 거느린 장교 복색의 사내가 눈을 한껏 치켜뜨고 혁을 노려보고 있었다. 왕족이나 관원의 범죄, 국사범이나 반역죄 같은 것을 다루는 의금부에서 나온 자들이었다.

없어진 책들과 이들의 연관 관계가 아직 머리에 제대로 자리 잡지 못한 혁의 눈 속으로 나졸 뒤에 엉거주춤하게 서 있는 사내종 막쇠의 모습이 들어왔다.

저녁 먹을 때에도 눈에 띄지 않던 녀석이 혁과 눈을 마주치지 않으려는 듯 연신 고개를 외로 꼬고 있는 모습을 본 혁은 드디어 돌아가는 사태가 어렴풋이나마 정리가 되었다.

누군가에게 매수된 녀석이 혁이 감추어둔 책을 들고 가서 고발한 것이다.

"면천을 시켜주마. 어떠하냐?"

포도대장 정항의 은밀한 목소리가 구렁이처럼 막쇠의 온몸을 휘감아왔다.

막쇠를 인적이 없는 구석진 그늘로 끌어낸 정항은 무엇이든 혁의 잘못을 입증할 수 있는 명확한 증거를 찾아내 준다면 면천을 시켜준다고 꾀고 있었다.

바로 일주일 전의 일이었고, 그 얘기를 들은 순간 막쇠는 눈을 흡떴다.

모든 천것의 간절한 소망인 면천. 그 면천이 지금 눈앞에 와 있었다.

비록 혁이 더없이 좋은 주인임은 틀림이 없으나 어찌 면천과 비교할 수가 있으랴.

막쇠의 고민은 긴 시간이 필요치 않았고 이 날부터 그의 눈은 퇴궐 후 혁의 일거수일투족을 면밀히 살피느라 바빴다. 그 결과 늦은 밤까지 무언가 일을 끝내고는 반드시 벽장문 여닫는 소리가 난다는 것을 확인했다.

수원댁이 물을 길러 간 사이 혁의 방에 침입한 막쇠는 벽장문을 열었다. 어설프게 걸려 있던 자물쇠를 따는 일은 이제껏 온갖 잡일을 하며 살아온 그에게 별문제가 되지 않았다.

역시 거기에는 무식한 자신이 보기에도 뭔가 요상스러운 글자로 인쇄된 책들이 음험한 냄새를 풍기며 있었고, 옆에는 혁이 언문으로 정성스레 써 내려간 종이도 제법 많은 양이 차곡차곡 쌓여 있었다.

짜릿한 희열에 입꼬리가 저절로 올라간 막쇠는 누구에게 들킬세라 책과 종이 뭉치를 급하게 끌어냈다. 혁이나 수원댁이 오기 전에 서둘러야 했다.

이것이 불과 몇 시간 전의 일이다.

붉은색 오라에 묶여 끌려가는 혁의 뒤로 수원댁이 울며불며 따라오다가 나졸의 험악한 눈길을 받고서 땅바닥에 주저앉았다. 저녁 무렵의 때 아닌 소동에 밥 먹다 말고 튀어나온 이웃들의 안됐다는 시선이 혁의 온몸에 쏟아졌다.

의금부 남간에 투옥된 혁에게는 칼도 씌워지는 바람에 그 무게에 짓눌려 숨쉬기도 어려울 지경이었다.

목을 까딱하기도 힘들 만큼 불편한 몸을 추스르면서도 혁은 크게 걱정을 하지는 않았다.

비록 나라에서 외국의 책을 함부로 들여오는 것을 금하고는 있지만 자신이 번역하던 책은 순수 과학 서적이며 또한 조선의 발전을 위해 어렵게 구한 책들이 아닌가.

게다가 자신을 믿는 광해와 허균이 있다.

아직 이런 상황을 몰라서 그렇지, 알게 되는 즉시 구해주리라 믿어 의심치 않았다. 그런데도 이상한 것은 마음 한구석에 자리 잡은 묘한 불안감이 꼭 문고리가 고장 난 화장실에 앉아 있는 기분이 들게 하는 것이었다.

역시 돌아가는 상황은 혁의 낙관과는 거리가 멀었다.

"이러한 증거를 보건대 유혁이라는 자는 외국의 간자가 틀림이 없사옵니다. 이자가 조정에 들어온 지 벌써 여러 해가 되었으니 벌써 얼마나 많은 나라의 기밀을 빼돌렸는지 모를 일입니다. 왜관에서 여러 차례 양이(洋夷)를 만난 사실이 이미 확인되었으니 필시 그때 정보를 넘겨주었을 것으로 사료되옵니다. 이는 참수로 다스려야 할 중죄이옵니다, 전하."

혁이 만약에 첩자라면 보는 눈이 수두룩한 공적인 장소에서, 그것도 대낮에 만나는 짓을 했을 리 만무하다는 점은 전혀 중요하지 않았고 생각할 필요도 없는 것이었다.

정항이 혁의 집에서 가져온 외국 서적을 들이밀었을 때 무릎을 치며 환호했던 이이첨이 지금 침을 튀기며 혁의 목을 쳐야 된다고 주장하고 있다.

"그렇습니다, 전하. 그자는 친인척도 없으며 난 곳이 어딘지, 자란 곳이 어딘지도 모른다고 하옵니다. 게다가 그를 처음 만난 자의 말에 따르면 이 나라가 조선인 줄도 몰랐다고 하니 절대 우리 조선 사람이 아니옵니다. 대사헌의 말대로 참수로 엄히 다스리옵소서."

이이첨의 언질을 받은 형조판서가 거들고 나섰다.

"엄히 다스리옵소서, 전하."

마치 혁을 변호라도 했다가는 함께 첩자로 몰린다고 생각하는지 이번에는 중신들이 단체로 합창을 했다.

듣고 있는 광해와 허균으로서는 참으로 난감한 일이 아닐 수 없었다. 혁의 정체를 알고 있는 이들로서는 그게 아니라고 말하고 싶어도 이제 와서 어떻게 혁이 미래의 조선에서 왔기 때문이라고 할 수 있겠는가. 그랬다가는 오히려 둘까지 이상한 사람이 될 판이다.

"으으음."

신음 소리만 내고 있는 광해는 자신에게 일언반구 상의도 없이 이상한 책을 들여온 혁의 행동이 너무도 답답하게 느껴졌다.

평소의 그로 보아 분명 무슨 이유가 있어서 저지른 일일 테지만 성리학 이외의 어떠한 학문도 백안시하는 이들 사대부들에게 이해를 바란다는 것은 불가능한 일이었다.

거기다 그 책들은 아무도 알아보지 못하는 이상한 문자로 쓰여 어떤 해괴망측한 내용이 담겨 있는지도 모르는 판이니 무슨 변명의 여지가 있겠는가. 혁이 너무 쉽게 생각한 것이다.

"신 어사부 판서 허균 아뢰옵니다."

보다 못한 허균이 나섰다.

"오, 어서 말해보시오."

광해가 반색을 하며 재촉하는데 허균을 바라보는 이이첨의 눈길이 험악하다.

"유혁이 언해(諺解: 번역)한 문서를 살펴본 바 그 책들은 사상 서적이 아닌 기술만을 다룬 책으로서 우리나라에 어떤 해악을 끼칠 내용이 전혀 없었고, 본인의 말인즉슨 조선의 과학기술을 발전시켜 부국으로 이끌고자 그것들을 들여왔다고 하옵니다. 이를 깊이 해량하여 주시옵소서, 전하."

"아니 되옵니다. 그 책들에 쓰여 있는 것은 죄인 외에는 아무도 알아볼 수 없는 괴상한 글자이온데 어찌 죄인의 말만 믿고 해악이 없는 책이라 단정할 수 있겠사옵니까. 게다가 죄인의 방에 깊숙이 감춰져 있던 옷가지를 발견하였는바 이는 조선 어디에서도 볼 수 없는 기괴한 복색으로 외국의 간자임을 증명할 확실한 물증이라 사료되옵니다. 통촉하시옵소서, 전하."

허균의 말이 끝나기가 무섭게 이이첨이 어림 반 푼어치도 없다는 표정으로 혁의 양복까지 물고 늘어졌다.

이런 상황에서 광해가 아무리 혁의 정체를 알고 있고, 또한 그의 진심을 믿는다 하더라도 아무 일이 없던 것처럼 그냥 넘어갈 수는 없게 되었다.

광해의 얼굴이 침통하게 일그러졌다.

난생처음 감옥이란 데에 갇혀 목에 무거운 칼까지 쓴 혁은 뜬눈으로 밤을 지새웠다. 그나마 다행이라면 광해의 엄명으로 '네 죄를 네가 알렸다' 식의 형신(고문)을 하는 절차가 없었다는 정도라고나 할까.

다음 날 모래가 들어간 듯 아린 눈으로 다시 찾아온 허균을 만난 혁은 그의 말을 듣고는 새파랗게 질리고 말았다. 경국대전에 의하면 나라에서 허가하지 않은 서책을 몰래 들여온 죄는 사형에 해당한다는 것이다.

사형! 현대에 있을 때도 속도위반하여 벌금 낸 것이 다인데, 세상에 사형이라니……!

그런 일은 절대 없을 것이니 너무 염려 말라는 허균의 위로가 있었지만 사형이라는 단어가 준 충격은 컸다. 자신이 그렇게 설명을 했는데도 어떻게 그런 험악한 말이 오갈 수가 있단 말인가.

자책과 회의가 동시에 밀려왔다.

길다면 길고 짧다면 짧기만 한 조선에서의 8년이지만 자신이 이 나라와 백성들을 위해 들인 공은 결코 적다고 할 수 없을 것이다. 그런데 돌아온 것이 목숨까지 위태로운 상황이라니…….

문득 찝찔한 맛이 느껴진 혁은 그것이 자기도 모르게 흘린 눈물이라는 것을 깨달았다. 억울하고 분했다.

광해가 자신을 믿고 아낀다고 생각했던 것이 착각이었으며 자기는 그저 이용만 당한 게 아닌가 하는 의구심이 머리를 쳐들었다.

'만약 정말로 여기서 사형을 당한다면?'

혁은 강하게 도리질을 했다. 생각하고 싶지도 않았다.

칼을 쓴 탓에 목에 생채기가 나 쓰라려 왔다. 태어나서 처음으로 죽음의 공포가 목을 옥죄는 것을 혁은 느꼈다.

여기는 원래 이런 곳이라는 사실을 너무 오랫동안 잊고 지내왔다.

다음 날 열린 대전 회의에서 광해는 평결을 내렸다.

"유혁이 국법으로 금지한 서책을 몰래 들여온 죄가 큰 것은 분명하나 그간 도자기와 차의 교역, 홍삼 개발 그리고 마마 퇴치 등 그 공이 지대한 바, 이를 참작하여 도형(강제 노동 형) 2년에 처한다. 이는 과인이 심사숙고하여 결정한 것으로 경들은 더 이상 이 건으로 왈가왈부하는 일이 없도록 하시오."

울며 마속을 베는 심정으로 광해는 혁의 죄를 물었다.

중신들은 자기들이 주장한 사형에 비해서 현격히 가벼운 형이지만 임금이 '더 이상 논하지 말라' 고 엄히 말한 이상 반발하기는 쉽지 않았다. 특히 서인들에 있어서는 혁의 존재가 그다지 문제될 것이 없었으므로 왕의 눈 밖에 날 것을 각오하면서까지 중형을 주장할 필요성을 느끼진 못했다.

하지만 이이첨은 사정이 달랐다. 광해를 자기 의지대로 움직여 조정의 주도권을 틀어쥐고자 하는 그에게 임금의 측근에서 얼쩡거리는 혁은 곤란한 존재를 넘어서 눈엣가시 같은 존재였다.

그래서 제거하고자 그렇게 강력하게 주장하였거늘 광해는

자신의 말을 전혀 들어먹질 않았다.

“목을 베어야 할 죄인에게 고작 도형 2년이라니. 하, 이런 기가 막힐 일이 있나.”

집에 돌아와서도 이이첨은 분이 풀리질 않아 관복에 달려 있는 해치흉배(獬豸胸背) 같은 얼굴을 하고 계속 씩씩대고 있었다.

“주상이 변했어. 예전의 주상이 아니야. 이는 모두 유혁, 그놈 때문이야.”

앞에 앉아 있는 정항의 귀에 뿌드득하는 소리가 들릴 정도로 송곳니가 어금니가 되도록 이빨을 갈아붙였다.

조선 시대의 형벌 체계는 5단계로 되어 있는데 태형, 장형, 도형, 유형, 사형이 그것이다.

태형과 장형은 회초리 모양의 형장으로 볼기를 치는 벌로서 태형은 10대부터 50대까지 있고 장형은 60대부터 100대까지 때리는 형벌이다. 그다음 형량이 무거운 죄인에게는 강제 노역을 시켰으며 이를 도형이라 한다. 1년, 1년 반, 2년, 2년 반, 3년의 5등급으로 나누어 주로 힘이 많이 드는 종이 제조나 소금을 굽는 일에 처했다.

귀양으로 잘 알려진 유형은 사형 다음으로 무거운 형벌이다. 거주지로부터 유배지까지의 거리에 따라 2,000리, 2,500리, 3,000리의 3단계가 있었다.

도형이나 유형에는 덤으로 장형이 무조건 추가된다.

도형 다섯 종류마다 각각 60대에서 100대까지 매를 때렸고, 유형에는 일괄적으로 100대의 장형이 추가되었다. 그래서 유형에 처해진 죄수들은 100대를 맞고 장독도 추스르기 전에 먼 길을 떠나야 되기 때문에 가는 도중에 죽는 경우가 비일비재했다.

사형에는 목을 매어 처형하는 교형과 목을 베어 죽이는 참형이 있다. 어차피 죽는 것은 똑같은 것 아니냐고 하겠지만 신체 훼손을 옳지 않게 보는 유교적 관념으로 볼 때, 신체를 온전히 보존할 수 있는 교형이 그나마 나은 처벌이라 할 수 있다.

물론 대역 죄인에게 행한 능지처사 형이란 것도 있었다. 능지처참이라고도 불린 이 형벌은 죄인의 몸을 여러 조각으로 찢어 죽이는 가장 잔혹한 벌이다. 조선에서는 능지처참의 방법으로 수레에 사지를 묶어 온몸을 절단하는 거열형(車裂形)을 시행하였다.

담배를 두 대나 연거푸 피우며 속을 진정시킨 이이첨이 정항을 지그시 바라봤다.

"도형에는 장형이 따르지?"

도형 2년이면 장 80대가 덤으로 따라온다.

"그렇습니다, 영감."

혁의 노비인 막쇠를 매수하여 결정적 증거를 찾아낸 정항이 제법 어깨에 힘을 주고 대답했다.

"매를 맞다가 죽는 경우도 왕왕 있다고 들었는데, 그게 사실인가?"

예의 독사 같은 눈으로 정항을 바라보는 이이첨의 눈길이 군불을 잔뜩 때 뜨끈뜨끈한 방 안에 고드름이 얼 것처럼 섬뜩했다.

"매를 맞다가, 말씀입니까?"

되묻는 것은 생각할 시간을 벌기 위해서다.

정항은 고개를 번쩍 들어 이이첨을 쳐다봤지만 자신을 물끄러미 바라보고 있는 그의 눈길은 그저 지나가다 인사말을 툭 던진 듯하다.

"그… 그러문요. 자주 일어나고말고요."

그렇다고 포도대장씩이나 된 자가 그 뜻을 모르겠는가. 정항은 황급히 고개까지 주억거렸다.

"자네가 잘 처결할 것으로 믿네. 그럼 나가보게."

말을 마치고 옆으로 슬쩍 돌아앉는 이이첨을 뒤로하고 방을 나온 정항은 참았던 숨을 길게 내쉬었다. 그러면서 어떻게 하면 매끄럽게 일을 처리할 수 있나 하고 바쁘게 머리를 굴렸다.

또출은 포도대장 정항의 밀명을 받고 의금부를 향해 부지런히 걸으면서 아침에 있었던 일을 떠올렸다.

일개 나졸의 신분이지만 우연히 고향이 같은 것을 알게 된 포도대장이 가끔 은밀한 심부름을 시켰는데, 오늘 아침에도 그랬다.

"의금부의 나장 중에 금일 죄인 유혁의 장형을 집행할 자가 있을 것인즉 아무도 몰래 그자를 만나 이 은자를 전해주어라."

그러면서 무엇을 요구해야 할지 명확히 일러주었다.

또출은 걸으면서 명 받은 사항을 다시 한 번 되뇌어보는데 괴춤에 찬 주머니가 묵직하게 느껴지는 것이 여간 신경이 쓰이는 게 아니었다.

드디어 걸음을 멈춘 또출이 주위를 둘러보고는 주머니를 꺼냈다.

'그런 놈한테 뭐 하러 이걸 다 줘. 반만 해도 많구먼.'

은자의 반을 얼른 안주머니에 챙긴 또출이 만족한 듯 씩 웃고는 다시 걸음을 재촉했다.

의금부에 도착한 또출이 어렵지 않게 오늘 매를 칠 나장을 찾아내 주머니를 찔러주었다.

"반드시 죄인이 낙명(落命)하도록 해야 하네."

"어허, 걱정할 필요 없다니까. 어디 장사 한두 번 하나."

이칠성은 슬쩍 열어본 주머니에서 은자를 확인하자 자기도 모르게 입이 벌어졌다.

오늘은 어쩌다 있는 운수 좋은 날이다. 다만 대부분 자신에게 인정을 쓰는 사람들이 '살살 때려 달라' 고 부탁하는 반면, '죽도록 세게 때리라' 고 하는 것만 좀 특이할 뿐이다.

아마 매 맞을 죄인이 원수진 일이 많나 보다 하는 생각이 들었지만 자기는 알 바가 아니다.

'오늘은 힘 좀 쓰겠구먼' 하면서 팔을 돌리며 어깨를 풀어보는 이칠성이었다.

"니가 오늘 매 때린다 카든데 맞나?"

매를 치는 형리를 구워삶기 위해 의금부를 찾은 방덕수가 이칠성을 만난 것은 또출이 사라진 지 얼마 안 되어서다.

"근데 뉘신지?"

떨떠름한 표정으로 이칠성이 방덕수를 쳐다봤다.

"자, 이거 많지는 않지만 챙겨 넣고 좋은 일 하는 셈치고 살

살 치거래이. 오늘 맞는 아가 내 친구다. 알았제?"

방덕수는 가져온 은자를 건넸고 이칠성이 게 눈 감추듯 잽싸게 받아 챙긴 것은 물론이다.

"염려 붙들어 매십시오, 나으리. 쇤네 이 일로 이골이 난 놈입니다요, 헤헤."

이칠성은 입이 귀에 걸렸다. 의금부 나장 생활 십 년 만에 최고로 운수가 좋은 날이다.

'그런데 양쪽에서 받았으니, 이걸 세게 쳐야 돼? 살살 쳐야 돼?'

고민하던 이칠성이 방덕수가 가자 양손을 주머니에 집어넣어 받은 은자의 무게를 가늠해 보았다.

나중에 방덕수한테서 받은 주머니가 약간 더 무겁다. 살살 때리는 걸로 결론이 났다.

저승 문턱까지 갔던 혁의 목숨이 돌아온 순간이었고, 방덕수 역시 자기가 혁의 목숨을 구했다는 사실을 알지 못했다.

매를 치는 형장에는 아무나 함부로 들어올 수도 없고, 때리는 이칠성의 손목 놀림에 따라 그 강도가 정해지기 때문에 직접 맞는 죄인 외에는 눈으로 봐도 모른다.

소리는 둔탁하지만 아픔이 뼛골까지 쑤시게 만들어 그 자리에서 목숨을 떨구게 할 수도 있고, 한 달쯤 시름시름 앓다가 죽게 할 수도 있다.

반대로 소리만 컸지 실제로는 엉덩이가 해질 정도로 칠 수 있는 게 그동안 쌓아온 기술이다.

살살 치기로 결정한 이칠성의 마음은 벌써 밤새 벌어질 투

전판으로 달려가고 있었다. 이 정도 자본이면 오늘은 제대로 끗발을 한번 재볼 수 있을 것이다.

이칠성은 겨울답지 않게 오늘 날씨가 참 포근하다는 생각이 들었다.

혁이 강제 노역을 하게 된 곳은 강화도에 있는 전등사였다.

불교를 억압하던 조선은 힘이 많이 드는 종이 제조를 각 사찰에 할당을 주어 중들로 하여금 생산하게 했다. 그리고 도형 판결을 받은 수형자들도 중들과 섞여 종이를 만드는 강제 노역에 종사케 하였다.

비록 사형에 비해서는 월등히 낮은 처벌을 받은 것이지만 혁은 이미 온몸을 휘감고 있는 상실감을 떨쳐 버릴 수 없었다.

세계 최고의 나라를 한번 만들어보고자 하던 의욕이 사라진 공간을 '왜 살아야 하는가' 라는 회의가 전부 차지했다. 무의미한 삶이었다.

"소승은 일행(一行)이라 하옵니다. 전등사에 잘 오시었습니다. 먼저 거사님들이 머물 곳을 안내해 드리겠습니다. 소승을 따라 오소서."

나이는 마흔쯤 되어 보이는 중이 혁 일행을 맞아 자신의 법명이 일행이라 소개하는데, 두상이 울퉁불퉁하고 넓적한 얼굴이 결코 잘생겼다고는 못 하지만 눈빛이 맑았다.

혁 외에도 도형을 받아 노역을 하기 위해 함께 전등사에 배치된 사람이 둘이 더 있었다.

까무잡잡한 피부에 눈, 코, 입이 모두 큼직큼직하고 팔뚝이

굵은 게 제법 힘깨나 쓸 법한 이가 무전취식으로 걸려 몇 번 관가에 끌려가 매를 맞았지만 그 버릇을 고치지 못해 결국 도형을 받은 지형석이란 자로, 나이가 30대 중반쯤으로 보였다. 처음에 혁이 벙어리인가 오해할 정도로 말이 없는 사내다.

다른 한 명은 갓 스물이 되어 보이는 젊은이로 양반집의 사노였는데 걸핏하면 어미를 매질하는 주인에게 대들었다가 흠씬 두들겨 맞았고, 그래도 분이 안 풀린 주인이 관가에 고발하여 도형을 받았다.

그래서인지 양반이라면 이를 갈았는데 혁을 물어뜯을 듯이 노려보아 섬뜩했던 기억이 있다.

"이 전등사는 역사가 깊은 사찰입니다. 아무쪼록 이곳에 머물면서 속세의 모든 욕심과 원망을 삭이고 평안을 찾으시길 바랍니다. 나무관세음보살."

일행이라는 중이 깊이 합장하고 돌아가자 혁의 눈에 비로소 사찰의 풍경이 들어왔다.

가장 먼저 눈에 띄는 것은 절의 얼굴이라 할 수 있는 대웅전이 불에 타 잿더미가 된 채로 을씨년스럽게 방치되어 있는 모습이었다. 한 달 전쯤 원인 모를 화재로 전소되었다고 한다.

옆에 있는 약사전과 명부전, 그리고 정면의 대조루 위에 거치된 범종이 보였다.

절이라고는 현대에서도 어쩌다 한번 단풍놀이 갔을 때 들른 것이 고작이고 조선에 와서는 더더욱 올 일이 없던 혁으로서는 그 명칭도 나중에 지내면서 안 것이다.

"거사님, 그렇게 베면 안 됩니다. 그러면 썩거나 말라 죽습니다. 소승이 하는 걸 잘 보소서. 이렇게……."

젊은 중이 혁이 하는 것을 보더니 혀를 차면서 소위 숙달된 조교의 시범을 보였다.

새벽 타종 소리에 놀라 일어난 혁은 뒤척거리며 더 잠을 못 이루다가 결국 자리를 걷고 밖으로 나왔다. 겨울이라 아직 미명도 밝아오지 않은 캄캄한 어둠 속에서 새벽 예불 소리가 낭랑히 들려왔다.

이른 아침 공양을 마친 혁과 다른 두 명의 도형수는 지금 닥나무를 채취하는 노역에 배치되어 날카롭게 벼린 낫을 휘두르며 땀을 흘리고 있었다.

낫을 잡아보기는커녕 구경도 제대로 해본 적이 없는 혁이 잘할 리는 만무했다.

노비인 젊은이—그를 양생이라고 일행 스님이 불렀다—는 거침없이 해나가고 있었고, 지형석이라는 무전취식꾼도 전혀 어색하지 않게 낫질을 했다. 조선의 백성치고 어렸을 때부터 낫질 안 해본 이는 없다.

혁은 작업에 들어가기 전, 이 일을 책임진 중이 한 말이 떠올랐다.

"이곳은 종이의 원료인 닥나무를 베는 곳입니다. 벨 때는 뿌리부터 비스듬하게 베되 높은 위치에서 베는 것을 피하고 단번에 잘라야 합니다. 뿌리에서 높게 자르면 내년에 나무가 죽어버릴 수도 있습니다."

닥나무 채취는 낙엽이 지고 나서 겨울바람이 불어올 때 시작하여 새순이 돋기 전에 끝마치는 게 좋으며, 1년생 맹아지닥(햇닥)을 베어 쓴다. 섬유질이 잘 생기고, 수분도 적당하여 종이를 뜨기에 알맞기 때문이다.

우리 전통 종이인 한지는 닥나무를 베고, 찌고, 말리고, 삶고, 껍질을 벗기고, 다시 삶고, 두들기고, 고르게 섞고, 뜨고… 이렇게 아흔아홉 번 손질을 거친 후, 마지막 사람이 백번째로 만진다 하여 닥종이를 백지(百紙)라고도 하였다

그만큼 손이 많이 가는 작업이어서 고되기가 이루 말할 수가 없었다. 그래서 벌을 받은 죄수나 천시받는 중들을 이용하여 생산을 하는 것이다.

한나절 동안 낫을 휘두르고 나니 컴퓨터 자판이나 두드리던 혁의 손은 온통 물집이 잡히기 시작했다. 역도 선수한테 피겨스케이팅을 시킨 격이니 죽을 맛이었지만 죄수 주제에 어쩌겠는가.

"차차 익숙해지실 겁니다."

언제 왔는지 일행 스님이 조용한 미소를 띠며 합장을 했다.

혁은 '평생 가도 안 될 것 같습니다' 라는 말이 목구멍까지 올라왔지만 마른침과 함께 삼켰다. 이자한테 불평을 해봤자 무슨 소용이 있으랴. 혁은 길게 한숨을 내뱉었다.

길고 긴 하루를 마친 혁은 저녁밥을 먹자마자 그대로 곯아떨어졌다.

꿈속에서는 닥나무 숲에서 낫을 든 중들에게 밤새 쫓겨 다녔다.

달라붙은 듯 떠지지 않는 눈으로 겨우 몸을 일으키던 혁은

저도 모르게 어이쿠, 하는 신음 소리를 내고 말았다.

단 하루의 중노동에 몸은 벌써 비명을 지르고 있었다.

천근만근 무거운 몸을 겨우 추슬러 낫을 잡으니 이번에는 벗겨진 손바닥이 쓰라려 왔다.

눈물이 왈칵 쏟아지려는 것을 이를 악물었다.

오늘도 닥나무를 베는 일인데, 그래도 하루 했다고 낫질이 조금 나아졌는지 어제처럼 핀잔은 듣지 않았다.

한지는 고려 시대부터 그 품질이 우수한 것으로 중국에 명성을 떨쳤고, 조선 시대로 접어들어 출판 물량이 늘어나면서 전국적으로 종이가 생산되었다.

주요 종이 생산지로는 경상도 영천, 밀양, 청도, 전라도 전주가 유명하였고, 이곳 전등사에서는 강화도에 많이 자생하는 산닥나무를 이용하여 후지(厚紙)를 생산하였으며, 두꺼운 이 종이는 과거 시험용으로 주로 쓰였다.

닷새 동안 닥나무 베는 일을 한 혁은 이번에는 찐 닥나무를 흐르는 개울물에 불려 껍질을 벗겨내는 작업에 투입되었다. 백피를 만드는 일이다.

안 그래도 물이 찬 겨울인데 산에서 내려오는 개울물은 말 그대로 얼음물이었다. 물에 손을 담그는 순간 수백 개의 바늘이 찔러오는 듯했다.

으윽, 하는 소리와 함께 절로 고개가 젖혀졌다.

시리도록 파란 하늘이 눈 속으로 확 밀려 들어왔다.

뾰족한 것으로 쿡 쑤시기라도 하면 와장창하고 깨지면서 얼음보다 더 차가운 파란 물이 온통 쏟아져 몸마저 얼려 버릴 것

같았다.

작업한 지 사흘 만에 트던 손이 드디어는 갈라지기 시작하며 견디기 힘든 쓰라림이 온몸을 엄습했다.

혁은 잇몸이 아플 정도로 이를 사리물었다. 누구에겐지 모를 맹렬한 적개심이 끓어올랐다.

“부처님을 의지해 보시지요.”

희미한 호롱불 밑에서 혁의 갈라진 손등에 기름을 발라주던 일행 스님이 나직이 말했다.

“부처요?”

악만 남은 혁은 ‘님’ 자를 붙일 생각이 전혀 들지 않았다. 아니, 오히려 불상을 모시던 대웅전이 타버려도 새로 지을 돈이 없어 폐허가 된 잿더미 앞에 서서 새벽 예불을 해야 하는 중들의 우스꽝스러운 모습을 떠올리며 조소를 머금었다.

“부처님은 법당에만 계신 게 아닙니다. 부처님은 온 천지에 존재하십니다. 거사님 마음에도 물론 계시지요. 나무아미타불.”

혁의 마음을 뚫어보는지 일행 스님은 웃는 듯, 마는 듯한 표정을 지으며 일어나 나갔다.

자려고 누웠으나 면도날로 베는 것 같은 통증으로 쉬이 잠이 오질 않았다.

그때 밖에서 투덕투덕하는 소리가 나더니 이내 쏴아, 하는 소리로 바뀌었다.

나가보니 난데없는 겨울비가 세차게 내리며 고요했던 절이 온통 빗소리에 잠기고 있었다.

물끄러미 바라보던 혁이 별안간 벌떡 일어나더니 쏟아지는 빗속으로 성큼 걸어 들어갔다.

얼음같이 차가운 빗물이 머리 꼭대기부터 아무것도 신지 않은 맨발까지 순식간에 적셔왔다.

그립다. 가슴을 쥐어뜯듯이 그리웠다.

두고 온 아내와 딸, 연로한 부모님, 동생들, 치고받으며 함께 자라온 친구들, 하루 종일 부대끼며 생활하던 직장 동료, 그리고… 그리고… 나미.

고개를 쳐드니 사정없이 얼굴을 때리는 비에 따뜻한 느낌이 섞여 있다.

꽉 감은 두 눈에서 어느새 눈물이 흘러내리고 있었다.

숨죽여 내던 흐느낌 소리는 점점 커져 이윽고 황소 같은 울음이 되어 터져 나왔다. 그리고 그 울음은 빗소리에 묻힌 채로 영원히 그치지 않을 것처럼 계속되었다.

『신조선: 개혁의 파도』 2권에 계속…